Geoff Nicholson · London, London

GEOFF NICHOLSON

London, London

ROMAN

AUS DEM ENGLISCHEN
VON
GUNNAR KWISINSKI

HAFFMANS VERLAG

Die Originalausgabe
»Bleeding London«
erschien 1997 bei Victor Gollancz, London.

Deutsche Erstausgabe

1. Auflage, Herbst 1999

Herstellung: Ebner Ulm
ISBN 3 251 00445 X

Inhalt

Seltsames Zusammentreffen

Es ist kurz nach Mittag an einem dieser schiefergrauen Tage Mitte Januar, an denen es nie richtig hell wird und schon am Nachmittag die Dämmerung einbricht. Die klare kalte Luft ist durchdrungen von Flächen aus künstlichem Licht, und in diesem nichtssagenden, heruntergekommenen Londoner Viertel geht ein vierzigjähriger Mann in einem Kaschmirmantel unter einer Eisenbahnbrücke hindurch. Von den Stahlträgern tropft Wasser auf ihn herab. Er betrachtet den Hof eines Schrotthändlers, der einige seiner Altwagen auf der Straße geparkt hat. Er sieht die vergitterten Fenster eines Spirituosenladens und das Büro des kleinen Taxibetriebs nebenan, das nicht breiter ist als ein Flur. Die Gegend ist ihm völlig fremd, und doch hat er sich keineswegs verlaufen. Er wirkt zufrieden, als hätte er etwas zu feiern, als hätte er sich schon einen ordentlichen Schluck gegönnt, aber vor allem wirkt er deplaziert. Der falsche Mann zur falschen Zeit am falschen Ort; ein unglückliches Zusammentreffen von Niederlagen, Pech und Schicksalsschlägen.

Plötzlich spricht ihn jemand an. Zuerst ist er zu tief in Gedanken versunken, um es zu bemerken, aber dann sieht er, daß der Sprecher einer von sechs Jugendlichen ist, sechs Männern, die in dieselbe Richtung gehen wie er: drei Schwarze, drei Weiße, drei neben ihm und drei etwas nach hinten versetzt. Er erkennt, daß sie jünger sind, als er im ersten Augenblick gedacht hatte, aber sie sind hochgewachsen und tragen schicke Kleidung mit amerikanischen Markennamen und Emblemen von Basketball- und Footballteams, und der eine von ihnen wiederholt: »Ich hab gesagt, ich glaub, Sie haben sich verlaufen.«

»Nein«, sagt der Mann bestimmt und erhöht sein Schritttempo, um damit, wie er hofft, Entschlossenheit und keineswegs Panik auszudrücken.

»Doch, echt, ich glaub, Sie haben sich verlaufen.«

Zwei Jugendliche ergreifen von hinten seine Arme, halten ihn fest, und der Wortführer, ein Schwarzer mit einem großen, breiten, intelligenten Gesicht und drahtigen pubertären Stoppeln auf der Oberlippe durchwühlt seine Taschen. Der Mann im Kaschmirmantel läßt das seltsam stoisch über sich ergehen, als hätte er nichts dagegen, beraubt zu werden, als hätte er damit gerechnet oder sogar darauf gewartet. Er bleibt ruhig stehen, wehrt sich nicht, läßt sie gewähren. Er sieht sich die Angreifer nicht einmal an, sondern läßt seinen Blick in die Ferne schweifen. Die Straße scheint vollkommen und fast unbegreiflich leer zu sein, wobei er sich allerdings nicht vorstellen kann, daß die Gegenwart anderer Leute ihm helfen würde.

Doch dann merkt er, daß er sich täuscht. Die Straße ist nicht leer. Im Schatten der Eisenbahnbrücke steht jemand, noch ein Straßenräuber, denkt er zuerst, vielleicht ein Wachposten. Aber als forschende Hände seine Kleidung und seinen Körper abtasten und Gegenstände hervorholen – Schlüssel, ein Taschentuch, den *A–Z*-Stadtplan von London – und die Dinge auf die Straße werfen, die wertlos erscheinen, tritt diese neue Figur vor. Der Mann sieht mitgenommen aus, als hätte er einen schweren Kampf hinter sich, aus dem er nicht unbedingt als Sieger hervorgegangen ist.

Er ist weiß, so um die fünfundzwanzig Jahre alt, groß, breitschultrig und allem Anschein nach ein knallharter Bursche. Aber sein Gesicht ist ramponiert, die ehemals glatte Haut ist zerstört, von Rissen und Schrammen durchfurcht; eine zerschnittene Lippe, ein Veilchen, blutige Abschürfungen in seinem kantigen Gesicht. Er trägt einen petrolblauen Anzug, der einmal todschick gewesen sein muß. Jetzt ist er abgeschabt, an den Knien zerfetzt und mit dubiosen klebrigen Substanzen beschmiert. Und unter dem Jackett trägt er ein weißes T-Shirt mit blutigen Inseln und Archipelen.

Der blutbefleckte Mann beobachtet den Raub mit müdem Interesse, geht langsam darauf zu, unwillkürlich angezogen von dem Schauspiel, obwohl es ihn langweilt. Der schwarze Jugendliche hat ein Portemonnaie in der Hand und untersucht den Inhalt mit schnellen gleichgültigen Bewegungen. Mit lauter Stimme sagt der blutbefleckte Mann mit nordenglischem Akzent: »Jetzt sei ein lieber Junge und gib dem Herrn sein Portemonnaie zurück.«

Als die sechs Räuber das hören, fangen sie an zu lachen. Das liegt zum Teil am Akzent, zum Teil an der Absurdität der Forderung. Sie drehen sich um, lassen von ihrem Opfer ab, aus dem sie herausgeholt haben, was herauszuholen war. Das ist gelaufen. Jetzt stehen sie einer neuen, größeren Herausforderung gegenüber. »Sag das noch mal«, bläfft der Schwarze mit dem Portemonnaie.

»Ich hab gesagt, sei ein lieber Bimbo und gib dem Herrn sein Portemonnaie zurück.«

Das Schweigen scheint kein Ende zu nehmen.

Dann sagt einer der Weißen: »Willst du meinen Freund beleidigen, du rassistisches Schwein?«

»Als Freund macht er aber nicht viel her.«

Inzwischen haben sie den Neuankömmling begutachtet und zumindest ein paar Schlüsse aus seinem Erscheinungsbild gezogen: der Anzug, das Gesicht, das Blut. Einer von ihnen, der entweder ein besserer Beobachter oder weniger mutig ist als die anderen, spürt etwas Gefährliches und Wildes und sagt: »Wißt ihr, das haben wir doch gar nicht nötig.«

Aber der aktuelle Besitzer des Portemonnaies hört nicht auf ihn: »Warum sorgst du nicht dafür, daß ich's zurückgebe?«

Der Mann fährt sich mit der Hand durchs Haar und zieht ein Gesicht, aus dem vorwiegend Überdruß spricht.

»Ich hab das alles so satt«, sagt der Mann und bezieht sich auf eine Geschichte, die sie nicht kennen können. »Diese ganze Macho-Gewalt-Scheiße. Ich brauch das nicht. Und ihr braucht das auch nicht.«

Dann zieht er geistesabwesend eine Pistole aus der Tasche. Sie könnte echt sein, es könnte auch eine Nachbildung sein, aber die jungen Räuber haben kaum genug Zeit, das festzustellen. Der Mann mit der Pistole sieht aus, als hätte er wacklige Knie, als würde er schwanken und torkeln. Dann sagt er: »Und das Ding hier brauch ich eigentlich auch nicht.«

Gedankenlos läßt er die Pistole fallen, und als sie auf den Asphalt trifft, geht sie los. Ein Schuß löst sich, und der Krach wird durch den metallischen Hall der Brückenkonstruktion verstärkt. Die Kugel bleibt in einem der parkenden Autos stecken, hätte aber alles treffen können, auch Fleisch und Knochen. Die Räuber versuchen, sich auf die Pistole zu stürzen, aber der blutbefleckte Mann schnappt sich den ersten, schlägt ihm mit dem Handrücken ins Gesicht und wiederholt das fünf- oder sechsmal.

»Nenn du mich nicht Rassist, du blödes kleines Miststück«, sagt er.

Und dann verpaßt er dem Jugendlichen noch eine, bevor er ihn vor sich auf den Boden schleudert wie einen großen Müllsack. Er fängt an, ihn zu treten, als er einen entschlossenen Druck auf seiner Schulter verspürt. Er dreht sich um, will sich den oder das, was ihn bei seiner Arbeit stört, vornehmen, aber es ist bloß das Opfer, der Mann, der beraubt wurde.

»Hören Sie auf«, sagt der. »Was tun Sie denn? Sie bringen ihn ja um.«

Als wäre er darauf noch gar nicht gekommen, hört der Mann auf zu treten. Er konzentriert sich, versucht vergeblich, sein hoffnungslos zerknittertes Jackett glattzustreichen, und tritt ein paar Schritte zurück. Der Junge rappelt sich langsam auf, schleppt sich über den Asphalt, kommt auf die Beine und läuft davon. Die beiden Männer sehen ihm nach.

»Sie haben recht. Ihn will ich nicht umbringen. Hauen wir ab. Wo sind wir?«

Der Beraubte bückt sich, sammelt seine Schlüssel und das Taschentuch ein und verteilt sie wieder in den Taschen. Sein Retter hebt seine Pistole, das gestohlene Portemonnaie, das die Räuber bei der Flucht zurückgelassen hatten, und den *A–Z*-Stadtplan auf. Er sieht sich nach einem Straßenschild um, das ihm sagen könnte, wo er sich befindet. Er findet keins, schlägt den *A–Z* aber dennoch auf. Es nützt ihm nichts. Die Karte ist ein absurdes Puzzle, ein Rätsel, ein Labyrinth. Die Straßen, Alleen, Gassen, Plätze, Brücken, Promenaden auf jeder Seite des Stadtplans sind mit dicken schwarzen Strichen übermalt. Sämtliche Straßennamen sind unlesbar, als hätte man ganz London durchgestrichen und ausgelöscht, als hätte man es zu einem abstrakten, namenlosen Gebilde gemacht. Die Karte war zu einem Muster geworden, zu einem Dekor, einem Ornament, einem ungegenständlichen Design, für das London nur die Inspiration geliefert hatte, von der allerdings nicht mehr viel übriggeblieben war. Damit würden sie nie nach Hause finden. In der Ferne durchdringen Polizeisirenen die Stille.

Der Mann im blutigen T-Shirt betrachtet den Mann im Kaschmirmantel, den Besitzer des nutzlosen Stadtplans, und sagt: »Sie werden sagen, daß es dafür eine ganz einfache Erklärung gibt, stimmt's?«

Therapie

Judy Tanaka und ihre Therapeutin verbrachten die erste Hälfte der Sitzung in unbehaglichem, wenn auch nicht direkt feindseligem Schweigen. Die Wintersonne erhellte das Kellerzimmer, und der Schatten des Fensterrahmens gliederte den Teppichboden in grell leuchtende, rautenförmige Elemente. Judys Therapeutin, eine schlanke, jugendliche, aber schon ergraute Frau, die dicke Ringe und gelbe Seidenstrümpfe trug, starrte durchs Fenster auf den wild wuchernden Garten in Kentish Town, hatte dabei aber den Dreh heraus, ihre Klienten wissen zu lassen, daß sie, wenn man sie brauchte, sofort voll bei der Sache war.

Judy Tanaka hatte sich schon viele Gedanken über ihre Therapeutin gemacht, insbesondere über ihre sexuellen Vorlieben, darüber, ob sie lesbisch war und ob in der kalten Art, mit der sie Judy am Anfang jeder Sitzung begrüßte, womöglich eine unprofessionelle Aversion lag. Vielleicht haßte die Therapeutin sie, weil sie nicht lesbisch war, sondern ein lebhaftes Hetero-Sexualleben führte, dem die Therapeutin nichts entgegensetzen konnte. Vielleicht war sie eifersüchtig. Vielleicht wollte sie ihre Patientin verführen. Aber Judy war zu dem Schluß gekommen, daß solche Spekulationen eine verständliche, aber nichtsdestoweniger irrelevante und allzu offensichtliche Flucht vor ihren wirklichen Problemen waren. Sie versuchte, so gut es ging, nicht mehr an ihre Therapeutin, sondern an ihre eigene Lebenssituation zu denken.

Schließlich sagte sie: »Ich glaube, in mir geht etwas sehr Seltsames vor.«

»Etwas Gutes?« fragte die Therapeutin, wandte Kopf und Gedanken vom Garten ab und Judy zu.

»Kann ich nicht genau sagen«, antwortete Judy. »Aber ich bin mir sicher, daß ich mich verändere.«

»Und auf welche Art und Weise verändern Sie sich?«

Judy rutschte in dem großen zerfurchten Ledersessel herum und dachte intensiv über die Antwort nach.

»Ich glaube, ich werde komplexer«, sagte sie. »Dichter und erfüllter von Nebengeräuschen und Verderbtheit, stärker von Problemen wie Organisation und Infrastruktur geplagt.«

Die Therapeutin musterte Judy mißtrauischen Blickes, und Judy bestürzte das unverhohlene Desinteresse und der Mangel an Verständnis, der darin lag.

»Manchmal fühle ich mich richtig ausgebombt«, sagte Judy. »Und manchmal gequält. Gelegentlich komme ich mir vor, als würde ich brennen, und dann wieder, als hätte ich mich im Nebel verlaufen, wie früher in einer echten alten Londoner Waschküche.«

»Ich würde sagen, Sie sind zu jung, um sich an die richtigen Waschküchen zu erinnern, Judy«, sagte die Therapeutin halbwegs freundlich. »Die Gesetze zur Luftreinhaltung in London sind lange vor Ihrer Zeit in Kraft getreten.«

»Vielleicht ist das das kollektive Unbewußtsein meines Volks«, beharrte Judy.

»Und von welchem Volk sprechen wir denn?«

O je. Jetzt ging das wieder los. Die Taktik kannte Judy. Das hatten schon viele probiert. Die Leute, selbst professionelle Therapeuten, wollten glauben, daß ihre ganze Angst und Konfusion einfach nur auf ihre Fremdartigkeit zurückzuführen war, daß das alles daher kam, weil sie zur Hälfte Japanerin war, eine Exotin im Stadtbild Londons. Judy wies diese billigen und einfachen Erklärungen regelmäßig zurück.

»Mein kollektives Unterbewußtes ist das englische«, sagte sie nachdrücklich. »Ich wurde in Südlondon geboren, Himmel nochmal.«

Die Therapeutin antwortete nicht, und Judy fuhr fort: »Und die Probleme, die ich mit den Männern habe. Männer, die nicht aus der Stadt kommen. Das sind bloß Touristen, Tagesausflügler. Sie kommen, gaffen sich meine Sehenswürdigkeiten an, hinterlassen einen Haufen Abfall und gehen ihrer Wege.«

»Ein treffender Vergleich«, sagte die Therapeutin.

»Das ist nicht nur ein Vergleich«, sagte Judy. »Sehen Sie mich doch an. Erinnere ich Sie nicht an etwas? Ich trage Zeichen sowohl der Erneuerung als auch des Zerfalls. Eigenartiges geschieht an meiner Haut: Laster, Verbrechen und Bewegungen hinterlassen ihre Spuren. Meine Venen pulsieren, als würden U-Bahnzüge hindurchfahren. Mein Verdauungssystem ist manchmal verstopft. Dazu zeigen sich jede Menge Alarmsignale und Engpässe, an denen sich alles staut. Einige Stellen von mir sind allgemein, andere nur eingeschränkt zugänglich. Mein Körper hat Sehenswürdigkeiten und dunkle Ecken. Man braucht kein Genie zu sein, um zu verstehen, was hier passiert. Greater London, *c'est moi*.«

Die Therapeutin versuchte, ihr spöttisches Kichern mit einem Hüsteln zu verbergen, aber das gelang ihr nicht ganz.

Judy wußte, daß es dumm von ihr war, für die teuren Sitzungen in diesen Teil der Stadt zu fahren, in den sie sonst nie kam, wo eine Frau, die sie nicht kannte und der sie auch kein großes Vertrauen entgegenbrachte, sich über sie lustig machte.

»Entschuldigung«, sagte die Therapeutin. »Ich wollte Sie nicht beleidigen, aber normalerweise behandele ich Menschen mit mentalen Problemen oder Störungen und nicht Menschen, die fürchten, sich in eine Großstadt zu verwandeln.«

»Dann sieht es wohl so aus, als wäre ich hier bei der falschen Therapeutin.«

»Das ist gut möglich«, stimmte sie zu. »Vielleicht sollten Sie sich überlegen, was für ein Therapeut Ihnen am besten helfen könnte: ein Stadtplaner, ein Beamter der Stadtverwaltung oder ein Immobilienmakler.«

Judy fing an zu weinen. Auch das kam bei ihren Sitzungen häufiger vor, und in gewisser Weise war es ihr ganz recht, weil sich so wenigstens der Eindruck verfestigte, daß sie an der richtigen Stelle herumdokterten. Die Sitzung neigte sich dem Ende zu, und Judy merkte, daß die Therapeutin die Sache zu einem ordentlichen, professionellen und beruhigenden Abschluß bringen wollte.

»Judy«, sagte sie und versuchte offenbar, so gut es ging, wie eine nette Lieblingstante zu klingen, »die Gespräche in unseren Sitzungen sind immer sehr angenehm, und ich würde Sie niemals abweisen, wenn ich das Gefühl hätte, Sie wären auf meine Hilfe angewiesen. Aber ich halte Sie ehrlich gesagt für einen der normaleren Menschen, die mir in dieser verrückten Stadt über den Weg gelaufen sind. Und damit meine ich nicht nur meine Klienten, sondern alle, die hier leben, sämtliche Einwohner Londons.

Warum sparen Sie das Geld nicht einfach? Warum hören

Sie nicht auf, interessante Symptome zu erfinden? Warum sagen wir den Termin in der nächsten Woche nicht einfach ab, und den in der Woche darauf gleich mit? Und warum einigen wir uns nicht darauf, daß Sie erst wiederkommen, wenn etwas wirklich ernsthaft und außergewöhnlich mit Ihnen schiefläuft?«

Von – Nach

Es war spät, fast ein Uhr nachts, in einer kalten Winternacht, und die Lichter der Sheffield Midland Station leuchteten hell und einsam. Der letzte Zug aus London war lange überfällig, und Mick Wilton gehörte zu den zwanzig oder dreißig Wartenden. Am Taxistand saß mindestens die gleiche Anzahl pakistanischer Taxifahrer in ihren Wagen; eine schier endlose Warterei für eine billige Fahrt. Mick stand auf dem Parkplatz neben seinem alten Mercedes und übte sich in Geduld. Er hatte nur eine vage Vorstellung von seinem Erscheinungsbild und dem Image, das sich damit verband: groß, breitschultrig, ein harter Bursche, ein billiger Typ in einem teuren, petrolblauen Anzug, unter dem er wie immer ein blitzsauberes weißes T-Shirt trug. Er gab sich viel Mühe, sich seine Verärgerung nicht anmerken zu lassen. Warten war nicht sein Stil, weder in Bahnhöfen noch sonst irgendwo.

Schließlich kroch der Zug in den Bahnhof, kam träge und schwerfällig zum Stehen und spie die Passagiere aus. Natürlich stieg sie als eine der letzten aus. Sie ging die Betontreppe hinunter, klein, aber unübersehbar, eine drahtige Rothaarige in Stiefeletten, kurzem Rock und goldener Lederjacke. Sie sah hart aus, viel härter als er. Herrgott, dachte er, sie sieht aus wie eine Stripperin. Aber schließlich war sie das auch; Gabby, seine Freundin, seine bessere Hälfte, oder wie immer man das nennen wollte. Aber irgend etwas stimmte heute abend nicht mit ihr, sie wirkte gestreßt, aufgewühlt, und zwar so sehr, daß es nicht mehr an der langen, ermüdenden Zugfahrt liegen konnte; und auch Alkohol und Drogen, die sie sich, wie er annahm, reingezogen hatte, kaum daß sie aus seinem Blickfeld verschwunden war, reichten nicht als Erklärung. Während sie auf das Auto zuging, würdigte sie ihn kaum eines Blickes.

»Alles in Ordnung?« fragte er.

»Nein. Nichts ist in Ordnung.«

Sie stieg in den Wagen, aber sie wollte nicht nach Hause, jetzt nicht, noch nicht, also fuhr er an einen Ort, an dem sie reden konnten, auf einen der Hügel in der Nähe des Bahnhofs, wo sie die Hochhaussiedlungen gebaut hatten.

Gabby sagte: »Ich habe also wie üblich gestrippt, und das lief alles eigentlich ziemlich gut. In diesem Club oder Restaurant, wo sie sich einen kleinen Saal gemietet hatten. Es war eine Junggesellen-Abschiedsparty, und das waren sechs offensichtlich reiche, eingebildete, vornehme Pinkel, aber am Anfang kamen die mir gar nicht mal so übel vor.

Die haben mir dann also ein bißchen Champagner eingeflößt und mich zu einer Zugabe überredet. Und dann hat mir einer an den Arsch und einer an die Titten gefaßt, was schon okay sein kann, weißt du ja, wenn man es auf die richtige Art macht. Und damit komm ich sowieso klar. Dann hat einer versucht, mich zu küssen, da hört's natürlich auf, also hab ich ihm eine gelangt, dann hat ein anderer damit angefangen, und, na ja, wir haben ein bißchen gerangelt, und im Prinzip haben mich dann alle hintereinander vergewaltigt.«

Mick sagte nichts. Er versuchte, seinen Gesichtsausdruck so ruhig und unbewegt zu halten wie eine Wachsfigur, aber in seinem Kopf machten sich die verschiedensten Pornoszenen selbständig: sechs anonyme Männer in einem dunklen Speisesaal mit Jagdbildern, Hirschgeweihen und maskierten Kellnern. Gabby ist nackt, bis auf ein paar erotische Accessoires – Strapse, Netzstrümpfe, Handschuhe bis zu den Ellenbogen – und in Tränen aufgelöst und wird von einem halben Dutzend wilder, stiernackiger, degenerierter Lackaffen überfallen, denen die Smokings um die stämmigen Körper flattern, Hosen runter, Schwänzchen in die Höh.

»Alle?« fragte er. »Alle sechs?«

»Ja«, sagte sie. »Der Reihe nach. Und die anderen haben mich festgehalten. So ziemlich die Standard-Massenvergewaltigung.«

Er streckte die Hand aus und wollte ihr Gesicht streicheln. Es war als sanfte, beruhigende Geste geplant, sollte nichts Bedrohliches oder Sexuelles haben, aber sie zuckte zitternd zurück.

»Welche Show hast du gemacht?« fragte er.

»Kleopatra.«

»Haben sie hinterher noch bezahlt?«

»Ja.«

»Das ist ja schon mal was.«

»Aber nicht viel.«

»Haben sie dir weh getan?«

»Ja.«

»Waren sie groß?«

»Ein paar schon.«

»Aber offenbar nicht sehr klug. Hast du eine Ahnung, wer sie sind? Kennst du Namen?«

»Ja, ich hab die Namen.«

Sie griff in die Tasche ihrer Lederjacke und holte einen abgegriffenen Zettel heraus, auf dem handschriftlich etwas notiert war.

»Eine von den Kellnerinnen hat gesehen, was passiert ist«, erklärte Gabby. »Sie hat Mitleid mit mir gehabt. Sie kannte die Gäste. Die kommen häufig.«

Mick sah sechs Namen auf dem Zettel.

»Nur Namen«, sagte er. »Keine Adressen?«

»Reicht das nicht?«

»Ich hoffe doch«, sagte Mick.

»Das hoffe ich auch. Was hast du vor?«

»Ich kümmer mich drum, okay?«

»Gut«, sagte sie und entspannte sich erleichtert. »Ich wußte, daß du das machst.«

Er stieg in St. Pancras aus dem Zug, ein Einzelgänger ohne Gepäck, derselbe Anzug, darunter ein neues weißes T-Shirt. Die fahle Wintersonne strahlte durch die graue Glaskuppel, und er war gleichzeitig niedergeschlagen und entschlossen. Er ging zügig zwischen den Menschenmassen hindurch aus dem Bahnhof ins Freie zu den schwarzen London-Taxis. Er stieg ins erste und sagte zum Fahrer: »Dickens Hotel, Park Lane.«

Die paar Tage, die er sich in Sheffield vorbereitet hatte, waren mies gewesen. Es hatte keinen Zweck gehabt mit Gabby. Er durfte sie nicht berühren, sie ließ ihn nicht in ihre Nähe. Er war davon ausgegangen, daß sie ihn bei sich haben wollte, aber sie hatte ihn in seine eigene Wohnung geschickt. Sie hatte ihn nicht einmal auf dem Sofa schlafen lassen. Er hatte versucht, nicht wütend zu werden. Er wollte Anteil nehmen, weil er wußte, daß sie viel durchgemacht hatte und verletzt war. Aber er hatte auch Gefühle, und die Art, wie sie ihn auf Abstand hielt, machte ihn fertig. Sie hatte gesagt, daß sie nicht darüber reden wollte, und je schneller er nach London käme, desto besser.

Der Fahrer stellte das Taxameter an, und der Motor begann zu tuckern. Er war kein großer Redner, und das kam Mick sehr gelegen. Er sah sich die Werbeposter im Taxi an, eins für Laptop-Computer und eins für eine Klinik, die auf Schönheitsoperationen spezialisiert war. Dann blickte er aus dem Fenster auf den dichten Verkehr, die Motorräder, die sich zwischen den Autos durchschlängelten, die trübe Luft, die Menschen, die auf den Gehsteigen hin und her eilten, weil sie spät dran waren. Er haßte alles, was er sah, und in seinem Gesicht machte sich ein Ausdruck angewiderter Herablassung breit. London.

Es war schon komisch, daß er hier war, aber andererseits hatte er das Gefühl, daß es unvermeidlich war, daß er in dieser Angelegenheit keine Wahl gehabt hatte. Wenn jemand, der einem wichtig war, verletzt wurde, dann tat man etwas. Man half. Wenn möglich, schützte man ihn, aber wenn es dafür zu spät war, übte man Rache. Man bestrafte die Schuldigen und stellte sicher, daß so etwas nie wieder passierte. Das war kein komplizierter Kodex. Es ging nicht um Ehre oder Ritterlichkeit. Es war einfach eine Frage von Ursache und Wirkung. Man tat, was getan werden mußte. Und wenn man es richtig betrachtete, dann hatte es vielleicht nicht einmal viel damit zu tun, daß ›seine‹ Gabby das Opfer war; Zuneigung oder Zugehörigkeit spielten gar keine so große Rolle. Wahrscheinlich hätte er das gleiche für einen Menschen getan, der ihm viel weniger bedeutete als Gabby. Es wäre sogar möglich, daß er es für einen Typen getan hätte.

Er wollte die Sache einfach und überschaubar halten. Er wollte keine unschuldigen Menschen hineinziehen. Er wollte das Leiden nicht unnötig lange ausdehnen. Er wollte es bloß hinter sich bringen. Hier liefen sechs Männer herum, die sich auf etwas gefaßt machen konnten, und dazu blieb ihnen nicht viel Zeit. Das einzige, was zu Verzögerungen führen und ihm das Leben unnötig schwermachen könnte, war das Wesen und die komplizierte Fremdartigkeit Londons. Wenn die sechs Arschlöcher in Sheffield gelebt hätten, wäre die ganze Angelegenheit längst erledigt.

Schließlich meldete sich der Taxifahrer. Er fragte: »Welches Hotel hatten Sie gesagt?«

»Das Dickens«, antwortete Mick.

Der Fahrer kratzte sich die Fleischwülste am Nacken. »Kenn ich gar nicht.«

»Ich dachte, ihr Londoner Taxifahrer kennt alles.«

Der Fahrer war sich nicht sicher, ob er das als Beleidigung auffassen sollte, und sagte nur: »Ich kenne die Park Lane, aber ein Dickens Hotel kenne ich nicht.«

»Soso«, sagte Mick wenig hilfsbereit.

»Okay«, sagte der Fahrer, »wir finden es schon, wenn wir da sind.«

Als sie in die Park Lane kamen, war Mick ziemlich beeindruckt. Das sah schon viel besser aus. Es war eine weitaus angenehmere Version Londons. Der Verkehr war immer noch laut und hektisch, aber wenigstens war hier ein Park, und die Hotels wirkten elegant und komfortabel. Die Namen kamen ihm alle irgendwie bekannt vor; es waren Orte, die im Fernsehen oder in Zeitungen erwähnt worden waren: das Dorchester, das Inn on the Park, das Hilton, aber ein Dickens war nicht zu finden. Der Fahrer hielt den Wagen an, bevor sie in den Verkehrsstrom an der Hyde Park Corner gerieten.

»Ich wollte ja nichts sagen«, sagte er, »aber ich hab mir gleich gedacht, daß hier kein Dickens Hotel ist.«

Mick blieb ausdruckslos sitzen.

»Die Hausnummer wissen Sie wohl nicht zufällig«, sagte der Fahrer.

Doch überraschenderweise kannte Mick die Hausnummer. Er hatte eine Karte vom Hotel. Wortlos holte er sie aus der Brusttasche und reichte sie dem Fahrer, der sie nicht einmal eine Sekunde lang ansah und mit spöttischem, ungläubigem Staunen den Kopf schüttelte.

»Sie sind von außerhalb«, stellte er fest.

»Na und?«

»Sie wollen in die verdammte Park Lane in Hackney.«

»Soso«, sagte Mick, »dann bringen Sie mich hin.«

»Ich fahr nicht ins verdammte Hackney.«

»Was haben Sie gegen Hackney?«

»Wenn Sie jemand gefunden haben, der Sie hinfährt, werden Sie's schon sehen. Sie schulden mir zehn Pfund. Und jetzt raus mit Ihnen.«

»Sie bringen mich hin«, sagte Mick.

»Nein, mein Bester, tu ich nicht.«

Mick blieb ungerührt sitzen. Er würde nicht beim ersten Streit in der großen Stadt klein beigeben.

»Raus«, sagte der Fahrer und stieg aus dem Wagen. Als er die Hintertür öffnete, sah Mick, daß er einen Baseballschläger in der Hand hielt. Das amüsierte ihn.

»Raus, hab ich gesagt, sonst . . .«

Mick sagte ruhig: »Ein Baseballschläger wird nicht reichen«, und dann brach die Gewalt aus ihm heraus. Er riß dem Taxifahrer den Schläger aus der Hand, holte aus und knallte ihm zweimal damit auf die Nase. Er sprang aus dem Taxi, stieß den Fahrer beiseite und trat beide Scheinwerfer ein. Er überlegte, ob er die Fenster mit dem Schläger kaputthauen, den Kühler durchlöchern und sich den Fahrer nochmal ordentlich zur Brust nehmen sollte, als er plötzlich wieder ruhiger wurde, als hätte sich eine väterliche Hand auf seine Schulter gelegt, die ihn zurückhielt, und die Vernunft kehrte wieder zurück. Er warf den Baseballschläger weg und ging langsam fort. »Ich hasse diese Stadt«, sagte er und begann zu laufen, rannte durch die Straßen hinter den großen Hotels, bevor der Fahrer Verbündete um sich scharen konnte.

Er hörte bald wieder auf zu rennen. Rennen war ebensowenig sein Stil wie Warten, aber weil er Abstand gewinnen wollte, ging er schnell, entschlossen, töricht und verloren weiter. Er hatte keine Ahnung, wo er war oder wohin er ging. Er war wütend und fühlte sich gedemütigt, aber für den Augenblick reichte es, so zu tun, als wüßte er, wohin er ginge, um die Erregung im Zaum zu halten. Die Straßen in Mayfair verwirrten ihn. Er war davon ausgegangen, daß alle Londoner Straßen vor lauter Menschen und Aktivitäten wimmelten, aber hier war es mehr oder weniger leer. Die großen, imposanten Häuser hatten die Menschenmassen von den Straßen in sich hineingesogen.

So ging er eine halbe Stunde oder länger möglichst geradeaus. Sein Orientierungssinn war gut genug, um ihn voranzubringen und sicherzustellen, daß er nicht im Kreis lief, aber ob sein Vorankommen ihm nützte, ob sein Orientierungssinn ihn irgendwohin brachte, wo es sich hinzugehen lohnte, wußte er nicht. Schließlich, als seine Wut fast vollständig verflogen war, er langsamer wurde und Hackney für ihn immer noch unentdecktes Land war, begriff er, daß er sich wirklich verlaufen hatte.

Er fragte ein paar Leute nach dem Weg, aber die wußten nicht, was er von ihnen wollte, und er war nicht sicher, ob es an ihrer Fremdheit lag oder an seiner. Sie hatten keine Ahnung, wie man nach Hackney kam. Das war eine abgelegene Provinz, ein Ort, der für die Kartographen noch fremdes Territorium war, der hinter dem Rand der bekannten Welt lag. Schließlich gab er sich mit einer einfacheren Frage zufrieden. »Können Sie mir sagen, wo ich einen Stadtplan kaufen kann? Ein Zeitungskiosk oder so etwas?«

Er sprach mit einem burschikosen, bärtigen Mann mittleren Alters. Er sah wie ein Londoner aus (was immer das bedeuten mochte), und darum hatte Mick ihn ausgesucht. Der Mann sagte: »Gleich hier um die Ecke ist eines meiner Lieblingsgeschäfte, das London Particular. Die können Ihnen bestimmt helfen.« Und er erklärte den Weg so, daß sogar Mick es verstand.

Als Mick am London Particular ankam, stellte er fest, daß es sich um eine Art Buchladen handelte. Es war ein altmodisches Geschäft mit Erkern, das nur eine schmale Fensterfront zur Straße hatte, sich aber nach hinten in einen großen Saal mit Oberlicht erweiterte. Etwas widerwillig ging Mick hinein. Er spürte, daß er in eine Einrichtung für Spezialisten eindrang. Ein Zeitungskiosk wäre unkomplizierter gewesen, und er hätte sich wohler gefühlt. Die unglaubliche Menge und die Vielfältigkeit der Waren im Laden war überwältigend: neue und gebrauchte Bücher, Karten und Stadtführer standen in Regalen von gewaltiger Höhe und Tiefe. Sie türmten sich bis unter die Decke, so daß man nur noch mit Leitern herankam, und standen in zwei Reihen hintereinander in den Regalen. Der Boden war mit Kartons, Kisten oder auch unordentlichen Haufen aus Reiseführern und Zeitschriften bedeckt. Auf einem Tisch in der Ladenmitte waren die Bücher bis in bedenkliche Höhen gestapelt. Er kam sich linkisch vor, fehl am Platz, fürchtete, daß jede seiner Bewegungen eine der kunstvoll geschichteten Konstruktionen zum Einsturz bringen würde.

Ein paar Kunden blätterten und schmökerten, aber er sah keinen Verkäufer. Er wollte den Laden schon wieder verlassen, aber wohin hätte er gehen sollen? Er würde warten, bis jemand kam. Unterdessen sah er sich die Waren an, und nur ganz langsam und allmählich dämmerte ihm, daß jedes einzelne Buch, jeder Führer, jeder Stadtplan und jede Zeitschrift London zum Thema hatte. Es gab Geschichtsbücher, Memoiren, Biographien, Bücher über Londoner Architektur, über Stadtplanung, über Einwanderer, Gewalttaten und Aufstände. Die Stadtführer, von denen viele alt oder fremdsprachig waren, boten spezifische und spezialisierte Touren durch London. Es gab Führer für Rock-Fans, für Lesben, für Friedhofsenthusiasten. Sogar die Stadtpläne waren auf bestimmte Interessen zugeschnitten; für Fußgänger, für Autofahrer, Pläne mit Parkmöglichkeiten, in 3-D und mit Schauplätzen von Morden. Ein einfacher Stadtplan, auf dem er den Weg von A nach B, von seinem jetzigen Aufenthaltsort zum Dickens Hotel in Hackney finden würde, schien gleichzeitig zuviel und zuwenig verlangt zu sein.

Dann erschien eine Buchhändlerin, und Micks Hoffnungen sanken. Hinter der Kasse stand eine japanisch aussehende Frau, jung, attraktiv, elegant, aber sehr, sehr fremdartig. Mick schüttelte den Kopf, sein Pech überraschte ihn nicht, und machte sich auf den Weg zur Tür, als sie ihm hinterherrief: »Kann ich Ihnen helfen, Sir?«

Die Stimme klang nicht, als gehörte sie zu ihr. Sie sprach klar und deutlich und ohne jeden Anflug eines ausländischen Akzents. Im Gegenteil, es war ein vornehmer, englischer Oberschicht-Akzent, der viel britischer und korrekter als sein eigener klang. Er hatte gelernt, diesem hochnäsigen, gutbürgerlichen, südenglischen Akzent mit Mißtrauen und Ablehnung zu begegnen.

Er drehte sich zu ihr um und sagte: »Sie sprechen Englisch?«

»Ein klein wenig«, antwortete sie.

»Ich habe mich verlaufen«, sagte er. »Ich brauche einen Stadtplan.«

Bei der Menge der Stadtpläne, zwischen denen man hier wählen konnte, wäre es für sie ein leichtes gewesen, seinen Wunsch herablassend zu behandeln, aber das tat sie nicht. Sie war hilfsbereit, unbekümmert, überhaupt nicht das arrogante Biest, das Mick aufgrund ihres Akzents erwartet hatte. Sie gab ihm einen *A–Z* und zeigte ihm sogar, wo er Hackney finden konnte.

»Sind Sie das erste Mal in London?« fragte sie.

»Nein«, sagte Mick stolz. »Das dritte.«

»Bräuchten Sie vielleicht noch einen Stadtführer?«

Also, Auskünfte und Hinweise würde er brauchen, aber er wußte nicht, was für ein Stadtführer ihm die gesuchten Informationen bieten würde. Er sagte: »Schon möglich«, und sie führte ihn in die Abteilung mit den modernen Stadtführern, zwischen denen er dann völlig verwirrt herumstand.

»Können Sie mir was empfehlen?«

»Wie wäre es mit diesem hier?« sagte sie.

Sie gab ihm ein Buch mit dem Titel *Alles über London.*

»Wirklich alles?« fragte er.

»Ja.«

Er sah es zweifelnd und ratlos an.

»Wie soll das gehen?« fragte er. »Alles heißt doch, daß sämtliche Informationen aus allen anderen Büchern da drinstehen, oder? Also alles, was in allen Büchern hier im Laden steht, stimmt's?«

»Ja, da haben Sie wohl recht«, gestand sie zu.

»Und dazu die ganzen Sachen, die in den Büchern über London stehen, die Sie nicht hier haben. Das Buch müßte größer sein als das Geschäft. Wahrscheinlich müßte das Buch sogar größer als London sein, stimmt's?«

»So genau habe ich noch nie darüber nachgedacht«, sagte sie.

»Das sollten Sie dann aber mal«, sagte er.

Sie tat, als würde sie nachdenken, gab sich aber nicht sehr viel Mühe dabei.

»Vielleicht sollte ich einfach mal irgendeins herausgreifen«, sagte er.

Sie verbeugte sich ein wenig, unterwürfig, der Kunde war König. Sie beobachtete, wie er ohne hinzusehen ins Regal griff. Sein Zeigefinger stach durch die Luft und landete auf einem Buch mit dem Titel *London ohne Gewähr*. Er zog es heraus und sah es sich neugierig an. Es war zwar kein gebrauchtes Buch, wirkte aber trotzdem ziemlich mitgenommen, als hätte es sehr lange im Regal gestanden. Auf dem Einband war ein ausgebleichtes, unscharfes und nichtssagendes Foto der Tower-Bridge.

»Dafür kann ich mich aber nicht verbürgen«, sagte sie. »Vielleicht sollten Sie es noch einmal versuchen.«

»Nein«, sagte Mick. »Meine Wahl steht fest. Offenbar ist es mein Schicksal, daß ich dieses Buch kaufe.«

Er sagte es völlig ernst, aber sie war nicht sicher, ob er scherzte. Diese Unergründlichkeit war ein typisch englischer Charakterzug. Sie lächelten sich unsicher zu.

»Wie heißen Sie?« fragte Mick.

Sie zögerte kurz, antwortete dann aber: »Judy. Judy Tanaka.«

»Sehr exotisch«, sagte er.

»Eigentlich nicht. In Japan ist Tanaka so etwas wie hier Smith.«

»Aber wir sind hier nicht in Japan, also ist es trotzdem exotisch, okay?«

»Wenn Sie meinen«, sagte sie, nahm ihm das Buch und den Stadtplan ab, kassierte und steckte beides in eine Tüte.

Als er bezahlte, fragte er: »Und woher sind Sie?«

»Streatham«, antwortete sie.

»Ach so«, sagte Mick, als könnte er mit dem Namen irgend etwas anfangen. Konnte er natürlich nicht. Es war einfach nur ein fremder Ort, von dem er noch nie gehört hatte. Er hätte ebensogut in Japan sein können.

Viel später erreichte er mit wunden Füßen, was er sich allerdings niemals eingestanden hätte, das Dickens Hotel in der Park Lane in Hackney. Er war lange gelaufen und unterwegs an vielen Hotels vorbeigekommen. Er hatte kurz überlegt, ob er nicht eins von denen nehmen und das Dickens vergessen sollte. Aber er hatte sich dagegen entschieden. In London mußte man aufpassen. Es gab an jeder Ecke absolute Neppläden. Ein Bekannter aus Sheffield hatte das Dickens empfohlen, und das reichte ihm. Man wollte schließlich nicht an einem Ort landen, den man nicht kannte und an dem man nicht erwünscht war.

Die Park Lane war eine breite, belebte Wohnstraße mit jeder Menge Schlaglöcher und geparkten Autos, aber nach Micks bisherigem Eindruck traf diese Beschreibung auf die meisten Londoner Straßen zu. An der Ecke war ein mit Brettern vernagelter Pub und gegenüber ein Take-away-Restaurant, in dem es Dumplings und Fritters gab.

Er hätte nicht erwartet, in dieser Straße ein Hotel zu finden. Die großen, vierstöckigen Häuser mußten einmal reichen Leuten gehört haben, aber ein Blick auf die langen Klingelreihen an den Eingangstüren zeigte, daß sie mit großem Eifer in Appartements unterteilt worden waren.

Für einen kurzen Moment hoffte er, daß er zum zweiten Mal am falschen Ort gelandet war, aber an einer Hausfront entdeckte er ein glänzendes Messingschild mit der Aufschrift ›Dickens Hotel‹. Er hatte es geschafft. Aber es brauchte mehr als ein Messingschild, um aus einem Haus ein Hotel zu machen, und dieses Gebäude sah aus wie eine billige Pension, die ihrem anmaßenden Namen in keiner Weise gerecht wurde. Und als er die sechs Stufen zur Eingangstür hinaufgestiegen war und geklingelt hatte, stand ihm unmittelbar eine Frau gegenüber, die nur die Pensionswirtin sein konnte.

Ihr Alter war schwer zu schätzen, und man sah, daß sie genau das beabsichtigte. Die Haare waren pechschwarz gefärbt, und die Kleidung hätte einer aufgebrezelten Achtzehnjährigen alle Ehre gemacht. Sie hatte reichlich Make-up aufgetragen, das allerdings etwas altmodisch wirkte, wie aus einem Hollywood-Filmmusical der Vierziger. Er konnte seinen Blick nicht von dem Schönheitsfleck abwenden, den sie sich, davon war er überzeugt, auf die rechte Wange gemalt hatte.

Sie hingegen sah ihn nur flüchtig an und sagte: »Ich habe Sie schon vor Stunden erwartet.«

»Ich hab mir erst noch die hübsche Umgebung angesehen«, sagte er.

»Was?«

»Ich bin zu Fuß gegangen.«

Die Eingangshalle war in keinem schlechten Zustand. Teppiche und Tapeten waren neu, an der Wand hing ein großer goldgerahmter Spiegel, und es gab mehrere kleine Grüppchen Stilmöbel-Stühle. Aber Mick wurde ins dritte Stockwerk geführt, wo Wände und Linoleumfußböden streifig waren und die Farbe von den Türen blätterte. In seinem kleinen Zimmer, das gleich neben dem Etagenbad lag, stand ein Bett mit einer Frottee-Tagesdecke, und von den Tapeten sprangen einem pinkfarbene Rosen in die Augen. Der Teppich war nicht allzu schmutzig, und auch der Nachttisch hatte nur wenige Brandflecken von liegengelassenen Zigaretten. Der Sprung im Garderobenspiegel war klein und der Store vorm Fenster zweifellos seit Menschengedenken bestimmt einmal gewaschen worden. Er schob ihn zur Seite und sah auf die Straße hinab.

Die Frau sagte: »Sie müssen ziemlich fit sein, wenn Sie den ganzen Weg von St. Pancras gelaufen sind.«

»Ja, ich bin im Training.«

Sie war beeindruckt. Voller Verachtung betrachtete Mick das Straßenleben. Auf der gegenüberliegenden Seite führte jemand eine größere Reparatur an einem stark verbeulten BMW durch. Eine Punkerin zerrte einen schmuddeligen, dürren Dalmatiner hinter sich her. Das war ziemlich mühsam, weil der Hund während des Gehens sein Geschäft zu erledigen versuchte und mitten auf dem Gehweg eine Reihe länglicher Köttel zurückließ.

»Wie heißt die Gegend hier?« fragte Mick.

»Es ist ein Teil von Stoke Newington«, sagte die Wirtin. »Wieso?«

»Ich wollte nur sichergehen, daß ich nicht in eine andere Dimension geraten bin«, antwortete Mick.

Aber er nahm das Zimmer. Was sollte er sonst machen? Es war schließlich nur ein Zimmer. Es hatte nichts Furchterregendes an sich, und er wollte nicht lange bleiben. Draußen dämmerte es. Er setzte sich aufs Bett und beobachtete, wie die einfallende Dunkelheit die pinkfarbenen Rosen ihres Violettstichs beraubte. Er fragte sich, ob er Fritters und Dumplings runterkriegen würde. Er öffnete die Schranktür und stellte fest, daß jemand ein Sexheft liegengelassen hatte. Die Frau auf dem Cover hatte eine eigentümliche Ähnlichkeit mit Gabby. Er schlug die Schranktür zu, legte sich aufs Bett und starrte die Risse in der Decke an. Kurz darauf erkannte er Gesichter und Konturen mythenumwobener Länder.

Tagebuch eines Fußgängers

Die letzten Tage

Ich war heute ziemlich erledigt, als ich durch die Stadt gegangen bin. Es war bitterkalt, und mein Mantel war zu dünn. Mir taten die Füße, der Rücken und der Kopf weh. Jetzt, wo meine Aufgabe ihrem Ende entgegengeht, wird sie immer frustrierender. Das Bedürfnis, fertig zu werden, endlich einen Schlußstrich ziehen zu können, wird immer stärker. Ich habe mich an dieser Stadt aufgerieben. Sie hat mich ausgelaugt. Ich habe in ihr keine Spuren hinterlassen, bin aber abgenutzt wie ein alter Bleistift, von dem nur ein Stummel übriggeblieben ist.

Ich habe alles gesehen, die verkommenen Hügel und die verwahrlosten Plätze. Ich bin durch die verschlafenen Viertel und die halbverlassenen Straßen gegangen, und ich bin ausgelaugt und abgekämpft wieder zurückgekommen.

Ich war an der Grenze, an der Wand, dort, wo die Stadt endet, wo die Bahngleise sich miteinander verschlingen, wo die Strommasten ihre Unzufriedenheit herauszischen und -fauchen, wo die Maschinerie ans Tageslicht kommt, die Nerven und Gedärme, die Exkremente, an jenen Orten, wo wir Freude am Fragment entwickeln. Hier, in diesem Kaleidoskop der Ruinen, hier, wo die bejahrte Substanz Ermüdungsbrüche erleidet, wo Komplotte aufgedeckt werden und die alten Geschichten der Vergessenheit anheimfallen, wo die Mythen sterben, da war ich verloren und habe mich doch wiedergefunden.

Ich habe Geschichte und Nostalgie gesehen. Ich habe die Liebe und den Tod und ihre fahlen Begleiter, den Sex und die Gewalt, gesehen. Ich habe eine schöne Stadt gesehen, eine Nation, einen großen Sumpf, das moderne Babylon. In Phillimore Gardens, South Kensington, habe ich durch Kellerfenster geblickt und eine dicke Frau gesehen, die nur mit einem Korsett bekleidet einen Mann in Anzug und Krawatte geküßt hat.

Ich sah Statuen von Boadicea, von John Kennedy und Bomber Harris. Ich sah einen kleineren Verkehrsunfall in der Windmill Road, Mitcham. Ich sah eine Frau in Wandsworth auf die Straße pinkeln. Ich habe mich auf einen der zerfallenden Brückenpfeiler der London Bridge gestellt, um die Ruinen der alten St. Paul's Cathedral zu zeichnen. Es war ein Tag wie jeder andere. Ich ging und schaute. Ich habe mein Bestes getan, um von allen geliebt zu werden.

Ich bin nicht so naiv zu glauben, daß ich die ganze Geschichte kenne, aber ich denke, ich habe beides gesehen, sowohl das große Ganze als auch die Bestandteile, die Zerstörungen, die sich wie Nebelwände über die Stadt senkten, so komisch und wahnwitzig wie die Schwindsucht; die vergessenen Krankheiten: Schlagfluß, Wassersucht, Pestilenz, Fleckfieber, Veitstanz, Skrofulose. Ich habe ein nostalgisches Verhältnis zum Aufruhr entwickelt, der Herrschaft der Straße, dem Niederbrennen von Gefängnissen, dem Virus der Raserei.

Ich sah die soliden, robusten Monumente von Handel und Gewerbe mit ihren Namen, die Hoover Factory, den

Oxo Tower, die Tate Gallery; bittersüße Erinnerungen an ein Empire. Ich bin endlose Straßen entlanggelaufen, die niemandem etwas zu bieten haben. Ich habe das verschwundene London der öffentlichen Hinrichtungen gesehen, das London der Kaffeehäuser, des Euston Arch, von Newgate Prison und Bedlam. Ich habe die fremdartige Poesie ausgestorbener Handwerke gehört, eine Poesie, die von der Vergangenheit der Stadt, von einer längst verschollenen Kultur erzählt: von Köhlern, Kerzenmachern, Bänkelsängern, fahrenden Fischhändlern, Seifensiedern und Hammerschmieden.

Ich habe den Geschichten und dem Rhythmus der Ortsnamen gelauscht. Was besagten sie? Ich habe die gebrochenen Geschichten der klerikalen Stadt gehört, vom Mozart-Estate, das nicht für Wunderkinder oder Genies bekannt ist, von der keinesfalls schlangengleichen Serpentine; von King's Cross, Queen's Park, der Prince of Wales Road – Orte, die die Mitglieder des Königshauses nur selten aufsuchen. Ich habe die Müllhalde der Geschichte gesehen, von Königen und Thronanwärtern, Entwicklern und Reformern, Visionären und Bürokraten, Märtyrern und Ganoven. Ich habe die klar erkennbaren Eponyme gelesen, die Straßen, die nach Cromwell, Wellington, Addison, Albert, Mountbatten und Mandela benannt wurden. Ich habe kleine Flecken in London gesehen, die für immer fremdartig bleiben werden, Maida Vale, Trafalgar, Waterloo, Mafeking Road, Sumatra Road, Yukon Road, die beiden Ladysmith Avenues und sechs Ladysmith Roads. Ich habe die Donquichotterien und die Schnurren gesehen: Artichoke Hill, Quaggy Walk, Yuletide Close, Pansy Gardens und die Evangelist Road.

Oft kam mir die Stadt lebendig vor, als wäre sie aus Fleisch und Blut, hätte Adern, Nervenzentren, Schönheitsflecken, Narben, Innereien, ein Herz, Parasiten und einen

After. Aber was war was? Was war die Seele? Und was die Kloake?

Ich bin ihnen auf Schritt und Tritt gefolgt, den großen Londonern, den eingeborenen wie den zugereisten: Dikkens und Pepys, Boswell, Johnson, Evelyn, Wat Tyler, Guy Fawkes, Betjeman und Nash und Wren und Newton und Marx und Dick Whittington und und und.

Ich bin in St. Anne's Court in Soho gewesen, einer kleinen gepflasterten Gasse, in der Marianne Faithfull, wie man ihrer Autobiographie entnehmen kann, mehrere Jahre lang jeden Tag im Heroindelirium auf einer Mauer gesessen hat. Ihr einziger Trost bestand darin, daß ab und zu Kenneth Anger oder Brion Gysin vorbeikamen und ihr etwas zu essen mitbrachten. Nicht gerade das typische Drogensüchtigendasein.

In der Hertford Road, Edmonton, schob ein Mann ein kleines Mädchen in einem Sportwagen vor sich her und sagte zu dem Kind: »Wenn ich dir ein paar Süßigkeiten gebe, wirst du doch meine Freundin, nicht wahr?« Er sagte es ein ums andere Mal voll Liebe und Verzweiflung.

Ich habe die City gesehen, einen Ort des Handels und der Geschäftemacherei, des Geldes und des elektronischen Transfers, ein Ort, an dem man auf Futures baut, der dank seines Selbstbewußtseins floriert, an dem Märkte aufgebaut, Vermögen erschaffen und verschleudert werden, an dem das Chaos nicht einfach nur eine Theorie ist.

In Lupus Street in Pimlico habe ich einen Verkehrspolizisten gesehen. Er trug eine kleine Schirmmütze und einen blauen Nylonanorak mit hochgeschlagenem Kragen. Sein Aussehen gab nicht viel her, aber wie er so muskelbepackt und gefährlich durch die Straße streifte, hätte man ihn für den Schurken in einem James-Bond-Film halten können.

In der Regent Street, im Schaufenster von Dickins &

Jones, malte ein Dekorateursgehilfe die Lippen der Schaufensterpuppen in einem blassen Kirschrot an.

Ich habe mich auf der Brücke zwischen den Gestaden wiedergefunden, wo man noch mit der Vergangenheit verbunden ist, dabei aber schon in einer Zukunft lebt, von der man noch kein klares Bild hat; in dieser neuen, von anderen erschaffenen Welt – möglicherweise voll seltsam futuristischer, an Bakelit-Radios erinnernder Autos, Männer, die sich Raketenantriebe auf die Schultern schnallen und enge, silberne Synthetikanzüge tragen, Hubschrauber und Monorails, die Pendler zur Arbeit bringen. Wir dachten einmal, daß es so aussehen könnte, das London von Dan Dare; wir irrten, als wir erwarteten, daß unsere Erwartungen erfüllt würden.

London (eine Stadt, die nur bei flüchtiger Betrachtung wie die Hölle aussieht) ist nicht alles. Es gilt nicht einmal wenigen alles, aber in gewisser Weise ist es mehr als genug, und mir reicht es allemal. Es gibt reichlich Daten und Fakten, aus denen sich eine perfekte Stadt konstruieren ließe: Es ist eine klar erkennbare, eine harte Stadt, eine Stadt sich gabelnder Wege, keine Stadt der Engel. Es ist auch einer jener zwielichtigen Orte der Erde, ein Ort, an dem ich zum Opfer der Rachegelüste eines anderen werden wollte, an dem ich versucht habe, in den Hinterhalt urbaner Mörder zu geraten. Die Stadt der bösen Worte.

Manchmal war ich verloren, aber vielleicht war ich von Anfang an verloren, wußte schon, bevor ich mich auf den Weg machte, nicht, wo ich mich befand, und bin dann immer weiter in die Irre gelaufen. Aber das war kein geographisches Problem, keine Misere, aus der Kartographen mich hätten befreien können. Ich fand Gefallen an Orten, die durch Epidemien und Brände, durch Bomben und Bulldozer geläutert worden waren.

Bald werde ich für meinen Stadtplan keine Verwendung mehr haben. Ein Stadtplan ist ein Euphemismus, ein sauberes, anschauliches, verständliches Surrogat für Unordnung und Chaos, das Durcheinander, die Ambivalenz, das Verschwimmen und die Verknüpfung von Kett- und Schußfaden der real existierenden Orte, die sie angeblich darstellen. Es sind trügerische Dokumente, armselige Simplifikationen und Zerrbilder. Sie sind überholt, seit ich ein neues London erschaffen habe; ein London, das nicht aus Ziegeln und Steinen, Asphalt und Beton gebaut ist, sondern aus Erinnerungen, Phantasie und ausgelatschten Schuhen. Ich habe es erträumt. Ich habe meine Träume wahr gemacht.

Selbst am Anfang schien es mir nicht das Streben nach etwas Unerreichbarem zu sein, noch weniger war es allerdings eine Reise, obwohl ich immer davon ausging, daß es so etwas wie ein Ziel, einen endgültigen Schlußpunkt gibt. Obwohl ich wußte, daß es keine Abenteuergeschichte ist, obwohl ich wußte, daß ich nicht gegen den Strom schwimme, war mir doch klar, daß in der Dunkelheit etwas auf mich lauert, in unbekannten Herrenhäusern, daß die Wände Ohren haben, oder Augen, oder Zähne, oder alles; unerhörte, namenlose Dinge, gezinkte Karten, unentdeckte Territorien, Kugeln, die für mich bestimmt waren. Morgen finde ich sie, oder sie finden mich. Ich stehe kurz vor dem Ende.

Der London Walker ist sich selbst der schlimmste Feind.

Schriftrollen

Anita betrachtete den Text auf dem Bildschirm, ließ ihn noch einmal durchlaufen und versuchte zu ergründen, was sie da eigentlich vor sich hatte. In gewissem Sinne war das ganz einfach. Es war der Inhalt einer Diskette, die sie in der Schreibtischschublade im Arbeitszimmer ihres eigenen Hauses gefunden hatte. Sie hatte unter einem Haufen Briefumschläge gelegen, aber die Wahl des Verstecks legte nahe, daß sie gefunden werden sollte. Auf dem Etikett stand in der Handschrift ihres Mannes nur ein einziges Wort: UNVOLLENDET.

Sie war heute nach nur wenigen Stunden Arbeit wieder nach Hause gegangen. Sie hatte behauptet, Kopfschmerzen zu haben, aber das war eher eine metaphorische als eine medizinische Beschreibung ihres Zustands gewesen. Sie brauchte Raum und Zeit, um über die Arbeit nachzudenken, was ihr im Büro überhaupt nicht gelang. Sie drohten in eine neuerliche Krise zu geraten, und sie würde demnächst ein paar sehr schwerwiegende und komplizierte Entscheidungen treffen müssen. Sie wollte diese Entscheidungen nicht allein fällen. Aber seit sie die Diskette gefunden hatte, waren Geschäftsangelegenheiten nebensächlich.

Es war ein reiner Zufallsfund gewesen, und doch schien er ihr von grundlegender Bedeutung. In gewisser Weise hatte sie wohl schon eine ganze Weile danach gesucht, auch wenn sie sich dessen kaum bewußt gewesen war. Aber jetzt, wo sie den Text vor sich hatte, wurde ihr klar, daß sie viel mehr und weitaus Schlimmeres erwartet hatte. Sie hatte befürchtet, daß es etwas Beschämendes sein würde, etwas Krankhaftes, Gewalttätiges und möglicherweise Pornographisches, etwas Perverses und Zerstörerisches, etwas, das sie vielleicht zwar verstehen, womöglich aber niemals hätte vergeben können. Statt dessen hatte sie etwas gefunden, das sie nicht völlig begriff; es war ein Teil eines Berichts oder eines Tagebuchs, vielleicht ein Geständnis, obwohl sie nicht so recht dahinterkam, was ihr Mann eigentlich gestand. Der Text schien eher große Freude an der Verschleierung zu haben und alles daranzusetzen, seine Bedeutung nicht zu leicht preiszugeben.

Sie las den Text noch einmal, war aber weiterhin verwirrt. Das war nicht das, was sie gesucht hatte. Sie hatte nach einer Erklärung gesucht, einem Dokument, einem Manifest, das ihr half, die in letzter Zeit zunehmende ›Abwesenheit‹ ihres Mannes zu verstehen. Sie hatte diesen Begriff in Ermangelung eines anderen, treffenderen gewählt. Es war keine physische Abwesenheit. Jeden Morgen und jeden Abend war er bei ihr. Sie arbeiteten mehr oder weniger zusammen. Sie verbrachten Zeit miteinander und unterhielten sich. Nachts schliefen sie im selben Bett. Und Geschlechtsverkehr hatten sie ebenso häufig wie andere Paare, die seit zehn Jahren verheiratet waren. Die meiste Zeit war er ihr ein guter Ehemann.

Es handelte sich auch nicht um eine offensichtliche emotionale Abwesenheit. Stuart war entgegenkommend und liebevoll. Er war für sie da. Wenn sie ihn brauchte, unterstützte und ermutigte er sie, und er wußte auch, wann sie allein sein wollte. Er machte nichts falsch, und trotzdem hatte sie das schreckliche Gefühl, daß er nicht ganz bei ihr war. Sie wollte wissen, wo er war und warum er dort war. Und jetzt dachte sie, sie könnte ihn vielleicht in diesen Wörtern finden.

Stuarts Arbeit erlaubte, ja verlangte von ihm, daß er diverse Stunden am Tag nicht im Büro und auch nicht zu erreichen war. Das hatte sie nie gestört; in gewisser Weise hatte sie selbst es so eingerichtet, aber jetzt störte es sie. Die für sie nicht nachvollziehbaren Teile seines Lebens waren zu einem unerträglichen Geheimnis geworden, und lange Zeit hatte sie nicht gewußt, wie sie dieses Geheimnis lüften sollte. Sie konnte ihn nicht fragen. Sie konnte ihm nicht folgen oder einen Privatdetektiv auf ihn ansetzen. So etwas taten Leute wie sie nicht. Schließlich wollte sie sich nicht zum Narren machen.

Es war nicht ausgeschlossen, daß er ein Fitneßstudio oder einen Sportclub besuchte oder etwas ähnlich Harmloses und Banales tat, denn eine der seltsamsten Veränderungen an Stuart war, daß er in letzter Zeit so gesund aussah. Er hatte Gewicht verloren, nicht besonders viel und nicht besonders schnell, er war einfach allmählich schlanker geworden. Und sein Gesicht hatte Farbe bekommen. Er sah gut aus, jünger.

Eine weniger selbstbewußte Ehefrau hätte vermutet, daß er eine Affäre hatte, aber Anita tat das nicht, und selbst wenn sie es vermutet oder gar eindeutige Beweise gehabt *hätte*, wäre sie nicht so besorgt gewesen, wie sie es jetzt war. Sie ging mit großer Sicherheit davon aus, daß ihr Mann sie niemals sitzenlassen würde, weil sie wußte, wie verantwortungsbewußt er war. Sie wußte auch, daß er mindestens eine Affäre gehabt hatte. Es war eine sehr junge Angestellte im Betrieb gewesen. Anita hatte weder die Vorstellung noch die Tatsache gefallen, aber sie konnte damit leben. Sie hatte die Zähne zusammengebissen und gewartet, bis es vorbei war, was dann auch nicht allzu lange gedauert hatte.

Aber das Verhalten des untreuen Stuart war nichts im Vergleich zu seinem jetzigen gewesen. Dies hatte eine ganz neue Qualität; es hatte, wie sie annahm und befürchtete, weder mit Sex, Liebe oder Untreue noch mit anderen Bereichen, in denen sie sich auskannte, zu tun.

Behutsam hatte sie bei ein paar Freunden und Kollegen angefragt, ob sie Veränderungen an Stuart bemerkt hätten, was aber alle verneinten. Und selbst wenn Leute sich ihr zuliebe bemüht und genauer darüber nachgedacht hätten, wäre ihnen eher ein Wandel zum Besseren aufgefallen. Stuart schien in letzter Zeit glücklicher zu sein. Er wirkte sogar gelassen. Theoretisch hatte er nicht weniger Probleme als sonst, aber offenbar belasteten oder störten sie ihn nicht mehr. Er sah aus wie ein Mann, der Weisheit und Zufriedenheit erlangt hatte. Kein Wunder, daß sie es mit der Angst zu tun bekam.

Sie merkte, daß die paar Seiten, die sie am Bildschirm gelesen hatte, sehr, sehr wenig erklärten. Natürlich war Stuart immer ein großer London-Fan gewesen, hatte schon immer viel Kraft aus der Stadt gezogen. Aber der eigenartige literarische Streifzug reichte nicht, um seine Gelassenheit oder ihr eigenartiges Gefühl ihm gegenüber zu rechtfertigen. Allerdings hatte sie auch nur eine Datei gelesen. Sie wußte, daß sich auf der Diskette viel mehr Daten befanden, wahrscheinlich weit mehr von ihrem Mann geschriebener Text. Sie sah sich die Namen der anderen Dateien an. Es waren faszinierende Titel, die ihr aber nicht weiterhalfen: PANorama, Entdeckung, V & D. Ihr war klar, daß sie sie alle lesen mußte. Aber nicht am Bildschirm, das hatte sie schon immer gehaßt. Sie wollte einen Ausdruck. Sie öffnete eine Datei, ließ sie drucken und ging nach unten, um sich einen Kaffee zu machen, während die Maschine die nächsten Kapitel von Stuarts Tagebuch ausspuckte.

Partikularitäten

Zwei lange, frustrierende Tage vergingen, bis Mick Wilton wieder zum London Particular zurückkehrte, Tage, in denen er fürchtete, sich in dieser fremden, überbevölkerten Metropole zum Narren zu machen. Er hatte nicht einmal gewußt, womit er anfangen sollte. Er hatte sich treiben lassen, war plan- und sinnlos durch die Straßen geirrt, ein Mann ohne Ziel. Dann war er zu dem Schluß gekommen, daß der Buchladen seine einzige Hoffnung war. Mit Hilfe des *A–Z* und der Adresse auf der Papiertüte, in der er verpackt war, hatte er den Weg gefunden.

Wieder waren im Buchladen nur wenige Kunden, und Mick freute sich, als er dieselbe Buchhändlerin hinter dem Verkaufstresen entdeckte. Es war ein eigenartiges Gefühl, daß diese Fremde der Mensch war, den er in der ganzen Stadt am besten kannte. Sie erkannte ihn und lächelte kurz.

»Hallo, Judy!« sagte er schnell. »Ich könnte Ihre Hilfe brauchen.«

»Ja, Sir, wonach suchen Sie?«

»Bitte lassen Sie das mit dem Sir. Ich heiße Mick.« Dann

zögerte er. Es war ihm peinlich, eingestehen zu müssen, daß er Hilfe brauchte. »He, sind Sie wirklich Engländerin?«

»Kommt darauf an, was Sie unter einer Engländerin verstehen. Und was Sie mit ›wirklich‹ meinen.«

»Okay«, sagte er und akzeptierte bereitwillig, daß das alles Mögliche bedeuten konnte. »Aber wie gut kennen Sie sich in London aus?«

»Ich kenne mich in London aus«, sagte sie.

Auf diese Antwort hatte er gehofft. Er trat an den Tresen und beugte sich verschwörerisch zu ihr hinüber.

»Die Hilfe, die ich brauche, ist eigentlich nicht besonders kompliziert«, sagte er und holte tief Luft. »Wissen Sie, es geht um ein paar alte Freunde, zu denen ich den Kontakt verloren habe, so was wie alte College-Kumpel. Und natürlich habe ich ihre Namen, aber die Adressen weiß ich nicht mehr. Weil sie alle umgezogen sind, seit ich sie das letzte Mal gesehen habe. Und wenn ich jetzt ins Telefonbuch gucke, sind da zum Beispiel sechs Graham Pryces und vier Justin Carrs, und die Adressen sagen mir nichts, weil ich kein Londoner bin, und ich will nicht zu jeder einzelnen Wohnung hingehen und nachsehen, ob es die richtige ist. Ich brauche also eine Person, die sich hier in der Gegend auskennt.

Wissen Sie, zufällig weiß ich, daß meine Freunde es alle zu etwas gebracht haben. Und ich bin sicher, daß jemand wie Sie, die aus London ist, sich diese Adressen bloß anzusehen braucht und dann ziemlich schnell sagen kann, ob eine wohlhabende Person in einer solchen Gegend wohnen würde.«

Er hörte auf zu reden, holte wieder tief Luft und sah sie erwartungsvoll an.

»Und warum rufen Sie nicht einfach bei den verschiedenen Nummern an, bis Sie die richtige Person haben?« fragte sie.

»Es soll eine Überraschung sein.«

Sie wirkte nicht sonderlich überzeugt.

»Deshalb wollte ich wissen, ob Sie sich richtig in London auskennen.«

»Ich kenne mich in London aus«, wiederholte sie.

»Und? Helfen Sie mir?«

Er holte eine Namensliste und mehrere zusammengefaltete Seiten aus der Tasche, die er aus Telefonbüchern herausgerissen hatte.

»Klingt, als wäre an der Sache etwas faul«, sagte sie.

»Ich weiß, ist es aber nicht. Wirklich nicht. Was könnte ich tun, um Sie vom Gegenteil zu überzeugen?«

»Ehrlich gesagt, fällt mir da nichts ein.«

Er sah sich im Laden um, als suche er nach einer Möglichkeit, seine Redlichkeit unter Beweis zu stellen. Dann entdeckte er einen Kunden im hinteren Teil des Ladens und nutzte die Gelegenheit.

»Sehen Sie den Kerl da drüben?« sagte er leise und nickte in Richtung des hageren, glatzköpfigen Mannes im Regenmantel. »Er hat für hundert Pfund Atlanten unter seinem Mantel.«

»Das haben Sie gesehen?« fragte sie schockiert.

Mick nickte, und der Mann wandte den Kopf ein wenig in ihre Richtung, anscheinend wußte er, worüber sie sprachen. Er wartete noch einen Augenblick und machte sich dann auf den Weg zur Tür, wobei seine Bewegungen von ausgefeilter Zwanglosigkeit waren. Mick trat zwei Schritte von der Kasse weg und blockierte den Ausgang.

»Leg die Bücher auf den Tresen«, sagte er zum Ladendieb.

»Welche Bücher?« fragte der Mann.

»Mach mich nicht wütend, du kleiner Wichser«, sagte Mick, und der Mann holte unverzüglich die Atlanten unter seinem Mantel hervor und legte sie auf den Tresen.

»Okay«, sagte er und zuckte die Schultern. »Sie können mir keinen Diebstahl anhängen, weil ich das Geschäft nicht verlassen hatte.«

Mick sah ihn voller gelangweilter Verachtung an. »Und jetzt bezahlst du sie«, sagte er.

»Ich will sie nicht bezahlen«, sagte der Mann.

»Schon klar, tu's trotzdem.«

Der Mann entschied sich fürs Abhauen und startete in Richtung Tür. Mick versuchte nur halbherzig, ihn aufzuhalten, er ließ sich anscheinend mühelos zur Seite stoßen. Erschrocken rannte der Ladendieb die Straße hinunter, und Mick wandte sich wieder Judy zu. Die fragte: »Woher wußten Sie, daß er Bücher geklaut hat?«

»Also, ich könnte jetzt behaupten, weil ich früher Kaufhausdetektiv gewesen bin.«

Sie schien nicht überzeugt zu sein, und dieses Mißtrauen verstärkte sich noch, als Mick ein Portemonnaie auf den Tresen legte und zu ihr herüberschob.

»Was ist das?« fragte sie.

»Das Portemonnaie von dem Kerl.«

Sie schüttelte ungläubig den Kopf, konnte sich aber ein Lachen nicht verkneifen.

»Ist schon okay«, sagte Mick. »Der kommt garantiert nicht wieder, um es sich zurückzuholen.«

»Also sind Sie jetzt außerdem noch ein Taschendieb.«

»Außer was?«

»Weiß ich nicht.«

»Jetzt hab ich doch bestimmt was gut«, sagte er charmant. »Vielleicht ein wenig Hilfe? Ein paar Tips?«

Eine halbe Stunde später, als Judy Mittagspause hatte, saßen sie gemeinsam in einem italienischen Café, und sie half ihm, so gut sie konnte. Sie blätterte zwischen der Namensliste und den aus dem Telefonbuch gerissenen Seiten hin und her und sah gelegentlich noch im Index ihres *A–Z* nach.

»Das ist gar nicht so leicht, wie es aussieht«, sagte sie.

»Es sieht absolut nicht leicht aus.«

»Hier haben wir zum Beispiel einen Jonathan Sands, und im Telefonbuch sind sechs Leute, die J. oder Jonathan Sands heißen. Vier von ihnen können wir meiner Meinung nach ausklammern, aber dann bleiben immer noch einer in Hampstead und einer in Chelsea übrig, beide in teuren Wohngegenden. Das könnten beide sein.«

»Verstehe«, sagte Mick.

Sie konzentrierte sich wieder auf ihre Aufgabe, fragte aber abwesend: »Was machen Sie, wenn Sie diese Leute gefunden haben?«

»Wir feiern eine Wiedersehensparty.«

»Sind Sie Privatdetektiv oder so etwas Ähnliches?«

»Etwas Ähnliches«, sagte er.

»Sind Sie eine Art Krimineller?«

»Spielt das eine Rolle?«

»Weiß ich nicht. Wäre ich dann Mittäterin?«

Als sie das sagte, lächelte sie. Der Gedanke war ihr nicht sonderlich unangenehm.

»Mittäterin bei was? Beim Feiern?«

Ihr Lächeln wurde breiter. Sie wußte, daß er keinen Grund hatte, ihr gegenüber ehrlich zu sein, und das war wahrscheinlich auch besser so. Die Möglichkeit, daß er ein Verbrecher war, faszinierte sie, aber so genau wollte sie es gar nicht wissen.

»Eigentlich bin ich mir nur bei einem von denen ganz sicher«, sagte sie enttäuscht. »Philip Masterson. Es gibt nur einen Eintrag, auf den Ihre Beschreibung paßt. Das ist in Maida Vale. Die anderen Philip Mastersons wohnen in Walthamstow, Peckham oder solchen Gegenden. Der muß es sein.«

Mick sah sie unsicher an. Er hatte all diese Namen nie gehört. Sie sagten ihm nichts, riefen keine Bilder oder sonstigen Assoziationen hervor. Er nickte bereitwillig. Er glaubte ihr. Er hatte keine Wahl, also mußte er ihr vertrauen. Sie war seine einzige Verbündete, seine einzige Quelle für Hilfeleistungen und Hinweise. Sie reichte ihm die Telefonbuchseiten und zeigte auf die entsprechende Adresse.

»Sie sind gut«, sagte er.

»Nicht übel für jemand, die aussieht wie eine Ausländerin, stimmt's?« sagte sie. »Wissen Sie, wo Maida Vale ist?«

»Das krieg ich schon raus«, sagte er triumphierend. »Sie wissen doch, ich habe einen Stadtplan.«

Wintergarten

Wenn eine Sache für Sally Masterson und ihren Mann Philip beim Kauf der Maisonette den Ausschlag gegeben hatte, dann war es der im viktorianischen Stil gebaute Wintergarten: eine Eisenkonstruktion mit rot und blau gefärbten Scheiben und Glastüren, die sich zum zwar sehr kleinen, aber von einer malerischen Mauer umschlossenen, eleganten und sehr schön bepflanzten Garten öffneten. Der Wintergarten selbst war hinreißend, hell, groß und erhaben; für die Mastersons war er ein ganz besonderer Ort, eine Arena.

Auch gegen den Rest der Wohnung war nichts zu sagen. Sie hatten zwei Stockwerke zur Verfügung, das Erdgeschoß und die Gartenetage. Sally schätzte besonders das Wohnzimmer mit dem im William-de-Morgan-Stil gefliesten Kamin. Philip beeindruckten die großen Schlafzimmer, das geräumige En-Suite-Bad und der breite Flur. Das war alles schon sehr überzeugend gewesen, aber erst als sie den Wintergarten gesehen hatte, war Sallys Liebe lichterloh entbrannt. Er gefiel ihr sogar so gut, daß sie bereit war, ihre Flitterwochen zu verschieben, weil sie sich so unbändig darauf freute, sofort in ihr neues Haus einzuziehen.

Sally wollte am Wintergarten nicht viel verändern. Sie wußte, daß man einen Raum manchmal in Ruhe lassen mußte, um den Stil angemessen zur Geltung zu bringen. Allerdings hatte sie gleichzeitig das Bedürfnis verspürt, ihrem persönlichen Stil angemessen Ausdruck zu verleihen, und aus dieser Phase stammten die riesigen getrockneten Kräutersträuße, die Sammlung kurioser Salz- und Pfefferstreuer und eine Art Totempfahl aus irgendeiner kanadischen Provinz. Ansonsten mußten nur ein paar Glasscheiben ersetzt und das Eisengerüst gestrichen werden. Der Möbelkauf war sehr einfach gewesen: sie hatte sich für ein Rattansofa, einen kleinen perforierten Stahltisch und ein paar Rietveld-Zickzackstühle entschieden. Der Wintergarten war jetzt perfekt, wobei sie manchmal allerdings noch überlegte, ob sie Jalousien oder Vorhänge anbringen lassen sollte, um Distanz zu den Nachbarn zu wahren.

Sally hatte schon immer vehement abgestritten, daß sie ein Snob war. So hätte sie zum Beispiel ohne weiteres behaupten können, ihr neues Haus läge in Little Venice, es wäre ihr ein leichtes gewesen, aber das hatte sie gar nicht nötig. Sie war zufrieden, sagen zu können, daß sie in Maida Vale wohnte. Sie wußte, daß sie bald weiter voran- und höher hinauskommen würde, aber fürs erste reichte es – zumindest solange sie ihren absolut perfekten Wintergarten hatte.

Es war früh, sieben Uhr morgens. Sie war aufgestanden, hatte geduscht und sich nur Unterwäsche und Strümpfe angezogen. Jetzt saß sie am Stahltisch im Wintergarten und trank eine Tasse starken schwarzen Kaffee. Philip war auf seiner allmorgendlichen Joggingtour. Sie sah auf die Uhr und stellte fest, daß er etwas hinter seinem Zeitplan lag. Eine vertraute Wut erfaßte sie.

Sally war eine gepflegte, adrette, etwas jungenhafte Blondine mit schlichtem Bubikopf. Sie hatte kleine Brüste und lange Beine. Ihre Augen waren blaßblau und ihr Mund etwas dünnlippig, aber angenehm geschwungen. Wenn sie nicht gerade in Unterwäsche und Strümpfen herumlief, war ihr Kleidungsstil mitunter etwas streng, und man hätte sie für den asketischen asexuellen Typ halten können, aber da hätte man einen schrecklichen Fehler begangen.

Schließlich hörte sie mit einiger Erleichterung, wie die Eingangstür geöffnet und wieder geschlossen wurde und Philips schwere Schritte vom Treppenabatz im Erdgeschoß die Stufen zur Gartenetage herunterkamen. Schwer atmend blieb er in der Tür zwischen dem Wintergarten und dem Frühstückszimmer stehen. Er war erhitzt und schweißig. Sie liebte das.

Er sagte: »Jetzt?«

Sie sagte: »Ja. Jetzt. Klar. Auf der Stelle. Sofort.«

Philip Masterson war ein gutaussehender Mann. Nicht gutaussehend wie ein Filmstar und nicht auf die Art gutaussehend, die dazu geführt hätte, daß er – oder Sally – je Scharen von Frauen hätten abwimmeln müssen, aber als sie ihn ihren Freundinnen vorgestellt hatte, waren alle übereinstimmend der Meinung gewesen, daß sie sich einen feschen Ehemann geangelt hatte. Er war dunkel und nicht nur auf dem Kopf, sondern auch an den Armen und auf dem Rükken stark behaart und mußte sich für viele Anlässe zweimal am Tag rasieren. Manche hätten ihn vielleicht für etwas übergewichtig gehalten, was überraschend war, wenn man bedachte, wieviel Sport er trieb: Squash, Schwimmen, gelegentlich Fußball und dazu noch das Joggen. Aber er hatte einen kräftigen Knochenbau, und in Sallys Augen bewegte er seine massige Gestalt leichtfüßig und elegant.

Er grinste spitzbübisch und trat in den Wintergarten, wo Sally ihn bereits erwartete. Er ging zu ihr, schob seine Hand in ihr weißes Spitzenhöschen und preßte seine große heiße

Hand auf ihren Bauch. Sie erbebte in vertrauter Erwartung. Sie half ihm aus dem T-Shirt, den Shorts und dem Suspensorium. Während sie ihr Höschen auszog, zusammenfaltete und ordentlich auf den unbenutzten Stuhl legte, schleuderte er Schuhe und Socken mit den Füßen von sich. Sie zog sich nicht weiter aus. Er war erhitzt, unrasiert, schweißnaß, und sie war kühl, in ihrem weißen BH und den feinen Strümpfen. Sie küßten sich nicht, das hätte ihr Make-up ruiniert, aber es gefiel ihr, ja sie bestand sogar darauf, daß sie betatscht, herumgeworfen und gehörig durchgebumst wurde.

Als erstes zog er sie aus dem Stuhl hoch und zerrte sie zum Rattansofa. Er streichelte ihr den Nacken, die Brüste, den Bauch und stellte sich so hin, daß sein Penis in die Nähe ihres Mundes kam. Sie nahm ihn fest und zärtlich in die Hand, stieß ihn dann aber weg, damit ihr Lippenstift nicht verschmierte. Dann erhob sie sich vom Sofa, das ihr zu weich und bequem war.

Philip ergriff ihre Handgelenke und drehte sie um. Er drückte ihren Hintern, preßte sie an sich, umklammerte ihren Körper und schob sie in Richtung Glastür. Ihre exquisit manikürten Hände ergriffen die Türklinken. Ihr Körper spannte sich, ihr Kopf bog sich nach vorne, Philip schob ihre Schenkel auseinander und streichelte sie prüfend, bevor er in sie eindrang.

Seine Bewegungen waren athletisch, kraftvoll, zielstrebig und gefühlvoll. Sallys Gesicht war hart, verzerrt, hitzig. Man hätte meinen können, daß es ihr nicht besonders viel Freude bereitete, aber da hätte man einen weiteren Fehler begangen.

Und es machte ihr sogar noch mehr Spaß, als Masterson sie von der Tür wegdrängte und sie sich langsam, etwas ungelenk, in die Mitte des Wintergartens bewegten. Sie mußten ihre Verbindung für einen Moment lösen, Masterson nutzte die Gelegenheit, auf die Knie zu sinken, und Sally ging wie ein Hund vor ihm auf alle viere, reckte das Gesäß in die Höhe und spreizte die Beine. Er packte ihre Hüfte wie einen Griff aus Fleisch und Knochen. Sein Rhythmus blieb langsam und gleichmäßig, gemächlich, aber beharrlich. Er verlängerte den Vorgang, trieb ihn nicht voran, um ihn zum Abschluß zu bringen. Das paßte Sally nicht.

Sie drehte den Kopf um, nahm Augenkontakt mit ihm auf und sagte dann: »Härter, du Lahmarsch«, und brachte ihn damit erst richtig auf Trab. Mit der flachen Hand drückte er ihren Kopf herunter, so daß sie ganz nach vorne fiel und ihr Körper flach auf den kühlen, glatten Sandsteinfliesen lag, die den Boden des Wintergartens bedeckten. Mit gespielter Wildheit und Strenge zog er sie wieder zu sich hoch und brachte es mit wenigen, kräftigen Stößen, in die er alles, was er hatte, hineinlegte, zu Ende. Als sie wußte, daß er kam, konnte auch sie sich gehenlassen, und bei ihrem Orgasmus schrie sie: »Oh, Mommy.«

Er zog sich schnell zurück, stand auf und ging duschen. Sally würde auch gleich aufstehen, sich sammeln und für die Arbeit anziehen, aber sie entspannte sich noch ein paar Minuten genußvoll, wobei sie bewegungslos auf dem Boden liegenblieb; und wenn man an einem Ort gewesen wäre, von dem man sie durch das Dach des Wintergartens hätte beobachten können, so wäre einem aufgefallen, daß sie nicht glücklicher hätte aussehen können als in diesem Augenblick, nachdem sie hastig, verschwitzt und ohne großes Tamtam auf dem Fußboden ihres Lieblingsplatzes genommen worden war.

Tatsächlich befand Mick Wilton sich an einem solchen Ort. Er saß auf dem Ast einer großen Kastanie, die den Wintergarten der Mastersons überragte. Nachdem er die

Bodennummer mit großem, vielleicht unziemlichem Interesse verfolgt hatte, kletterte er gewandt von seinem Aussichtspunkt durch ein paar Nachbargärten, so daß er früh genug vorm Haus ankam und in aller Ruhe darauf warten konnte, daß Philip Masterson sich auf den Weg zur Arbeit machte.

Keine zehn Minuten später schoß der frisch geduschte und rasierte Masterson aus dem Haus. Er trug einen eleganten marineblauen Nadelstreifenanzug nebst prall gefüllter Aktentasche, wirkte aber auch so noch sportlich und bewegte sich, als hätte er eine Reihe Wettkämpfe oder gar ein Turnier vor sich und nicht den alltäglichen Bürotrott. Während er unter den Bäumen entlang zu den Anwohnerparkplätzen ging, warf er mehrmals die Autoschlüssel in die Luft und fing sie wieder auf, bis er sein Jaguar-E-Cabrio, einen langgestreckten Wagen in stilechtem Dunkelgrün und mit personalisiertem Kennzeichen, sah. Das Verdeck war geschlossen, und obwohl es ein kalter Wintermorgen war, wollte er es für die Fahrt zur Arbeit öffnen. So ein Kerl war er. Aber als er näher kam, bemerkte er, daß jemand drei lange, gezackte Schlitze in das Segeltuchdach geschnitten hatte.

»Scheiße«, schrie er der Welt ins Gesicht. »Verdammte Scheiße.« Er rannte zum Wagen, ließ die Aktentasche fallen und sah aus, als würde er gleich aufstampfen und einen gewaltigen Wutanfall kriegen.

Dann tauchte Mick aus dem Nichts auf. Er paßte zwar grundsätzlich besser in die Nacht als in die frühen Morgenstunden, versuchte aber, so gut es ging, wie ein Mann auf dem Weg zur Arbeit auszusehen, der die Schreie des Nachbarn gehört hatte und zur Hilfe geeilt war.

Auf, wie er hoffte, nachbarschaftliche Art sagte er: »Ist was mit Ihrem Wagen?«

»Kann man wohl sagen«, antwortete Masterson. »Irgendein Arschloch hat das getan«, sagte er und zeigte auf das Verdeck.

»Das ist ein verdammt schmutziger Streich«, sagte Mick mitfühlend.

»Wenn ich den zwischen die Finger kriege . . .«, sagte Masterson. »Tja«, sagte Mick und trat näher an den Wagen heran, um sich den Schaden genauer anzusehen. Er inspizierte den zerschnittenen Stoff und fragte: »Was kostet so ein neues Verdeck?«

»Weiß ich nicht«, sagte Masterson. »Ne ganze Menge. Aber darum geht es doch gar nicht.«

»Sind Sie versichert?«

»Natürlich bin ich versichert, aber . . .«

Masterson beruhigte sich ein wenig, was aber nicht daran lag, daß er den Schaden als nicht mehr so schlimm empfand, sondern weil er wußte, daß er im Augenblick sowieso nichts unternehmen konnte und zur Arbeit mußte. »Ich kümmer mich später darum«, sagte er und löste die Halterungen, mit denen das Verdeck befestigt war.

»Brauchen Sie Hilfe?« fragte Mick.

»Nein.«

Aber Mick hörte nicht auf ihn und begann, am Stoff herumzuzerren.

»Das kann ich alleine schneller«, bekräftigte Masterson mit einer Stimme, die ziemlich gebieterisch wirkte.

Mick sagte: »Oh, okay«, und hörte auf, am Verdeck herumzubasteln. Statt dessen trat er einen Schritt zurück und sah zu, wie Masterson sich beim Zusammenfalten ein wenig ungeschickt anstellte, weil er erstens wütend war und es zweitens nicht leiden konnte, wenn man ihn anstarrte. Als er fertig war, stieg er in den Wagen und sah ungläubig zu, wie Mick die Beifahrertür öffnete und sich neben ihn setzte.

Der Ledersitz war etwas klein für Mick, aber er machte es sich so bequem wie möglich, griff nach dem Sicherheitsgurt und schnallte sich an.

»Was fällt Ihnen ein«, zeterte Masterson. »Was soll das denn geben? Machen Sie, daß Sie aus meinem verdammten Auto rauskommen. Sofort. Wir wollen doch wohl keinen Streit anfangen, oder?«

Mick schüttelte den Kopf. »Ich kann einfach nicht lügen, Masterson. Ich war es, der Ihr Verdeck aufgeschlitzt hat.«

»Was?«

»Ich weiß, das war ein bißchen kindisch.«

»Was? Hab ich richtig gehört? Wer zum Teufel sind Sie? Und woher kennen Sie meinen Namen?«

Masterson hob die geballte Faust, als wollte er Mick ins Gesicht schlagen.

»Das ist keine gute Idee«, sagte Mick. »Ich habe da dieses Gerät in der Innentasche. Das ist eine fünfzehnschüssige 9 Millimeter EAA Witnes. Aus massivem Edelstahl, mit Dreipunktvisier, Combat-Abzugsbügel und Zickzackmagazin. Habe ich aus Amerika. Schönes Teil. Das flutscht nur so. Ehrlich.«

Er öffnete das Jackett und zeigte Masterson den Umriß der Waffe im Futteral. Dessen Faust hing noch einen Moment unschlüssig in der Luft, dann öffnete er sie langsam und legte die Hand behutsam auf das Holzlenkrad.

»Was wollen Sie?« fragte er, wobei seine Bewegungen und seine Sprache plötzlich fast pedantisch präzise wurden.

»Das werden Sie schon sehen«, sagte Mick. »Jetzt fahren Sie erst mal los.«

Masterson gehorchte, und als er das Auto in Bewegung setzte, bewunderte Mick den Sportwagen: den kurzen schwarzen Schalthebel und die silberne Handbremse, das schnörkellos geformte Armaturenbrett, die lange Schnauze, die sich vor ihnen herschob. Dann sah er aus dem Fenster. Sie waren immer noch in Mastersons Straße.

»London«, sagte Mick. »Genau wie ich es mir vorgestellt habe. Alles voller Wolkenkratzer und was sonst noch so dazugehört.« Masterson hatte keine Ahnung, wovon er sprach.

»Ich weiß nicht viel über London«, fuhr Mick fort, »aber ich glaub, hier läßt es sich aushalten. Die breiten Straßen. Und die vielen Bäume.«

»Uns gefällt's«, sagte Masterson.

»Was kostet so ein Haus wie Ihres?«

»Uns gehört nicht das ganze Haus, nur eine Maisonette-Wohnung.«

»War aber bestimmt trotzdem nicht ganz billig.«

»Ich weiß eigentlich nicht so recht, was Sie das angeht.«

»Na ja, immerhin hab ich die Pistole.«

»Also wissen Sie, Angst habe ich nicht vor Ihnen.«

»Nicht? Dann sind Sie allerdings ziemlich dumm. Jetzt sagen Sie schon, was das Haus wert ist.«

Plötzlich wurde Masterson die Bedeutung der Pistole bewußt.

»Ungefähr zweihunderttausend Pfund«, sagte er. »Es ist eine sehr schöne Maisonette.«

»Tja, muß wohl. In Yorkshire würde man dafür eine Villa kriegen.«

»Unglücklicherweise arbeite ich nicht in Yorkshire.«

»Und was machen Sie so beruflich, Philip?«

Er überlegte, ob er Mick wieder sagen sollte, daß er sich um seinen eigenen Kram scheren sollte, wußte aber, daß das keinen Sinn hatte.

»Ich arbeite in der City«, sagte er.

»Ja? In welcher City?«

»In *der* City. Der Londoner City.«

»Klar, aber was machen Sie?«

»Ich mache das, was man in der City so macht. Ich kaufe und verkaufe. Ich handele. Börsengeschäfte. Alles klar?«

»Oh, sicher, verstehe. Sie meinen die CITY. Die Leute reden dauernd davon, aber keiner weiß genau, was es bedeutet.«

»Der eine oder andere schon.«

»Gut, dann lassen Sie mal hören.«

Geduldig, als würde er es einem neugierigen, aber nicht sehr klugen Kind erklären, sagte Masterson: »Früher war die City das wichtigste Finanzzentrum der Welt, ein Ort, an dem nicht nur Geld, sondern ganze Märkte gemacht wurden. Und obwohl sie mit dem Aufstieg Tokios und New Yorks an Bedeutung verloren hat, steht sie in vielen Bereichen noch immer an der Spitze der Finanzwelt. Geographisch betrachtet ist die City die Quadratmeile in London, in der internationale Geldinstitute wie die Bank of England, Lloyd's of London, die Londoner Börse, die Baltische Börse et cetera et cetera liegen.«

»Ziemlich praktisch, daß die alle so nah beieinander sind.«

»Im Zeitalter des Computers spielt das keine so große Rolle mehr, aber aus unterschiedlichen historischen Gründen, die größtenteils im Zusammenhang mit der Monarchie und dem Imperium stehen, liegen die dort alle direkt nebeneinander, ja.«

»Wenn man also Terrorist wäre und ein paar Bomben in der City legen würde, wäre es gar nicht so schlimm, wenn man sein Ziel verfehlt, weil man auf jeden Fall ein lohnendes Objekt erwischen würde.«

»Ja, so könnte man das sehen.«

»Dann solltet ihr euch lieber verteilen, einige könnten nach Land's End gehen, andere nach John o'Groats, und ein paar könnten nach Sheffield hochkommen.«

Er sagte es trocken und ohne zu lachen, nahm sich selbst aber trotzdem nicht ganz ernst. Aber offenbar erwartete er eine Reaktion von Masterson. Daher fragte Masterson: »Was wollen Sie?« Es lag etwas Verzweiflung in seiner Stimme. »Ist das ein Raubüberfall? Wollen Sie mein Portemonnaie?«

Mick blieb unverbindlich. »Okay, ich nehme Ihr Portemonnaie«, sagte er, als täte er Masterson damit einen Gefallen. Masterson reichte ihm ein elegantes graues Lederportemonnaie, Mick untersuchte es und nahm ein paar Zwanzig-Pfund-Scheine heraus, ließ die Kreditkarten aber stecken.

»Normalerweise würde ich Ihr Geld nicht nehmen«, sagte Mick, »aber London ist so ein furchtbar teurer Ort. Nein, eine furchtbar teure City.« Er gab das Portemonnaie zurück.

»Den Wagen können Sie auch haben, wenn Sie wollen«, sagte Masterson.

»Ja, wieso nicht? Er ist schließlich gut versichert.«

»Ich werde Sie nicht anzeigen«, sagte Masterson.

»Da hatte ich keinerlei Befürchtungen«, beruhigte Mick ihn. »Nee, ich will Ihr Auto nicht. Ich glaube, ich komme mit dem Londoner Verkehr nicht klar. Der macht mir ne Heidenangst.«

»Und was wollen Sie dann?«

»Weiß ich noch nicht genau. Ich bin neu hier. Was muß man denn so gesehen haben?«

»Ich weiß nicht, was Sie meinen.«

»Na los. Zeigen Sie mir ein paar Sehenswürdigkeiten. Machen wir eine London-Rundfahrt.«

»Das ist eine ziemlich blöde Idee.«

»Finden Sie?« sagte Mick. »Okay, dann halten Sie an.«

Masterson hielt am Straßenrand an. Er sah äußerst erleichtert aus, als hätte die Tortur jetzt ein Ende und er seine kurze Begegnung mit dem Verrückten zu einem guten Abschluß gebracht. Bald wäre er im Büro und würde mit seinen Kollegen darüber scherzen. Er hatte die linke Hand auf den Schalthebel gelegt und wartete darauf, daß Mick etwas sagte oder tat, daß er ausstieg und ihn zufriedenließ. Aber Mick stieg nicht aus. Er griff nach Mastersons Hand. Mit einer kurzen schnellen Bewegung riß er den linken kleinen Finger soweit es ging nach hinten. Er spürte nur einen geringen Widerstand, dann hörte er ein gedämpftes kurzes Knacken, und Masterson schrie vor Schmerz, als sein Finger brach. Ungläubig sah er seinen Angreifer an. Es konnte doch gar nicht sein, daß man ihm so mitspielte.

»Sagen Sie nicht noch einmal, daß ich blöd bin«, sagte Mick. »Und jetzt fahren Sie weiter, ich will Big Ben sehen.«

Mit schmerzverzerrtem Gesicht schaltete Masterson in den ersten Gang und ordnete sich in den Verkehr ein.

»Ist das die Rush-hour?«

»Ja.«

»Und wo ist dann der ganze Verkehr? Das geht doch hier noch, stimmt's? Da hab ich ja in der Bramall Lane schon dichtere Staus gesehen. Die ist in Sheffield, in der Nähe vom United-Stadion. Und was ist mit der Luftverschmutzung, von der man immer wieder hört? Das kann doch gar nicht so schlimm sein, oder? Wenn Leute wie Sie in offenen Cabrios rumfahren.«

»Da haben Sie wohl recht«, sagte Masterson.

»Das ist die richtige Einstellung«, sagte Mick. Er war jetzt freundlich. »Sie müssen ein ziemlich harter Bursche sein«, sagte er tröstend. »Viele Leute werden ohnmächtig, wenn man ihnen den Finger bricht.«

Masterson reagierte nicht sehr wohlwollend auf das Kompliment. Er blickte auf die Straße, versuchte, sich neutral zu verhalten und nichts zu tun, was Mick verärgern könnte. Schweigend fuhren sie weiter, und Mick sah sich die

Umgebung an. Als sie zum Trafalgar Square kamen, erkannte Mick ihn sofort und beugte sich aufmerksam vor. Mit der Begeisterung eines normalen Touristen starrte er die Nelson-Säule an.

»Kann man denn nichts gegen die Tauben machen?« fragte er.

Dann fuhren sie durch Whitehall, bis die Houses of Parliament in Sicht kamen, aber diesmal kam Mick nichts bekannt vor.

Masterson sagte: »Und jetzt?«

»Was?« fragte Mick. »Sind wir da?«

»Da drüben ist Big Ben.«

»Echt?« sagte Mick überrascht. »Nee. Quatsch. Big Ben muß doch größer sein.«

»Nein, Big Ben ist ganz genau so groß.«

»Also, ich muß schon sagen, das enttäuscht mich jetzt ein bißchen. Da hab ich wohl zuviel erwartet. Ich dachte, Big Ben wäre riesig, so ungefähr wie ein Wolkenkratzer.«

»Tut mir leid«, sagte Masterson.

»Nee, schon okay. Sie können ja nichts dafür. Versuchen wir's noch mal. Wohin jetzt? Wie wär's mit Kew Gardens?«

»Das ist aber eine ganze Ecke weg von hier.«

»Ehrlich? Wie weit?«

»Etwa eine Stunde, würde ich sagen.«

»Das bringt nichts«, sagte Mick. »Was ist mit Hampton Court?«

»Das ist noch weiter.«

Beunruhigt und besorgt schüttelte Mick den Kopf. »Das ist aber ziemlich unpraktisch, oder? Die hätten die berühmten Sachen doch alle nebeneinanderstellen können.«

Masterson sah ihn unschlüssig an. Er wußte immer noch nicht, ob Mick so naiv und einfältig war, wie er sich gab. Er sah kein Anzeichen von Ironie, wußte nicht, ob Mick Witze machte, glaubte aber keineswegs, daß er es mit einem Idioten zu tun hatte.

»Also in Ordnung«, sagte Mick. »Sie haben die Wahl. Zeigen Sie mir etwas, das in der Nähe ist. Eine wichtige Sehenswürdigkeit.«

»Muß das wirklich sein?« fragte Masterson flehentlich.

»Ja, das muß sein.«

»Na denn, wie wäre es mit St. Paul's Cathedral?«

»Ist die groß? Und beeindruckend?«

»Ich denke schon.«

»Dann mal los.«

»Sehen Sie«, sagte Masterson in einer seltsamen Mischung aus Hoffnungslosigkeit und aufgesetzter, besänftigender Geduld, »wenn Sie nichts weiter wollen als eine London-Rundfahrt, warum nehmen Sie dann nicht einen Touristenbus?«

»Und warum breche ich Ihnen nicht einfach noch einen Finger, na?«

»Nein, nein, das ist gar nicht nötig.«

»Dann lassen Sie die Witze.«

»Ich mache keine Witze, aber mein Finger bringt mich fast um. Er tut höllisch weh. Ich glaube, ich muß ins Krankenhaus.«

»Das geht schon so. Ich hab das schon ein paarmal gemacht. Es tut weh, ist aber sonst nicht so schlimm. Wenn Kricketspieler mit gebrochenen Fingern noch über hundert Punkte machen können, dann werden Sie das auch noch ein bißchen aushalten, verstanden? Und, nebenbei bemerkt, ich will nicht *nur* eine London-Rundfahrt. Ich will Sie bestrafen. Und daß ich Ihnen den Finger gebrochen habe, ist nur der Anfang, klar?«

»Warum wollen Sie mich bestrafen?«

»Das kann ich Ihnen eigentlich nicht erzählen«, sagte

Mick nachdenklich. »Noch nicht. Aber schließlich hat doch jeder was getan, wofür er eine Strafe verdient hat, oder? Jeder von uns ist schon mal mit was davongekommen, womit er nicht hätte davonkommen dürfen. Ich glaube, wenn Sie da in Ruhe drüber nachdenken, fällt Ihnen schon was ein.«

Masterson schüttelte den Kopf, wagte aber nicht zu widersprechen. Er fuhr einfach in Richtung St. Paul's.«

»Sie sind verheiratet, Masterson, stimmt's?«

»Ja.«

»Natürlich glücklich.«

»Ja.«

»Das finde ich klasse. Rührend, ehrlich. In einer Welt, in der nichts von Dauer und keiner treu ist, wo die Leute einfach zusammenziehen und ausziehen, sobald es die ersten Komplikationen gibt, ist das selten, daß jemand nach dem Satz ›bis daß der Tod uns scheidet‹ noch ja sagt, und irgendwie finde ich das richtig bewundernswert. Wie lange sind Sie schon zusammen?«

»Nicht lange.«

»Jungverheiratete. Wie niedlich.«

»Passen Sie auf, mit mir können Sie machen, was Sie wollen, aber bitte ziehen Sie Sally da nicht mit rein.«

»Keine Angst. Ich *rede* nur über sie. Und Worte sind doch nur Schall und Rauch. Ich tu ihr nichts, das wär feige. Aber sie ist schon ein Knaller. Die Frau sieht echt phantastisch aus. Ich hab mich allerdings gefragt, ob sie beim Bumsen immer den BH und die Strümpfe anbehält, oder war das heute eine Ausnahme?«

Eine kalte, lähmende Wut erfaßte Masterson. Er preßte heraus: »Was haben Sie gesehen?«

»Ich habe mir die ganze Nummer angeguckt. Das Zusehen hat sich wirklich gelohnt, wobei ich allerdings zugeben muß, daß ich an ihr mehr Interesse hatte als an Ihnen.«

»Du perverses Arschloch«, sagte Masterson. Er trat auf die Bremse, und der Wagen blieb auf einer doppelten gelben Halteverbotslinie stehen. »Jetzt hab ich aber echt genug.«

»Es ist doch noch gar nichts passiert.«

Mick zog die Pistole aus der Tasche. Sie sah genau so aus, wie er sie beschrieben hatte. Er entsicherte sie und drückte Masterson die Mündung auf die Schläfe. Masterson fing an zu zittern.

»Ich weiß, was Sie denken, Philip«, sagte Mick. »Sie denken, das hier ist London, wir sind mitten in England. So etwas kann hier einfach nicht passieren. Aber glauben Sie mir, es passiert. Sie denken, Menschen wird nicht einfach am hellichten Tag das Hirn rausgeblasen, bloß weil sie nicht tun, was sie tun sollen. Aber Sie täuschen sich, Philip, so was passiert wirklich. Glauben Sie mir.«

Masterson senkte den Kopf, zum Teil als Zeichen der Zustimmung, zum Teil als Zeichen echter Unterwerfung. Er zitterte immer noch. Mit einer kurzen Geste forderte Mick ihn zum Weiterfahren auf. Er wollte gerade fragen, ob Masterson einen schönen Junggesellenabschied gefeiert habe, ließ es dann aber doch; damit hätte er viel zuviel verraten.

Statt dessen sagte er: »Als ich Sie beide da zusammen auf dem Boden gesehen hab, zwei Menschen, die sich offensichtlich lieben, bin ich irgendwie neidisch geworden, hab mich aber gleichzeitig gefragt, wie lange das wohl so bleiben wird. Wann fangen Sie an, sich gegenseitig zu langweilen? Wann behaupten Sie, daß Sie zu müde sind? Wann fangen Sie an, an eine andere zu denken, wenn Sie mit Ihrer Frau im Bett sind? Wann werden Sie sich untreu? Das hat mich richtig ein bißchen traurig gemacht.«

Masterson starrte auf die Straße und versuchte, so gut er konnte, wegzuhören.

»Und genaugenommen hab ich mich gefragt, ob das nicht vielleicht schon angefangen hat. Will sie es immer von hinten? Liegt das daran, daß sie Sie dabei dann nicht angucken muß? Läßt sie sich nie küssen? Nimmt sie Ihren Schwanz nie in den Mund? Und geht das immer so schnell? Ihr Orgasmus wirkte ja ganz überzeugend. Sah wirklich sehr gut aus. Ich hab mich nur gefragt, ob er auch echt war.«

Einen Moment sah Masterson aus, als wollte er etwas sagen, sich wehren, aber Mick winkte ihm mit der Pistole zu.

»Sagen Sie lieber nichts Dummes«, sagte Mick und fuhr dann fort, als gäbe es weder Konflikt noch Feindseligkeit zwischen ihnen: »Wie wär's, wenn wir mal die Carnaby Street langfahren?«

»Die Carnaby Street kann man nicht entlangfahren. Das ist eine Fußgängerzone.«

»Dann vielleicht nach Selhurst Park.«

»Das kenne ich nicht.«

»Das ist das Stadion von Crystal Palace.«

»Wo ist das?«

»Keine Ahnung. Sie sind schließlich der Londoner.«

»Ich brauche jemand, der mir die Richtung sagt. Oder wenigstens einen Stadtplan.«

»Vergessen Sie's. Was ist mit Buckingham Palace?«

»Ja, da können wir vorbeifahren.«

Sie fuhren zum Buckinghampalast, aber wieder war Mick enttäuscht. Es war ein düsteres Gebäude, und man kam nicht richtig heran. Und so ging das den ganzen Vormittag weiter; ein zunehmend gepeinigter Masterson war gezwungen, einen immer weniger beeindruckten Mick zu den Touristenattraktionen oder anderen Orten zu fahren, von denen Mick zufällig gehört hatte und die sein Londonbild ausmachten: das Monument, Stamford Bridge, der Old Curiosity Shop, der Post Office Tower, Portobello Road, Soho, der Hammersmith Flyover. Und während der Fahrt stellte Mick jede Menge Fragen.

»Wie viele Menschen leben denn so in London?«

»Das weiß ich wirklich nicht.«

»Na los, ich wette, Sie wissen's.«

»Müßten es jetzt nicht so um die neun Millionen sein?«

»Ja? Und wieviel Prozent davon sind wohl hier geboren?«

»Das weiß ich jetzt wirklich nicht.«

»Vielleicht so um die fünfzig Prozent, was meinen Sie?«

»Ich habe wirklich nicht die geringste Ahnung.«

»Aber ich bitte Sie doch nur, mal so gut Sie können zu schätzen, oder etwa nicht, Sie Blödmann?«

»Na ja, also fünfzig Prozent könnte schon ungefähr hinkommen, würde ich sagen.«

»Sie versuchen nicht bloß, mich bei Laune zu halten, oder? Sagen nicht einfach das, was ich hören will? Wie viele London-Taxis gibt es hier? Machen Sie schon, nennen Sie irgendeine Zahl.«

»Ich weiß nicht, zehntausend?«

»Und wie viele Privatautos? Wie viele Motorräder? Wie viele Milchwagen?«

»Ich habe wirklich keine Ahnung, tut mir leid, tut mir wirklich leid.«

»Sie taugen nichts, stimmt's?«

»Ja, ich tauge nichts. Und ich habe Schmerzen. Ich habe eine Heidenangst. Wie lange soll das hier noch gehen?«

Masterson sah aus, als würde er gleich anfangen zu heulen, als hätte er Angst, daß er Mick wieder gekränkt hätte und Mick ihm wieder weh tun würde.

Nach einer längeren Pause sagte Mick: »Da haben Sie nicht ganz unrecht. Aber ich muß sagen, daß ich ein bißchen enttäuscht bin. Im großen und ganzen sieht London aus wie ein riesiger Slum mit ein paar Sehenswürdigkeiten dazwischen, finden Sie nicht?«

»Ja«, sagte Masterson wie betäubt. »Genauso sehe ich das auch.«

»Gut. Okay, ich glaub, für heute hab ich genug von London gesehen. War doch ein schöner Ausflug. Aber es wäre nett, wenn Sie mich jetzt noch zur Brücke fahren würden.«

Masterson sah ihn mit leerem Blick an. »Zu welcher Brücke?« fragte er.

»London Bridge. Wohin denn sonst? Danach laß ich Sie gehen, wohin Sie wollen.«

Masterson wollte ihm glauben, erlaubte sich diesen Luxus aber nicht. Als sie vor einer Ampel standen, sagte Mick: »Ich möchte, daß Sie Ihre Krawatte abnehmen, okay? Und ich möchte, daß Sie Ihr Jackett ausziehen, und das Hemd auch, und falls Sie ein Unterhemd tragen, müssen Sie das leider auch ausziehen.«

Müde, resigniert und verängstigt nickte Masterson und fing an, sich auszuziehen. »Ich tu alles, was Sie sagen.«

Er rutschte im Sitz hin und her, zog die Sachen aus und gab sie Mick, der sie lässig auf die Straße warf. Masterson saß mit nacktem Oberkörper hinterm Steuer seines Wagens und war so verängstigt, daß er gar nicht merkte, wie kalt es war.

»Gibt es einen Grund dafür?« fragte er.

»Ja, Sie gehen schwimmen.«

Masterson verzog das Gesicht und fuhr weiter, bis sie schließlich an der London Bridge ankamen.

»Was ist das?« fragte Mick.

»Das ist London Bridge«, sagte Masterson.

Mick sah ihn mißbilligend an: »Nee«, sagte er. »London Bridge ist die, die in der Mitte hochklappt, damit Schiffe unten durchfahren können, oder?«

»Nein, das ist die Tower Bridge.«

»Ist das Ihr Ernst?«

»Ja, da drüben ist sie.«

Er deutete flußabwärts, und nicht weit entfernt war Tower Bridge zu erkennen.

»Meine Fresse. Das tut mir leid, Philip. Jetzt halten Sie mich wahrscheinlich für einen Volltrottel.«

»Nein, nein, da kann man sich leicht vertun, das kann . . .«

»Okay, halten Sie trotzdem an.«

Als sie genau in der Mitte der Brücke waren, hielt Masterson. London Bridge war breit genug für sechs Fahrspuren, so daß ihr plötzliches Anhalten keine größeren Störungen verursachte. Es beunruhigte auch niemanden, als die beiden Männer aus dem Wagen stiegen und über das Metallgeländer kletterten, das die Fahrbahn vom Gehweg trennte.

»So, und jetzt ziehen Sie Schuhe, Socken und die Hose aus«, sagte Mick. »Aber behalten Sie Ihre Unterhose an, wir wollen schließlich kein Aufsehen erregen.«

Mastersons Schamgrenze war längst überschritten. Wie verlangt zog er sich die restlichen Kleidungsstücke aus. Der Fußweg wurde kaum benutzt, und den wenigen Passanten fiel es nicht schwer, ihn zu ignorieren.

»Jetzt«, sagte Mick, »rauf aufs Geländer und dann hinein.«

Am Rand der Brücke befand sich eine breite Balustrade aus glatten, gesprenkelten Granitblöcken, die mit einem niedrigen Metallgeländer verbunden waren. Sie war absolut kein Hindernis und hätte nicht einmal den zaghaftesten Springer zurückgehalten. Zögernd, aber ohne sich dem Vorwurf auszusetzen, daß er Widerstand leistete, kletterte Masterson auf die Balustrade und setzte sich darauf wie auf einen Zaun. Er betrachtete die glatte, braune, metallisch glänzende Oberfläche des eiskalten Wassers unter sich und erzitterte. Die Flußufer waren weit weg, wobei die Nordseite aber ein ganz kleines bißchen weniger abweisend aussah. Dort führte ein Holzsteg mit Metalleitern ins Wasser. Das Südufer war bis zum Fluß dicht mit abweisend und feindselig wirkenden Gebäuden gesäumt.

»Hören Sie«, jammerte Masterson, »ich weiß nicht, wer Sie sind oder für wen Sie arbeiten oder für wen Sie mich halten oder was ich Ihrer Meinung nach getan haben soll, aber ich war es nicht, ich hab es bestimmt nicht getan.«

»Das ist ziemlich unlogisch, nicht?« knurrte Mick. »Wenn Sie nicht wissen, was Sie meiner Meinung nach getan haben, wie können Sie dann sicher sein, daß Sie es nicht getan haben?«

»Das stimmt wohl, rein logisch gesehen, aber auf jeden Fall tut es mir leid. Alles, was ich Ihrer Meinung nach getan haben soll, tut mir wirklich furchtbar leid.«

»Selbst wenn Sie es nicht getan haben?«

»Ja, auch dann tut es mir furchtbar leid.«

An seiner inneren Qual bestand kein Zweifel. Er hatte Tränen in den Augen, und sein Unterkiefer zitterte.

»Gut«, sagte Mick. »Ich nehme Ihre Entschuldigung an. Und jetzt rein mit Ihnen.«

»Nein, verlangen Sie das nicht von mir.« Masterson blickte wieder aufs Wasser hinunter, dachte an die Länge des Falls und die Breite des Flusses und stieß ein dumpfes Stöhnen hervor. »Ich könnte sterben«, sagte er.

»Da müßten Sie aber schon sehr viel Pech haben«, sagte Mick. »Sie müßten ganz unglücklich fallen, mit dem Kopf irgendwo gegenschlagen und viel Wasser in die Lunge kriegen.«

»Aber ich könnte mich schwer verletzen.«

Mick klopfte auf die Pistole in seiner Tasche und sagte: »Wohingegen ich Ihnen womöglich bloß die Eier abschießen würde.«

Ein Touristenschiff fuhr unter der Brücke durch, die orangefarbenen Sitze standen ordentlich nebeneinander. Irgendwo fand Masterson offenbar noch ein letztes Fünkchen Mut und Aufsässigkeit in sich. Er sagte: »Ich glaube nicht, daß Sie auf mich schießen. Nicht hier, nicht so, nicht in aller Öffentlichkeit. Wenn Sie das vorhätten, wären Sie mit mir woanders hingefahren. Ich glaube nicht, daß Sie völlig verrückt sind.«

Mick streckte die Hand aus, ergriff Mastersons gebrochenen kleinen Finger, der auf der Metallbrüstung lag, und rührte ihn herum wie einen Löffel in einer Kaffeetasse. Vor Schmerzen konnte Masterson weder weiterreden noch denken.

»Aber Sie wissen nicht genau, wie verrückt ich eigentlich bin, oder?«

»Nein«, keuchte Masterson.

»Also darf ich davon ausgehen, daß Sie jetzt springen, stimmt's?«

»Ich habe zuviel Angst vorm Springen«, jammerte Masterson.

Mick gab Masterson einen Klaps auf die nackte, haarige Schulter, ließ seine Hand da wie eine Epaulette liegen und gab ihm einen kräftigen Stoß. Die glatte Oberfläche bot kaum Reibungswiderstand, und so glitt Masterson ins Nichts. Er verschwand einfach aus dem Blickfeld, und Mick mußte sich über die Brüstung beugen, um den schnellen und geraden Fall des Körpers in die trägen Wassermassen unter der Brücke verfolgen zu können.

Masterson traf auf die Wasseroberfläche, das Klatschen war leise, entfernt und unspektakulär. Nachdem sein Kopf wieder aufgetaucht war und er einen verzweifelten, kraftlosen Schwimmzug in Richtung Ufer gemacht hatte, wandte Mick sich ab, schwang sich über das Geländer auf die Fahrbahn und ging zum Wagen zurück. Er brauchte noch etwas. Er zog Mastersons Aktentasche hinter dem Fahrersitz hervor, öffnete sie und entleerte sie auf den Sitz, bis er gefunden hatte, wonach er suchte: Mastersons Adreßbuch. Der Rest interessierte ihn nicht. In diesem Buch würde er die fünf wichtigen Adressen von Männern finden, deren Namen er bereits kannte.

Mick stieg aus dem Wagen und reihte sich unter die Passanten ein, die die London Bridge entlangspazierten. Er ging Richtung Norden, was ihm allerdings nicht bewußt war. Die Seite sah einfach einladender und lebendiger aus. Die Gebäude wirkten beeindruckend, aber auch anonym, vornehm und wohlhabend. Er nahm an, daß er weit vom Dickens Hotel entfernt war.

Nach Hause telefonieren

An diesem Abend stand Mick zwischen den Wegwerfbehältern von Imbissen und Take-away-Restaurants in einer mit Visitenkarten von Prostituierten gepflasterten altmodischen, roten, nach Urin stinkenden Telefonzelle und rief Gabby an.

»Ich bin's. Ich bin jetzt in London.«

»Und?« sagte sie. »Wie kommst du klar?«

Eine Enduro raste mit ungedämpftem metallischem Knattern an ihm vorbei.

»Geht so«, sagte er, als der Krach verklungen war. »Die Stadt ist groß und dreckig, und es ist nicht einfach, sich hier zurechtzufinden.«

»Ich hab dich nicht nach ner Urlaubspostkarte gefragt. Wie kommst du voran?«

»Na ja, also, ich bleib am Ball.«

»Mach keine Dummheiten.«

»Ich bin schließlich nicht blöde.«

»Ich weiß, aber paß auf dich auf.«

»Okay. Aber ich hab noch ein paar Fragen, ich brauch noch ein paar Einzelheiten.«

Die Stille in der Leitung setzte so abrupt ein, daß er dachte, sie wären getrennt worden.

»Bist du noch dran?« fragte er.

»Ja. Was willst du wissen?«

»Also, erstens, der Kerl, der da seinen Abschied vom Junggesellenleben gefeiert hat, hieß der Philip?«

»Er hat sich mir nicht vorgestellt.«

Mick merkte, wie dumm seine Frage gewesen war, und fuhr fort: »Aber ziemlich groß ist er gewesen?«

»Ich glaube schon«, sagte sie.

»Und er war ziemlich sportlich?«

»Ja.«

»Hatte er einen behaarten Rücken?«

»Woher zum Teufel soll ich das wissen?«

»Ich dachte, so was hättest du vielleicht mitgekriegt.«

»Ich hab die ganze Zeit versucht, so wenig wie möglich mitzukriegen . . .«

»Ich verstehe, aber . . .«

»Und außerdem hat er sein Hemd nicht ausgezogen. Und selbst wenn, hätte ich schließlich seinen Rücken nicht berührt, oder?«

»Okay, verstehe.«

Mick schwieg. Er hätte gerne noch ein paar Fragen gestellt, aber er wollte Gabby nicht noch mehr in Rage bringen.

Sie sagte: »Weißt du, das ist für mich jetzt nicht so einfach.«

»Das ist mir klar.«

»Und auch nicht sehr angenehm.«

»Ich versuche nur, was in Erfahrung zu bringen, weiter nichts.«

Draußen warteten zwei schwarze Frauen darauf, daß die Telefonzelle frei wurde. Es gelang ihm nicht, ihnen keine

Beachtung zu schenken. Er hörte ihr Lachen, sah ihre langen Beine und die Bierdose, aus der sie abwechselnd tranken. Er versuchte, die Vertraulichkeit des Telefongesprächs zu wahren, wollte leiser sprechen, aber bei dem Dröhnen, Rattern und dem Straßenlärm im Hintergrund hätte Gabby ihn nicht mehr verstanden.

»Hatte dieser Philip irgendwelche besonderen Kennzeichen?« fragte er, so leise er konnte.

»Ich weiß es nicht, Mick, okay? Ich hatte die Augen zu. Reicht dir das? Was ist mit dir los?«

»Ich wollte nur sicher sein, daß ich's dem richtigen Mann besorgt hab.«

»Du hast es ihm besorgt?« Sie klang erst verwirrt, dann erfreut. »Das ist schon erledigt?«

»Ja, der erste. War nicht so schwierig. Er hat gesagt, daß es ihm leid tut.«

»Dieses Schwein.«

»Tja, aber als ich mit ihm fertig war, hat er ausgesehen, als täte es ihm wirklich leid.«

»Kann ich mir vorstellen. Hast du ihm erzählt, wer du bist?«

»Wofür hältst du mich?«

»Und hast du mich erwähnt?«

»Sonst noch was?«

»Das ist klasse«, sagte sie. Sie war ganz ausgelassen vor Freude, klang dankbar, fröhlich und liebevoll. »Paß auf, Mick, ich rechne dir das hoch an, ehrlich. Wenn die ganze Sache geklärt ist, will ich, daß wir wieder richtig glücklich sind.«

»Mmh.«

»So wie früher, verstehst du?«

»Du meinst Sex.«

»Ja. Genau wie früher.«

Es freute ihn, daß sie das sagte, und er hoffte, daß sie es auch so meinte, aber er konnte sich nicht verkneifen, hinzuzufügen: »Aber erst wenn alles geklärt ist, stimmt's?«

»Stimmt.«

»In Ordnung«, sagte er beherzt. »Jetzt sind's ja nur noch fünf.«

Als er den Hörer auflegte, öffnete eine der Frauen die Tür, und beide versuchten sich in die Zelle zu drängeln, bevor er draußen war.

»He«, sagte er. »Vielen Dank. Darf ich mal bitte, heißt das bei uns.«

»Ach, verpiß dich«, sagten beide unisono.

Mick starrte sie an. So schlimm hatten sie gar nicht ausgesehen. Er überlegte, ob er, um sie zu ärgern, die Telefonzelle in Einzelteile zerlegen sollte, aber er verwarf den Gedanken sofort. So etwas würde er niemals tun. Sinnlose Gewalt war nicht sein Stil.

Radio

Es war spät, und wenn es nach ihm gegangen wäre, hätte er längst tief und fest geschlafen. Statt dessen lag Mick Wilton wach und wütend in seinem Zimmer im Dickens Hotel. Er wälzte sich im Bett herum, stützte sich auf den Ellenbogen, spürte die Risse und Krater in der Matratze; eine Reliefkarte des feindlichen Territoriums. Schauderhafter Lärm hallte durchs Gebäude: Türenschlagen, Husten, rauschende Toilettenspülungen. Warum fühlte er sich in London so elend, warum wurde er so melancholisch? Im allgemeinen neigte Mick nicht zu selbstquälerischen Grübeleien, aber er verstand, wie die graue Düsternis eines solchen Zimmers einen vereinnahmen und zu dem Entschluß bringen konnte, daß man genug hatte.

Es wurde so schlimm, daß er zum Schrank ging und das Sexheft herausholte. Es war ziemlich soft. Die Gabby-Doppelgängerin auf dem Cover beachtete er nicht weiter, im Grunde war er sich auch gar nicht sicher, daß sie Gabby wirklich ähnlich sah, schlug das Heft in der Mitte auf und betrachtete das pinkfarbene Hochglanzfoto. Er hatte ein völlig nacktes fröhliches Mädchen mit strahlenden Augen, breitem Lächeln und kastanienbrauner Dauerwelle vor sich, das vor einem gemalten Hintergrund mit Feldern und blauem Himmel mit weit zurückgelehntem Oberkörper auf ein paar Strohballen saß. Obwohl sie den Kopf in den Nakken gelegt hatte, gelang es ihr, Augenkontakt zur Kamera zu halten. Ihre Beine waren gespreizt, es war eher die Zehn-vor-zwei- als die Viertel-vor-drei-Stellung, und sie hatte eine Hand auf die Brust gelegt. Unter der dicken Make-up-Schicht war sie ziemlich hübsch, allerdings keinesfalls die Unschuld vom Lande, die sie darstellen sollte. Im ersten Moment dachte Mick, daß sie nicht wie ein Mädchen aussah, das nackt in Sexmagazinen posierte, korrigierte diesen Gedanken aber sofort und machte sich klar, daß er keine Ahnung hatte, wie welcher Frauentyp aussah.

Er hatte einen schwarzen Filzstift in der freien Hand und fing an, auf dem Foto herumzumalen. Erst zeichnete er den Umriß eines Bikinis, der – wie sollte es anders sein – erst einmal durchsichtig war, dann malte er die Flächen aus, bis das Modell sittsam bedeckt war. Das Bild verlor seine Bedeutung. Warum waren ihre Beine so arrangiert, wenn nicht zu dem Zweck, sich zu entblößen? Er malte weiter, machte aus dem Bikini einen einteiligen Badeanzug, dem er erst ein Nackenband und dann Ärmel verpaßte, bevor er ihn zu einem vollständigen hautengen Catsuit verwandelte und nur Gesicht und Hände des Mädchens unbedeckt ließ. Aber irgendwie reichten die nackten Hände und das Gesicht. Die Fingerhaltung und der Ausdruck von Augen und Mund sagten noch immer: ›Ich bin nackt. Ich präsentiere mich hier, damit ihr mich angucken könnt.‹ Er wollte nicht mehr Teil des Deals sein, schloß das Heft und ließ es auf den Boden fallen.

Im Zimmer war kein Fernseher, sondern nur ein Radiowecker aus Holzimitat. Er schaltete ihn an und erwischte einen Easy-Listening-Sender. Weil er Sprache hören wollte, drehte er am Senderwahlknopf, bis er auf eine tiefe, rauchige Frauenstimme stieß, die mit bedächtigen Worten den Stones-Song ›Let's spend the night together‹ ankündigte. Als die Musik zu Ende war, sagte die Stimme: »Hallo London, du geile Stadt.«

Er sah sich noch einmal in seinem Zimmer um, dachte an die farblosen, häßlichen, ganz und gar unerotischen Straßen draußen und wollte das Radio schon ausschalten, aber die Stimme hielt ihn davon ab; sie war warm und hatte etwas Betörendes, also ließ er es an.

Nach der Ansage kam wieder Musik, ›Let's talk about sex, baby‹, und dann sagte die Frauenstimme im Radio: »Ja, reden wir über Sex. Hier ist Marilyn Lederer im Gespräch mit London. Hier wird offen über Sex geredet, über Durchhänger, Sendestörungen und Verkehrsstockungen. Ich bin zwar keine Ärztin, habe aber gewisse Erfahrungen in diesem Gebiet. Rufen Sie mich an, und den Anhängern der Koprolalie unter euch (ihr wißt schon, wen ich meine) möchte ich zu bedenken geben, daß wir unsere Lizenz behalten wollen. Abgesehen davon sind die Leitungen jetzt für alles und jeden . . . offen.«

Natürlich war in Micks Zimmer auch kein Telefon, aber das hätte auch nichts genützt. Was hätte er schon sagen sollen? »Meine Freundin ist neulich von sechs Männern vergewaltigt worden und hat seitdem kein Interesse mehr an Sex. Können Sie mir da ein paar Tips geben?« Er begriff nicht, warum Leute bei solchen Sendungen anriefen, was sie davon hatten, welche Bedürfnisse dadurch befriedigt wurden, daß man im Radio war. Andererseits hörte er sich gerne die Geständnisse anderer Menschen an.

»Wißt ihr«, sagte die Frauenstimme im Radio, »viele Menschen rufen hier an und fragen ›Was hast du an, Marilyn?‹

und meine Antwort lautet immer: ›Was soll ich denn deiner Meinung nach anhaben?‹ Das ist nämlich das Schöne am Radio. Es ist ein Medium der Phantasie, und ihr könnt mich anziehen, wie es euch gefällt. Ihr kriegt, was ihr wollt. Es ist genau wie Fernsehen, bloß mit geileren Bildern.«

Sie klang so nah und intim, und ob es ihre natürliche Stimme war oder das Ergebnis langen Stimmtrainings oder elektronischer Verfremdung, spielte keine Rolle; seit sie ihm in seinem Zimmer Gesellschaft leistete, fühlte Mick sich nicht mehr so allein, und er konnte sich gut vorstellen, daß es anderen genauso ging, vielen einsamen Hörern in der ganzen Stadt. Er hatte in erster Linie männliche Anrufer erwartet, aber von den Anrufen, die dann eingingen, kam mindestens die Hälfte von Frauen.

Das Programm basierte zum großen Teil auf dem Prinzip der Ratgeber-Seiten in Illustrierten. Die Leute riefen an, um bestimmte persönliche Probleme zu besprechen: Frauen, deren Männer zu schnell kamen oder nicht romantisch genug waren, Männer, deren Partnerinnen bestimmte erforderliche oder wünschenswerte Praktiken nicht vollzogen. Qualen des Alltags. Marilyn Lederer unterhielt sich unbekümmert und herzlich mit den Anrufern. Sie war unverkrampft, aber ernst, so etwas wie eine in erotischen Dingen erfahrene ältere Schwester. Aber nicht alle Anrufer hatten Probleme. Einige waren heiter. Eine neunundsechzigjährige Frau rief an und sagte, sie erfreue sich immer noch eines ausgefüllten Sexuallebens, und kurz darauf folgte eine Sechzehnjährige, die erzählte, daß sie kürzlich, d. h. in der letzten halben Stunde oder so, ihre Unschuld verloren hätte und es phantastisch fand und das einfach jemandem mitteilen mußte.

»Du hast gerade eine dreiviertel Million Hörer darüber in Kenntnis gesetzt«, sagte Marilyn Lederer.

Mick stellte fest, daß er lächelte, was in diesem trostlosen Zimmer bestimmt eine ungewöhnliche Tätigkeit war. Im Verlauf der Sendung merkte er, daß sie sich ausschließlich an die traurigen, verzweifelten, an Schlaflosigkeit leidenden Menschen richtete, und eine Zeitlang fühlte er sich schon allein deshalb besser, weil er sich zu den Hörern eines so guten und warmherzigen Programms zählen durfte. Dann kam das entscheidende Telefonat dieser Nacht; der Anrufer stellte sich als Bob aus Fulham vor. Er sagte, er sei siebenundfünfzig Jahre alt und klang wie ein durchschnittliches, im Grunde fröhliches Mitglied der Arbeiterklasse und als hätte er etwas im Sinn.

»Was können wir für dich tun, Bob?« fragte Marilyn Lederer.

»Ich habe ein paar Probleme mit meiner Frau.«

»Im Bett oder außerhalb?«

»Genau da liegt das Problem«, sagte er und lachte unbehaglich. Das Lachen erstarb, er sprach nicht weiter, Marilyn Lederer versuchte, sein Schweigen nicht zu unterbrechen, sie wartete, solange sie konnte, aber schließlich sah sie sich gezwungen zu fragen: »Reden wir hier über Geschlechtsverkehr, Bob?«

»Ja.«

»Darüber, was ihr da macht?«

»Nein, nicht über das Was, über das Wo.«

»Aha!« Sie klang begeistert. Endlich kam ein bißchen Leben in die Bude. »Wo macht ihr es denn jetzt so, Bob?«

»Äh . . . im Bett.«

»Sonst nirgends?«

»Nein, eigentlich nicht.«

»Und das gefällt deiner Frau nicht?«

»Genauso ist es. Sie will es nicht im Bett machen.«

»Das ist doch in Ordnung, meinst du nicht, Bob? Dagegen hast du doch sicher nichts einzuwenden, stimmt's? Du wärst doch sicher nicht dagegen, es mal auf dem Teppich zu probieren, oder im Badezimmer, nicht wahr?«

»Es geht ihr nicht darum, es nicht im Bett zu machen. Sie will es nicht im Haus machen.«

Marilyn Lederer stieß einen leisen, anerkennenden Pfiff hervor.

»Okay, Bob, deine Frau will es an der frischen Luft mit dir treiben. Und ich vermute, wenn sie sagt, nicht im Haus, meint sie nicht den Garten dahinter.«

»Wir haben keinen Garten hinterm Haus, aber das ist eigentlich nicht das Problem. Ich liebe meine Frau, soweit ist alles in Ordnung und so, und ich möchte sie glücklich machen, ich bin auch gern bereit, es draußen mit ihr zu treiben, aber ich weiß nicht, wohin man dazu gehen kann, und ich habe mich gefragt . . .«

Er zögerte, und sein Schweigen sprach Bände über sexuelle Hemmungen und Unbeholfenheit. Dann zwang er sich, den Satz zu beenden.

». . . ob Ihre Hörer vielleicht anrufen und Vorschläge machen könnten, wo man in London draußen Geschlechtsverkehr haben kann, ohne daß man dabei erwischt wird.«

Bob versank wieder in betretenes Schweigen. Er war froh, daß er sich das von der Seele geredet hatte, auch wenn man seine Verlegenheit förmlich hören konnte. Er hatte Glück, daß Marilyn Lederer ihn noch einmal davonkommen ließ. Sie wandte sich in seinem Namen an ihre Hörer, bat sie, anzurufen und dem armen Bob aus Fulham zu helfen. Mick legte sich aufs Bett und wartete, konnte sich kaum vorstellen, daß jemand anrufen würde. Aber sie riefen an, zu Hunderten.

Die ersten Vorschläge waren banal. Die Anrufer empfahlen Parks und Grünflächen, Gärten, Sportanlagen und Parkplätze, aber schnell wurde es intim und anekdotisch. Die Leute erzählten Einzelheiten aus dunklen Gassen und Hauseingängen, aus Kaufhäusern, mit denen sie besonders angenehme sexuelle Erlebnisse verbanden. Bahnsteige kamen ins Spiel, Friedhöfe, Telefonzellen, Brücken, Uferpromenaden, Treidelpfade, Tunnel. Offenbar gab es keinen Ort in der Stadt, der nicht schon einmal zum Schauplatz einer sexuellen Begegnung geworden war.

Dieser Gedanke schien den Hörern und besonders Marilyn Lederer zu gefallen. Sie stachelte ihr Publikum an. Eine Frau rief an und erzählte von den vielen, vielen Orten, an denen sie Sex gehabt hatte. Einen Augenblick erinnerte ihre Stimme Mick an Judy Tanaka, aber das lag wahrscheinlich daran, weil die vornehmen Stimmen für ihn alle gleich klangen. Das war vielleicht eine Nummer. Es schien, als gäbe es in London keinen Distrikt und keinen Borough, keinen Stadtteil und keinen Postbezirk, in dem sie es nicht getrieben hatte. Sie war stolz darauf, als hätte sie etwas zu beweisen, als wollte sie einen Rekord aufstellen.

Mick stellte überrascht fest, daß er zornig war. Er überlegte, ob er anrufen und sagen sollte, daß die Schlampen in Sheffield die Einzelheiten ihrer Aktivitäten wenigstens nicht herumposaunten, tat es aber natürlich doch nicht. Die Sendung rauschte ohne aktive Beteiligung seinerseits an ihm vorbei, und um zwei Uhr, als sie zu Ende ging, warteten immer noch viele Anrufer in den Leitungen.

Mick lag in seinem Zimmer in Hackney auf dem Bett und war sich nicht sicher, ob er erfreut oder bestürzt sein sollte. Die Sendung beteuerte, daß Sex Spaß machte, locker und allgegenwärtig war, aber für ihn stellte sich die Situation ganz anders dar. Ihm kam der Gedanke, daß sehr wahrscheinlich irgendwann irgend jemand in diesem Bett Geschlechtsverkehr gehabt hatte. Das hob seine Stimmung keineswegs und erregte ihn auch nicht. Es war ihm unheimlich. Er war nicht wegen etwas so Banalem wie Sex nach London gekommen. Für ihn war es keine geile Stadt, da konnten die Leute im Radio sagen, was sie wollten. Er fand London hart, heruntergekommen, lieblos und kalt, ein Ort, an dem sich furchtbare Dinge vollzogen oder vollzogen wurden; und je schneller er hier wieder rauskam, desto besser.

Namen

Es gab Zeiten, da hätte Stuart ohne weiteres seinen Eltern die Schuld zugeschoben. Schließlich hatten sie ihm seinen Namen gegeben; diesen über alle Maßen absurden Namen, den er haßte. Der Name Stuart war zwar eigentlich harmlos, und dasselbe konnte man für die meisten Konstellationen auch von seinem Nachnamen sagen. Sein Vater hatte ihn durch die Geburt bekommen, seine Mutter hatte ihn durch Heirat erworben, und auch er hätte bedenkenlos eingeräumt, daß der Nachname London an sich nichts Absurdes hatte. Als er zum letzten Mal ins Londoner Telefonbuch geschaut hatte, waren dort mindestens fünfundzwanzig oder dreißig Leute, die sein Schicksal teilten. Es gab berühmte Londons, Jack zum Beispiel, und Julie. Und er hätte auch zugestanden, daß London, wenn man schon nach einem englischen Ort benannt war, vielen anderen eindeutig vorzuziehen war, wie z.B. Worksop, Diss, Looe oder Foulness.

Aber seine Eltern hätten doch zumindest so viel gesunden Menschenverstand haben müssen, den Namen einer Großstadt nicht mit dem Namen einer geschichtlichen Person zu kombinieren. Niemals, auf absolut gar keinen Fall hätten sie ihm den Namen Stuart London geben dürfen. Er verachtete ihn. Es war ein Kapitel in den Geschichtsbüchern, die er in der Schule gehabt hatte, der Titel einer Examensarbeit, der Name einer historischen Karte, doch wohl kein Name für einen Menschen.

Noch mehr hatte ihn deprimiert, daß seine Eltern lange Zeit gar nicht begriffen, was sie getan hatten. Sie waren nicht ungebildet oder dumm, hatten aber auch nicht Geschichte studiert. Die Tudors und die Stuarts waren für sie unbekannte Größen. Den Römern, den Georgianern und den Viktorianern erging es in dieser Beziehung übrigens nicht besser. Erst als der kleine Stuart völlig verstört von der Schule nach Hause kam, weil man ihn ausgelacht und sich, bis er Rotz und Wasser heulte, über ihn lustig gemacht hatte, ahnten seine Eltern, was sie ihm angetan hatten. Zu spät erkannten sie, daß man den Namen ihres Sohnes lächerlich finden konnte.

Sein Vater versuchte, die Leiden seines Sohnes herunterzuspielen, indem er sagte, daß es doch viel schlimmer gewesen wäre, wenn sie ihn Norman London getauft hätten, aber das war keine große Hilfe. Außerdem wies sein Vater darauf hin, daß es nicht einer der völlig lächerlichen Namen war, den jeder Schnösel urkomisch finden würde. Er hieße schließlich nicht Eva Brick oder Eileen Dover. Nein, die Leute mußten eine gewisse Intelligenz und ein bestimmtes Bildungsniveau mitbringen, um seinen Namen komisch zu finden. Sein Vater war der Auffassung, daß es dadurch nicht so schlimm wäre. Stuart wußte, daß es das nur noch schlimmer machte.

Leider Gottes war er kein Schuljunge mehr und konnte seinen Eltern daher nicht mehr an allem die Schuld geben. Er war ein vierzigjähriger Mann, der, nach eingehenden Beratungen gemeinsam mit seiner Frau, zu dem Entschluß gekommen war, keine Kinder in die Welt zu setzen. Wenn er jedoch Kinder gehabt hätte, hätte er ihnen schlichte und einfache Namen gegeben, wie Bill, Alice oder etwas in dieser Art. Sie hätten nicht das durchmachen müssen, was er durchgemacht hatte.

Stuart hatte lange und schwer gelitten, aber er war nie so mutig oder auch so verzweifelt gewesen, daß er seinen Namen hätte ändern lassen. Er hatte oft darüber nachgedacht, sich sogar ein paar Alternativen überlegt, war dann aber den letzten Schritt nicht gegangen. Und dann, eines Tages, war es plötzlich viel zu spät. Er fand sich in einer Position, in einem Berufszweig wieder, wo sein Name von Nutzen war; wenn es sich dabei auch um eine Position und einen Berufszweig handelte, dem er inzwischen nur noch geringen Respekt und wenig Verständnis entgegenbrachte.

Er hatte nicht geplant, sich hier wiederzufinden. Wenn er überhaupt je Ehrgeiz besessen hatte, dann war dieser darauf gerichtet, Architekturexperte, Historiker, eventuell auch Kurator oder etwas Ähnliches zu werden. Aber daraus war nichts geworden. Statt dessen war er nach mehreren abgebrochenen Studiengängen, diversen Haken in seiner beruflichen Laufbahn und einigen dazugehörigen Lebenskrisen in der Tourismusbranche gelandet. Er war Geschäftsführer (den Titel fand er immer noch lächerlich) einer Firma, in deren Namen er heute ein Paradebeispiel für einen gräßlichen Mangel an Originalität sah: er lautete ›The London Walker‹. Wo London draufstand, war auch London drin. Er fragte sich, ob der Name sein Schicksal war.

Man würde in den Prospekt von ›The London Walker‹ schauen, wenn man sich für einen eher kritischen und kultivierten Touristen hielt und zu denen gehörte, die aus dem Rundfahrtbus aussteigen, um die Stadt zu Fuß in Gesellschaft eines kenntnisreichen und redegewandten Stadtführers zu erkunden. Man fand darin auch das Zitat von Samuel Johnson, nicht das naheliegende, vielmehr: ›Denn London bietet alles, was das Leben zu bieten hat.‹ Und wenn einem der Prospekt gefiel, konnte man sich für eine oder mehrere der folgenden Touren anmelden: die Bloomsbury-Tour, die Boswell-Tour, die Christopher-Wren-Tour, die London-Crime-Tour, die Holmes-and-Watson-Tour die Art-Gallery-Tour, die Docklands-Tour und so weiter und so fort bis, wie Stuart fand, zum Überdruß.

Obwohl er nie Geschäftsmann hatte werden wollen, wußte Stuart, daß jedes Geschäft aus einer Reihe nur bedingt lösbarer Probleme bestand, aus immer wieder auftretenden Kopfschmerzen, die man nie ganz los wurde. Es gab keine noch so kleine Firma, die jemals ›wie von selbst‹ gelaufen wäre, aber wenigstens lief der London Walker derzeit, ohne daß *er* etwas dafür tun mußte. Das lag daran, daß seine Frau ihm die Geschäftsführung abgenommen hatte, und sie machte das besser, als er es je gekonnt hätte. Wäre er nur in der Lage gewesen, sich zurückzulehnen und vom erwirtschafteten Profit reich und fett zu werden, hätte er das alles genießen können. Als er es sich dann bequem machen wollte, kam er sich allerdings völlig überflüssig vor und wurde schwermütig.

Stuart war kein geborener Londoner. Er war Mitte der fünfziger in Colchester geboren worden, hatte sich aber immer schon nach London hingezogen gefühlt. Sein Vater schilderte Kriegserlebnisse aus seiner Zeit als Brandwart in London, und bevor seine Eltern geheiratet hatten, war seine Mutter eine begeisterte Anhängerin von West-End-Musicals gewesen, von denen sie immer noch erzählte, wenn sie über ihre glückliche Vergangenheit sprach. Als er klein war, hatten sie Familienausflüge nach London gemacht und gelegentlich eine Tante in Finsbury Park besucht, aber diese Tagestouren hatten Stuart nicht gereicht. Schon in frühester Kindheit wußte er, daß er nach London ziehen, dort leben und studieren wollte. Er hatte das kleine Latinum gemacht, um am University College of London Englisch studieren zu können, wobei sein Interesse an der Englischen Literatur das erste Universitätssemester allerdings nicht überlebte.

In seiner Studienzeit hatte die Stadt ihn in sich hineingesogen und wie ein feines Spinnennetz umgarnt. Wenn er in der Studentenkneipe im *Time Out* nachsah, wo ein Film lief oder eine Band spielte, fühlte er sich immer zu den entferntesten Kinos, den abgelegensten Veranstaltungsorten hingezogen. Während die anderen Studenten wie mit Hundeketten ans West End gefesselt zu sein schienen, nahm er sich die Freiheit, die unzugänglichsten und provinziellsten Teile der Stadt zu erkunden.

Auf den meisten dieser Ausflüge war er alleine gewesen. Normalerweise war es unmöglich, einen seiner Studentenfreunde zu überreden, mit in eine Gegend zu kommen, die sie als ›die andere Dimension‹ bezeichneten, aber das konnte ihn nicht abschrecken. Von Zeit zu Zeit hatte er eine Freundin, und manche, die ihn sehr gerne mochten, waren bereit, ihn zu begleiten, seinen Spleen, die Erkundung der Peripherie, mit ihm zu teilen. Aber seine Freundinnen hielten es nie lange aus. Die längste Beziehung hatte er mit einer Frau, deren Eltern in Spitalfields wohnten, und er dachte manchmal, daß sie nur so lange zusammengeblieben waren, weil ihn die archaische Poesie des Ortsnamens fasziniert hatte. In seinen Augen, wenn auch vielleicht nirgends sonst, lag ein gewisser Reiz darin, daß er sagen konnte, er wäre mit einer Frau aus Spitalfields zusammen. Er war zutiefst enttäuscht, als er nach einiger Zeit feststellte, daß das ›spital‹ im Namen eine verkürzte Version von Hospital und keine altmodische Schreibweise des englischen ›spittle‹, also Speichel, war.

Aber auch in den Zeiten, in denen er keine Freundin hatte und die Stadt alleine auskundschaftete, fühlte er sich nicht einsam. Die Stadt gab ihm Kraft, sie gab ihm etwas zu tun und leistete ihm Gesellschaft, und dafür war er ihr sehr dankbar.

Seine Studentenjahre vergingen schnell, und obwohl er kein schlechter Student war, hatte er Probleme damit, daß er nur für die Themen Interesse aufbrachte, für die er sich auch begeistern konnte. Nachdem er die Englische Literatur aufgegeben hatte, versuchte er sich kurz in Geschichte, dann mit Kunstgeschichte, Philosophie und Ethnologie. Er schaffte den Abschluß, wenn auch nur knapp. Er hätte gern die akademische Laufbahn eingeschlagen, aber sein Wissen war zu speziell, und es wäre unmöglich gewesen, ein Fachgebiet zu finden, in dem er hätte forschen können. Statt dessen hatte er plötzlich ein paar ›echte‹ Jobs; erst arbeitete er für ein Reisemagazin, dann für eine kleine Werbeagentur, dann als Handbuch-Autor für eine Computerfirma. Während seine Freunde sich fast alle für überqualifiziert hielten und daher keine dauerhaften Stellen bekamen, stand er jedesmal wieder mitten im Arbeitsleben, und ihm boten sich Chancen auf beruflichen Aufstieg, langfristige Sicherheit, verantwortungsvolle Tätigkeiten und persönliche Herausforderungen.

So vergingen mehrere Jahre, bis er eines Tages aufwachte und wußte, daß er am falschen Ort war, den falschen Job in der falschen Branche hatte, und zu dem Schluß kam, daß er sich dringend vom Acker machen sollte. Er kündigte, zog in eine viel billigere Wohnung, lebte von seinen mageren Ersparnissen und fragte sich, was zum Teufel er denn als nächstes anfangen könnte.

Er wußte, daß London für ihn noch immer seinen Reiz hatte, daß er die Stadt gerne erkundete und darin herumstrolchte. Er konnte ganz passabel Vorträge halten und stellte erstaunt fest, daß er mit Ausländern gut zurecht kam. Er fragte sich, wie man aus diesen Interessen seinen Lebensunterhalt bestreiten konnte.

Mit einem Mut, der ihm später fast wie Tollkühnheit erschien, entwickelte er eine Reihe von Wandertouren durch London: die Architektur-Tour, die Mob-Tour, die Denkmal-Tour. Er machte alles allein. Er leitete die Touren, entwarf die Routen, riß die Karten ab, nahm die Anrufe entgegen. Er ließ ein paar Flugblätter drucken, verteilte sie in Hotels und Touristeninformationen und gab seine Termine in Veranstaltungsmagazinen bekannt. Seine Überraschung hielt sich in Grenzen, als er nach einiger Zeit feststellte, daß er schnell einen florierenden kleinen Betrieb hatte, den er dann Stuart's Tours nannte.

Wie erwartet arbeitete er viel mit amerikanischen Touristengruppen. Sie waren das beste Publikum. Bei englischen Muttersprachlern kamen seine Anekdoten, Witze und Marotten sehr gut an; die Japaner hatten damit allerdings Schwierigkeiten. Aber seine Jugend und seine Begeisterung erleichterten ihm vieles. Die Touristen waren bezaubert vom Auftreten und fundierten Wissen eines offensichtlich so jungen Mannes, wobei er sich mit seinen sechsundzwanzig Jahren keineswegs so jung vorkam.

Er lernte schnell dazu. Die Teilnehmer an seinen Touren sagten, daß er ein geborener Erzähler sei, daß er ein Buch schreiben, man ihm eine eigene Fernsehshow geben müsse. Bescheidener- und zutreffenderweise teilte er ihnen mit, daß sie unrecht hatten. Trotzdem erkannte er, daß er gut genug war, um sich als Wissensvermittler seinen Lebensunterhalt zu verdienen. Es gab bessere und schlechtere Jahreszeiten, bessere und schlechtere Jahre, aber er hielt durch, und nach drei Sommern und drei Wintern war er immer noch nicht pleite.

Er hatte immer Wert darauf gelegt, daß er den Touristen für ihr Geld etwas bot und sie mit Respekt behandelte, trotzdem wurde ihm mit der Zeit bewußt, daß sein ursprünglicher Charme abnahm. Er wurde zwar nicht zynisch, verlor aber seinen Elan.

Sein Geschäft war eine Ein-Mann-Show, was ein einsames, aber dafür unkompliziertes Arbeitsleben zur Folge hatte. Organisation und Papierkram waren allerdings nie seine Stärken gewesen, und da das Geschäft gut lief, war er froh darüber, eine Rechtfertigung zu haben, nach einer Hilfskraft zu suchen. Er brauchte ein Organisationstalent für die Firma, aber vor allem brauchte er Gesellschaft.

Die Stellenanzeige war offenbar schlecht formuliert. Er bekam nur eine Antwort von einer ehrgeizigen, freundlichen, kontaktfreudigen, durch und durch geschäftstüchtigen jungen Frau namens Anita. Sie war kurz zuvor von einer Weltreise zurückgekehrt und sagte, daß sie ihr zukünftiges Betätigungsfeld in der Tourismusbranche sehe. Des weiteren sagte sie, daß sie ganz unten anfangen und sich von dort hocharbeiten wolle. Stuart war weder klar, daß er ganz unten war, noch, wohin sie sich hocharbeiten wollte, und als sie im Bewerbungsgespräch das enorme Potential erwähnte, das sie in seiner Firma sah, war er schließlich vollkommen perplex.

Er stellte sie ein, weil sie die einzige Bewerberin war, aber wahrscheinlich hätte sie sowieso alle anderen auf die Plätze verwiesen. Sie würde ihre Arbeit zweifellos gut erledigen, aber im Endeffekt gab ihr Name den Ausschlag. Sie hieß Anita Walker. Er fand diesen Namen ebenso absurd wie seinen eigenen. Es war ein seltsamer Grund, jemanden einzustellen, aber er sollte es nicht bereuen. Anita konnte mit Bilanzen umgehen, sie konnte mit Menschen umgehen und, wenn nötig, eine Tour leiten; konnte fast alles, was sie sich in den Kopf setzte. Innerhalb von sechs Monaten hatte sie sich unentbehrlich gemacht und nach einem Jahr den Boß geheiratet, wobei Stuart sich allerdings nie wie ihr Boß vorgekommen war. ›A neater London‹ – dieses Wortspiel mit dem schöneren London wurde nur selten aufgegriffen, aber ihr Mädchenname lebte weiter in der neuen Firmenbezeichnung. Sie kombinierten ihre Namen, und so entstand ›The London Walker‹.

Schon ganz zu Anfang hatte sie ihm erklärt, daß es für eine Firma nur zwei Möglichkeiten gebe: entweder zu expandieren – oder dichtzumachen. Er war auf beides nicht besonders scharf, entschied sich aber fürs Expandieren. Anita hatte eine sehr einfache Idee. Anstatt eine Person zu haben, die die Touren ausarbeitete und leitete, könnte man für wenig Geld jede Menge fähiger Leute als Fremdenführer einstellen: Studenten, Schauspieler ohne Engagement, pensionierte Akademiker, gelangweilte, aber gebildete Hausfrauen. Man könnte sie schnell schulen und ihnen dann ohne weiteres die eine oder andere Tour anvertrauen, so daß die Firma viel mehr leisten würde, viel mehr Umsatz hätte und viel mehr Gewinn machen würde. Außerdem wies sie darauf hin, daß einige von Stuarts Touren etwas, wie sollte sie es sagen, etwas eigenwillig wären. Warum versuchten sie nicht, einen Fuß in den breiten Markt zu kriegen? Warum boten sie keine Shakespeare-Tour an? Eine Royal-Family-Tour? Eine Rock'n'Roll-Tour? Stuarts Einwand, so hätte er sich das bei Gründung der Firma nicht vorgestellt, war angesichts von Anitas Entwicklungsplänen und Cash-flow-Prognosen hinfällig. Er hatte diese Ausweitung des Geschäftsbereichs für einen riskanten Schritt gehalten, mußte aber zugeben, daß es funktionierte.

Die Firma prosperierte. Sie zogen in ein neues Büro, stellten mehrere Mitarbeiter ein, entwickelten größere und bessere Geschäftsvorhaben, nahmen Kredite auf und trafen sich regelmäßig zu Verhandlungen mit Bankfilialen und freien Geldgebern. Zwischenzeitlich schien die Lage sehr gespannt zu sein, aber am Ende jedes Jahres erklärten ebenjene Bilanzbuchhalter, die vorher offenbar nicht das geringste Vertrauen in das Unternehmen gehabt hatten, daß ›The London Walker‹ überraschend erfolgreiche Geschäfte machte.

Trotz alledem waren Verhandlungen mit Bankangestellten und Investoren nicht Stuarts starke Seite. Anfangs hatte er noch seine Führungen gemacht. Aber Anita sollte recht behalten. Er hatte zwar eingehende und detaillierte Kenntnisse über London und liebte die Stadt, im Lauf der Jahre hatte er jedoch eine Abneigung gegen das Offenkundige entwickelt. Er wollte den Menschen in seinen Führungen die Stadt nahebringen, war aber in zunehmendem Maße vom Naheliegenden gelangweilt. Er wollte ihre Extravaganz zeigen, die unbekannten Regionen erkunden. Er wollte mit ihnen nicht in den Tower of London, sondern lieber in das verlassene Severndroog Castle in der Nähe von Oxleas Wood gehen. Es genügte ihm auch nicht mehr, ein paar Anekdoten zu erzählen und auf ein paar Sehenswürdigkeiten und historische Schauplätze hinzuweisen. Er hatte den Eindruck, daß man die Wahrheit eher in den engen, dunklen Ecken als in den großen Attraktionen fand. Und an guten Tagen gelang es ihm unter dem Vorwand, den Menschen die konventionellen Sehenswürdigkeiten zu zeigen, bis in diese Ecken vorzudringen. So wurden seine Führungen immer abstrakter, improvisierter, formloser, und oft wurde daraus eine geheimnisvolle Überraschungstour. Einer Gruppe, die sich für eine Führung zu den Londoner Kanälen angemeldet hatte, konnte es passieren, daß sie die wichtigsten Orte der großen Lepra-Epidemie zu sehen bekam. Es gab immer wieder die eine oder andere Beschwerde von unzufriedenen Teilnehmern, die ihr Geld zurückverlangten.

Er entwarf eine Tour, die er ›Stuart Londons London – Die Stadt, die keiner kennt‹ nannte. Er wußte natürlich, daß der Name der Tour in sich widersprüchlich war. Ein London, das keiner kannte, hätte natürlich auch er nicht gekannt. Aber das eigentliche Problem war nicht philosophischer Natur. Es interessierte sich einfach niemand für die Tour. Wochen verstrichen, und die anderen Touren liefen gut. Die Leute wollten das London der Beatles sehen, Virginia Woolfs London, Pepys' London und Hogarths London, aber für das London, das keiner kannte, interessierte sich auch keiner. Die Leute wollten das London, das sie schon kannten, näher kennenlernen. Stuart war zutiefst deprimiert.

Schließlich schlug Anita vor, daß er nicht mehr die Straßen unsicher machen, sondern sich vielleicht in eine beratende Funktion zurückziehen und eine weniger praxisbezogene Aufgabe übernehmen könnte. Was sie meinte, war, daß er aufhören sollte, diese obskuren Touren anzubieten, die keiner sehen wollte, weil sie keinen Spaß machten. Stuart war am Boden zerstört, ließ es sich aber nicht anmerken und willigte ein, eine vierwöchige Pause zu machen und abzuwarten, wie die Dinge sich entwickelten. Angeblich nutzte er die Zeit zur Auffrischung seines ohnehin enzyklopädischen Wissens, in Wirklichkeit saß er im Büro herum und beobachtete, wie effizient das Geschäft ohne jedes Zutun von ihm lief. Junge, mit nicht allzuviel Wissen belastete Führer mit strahlendem Lächeln zeigten den Leuten das, was sie sehen wollten. Es war eine furchtbare Erkenntnis, aber er mußte es akzeptieren.

Er hörte auf, Führungen zu machen. Er blieb im Büro und versuchte verzweifelt, in der Firma eine Funktion für sich zu finden. Gelegentlich führte er Gespräche mit potentiellen Mitarbeitern, aber sein Blick für ihr Potential war fehlbar. Er schulte auch manchmal die neuen Kräfte, wußte allerdings so viel, daß es ihm oft nicht gelang, die richtigen Informationen so herauszufiltern, daß sie den neuen Mitarbeitern von Nutzen waren.

Eine Zeitlang interpretierte er seine beratende Funktion dahingehend, daß er sich neue, originelle Ideen für Führungen ausdachte, aber in diesem Bereich waren Einfallsreichtum und Innovationsfreude nicht unbedingt begrüßenswerte Eigenschaften. Mit der Heinrich-der-Achte- und der Jack-the-Ripper-Tour verdiente man locker mehr Geld als mit Stuarts extravaganteren Erfindungen wie der Thomas-Middleton-Tour, der Postmoderne-Tour oder der Anarchismus-Tour. Eine Führerin hatte in ihrer ersten Woche beim London Walker eine Londoner-Lesben-Tour angeregt, die dann eine ganze Weile eine der erfolgreichsten Führungen des London Walker war.

Also zog Stuart sich noch weiter zurück. Er wußte nicht mehr, worin seine Arbeit bestand, aber auf jeden Fall beherrschten sie viele Leute besser als er. Er hatte etwas verloren, Intuition, Begeisterung, Volksnähe. Er saß in der Klemme. In der Folgezeit arbeitete er zu Hause, was schnell dazu führte, daß er sich in der Wohnung verkroch und gar nichts mehr tat. Er wußte, wenn er so weitermachte, würde er durchdrehen. Untätigkeit war nichts für ihn. Er gehörte nicht zu denen, die, wenn sie in der Firma nicht gebraucht wurden, den Schein wahren und jeden Tag an ihrem Arbeitsplatz saßen und so taten, als würden sie arbeiten.

Er sah verschiedene Möglichkeiten, seine Nutzlosigkeit zu kaschieren. Er könnte sich mit Leuten zu vermeintlichen

Geschäftsterminen treffen, zu ausgedehnten mittäglichen Arbeitsessen mit reichlich Alkohol, die den halben Tag in Anspruch nahmen. Aber Stuart schämte sich, um vier Uhr nachmittags angetrunken nach Hause oder ins Büro zurückzukehren, und spätestens um fünf hätte ihn unweigerlich eine heftige alkoholbedingte Melancholie erfaßt. Es war gräßlich. Für eine Karriere als professioneller Londoner Trinker war er völlig ungeeignet.

Er kam ohne großen Schaden zu nehmen davon, wenn er das Büro verließ und sich einen Film ansah. Dafür schämte er sich nicht; die Freude, die der Film ihm bereitete, wurde jedoch durch die Schuld vergällt, die er empfand, weil er wußte, daß seine Frau und seine Angestellten in dieser Zeit arbeiteten und er nicht.

Er spielte kurz mit dem Gedanken, sich als Schürzenjäger zu versuchen, die Nachmittage mit seinen Affären zu verbringen, und es gelang ihm, eine der jungen Angestellten zu verführen. Aber genaugenommen war das auch sofort mehr als ein kurzes Abenteuer gewesen. Es hätte sich fast zu einer ausgewachsenen Affäre entwickelt. Auf seine Art war es sehr schön gewesen, intensiv, aufregend und alles, was dazugehörte, aber das reichte wirklich nicht, daß man dafür die Ehe und damit die Firma und seinen Lebensunterhalt aufs Spiel setzte, und war gewiß nicht schön genug, daß man es sich zur Gewohnheit machen müßte. Hinterher hatte er weder die Energie noch das Bedürfnis, es noch einmal zu versuchen, aber immerhin blieb ihm die Erinnerung mit den lieblichen wie auch den bedrohlichen Seiten.

Die einzige reine, einfache und ehrliche Freude, die ihm keine Reue bereitete, bestand darin, London zum Objekt seiner Forschung zu machen. Die Verbreiterung seines Wissens über London mußte der Firma schließlich helfen, sagte er sich. So verbrachte er Nachmittage im Museum of London, im Victoria and Albert oder im British Museum. Diese Besuche hatten nichts Akademisches oder Systematisches an sich. Manchmal sah er sogar Menschen, die offenbar dasselbe taten wie er, die nur Zeit totschlugen oder Schutz vor Kälte und Regen suchten. Aber Stuart brauchte keine Zeit totzuschlagen. Wenn er sich mit London beschäftigte, war er glücklich, und die Stunden vergingen wie im Fluge.

An anderen Tagen benötigte Stuart gar keinen Rahmen wie den eines Museums. Er genoß es, einfach durch die Straßen Londons zu streifen. Natürlich hatten manche Straßen mehr als andere zu bieten. In einigen gab es Sehenswürdigkeiten oder interessante Menschen, andere kannte er sehr genau, oder er fand Gefallen an ihnen. Manchmal verspürte er eine angenehme Vertrautheit, manchmal den Reiz des Neuen, aber immer bereitete es ihm viel Vergnügen.

Er überlegte nicht groß, was er da eigentlich tat, aber wenn er zu einer Antwort gedrängt worden wäre, hätte er zweifelsohne gesagt, daß es nur eine Phase sei, eine Übergangszeit, die beendet wäre, sobald er seine neue Funktion in der Firma gefunden hätte. Aber allmählich merkte er, daß es eine solche Funktion nicht gab. Er war schlicht und ergreifend überflüssig. Der London Walker war nicht mehr Teil seines Lebens, seines Selbst. Er mußte sich eine andere Daseinsberechtigung suchen. Er überlegte, ob ein neuer Job ihm weiterhelfen würde, ob er eine neue Laufbahn einschlagen sollte, kam sich aber zu alt und ausgelaugt vor. Er brauchte etwas, das in Verbindung zu seinem großen Interesse stand, etwas, mit dem er sich identifizieren konnte. Er brauchte einen Geistesblitz, und den hatte er dann auch.

Als es soweit war, schien es absolut logisch zu sein, es hatte etwas Unausweichliches an sich, etwas, wo man nicht gegen an konnte. Er saß im Café des London Transport Museum in Covent Garden und dachte gerade daran, daß er keine Busse und U-Bahnen mochte, als es ihn wie ein Blitz traf, und noch im selben Augenblick, als ihm dieser Einfall kam, fragte er sich, warum es so lange gedauert hatte. Er war makellos und perfekt. Ihm war vollkommen klar, was er tun mußte. Er würde zu Fuß durch jede Straße in London gehen.

Stuart hatte den Eindruck, daß es jede Menge guter Gründe gäbe, aus denen ein Mann sich entschließen könnte, durch jede einzelne Straße in London zu gehen. So könnte man zum Beispiel einfach die Neugier anführen, den Drang des Menschen, Unbekanntes zu entdecken, jene Stadtteile zu erforschen, die in den Stadtführern nicht verzeichnet waren und nur den Einheimischen oder jenen Fremden vorbehalten waren, die sich durch überdurchschnittlichen Wagemut auszeichneten.

Es wäre unvermeidlich, daß er in Gegenden kam, in denen er nie zuvor gewesen war, das war wenigstens teilweise der Sinn der Sache, aber er würde auch an Orte geraten, die er nicht unbedingt sehen wollte. Er glaubte zwar nicht, daß es in London Gegenden gab, in denen es zu gefährlich war, um dort zu Fuß herumzulaufen, aber er wußte, daß er in Viertel kommen würde, die er bislang bewußt gemieden hatte – und das wahrscheinlich aus gutem Grund –, aber das lag nun einmal in der Natur der Sache. Vielleicht waren seine Wanderungen eine Art Urbarmachung, eine Möglichkeit, die Stadt zu bändigen, ein Mittel, um auszudrücken, daß London offen und für jedermann zugänglich war und nicht an allen Ecken Geheimnisse und unbekannte Greuel lauerten.

Besessenheit war eine weitere Erklärungsmöglichkeit. Einen Mann, der zu Fuß durch jede Straße in London ging, konnte man als eine Art hochrangigen, abstrakten Trainspotter ansehen, der von dem Wunsch besessen ist, etwas zu Ende zu bringen, einen Set komplett zusammenzubekommen. Er würde an jeder Schule vorbeigehen, an jedem Gefängnis, jedem Theater, jedem Krankenhaus, jedem Pub, jeder Anwaltspraxis, jedem Gebrauchtwagenhändler, jeder Prunkvilla, jedem geheimen Unterschlupf des MI5, jedem Bordell und jeder Crack-Höhle, jedem Sanitätsfachgeschäft, jedem Feinkostladen, jedem Gericht, jedem Sportstadion, jedem Alles. Er wäre dort gewesen, hätte dieses gesehen, jenes gemacht. Und selbst wenn er bestimmte Dinge verpaßte, wie Märkte, die nur an einem Tag der Woche stattfanden, Paraden, die nur einmal im Jahr abgehalten wurden, große Gebäude, die hinter Gerüsten verborgen waren, Clubs, die nur die Mitglieder kannten, so war er doch wenigstens an ihnen vorbeigelaufen, war in den Straßen gewesen, in denen all das geschah.

Aber vielleicht war es auch nur Teil eines viel banaleren Verlangens, nämlich der Angeberei; sagte es nicht, schaut mich an, seht, was ich getan habe, was ich erreicht habe, bin ich nicht ein faszinierender, wenn auch vielleicht etwas exzentrischer Mensch? Das paßte schon alles zusammen.

Aber er wollte sich London nicht zu eigen machen. Es sollte nicht das London einer bestimmten Person werden, nicht Dickens' London, nicht Pepys', nicht Betjemans und ganz gewiß nicht seines. Da jede Straße entlanggelaufen wurde, mußte er jeder Straße die gleiche Bedeutung, die gleiche Gewichtung zukommen lassen. Er würde sich nicht länger in den Straßen aufhalten, die attraktiv oder geschichtsträchtig waren, und ebensowenig würde er die Straßen vernachlässigen, die eintönig oder uninteressant zu sein schienen. Er sah in der ganzen Sache etwas überaus Egalitäres, gewissermaßen etwas Demokratisches, die Auffassung, daß alle Orte und Dinge ihren Wert hatten und in gleichem

Maße geehrt und respektiert werden sollten. Und vielleicht lag darin ein spirituelles, möglicherweise buddhistisches Element, ein Glaube, daß alle Orte eins waren; aber diesen Gedanken wollte er jedoch nicht zu sehr vertiefen, sonst hätte es wohl keinen Sinn mehr gehabt, daß er sich überhaupt auf den Weg machte.

Und dennoch, so überzeugend diese Gründe auch sein mochten, sie konnten ihn nicht ganz überzeugen. Sein eigentlicher Antrieb schien anders zu liegen und weit weniger vernünftig oder auch nur plausibel zu sein. Im Endeffekt war ihm nicht klar, warum er zu Fuß durch jede Straße in London gehen würde. Wenn er ehrlich war, fühlte er sich von einer rätselhaften Kraft dazu genötigt. Logisch war es nicht, und er war sich nicht sicher, ob er eine Wahl hatte. Er mußte es einfach tun. Die Stadt reizte ihn, zog ihn auf mysteriöse Weise in sich hinein – und dieses Mysterium faszinierte ihn. Vielleicht hatte es etwas mit Liebe, Sex oder Selbsterkenntnis zu tun, mit einer der ›großen Fragen‹, die die Menschen bewegten, aber obwohl er sich immer mal wieder bemühte, seine Motive zu verstehen, glaubte er fest daran, daß er nur lange und weit genug gehen mußte, um irgendwann unweigerlich herauszubekommen, warum er eigentlich ging.

Im Augenblick war es einfacher, sich um die praktischen Dinge zu kümmern. Stuart versuchte, ein paar Regeln für sein Vorgehen festzulegen. Sein Bestreben, zu Fuß durch jede Straße in London zu gehen, setzte ein paar Definitionen voraus. Zuerst mußte er festlegen, was genau er mit London meinte. Er entschied, daß sein London gleichbedeutend mit den Londoner Boroughs war, obwohl er sich bewußt war, daß das seine Aufgabe erschwerte. Zu den Boroughs gehörten entlegene Gebiete wie Croydon, Bromley oder Ruislip. Früher lagen diese Orte noch in Surrey, Kent beziehungsweise Middlesex, und zu den Londoner Postbezirken gehörten sie noch immer nicht. Aber was machte London aus, wenn nicht seine Boroughs? Wenn er London nicht so weitläufig wie möglich definierte, konnte er sich auch gleich darauf beschränken, sagen wir, innerhalb der Quadratmeile der City herumzuspazieren.

Dann mußte er festlegen, was er unter einer ›Straße‹ verstand. Sein Wörterbuch gab ihm die Definition ›befestigter Weg (s. a.: Römerstraße); ein von Häusern gesäumter Weg, breiter als eine Gasse‹. Dieser Definition des Wortes ›Straße‹, für die es erforderlich war, das Wort ›Weg‹ zu verwenden, stand er sofort mißtrauisch gegenüber, was aber nichts daran änderte, daß er auch Wege entlanggehen wollte. Er wollte auch Wege entlanggehen, die nicht unbedingt von Häusern gesäumt waren. Und Gassen wollte er auch entlanggehen. Alleen und Höfe, Steige und Sackgassen, Boulevards und Promenaden standen auf dem Plan, genauso wie Treidelpfade, Uferstege und Brücken.

Andererseits gab es befestigte Wege, die er keinesfalls entlanggehen wollte; zum Beispiel die Londoner Stadtautobahn, durch Unterführungen und Straßentunnel und über Flyovers. Öffentliche Parkanlagen stellten ihn vor ein weiteres Problem. Nach langer Überlegung entschied er, daß er außen um jeden Londoner Park herumgehen, aber nur hineingehen würde, wenn es darin so etwas wie eine richtige Straße gab. Rotten Row im Hyde Park würde er also entlanggehen, aber er war nicht gezwungen, dasselbe bei jedem Pfad durch Hampstead Heath, London Fields oder Wimbledon Common zu tun.

Desgleichen war er der Auffassung, daß er sowohl die Straßen, die in Großmärkten, Geschäftsgebieten oder Industrieparks lagen, als auch Lieferstraßen für Fabriken oder Lagerhäuser nicht abzudecken brauchte. Wenn etwas als

Privatstraße beschildert war, würde er diese Privatsphäre selbstverständlich respektieren. Und für größere Siedlungen des sozialen Wohnungsbaus würde dieselbe Regel zum Tragen kommen, wenn auch mit ganz anderen Auswirkungen: Ein Durchgang zwischen zwei Hochhäusern durfte unbehelligt bleiben, aber eine richtige Zufahrt für Milchwagen oder die Müllabfuhr mußte beschritten werden.

Das Projekt hatte nichts Machohaftes oder Übermenschliches an sich, und er wollte auch kein Zeugnis seiner Leistungsfähigkeit ablegen. Er brauchte nichts zu beweisen und keinen Zeitrahmen einzuhalten. Er würde am Tag keine gewaltige Distanz zurücklegen. Natürlich mußte er ein gewisses Maß an Beharrlichkeit, Geduld und Entschlossenheit mitbringen, aber es handelte sich nicht um etwas so Ordinäres wie einen Ausdauertest oder den Nachweis seiner Zähigkeit.

Er entschied, daß er seine Wanderung in Tagesabschnitten à zehn Meilen machen würde. Das klang nach einer angemessenen bescheidenen Entfernung. Zügigen Schrittes konnte er diese Strecke in zweieinhalb Stunden schaffen, was seinen normalen Tagesablauf nur in relativ geringem Maße beeinträchtigen würde. Aber er könnte auch langsamer gehen. Er wollte sich die Freiheit nehmen, seine Umgebung zu betrachten und auf sich wirken zu lassen. Er würde Pausen machen, wann und wo er wollte, und sich auf jeden Fall genug Zeit lassen, um einen Kaffee oder ein Bier trinken zu können. Und wenn ihn jemand in ein Gespräch verwickelte, wollte er auch dafür ausreichend Zeit haben.

Ein Mann in besserer körperlicher Verfassung hätte zehn Meilen für eine absolut lächerliche Entfernung halten können, aber in seinem Alter und in seinem Zustand schienen ihm zehn Meilen pro Tag im Grenzbereich dessen zu liegen, was für ihn problemlos machbar war, insbesondere weil er sie Tag für Tag gehen mußte. Möglicherweise hätte er fünfundzwanzig oder dreißig Meilen am Stück schaffen können, dann hätte er allerdings am nächsten Tag garantiert flachgelegen. Er wollte nicht vor Erschöpfung zusammenbrechen, andererseits aber die elementare körperliche Anstrengung spüren, daß er eine längere Strecke zu Fuß zurückgelegt hatte. Er wollte die Härte des Pflasters spüren. Es sollte so schwierig sein, daß er hinterher müde war.

Aber es durfte nicht zu einem lockeren Dahinschlendern mit Besichtigungsprogramm werden, zu einer Serie von Tagesausflügen. Daher entschied er, daß Galerien, Museen und andere Touristenattraktionen für ihn Sperrzonen waren. Geschäfte würde er nur betreten, wenn er etwas Bestimmtes für seine Wanderung brauchte: etwas zu trinken, Schnürsenkel, falls seine gerissen waren, vielleicht Pflaster für seine Füße, aber er durfte nicht in einen Laden gehen, nur um sich dort umzusehen. Wenn es regnete oder schneite, durfte er sich unterstellen, aber höchstens eine halbe Stunde; danach mußte er weitergehen, bei jeder Witterung. Wenn er am Haus eines Freundes vorbeikam, durfte er nicht hineingehen und eine Pause machen. Wenn er einen Bekannten traf und der vorschlug, etwas gemeinsam zu unternehmen, mußte er ablehnen.

Er überlegte, ob er eine Kamera mitnehmen und Fotos von den Dingen machen sollte, die ihm ins Auge fielen, um so ein visuelles Protokoll als eine Art Gedächtnisstütze zu erstellen, entschied sich aber dagegen. Er fürchtete, daß die Anwesenheit einer Kamera seine Wanderung in eine Foto-Expedition verwandeln könnte, daß er malerische Motive suchen würde. Außerdem würde er auffallen, wenn er Fotos machte, und es gab jede Menge Orte, an denen ein Mann mit Kamera unerwünscht war.

Wenn er heimat- oder obdachlos gewesen wäre, ein Vagabund, dann wäre es ganz anders gewesen, in gewissem Sinne authentischer. Er hätte einfach losgehen und so lange und weit, wie er es für angemessen hielt, weiterlaufen können, dann hätte er angehalten, die Nacht dort verbracht, wo er gerade war, und am nächsten Morgen wäre es wieder von vorne losgegangen. Dann hätte er nicht immer wieder die Stadt durchqueren müssen, um zu seiner Basis zurückzukommen. Und man hätte ihn nicht überall im gleichen Maße willkommen geheißen. Hauseingänge in Hampstead, Kensington oder Chelsea nahmen Obdachlose nicht gastfreundlich auf, und in einigen Sozialsiedlungen könnte ein Mann, der im Hauseingang schlief, sich allen möglichen Ärger einhandeln, aber als theoretisches Konzept hatte dieses Obdachlosenmodell einiges zu bieten. Mit einem Wohnmobil wäre es etwas weniger dramatisch gewesen; er hätte seine täglichen Rundwanderungen an dem Ort beenden können, an dem er es geparkt hatte, dann die Nacht darin verbracht und wäre am nächsten Morgen zu einem neuen Startplatz gefahren, bis er so schließlich die ganze Stadt abgedeckt hätte.

Aber er würde es natürlich nicht so machen. Er hatte ein Zuhause, eine Frau, so etwas wie einen Job und wollte soweit wie möglich vermeiden, daß dieses Leben in Mitleidenschaft gezogen wurde. Jeden Tag mußte er mit seinem Wagen oder mit öffentlichen Verkehrsmitteln zu dem Ort fahren, an dem er seine Wanderung begann, und hinterher mußte er entweder nach Hause oder zur Arbeit zurückkehren. An den Wochenenden konnte er nicht. Er würde nur wochentags gehen, als wäre es ein Job. Dazu kamen noch Feiertage, Weihnachten, Tage, an denen Anita oder er krank waren und zu Hause blieben. Es könnte sogar Tage geben, an denen er etwas für den London Walker erledigen mußte, obwohl dies von allen erdenklichen Störungen die am wenigsten wahrscheinliche war.

Er hatte nicht die Absicht, Anita über sein Vorhaben in Kenntnis zu setzen. Sie hätte es nicht mißbilligt, nicht einmal gedacht, daß er verrückt geworden sei, aber sie war eine sehr praktisch veranlagte Frau und hätte ihn einfach auf das gewaltige Ausmaß seines Unterfangens und die außerordentlichen Schwierigkeiten hingewiesen, die er zu bewältigen hatte.

Er war sich der Größe seiner Aufgabe durchaus bewußt, obwohl es anfangs schwierig war, genaue Parameter zu finden, mit denen man sie hätte meßbar machen können. Es dauerte eine ganze Weile, bis er herausgefunden hatte, wie lang die Straßen Londons insgesamt waren; schließlich hatte er es in einem statistischen Amtsblatt mit dem Titel *London Facts and Figures* entdeckt. Da hatte er es schwarz auf weiß, sowohl in Meilen als auch in Kilometern. Das Heft unterrichtete ihn, daß es in London 8318 Meilen Straßen gab, davon waren 37 Meilen Autobahn, 1080 Meilen Fern- und Hauptstraßen, und der Rest waren ›sonstige‹. Wenn er zehn Meilen am Tag ging, waren das fünfzig Meilen in der Woche, 2500 Meilen im Jahr, also hätte er London in weniger als dreieinhalb Jahren abgedeckt. Das war ein beträchtliches Pensum, aber durchaus machbar.

Dann fiel ihm auf, daß die 8318 Meilen für ihn nur dann maßgeblich waren, wenn er keine Strecke zweimal gehen mußte, und das war ganz und gar unmöglich. Erstens gab es Sackgassen, die er natürlich hin und zurück gehen mußte, aber auch ohne so offenkundige Schwierigkeiten waren die Londoner Straßen doch so ungleichmäßig angeordnet, daß es praktisch ausgeschlossen war, eine ununterbrochene Strecke zu gehen, ohne ein Stück zweimal zu benutzen. Man brauchte einfach nur zwei Paralellstraßen in Ost-West-Richtung zu nehmen, die leiterartig durch Straßen in Nord-Süd-Richtung verbunden waren. Solche Gebiete gab es in ganz London. Er sah auf seinen Stadtplan und entdeckte sofort Beispiele dafür in Wimbledon, Battersea und Catford. Wenn man also auf einer der Ost-West-Straßen losging, konnte man ein solches Schema nicht bewältigen, ohne entweder Teile der Nord-Süd-Straße auszulassen oder bestimmte Stücke zweimal entlangzulaufen. Es lag in der Natur seines Unterfangens, daß nur die zweite Möglichkeit in Frage kam, und das bedeutete, daß er viel mehr laufen mußte als die Gesamtheit der Londoner Straßen; und dabei war die Leiterform noch eine der einfacheren Konfigurationen. Je komplexer das Straßenbild wurde, desto schwerer war es mit geringstmöglichem Aufwand abzudecken.

Hinzu kam, daß London, wie alle Städte, ständigen Veränderungen unterworfen war. Selbst die allerneuesten Stadtpläne waren nie aktuell. Durch den Bau neuer Gebäude entstanden neue Straßen. Wenn er die 8318 Meilen hinter sich gebracht hatte, würde es neue Straßenzüge geben, die am Anfang seiner Unternehmung noch gar nicht existiert hatten. Die müßte er dann hinterher noch abklappern.

Er kaufte sich einen Stadtplan, einen *A–Z*, und zwar die farbige Ausgabe, weil die auf glattem, wasserabstoßendem Papier gedruckt war. Er mochte keine Flecken und sonstige Verunreinigungen auf den Karten. Außerdem kaufte er sich einen schwarzen Filzstift, weil er einen dicken schwarzen Strich über alle Straßen malen wollte, die er entlanggegangen war, so daß der ganze Stadtplan schließlich schwarz und unbrauchbar wurde, weil kein Straßenname mehr lesbar und London damit zu einem abstrakten Muster aus Strichen und Linien reduziert worden war. Der Stadtplan würde mit der Zeit immer mehr an Gebrauchswert verlieren und eines

Tages völlig unnütz und bedeutungslos sein. Das wäre dann ein ganz besonderer Tag – der Tag, an dem er seine Aufgabe zu Ende gebracht hatte –, aber er wußte, daß das noch lange hin war.

Die Aufgabe türmte sich immer höher vor ihm auf, aber seltsamerweise machte es ihm nichts aus, so groß sie auch war, so gewaltig sie auch sein mochte, sie war nicht grenzenlos. Genau wie London selbst hatte die Aufgabe ein Ende. Es war erreichbar. Es war bloß eine Frage der Zeit und des Durchhaltevermögens. Er hatte ein Ziel, ein Ende vor Augen. Eine ganze Weile hielt er es für schwieriger, einen Anfang zu finden als zum Ende zu kommen.

Er wußte, daß er irgendwo anfangen mußte, und ihm war klar, daß gewissermaßen ein Ort so gut wie der andere war, aber er suchte im Straßenverzeichnis seines *A–Z* nach einem Namen, der ihm angemessen erschien. Dann fiel sein Blick auf die North Pole Road. Am nächsten Tag fuhr er hin und begann seine Wanderung.

Er hatte keine Ahnung, was ihn in der North Pole Road erwartete. Er wußte, daß er keine gefrorenen Müllberge, Iglus und Eisbären finden würde, aber trotzdem konnte er sich nicht vorstellen, wie es in einer Straße mit einem solchen Namen aussah. Sie war im Londoner Westen, gar nicht weit weg von Notting Hill und White City und gleich um die Ecke von Wormwood Scrubs.

Er sah in seinem *A–Z* und auf dem U-Bahnplan nach und entschloß sich, den Wagen zu nehmen. Er parkte in der baumbestandenen St. Quintin Avenue. An der Ecke standen drei Teenager, die ein Baby dabeihatten. Er nahm an, daß eine von ihnen die Mutter sein müßte, war sich aber nicht sicher. Sie hielten das Baby wie ein Flugzeug hoch, ließen es in Kopfhöhe durch die Luft fliegen, und gelegentlich tat eins der Mädchen so, als würde es dem Baby einen Kopfstoß verpassen. Insgesamt erinnerte es an eine Foltermethode, kam aber offensichtlich von Herzen, und das Baby schien nichts dagegen zu haben.

Stuart ging die kurze Strecke zur North Pole Road. Er war froh, daß er seine Erwartungen nicht zu hoch geschraubt hatte. Es war eine ganz normale lokale Einkaufsstraße mit einer Eisenbahnbrücke an der einen und einer bepflanzten Verkehrsinsel an der anderen Seite. Die Straße bestand aus zwei gegenüberliegenden Ladenzeilen: Roger's Bakery, Mick's Fish Bar, Jackie's Flowers, Marion's Hairdressing, Varishna's Newsagent, Charig's Wine Shop. Es gab einen Metzger, einen Gemüsehändler, ein Wettbüro, ein paar Take-away-Restaurants und einen Pub namens The North Pole. Alles wirkte klein, anständig und durchschnittlich. Es war repräsentativ für ein bestimmtes London, das weder reich noch arm, weder hübsch noch häßlich, weder feindselig noch gastfreundlich war. Er war froh, daß er mit etwas so Banalem, gleichzeitig aber auch so Typischem angefangen hatte. Aber so sehr er es auch versuchte, konnte er doch nichts entdecken, was ihn hier festhielt, also machte er sich Richtung Wormwood Scrubs auf, wo er noch nie zuvor gewesen war. Der Name meinte sowohl das Gefängnis als auch eine Freifläche mit Sportplätzen. Er ging durch die Duncan Road an einer Schule und einem Krankenhaus vorbei zum Gefängnis.

In vielen Beziehungen entsprach es seinen Erwartungen – die düsteren Ziegelmauern, Türme und Stacheldraht –, aber die Lage war völlig anders, als er es sich vorgestellt hatte. Irgendwie hatte er geglaubt, daß Gefängnisse mitten in der Wildnis liegen müßten, weitab von Menschen und der Zivilisation. Wormwood Scrubs hingegen lag direkt an einer Hauptstraße, durch die eine Buslinie führte, in der Nähe von

Läden, einer Sozialsiedlung und einer Bahnstrecke. Wahrscheinlich konnten die Insassen aus ihren Zellen die Busse und Züge vorbeifahren sehen. Das schien nicht richtig zu sein. Die Nähe des Alltagslebens anderer Menschen wurde so Teil der Strafe. Wegen der hohen Mauern konnte er nicht viel sehen, aber an einer Ecke des Gefängnisgrundstücks stand etwas, das wie ein Wohnhaus aussah (gab es im Gefängnis etwa Firmenwohnungen?) mit einem kleinen ummauerten Garten, aus dem ein riesiger Rosenstrauch über die Backsteinmauer kletterte und so in die Freiheit entwich.

Er mußte mehr oder weniger denselben Weg zurückgehen, den er gekommen war, und als er an der Schule vorbeiging, sah er ein paar recht talentierten Jungen auf dem Krikketfeld beim Fangtraining zu. In diesem Moment bemerkte er, daß sein erster Streifzug ein zielloser Ausflug zu werden drohte. Er schritt entschlossen aus. Es dauerte lange, bis er durch die Scrubs Lane, an den Industrieanlagen vorbei, über die Eisenbahn- und Kanalbrücken bis zur Harrow Road gegangen war. Er fragte sich, warum einige Straßen einen bestimmten Artikel verdienten (The Old Kent Road, The King's Road, The Edgeware Road), während andere, die offenkundig denselben Status und vergleichbare Eigenarten hatten (Oxford Road, Essex Road), ohne auskommen mußten.

Er folgte der Harrow Road auf ihrem langen Kurs Richtung Osten. Sie war breit und windig, und der Verkehr rumpelte auf ihr entlang. An der Front eines Reifencenters sah er ein Wandgemälde, auf dem Mitarbeiter bei ihrer Arbeit dargestellt waren. Er überlegte, ob er über den Kensal-Green-Friedhof gehen sollte, entschied sich aber dagegen. Ein Stück weiter, etwas näher am Stadtzentrum, bog er von der Harrow Road ab, überquerte auf einer Fußgängerbrücke einen Kanal und ging in Richtung Trellick Tower. Er dachte an Hugh Casson und dessen Angst vor Ernö Goldfinger, vor ›diesem ungeheuren Ausmaß an Selbstsicherheit, geballt in einem so kleinen Körper‹.

In Ladbroke Grove ging er unter dem Westway hindurch, wo er zwei Betrunkene sah, die auf einer Fertigbau-Toilette eine Art Tanz aufführten. In der Nähe war außerdem ein Friseur namens ›Have It Off‹. Dann machte er sich auf den Rückweg durch den grüneren Teil von Notting Hill, oder möglicherweise war es schon North Kensington, da war er sich nicht sicher, bis er wieder bei seinem Auto war.

Er setzte sich mit schmerzenden Füßen, aber voller Zufriedenheit auf den Fahrersitz. Ihm war klar, daß er zielstrebiger hätte gehen können, aber er hatte gut zehn Meilen geschafft. Gar nicht übel für einen Anfänger. Er schlug seinen *A–Z* auf, holte einen Filzstift heraus und zog einen schwarzen Strich über alle Straßen, durch die er an diesem Tag gegangen war. Dann schleuderte er den *A–Z* auf den Beifahrersitz und fuhr nach Hause.

Er wußte, er hätte sich gut fühlen müssen, aber beim Fahren erfaßte ihn eine tiefe Leere und Unzufriedenheit, und das lag nicht nur daran, daß er bisweilen die Konsequenz bei seiner Wanderung hatte vermissen lassen. Wahrscheinlich barg seine Methode einen fundamentalen Fehler. Er konnte sich nicht vorstellen, daß er noch weitere tausend solcher Tage durchstehen würde. Es reichte einfach nicht, die Straßen im *A–Z* zu schwärzen, nachdem er sie entlanggelaufen war. So markierte er zwar, daß er dort durchgekommen war, hinterließ aber kein Anzeichen für seine Anwesenheit. Selbst in diesem Moment, als er die Tageswanderung noch frisch im Gedächtnis hatte, war ihm bewußt, daß die Erinnerung schon langsam verblaßte. Er hatte die Gefängnistürme nicht mehr in allen Einzelheiten vor Augen und den Namen des Friseurs in Ladbroke Grove vergessen.

Es würde nicht lange dauern, dann wäre es ebensogut möglich, daß der Tag niemals stattgefunden hatte. Es gäbe keinen Hinweis darauf, daß er je dagewesen war. Die Eindrücke, die er gesammelt hatte, verschwanden, und er merkte, daß er eine Möglichkeit finden mußte, sie zu bewahren und lebendig zu halten.

Die Lösung dieses Problems war ziemlich offensichtlich. Um seinen Erfahrungen etwas Echtes und Bedeutsames zu geben, reichte es nicht, einfach nur zu gehen. Und da er keine aufmerksamen Touristen als Publikum hatte, denen er seine Eindrücke schildern konnte, gab es keine andere Möglichkeit, als darüber zu schreiben.

Schauspieler

Mick Wilton sah sich gerne als ein vom Leben auserwählter Aristokrat. Die Welt sah ihn als Proleten, also blieb ihm keine andere Wahl, als sich für ein Gegengutachten auf das Leben zu berufen. Wenn es um Autos, Anzüge, Frauen und ähnliches ging, hielt er sich für qualitätsbewußt, wenn ihm auch manchmal die Mittel fehlten, diesem Anspruch vollauf gerecht zu werden. In seiner Phantasie ließ er sich zum Beispiel von einem Chauffeur (oder, in den besseren Varianten, von einer Chauffeurin) in einem Rolls von einem exotischen, teuren Lokal zum nächsten fahren, um dem Dreck und Streß der Stadtstraßen so aus dem Weg zu gehen.

Er hatte sich entschlossen, nicht mehr mit den schwarzen London-Taxis zu fahren. Er wollte sich nicht von irgendwelchen Cockney-Witzbolden ausnehmen lassen, die nicht davon abzubringen waren, ihre Ansichten über Schwule, Schwarze und Frauen zu verbreiten; insbesondere wenn die dann nicht einmal bereit waren, ihn nach Hackney zu fahren. Er konnte nicht umhin, sie zu bewundern, weil sie sich in ganz London auskannten und nicht den Verstand verloren, obwohl sie täglich stundenlang dem Londoner Verkehr ausgesetzt waren, aber trotzdem wollte er mit diesen Leuten nichts zu tun haben.

Die U-Bahn kam nicht in Frage. Micks Kenntnis über das Streckennetz war äußerst lückenhaft, er hatte nur sehr wenig von ein paar Tagesausflügen in Erinnerung, auf denen er allerdings nachhaltig schlechte Erfahrungen gemacht hatte. Das war damals ein wahrer Albtraum gewesen, in dem all das, wovor er Angst hatte und was er haßte, an einem Ort zusammengetroffen war: Unmengen anonymer Menschen wurden wie in einer Tiermastfabrik in einem Waggon zusammengepfercht; die Menschen standen einem im Weg, beanspruchten zuviel Platz für sich, ließen einen nicht vorbei, stellten einem ihre Taschen in den Weg. Und wenn der Zug in einen Bahnhof kam, gab es ein Gedränge, weil die Leute, die einsteigen wollten, nicht warteten, bis diejenigen, die aussteigen wollten, den Zug verlassen hatten. Natürlich gab es lautsprecherverstärkte Stimmen aus dem Jenseits, die das ganze Chaos zu lenken versuchten, die einem erzählten, daß man nach dem Einsteigen sofort in die Mitte des Zuges weitergehen sollte, und der Schaffner (ein Trottel mit Sprachfehler) sagte, daß man die Fahrgäste zuerst aussteigen lassen sollte, und wurde völlig ignoriert, und außerdem teilte ein affektierter Homo einem über Lautsprecher noch mit, daß man beim Ein- und Aussteigen auf die Lücke zwischen dem Zug und dem Bahnsteig achten solle. Und wenn die Waggons einmal nicht überfüllt waren, saßen Jugendliche drin, die die Füße auf die Sitze legten, oder Männer, die es für eine besonders pfiffige Idee hielten, morgens um zehn Bier zu trinken.

Aber Micks eigentliches Problem war eher essentieller oder vielleicht philosophischer Natur. Allein der Gedanke, vollgestopfte Züge durch die Innereien der Erde zu schikken wie Exkremente durch riesige verschlungene Gedärme, erschreckte und beängstigte ihn. Wie leicht konnte es passieren, daß diese Tunnel blockiert wurden, daß der Strom ausfiel oder ein Feuer ausbrach. Das Feuer in King's Cross war eine Art Albtraum, von dem er schon immer erwartet hatte, daß er eines Tages wahr werden würde. Er konnte sich bildhaft vorstellen, was in einer solchen Situation geschah: die selbstsüchtige Panik, der Feuerball, der Gestank von verbranntem Fleisch. Von den Mitfahrern war keine Hilfe zu erwarten. Jeder durchlebte seine eigenen Höllenqualen. Was war, wenn jemand eine Bombe gelegt hatte? Was passierte bei einem Stromausfall? Was, wenn ein Irrer mit einem Gewehr Amok lief? Mick war nicht im üblichen Sinne klaustrophobisch, aber in der U-Bahn verwandelte er sich in ein deprimiertes, jämmerliches Häufchen Elend.

Also fuhr Mick nicht mit der U-Bahn. Er fuhr auch nicht Bus. Er machte es einfach nicht. Es gehörte zu den Dingen, die ein Mann wie Mick einfach nicht tat. Die Welt der Busschaffner, der Busfahrkarten, der Bedarfshaltestellen und die Aussicht, eine Sitzbank mit einem Fremden teilen zu müssen, waren nichts für ihn. Er war zu sprunghaft, zu cool, zu, ja, sagen wir es doch, zu aristokratisch. Also ging Mick zu Fuß. Er ging viel, sehr viel zu Fuß. Er hatte einen weiten Weg hinter sich, als er wieder ins Londoner Particular kam.

Judy Tanaka stand auf einer hölzernen Trittleiter und sortierte die Regale der Meßtischblätter, als sie ihn hereinkommen sah. Der Laden war so leer wie immer. Mick hatte eine Plastiktüte mit Virgin-Megastore-Aufdruck in der Hand, in der sich die rechteckigen Videokassetten, die er darin hatte, deutlich abzeichneten. Der *A–Z*, den er bei ihr gekauft hatte, war auch in der Tüte. Judy lächelte unsicher. In gewisser Weise war sie froh, daß er zurückgekommen war. Es wäre eigenartig gewesen, wenn sie ihn nie wiedergesehen hätte, etwa so, als hätte sie nur das erste Kapitel eines Buches gelesen und es dann verloren, aber sie war sich sicher, daß es sich nicht um einen reinen Höflichkeitsbesuch handelte. Sie wußte, daß er gekommen war, weil er etwas von ihr wollte.

Sie stieg die Trittleiter herunter und fragte fröhlich: »Kann ich Ihnen helfen, Sir?«

»Nennen Sie mich nicht Sir«, sagte er, wie er es schon einmal getan hatte, und dann merkte er, daß es scherzhaft gemeint war. Es war ihm peinlich. Wie nicht anders zu erwarten, war der Anfang dumm gelaufen. »Aber Sie können mir helfen«, fügte er hinzu. »Sie haben doch bestimmt einen Fernseher, oder?«

Sie nickte unsicher.

»Und einen Videorecorder haben Sie auch, stimmt's?«

»Stimmt«, gestand sie und wußte, daß sie vielleicht noch mehr zugestehen würde.

»Gut. Kann ich ihn mir ausleihen?«

Sie lachte ungläubig. Woher nahm er die Dreistigkeit, eine Frau, die er kaum kannte, zu fragen, ob sie ihm den Videorecorder leihen würde?

»Okay, ich seh schon, daß Ihnen die Idee nicht gefällt«, sagte er schnell. »Aber ich wollte ihn auch gar nicht unbedingt mit nach Hause nehmen. Das einfachste ist wohl, wenn ich bei Ihnen vorbeikomme und ihn da benutze.«

»Sie wollen zu mir in die Wohnung kommen?«

»Genau. Aber nur um Ihren Videorecorder zu benutzen. Ich mache keine schrägen Sachen. Ich bin harmlos. Es ist bloß so, daß ich im Moment in einem Loch wohne, in dem es weder Videorecorder, Fernseher noch Telefon gibt. Ich wäre Ihnen wirklich sehr verbunden.«

»Sie sind verrückt«, sagte sie.

»Nein, bin ich nicht.«

»Also, Sie sind aber ziemlich dreist.«

»Das ist wahr.«

»Ich kenne Sie überhaupt nicht.«

»Auch da ist was Wahres dran, aber Sie wissen, daß ich in Ordnung bin.«

Sie war nicht bereit, dem beizupflichten. Noch nicht. Statt dessen wich sie aus, suchte nach einer Verzögerungstaktik und wußte gleichzeitig, daß sie ihn in Verlegenheit brachte. Sie fragte: »Haben Sie Ihren Freund Philip Masterson gefunden?«

»Oh, ja«, sagte er euphorisch.

»War er froh, Sie zu sehen?«

»Es hat ihn umgehauen. Es war ein tolles Wiedersehen, und ohne Sie hätte ich das niemals geschafft. Ich bin Ihnen sehr dankbar.«

Sie war auch nicht bereit, überschwengliche Dankesbezeugungen entgegenzunehmen.

»Wozu brauchen Sie den Videorecorder?« fragte sie.

»Um mir ein paar Filme anzusehen«, sagte er und klopfte auf seine Tüte. Sein Gesicht strahlte voller Optimismus. »Wenn Sie wollen, können wir sie uns ja zusammen ansehen.«

»Ich weiß überhaupt nicht, warum ich das auch nur in Erwägung ziehen sollte.«

»Weil Sie wissen, daß ich kein schlechter Mensch bin.«

»Ihnen ist klar, daß Sie ziemlich viel verlangen.«

»Ja, aber immerhin frage ich sehr höflich.«

Sie lachte wieder; über ihn, über sich, über die Situation, über ihre Unfähigkeit, nein zu sagen, und ihre Neigung, ja zu sagen. Er stand schweigend vor ihr, sah sie wie ein junger Hund an und wartete auf ihre Antwort.

»Was sind das für Videos?« fragte sie.

Er leerte die Plastiktüte auf den Tresen und legte fünf Videokassetten nebeneinander. Es waren Filme, die sie nicht gesehen und von denen sie kaum etwas gehört hatte, aber aus den Titeln und Covern konnte sie ersehen, daß sie etwas obskur waren, nicht auf großen Erfolg abzielten oder zur normalen Massenware gehörten. Sie entsprachen nicht dem Geschmack, den sie bei Mick vermutet hätte.

»Ich guck mir die nicht nur so aus Spaß an«, sagte er.

»Nein?«

»Nein, ich studiere einen Schauspieler, der in den Filmen mitspielt.«

»Sie studieren ihn?«

»Ja, er heißt Justin Carr. Kennen Sie ihn?«

»Nein.«

»Aber vielleicht erkennen Sie sein Gesicht.« Er zeigte ihr die Bilder auf der Rückseite einer der Videohüllen. Darauf war ein gutaussehender Schauspieler mit hagerem Gesicht zu erkennen. Er sah sehr englisch aus, äußerst wohlanständig, wirkte dabei aber düster und kernig genug, um etwas Geheimnisvolles an sich zu haben. Sie war sicher, daß sie dieses Gesicht noch nie gesehen hatte.

»Justin Carr?« sagte sie. »War das nicht einer der Namen auf Ihrer Liste? Sie sind mit ihm aufs College gegangen?«

»So ungefähr.«

»Und jetzt studieren Sie ihn.«

»Genau.«

»Der Gedanke, Sie meinen Videorecorder benutzen zu lassen, macht mich ziemlich nervös.«

»Wieso? Sie können mir die ganze Zeit zugucken und aufpassen, daß ich ihn nicht kaputtmache oder so was.«

»Und der Gedanke, mit Ihnen alleine in meiner Wohnung zu sein, macht mich auch ziemlich nervös.«

»Warum?«

»Weil ich Sie nicht kenne.«

»Meinen Sie, daß wir einander nicht richtig vorgestellt

wurden? Jetzt machen Sie aber mal halblang. Immerhin ist das schon unsere dritte Begegnung. Manche Menschen sind schon verheiratet, bevor sie sich so oft gesehen haben. Wie kann ich Sie umstimmen? Soll ich noch einen Ladendieb fangen?«

»Das wäre eine Möglichkeit«, sagte sie, und einen Augenblick lang fürchtete er, daß das bißchen Dankbarkeit, das sie ihm gegenüber empfand, aufgebraucht war.

»Das sind fünf Filme«, sagte sie. »Das wird ein langer Videoabend.«

»Ja, aber ich muß nicht alle von Anfang bis Ende sehen, sondern nur die Passagen, in denen mein Freund mitspielt.«

Jetzt war sie noch unsicherer als vorher. Das klang ziemlich verdächtig. So konnte man sich doch keinen Film ansehen.

Er sagte: »Passen Sie auf, ich hole Sie nach der Arbeit ab, wir gehen zu Ihnen und sehen uns die Videos an, weiter nichts. Ich bezahl sogar das Essen aus dem Take-away-Restaurant. Und die Videos können Sie behalten. Bitte.«

Sie war sich sicher, daß sie nein sagen würde, aber dann lächelte er ihr zu, sagte noch einmal »bitte«, und in völligem Widerspruch zu ihrem Gefühl und ihrer Vernunft sagte sie plötzlich »in Ordnung«.

Als sie mit ihrer Arbeit fertig war, stand er vor dem Buchladen, und obwohl er versuchte, sie davon abzubringen, fuhren sie mit der U-Bahn zu ihrer Wohnung in Bethnal Green. Er wollte zu Fuß gehen, aber sie sagte, daß das lächerlich wäre. Also nahmen sie die U-Bahn. Während der Fahrt redeten sie nicht viel miteinander, und darüber war Mick sehr erleichtert. Er mußte sich darauf konzentrieren, seine Klaustrophobie in Schach zu halten. Judy war zu dem Schluß gekommen, sich keine Sorgen darüber zu machen, was in ihrer Wohnung passieren oder auch nicht passieren könnte. Männer wie Mick traf sie normalerweise nicht, und sie vermutete, daß er zu den Typen gehörte, für die normale Verhaltensregeln einfach nicht galten. Sie glaubte nicht, daß er eine Bedrohung war, wurde aber den Eindruck nicht los, daß sie sich auf etwas einließ.

Sie wohnte in einem Reihenhaus, das versteckt in den Straßen hinter dem Bethnal Green Museum of Childhood lag. Die meisten Häuser in der Nachbarschaft waren sauber und gepflegt, nur das, in dem sie wohnte, war schäbig und heruntergekommen; rissiger Putz bedeckte die brüchigen Ziegelmauern, von der Eingangstür blätterte die Farbe, die Fensterrahmen waren verrottet, und im Vorgarten stand ein herrenloses Baugerüst.

Sie bewohnte den oberen Teil des Hauses. Es war eine Mischung aus einer Wohnküche und einer richtigen Mietwohnung – sie hatte zwar ihre eigene Küche, aber kein eigenes Badezimmer. Ihr Wohn- und Schlafzimmer war lang und schmal, mit niedriger Decke, aus der das Dach an einer Seite noch eine Schräge herausschnitt. Gegenüber stand ein kleines Regal voller Taschenbücher, eine überfüllte Kommode, an der Bilderleiste an der Wand hingen Bügel mit Kleidungsstücken, dazu kamen Designerlampen und -kerzenhalter, eine Vase mit frischen Blumen, und in der Ecke standen der Fernseher und der Videorecorder. Mit ein paar Kissen war das Einzelbett so gestaltet, daß man es auch als Sofa benutzen konnte, und obwohl das Zimmer aufgeräumt war, kam es Mick so klein vor, daß er bei jeder Bewegung Angst hatte, etwas umzustoßen, zu zerbrechen oder die sorgfältig arrangierte Ordnung zu zerstören.

»Hübsche Wohnung«, sagte er wenig überzeugend.

Die Wände waren in einem kalten, fast frostigen Blau gestrichen, und sie hatte keine Bilder, aber über dem Kamin mit dem Gasofen erstreckte sich ein großer Londoner

Stadtplan bis zur Decke. Er war fast einen Meter hoch und gut einen Meter breit und umfaßte das Gebiet von Brentford im Westen bis zum London City Airport im Osten, von Haringey im Norden bis Streatham Common im Süden. Mick kannte keinen dieser Orte und fand, daß es ein häßlicher Wandschmuck war. Er nahm dem Zimmer die Wohnlichkeit und erinnerte mehr an ein Büro.

Als sie sah, daß er den Stadtplan betrachtete, sagte sie schnell: »Das ist natürlich keineswegs ganz London. Die ganzen Randgebiete von Greater London sind nicht mit drauf. Aber es sind auch Gebiete dabei, die ich persönlich gar nicht dazuzählen würde. Aber für meine Zwecke reicht er aus.«

Sein Interesse war nicht so stark, daß er die Frage stellte, was ihre Zwecke waren, er sah aber ein paar Haken, die direkt über dem Stadtplan angebracht waren, und mehrere aufgerollte durchsichtige Folien. Offenbar konnte man sie an diesen Haken direkt über den Stadtplan hängen. Und bei näherem Hinsehen erkannte er, daß sie nicht völlig durchsichtig waren. Sie waren mit mysteriösen Pfeilen und Kreuzen gekennzeichnet.

Judy wedelte mit einer Hand in Richtung des Stadtplans und der Folien und sagte: »Das ist nur so eine Spielerei, mit der ich mich von Zeit zu Zeit beschäftige.«

Weitere Erläuterungen wollte sie anscheinend nicht abgeben, und Mick war auch nicht weiter interessiert. Er dachte nicht mehr daran und setzte sich so vorsichtig auf den Bettrand, als wollte er nichts Kostbares oder Zerbrechliches zerstören.

»Tut mir leid. Ich weiß, es ist ein elendes Loch.«

Er widersprach nicht, sagte aber: »Sie müßten mal mein Zimmer sehen.«

»Wieso wohnen Sie in einem Loch?« fragte sie. »Und, wo

wir gerade davon sprechen, wieso haben Sie keinen Fernseher?«

»Geldmangel«, sagte er neckisch.

»Das glaube ich nicht. Der Anzug war garantiert nicht billig.«

»Aber in einem Anzug kann man nicht wohnen, stimmt's?«

»Und wo wohnen Sie?«

»Sheffield«, sagte er. »Sheffield, Sex City.«

»Ich meine in London?«

»Park Lane, Hackney«, antwortete er. »Aber ich wohne da nicht. Ich schlafe da nur.«

Sie sah auf ihrem Stadtplan nach, wo das war.

»Da bin ich noch nie gewesen«, sagte sie.

»Da haben Sie aber Glück gehabt.«

»Und wovon leben Sie?« fragte sie.

»Sehen wir uns ein paar Filme an, okay?«

Die Videokollektion, die Mick besorgt hatte, war bei weitem nicht das vollständige filmische Schaffen von Justin Carr, aber es war eine einigermaßen repräsentative Auswahl, die einem eine gute Einführung in sein Werk vermittelte. Außerdem waren es seine freizügigeren Werke. Nichts davon war auch nur ansatzweise pornographisch, aber es gab viel nackte Haut, wenn auch vor allem weibliche und meist geschmackvoll in Szene gesetzt.

Der erste Film, *Roter Cadillac,* war eine Art englischer Roadmovie, und Mick verfolgte aufmerksam, wie sich die Story entwickelte. Carr hatte eine Hauptrolle als Autohändler, der sein Geld mit dem Import klassischer amerikanischer Straßenkreuzer aus den Sechzigern verdient. Er sah im Film sogar noch besser aus als auf den Fotos und wirkte lebhaft, aber gleichzeitig verletzlich, hart, aber jungenhaft.

Der Handlungsrahmen bestand aus einer Räuberpistole mit Drogendealern und gestohlenen Autos. Mick war völlig vom Film gefesselt, aber Judy sah, daß er sich noch weiter in den Film vertiefte, sobald Carr auf dem Bildschirm erschien. Er benahm sich beinah wie ein begeisterter Fan des Schauspielers, der sich nur auf dessen Auftritt konzentrierte.

In der Schlußszene, nachdem alles geklärt war, hatte Carr auf der Motorhaube seines Cadillacs am Strand von Northumberland Sex mit einer Schauspielerin. Die Szene war offensichtlich in der Abenddämmerung gedreht worden, der Himmel war eisblau, und die beiden Schauspieler sahen verfroren und windzerzaust aus, als sie auf dem Wagen herumzappelten. Die Einstellung zeigte das Paar jedoch aus großer Entfernung, und obwohl sie beide nackt waren, konnte man die Szene kaum als offenherzig bezeichnen.

Sofort als der Film zu Ende war und der Abspann lief, stürzte Mick sich auf das Gerät und legte die nächste Kassette ein. Dabei handelte es sich um eine australische Koproduktion mit dem Titel *Roo*, die im Outback spielte und bei der Carr als einziger englischer Schauspieler von lauter sonnengegerbten Charakterdarstellern umgeben war, von denen man die meisten aus irgendwelchen anderen australischen Filmen oder Seifenopern kannte. Es gab ein paar geheimnisvolle Aborigines, die vielsagend ins Nichts starrten, und eine Liebesgeschichte mit einer Fotografin, die Bilder von der einheimischen Tierwelt machen wollte.

Diesmal hatte Mick keine Lust, sich die Szenen anzusehen, in denen Carr nicht im Bild war, und sobald dieser verschwand, stellte er auf Bildsuchlauf. Es gab eine kurze Sexszene mit Carr und der Fotografin in einem verratzten Wüstenmotel, während der im Radio ›I've got you under my skin‹ lief. Die Beleuchtung war in einem sehr schummrigen

Orange gehalten und die Schauspielerin fast die ganze Zeit in ein Laken gehüllt. Carr streichelte ihre Brüste und küßte sie ein wenig, aber sie kamen nicht sehr weit, weil sie von furchteinflößenden Tierlauten gestört wurden.

Nach dieser Szene holte Mick die Kassette aus dem Recorder, obwohl der Film noch längst nicht zu Ende war. Er hatte genug gesehen.

Er steckte das nächste Video in das Gerät. *Jack, der Unglücksrabe*, ein Pubertätsdrama, das 1980 direkt vor dem Falkland-Krieg in einem ungenannten Londoner Vorort spielte. Carr hatte eine nicht sehr vielversprechende Rolle als Freund der fünfzehnjährigen älteren Schwester des Helden. Mick sah sich den Film nur bis zu einer leidlich bizarren Sexszene an, in der Carr zusah, wie diese Schwester nach einer Sauftour nackt für ihn tanzte und sich Wein über die Brüste goß, den er dann ableckte.

»Sie erwähnten ein Take-away-Restaurant«, sagte Judy, als Mick die Kassette aus dem Recorder zog.

»O ja, klar«, sagte Mick, nahm eine Zwanzig-Pfund-Note aus der Tasche und gab sie ihr.

»Irgendwelche Vorlieben oder Abneigungen?« fragte sie und griff zum Telefonhörer.

»Nein, weder noch«, sagte Mick, als der vierte Film anfing. Diesmal ließ er das meiste im Bildsuchlauf vorbeiflimmern und sah sich nicht einmal alle Szenen an, in denen Carr mitspielte. Der Film hieß *Rochester*, und in Micks Augen war es überhaupt kein richtiger Film. Auch Vor- und Abspann und selbst die Verpackung sahen nicht aus wie bei einem richtigen Film.

Es war ein langer, auf Kunst getrimmter, experimenteller Film, eine Serie von ›Meditationen‹ über den gleichnamigen Lebemann aus dem siebzehnten Jahrhundert. Er sah aus, als wäre er zu großen Teilen improvisiert; die Dialoge waren zusammenhanglos und versiegten zwischendurch manchmal einfach.

Es gab diverse Nacktszenen, wobei Carr allerdings die ganze Zeit vollständig bekleidet blieb, und sein größter Auftritt bestand darin, daß er mit immer atemloserem Stöhnen ein obszönes Gedicht von Rochester vorzulesen versuchte, während eine Skinhead-Braut, die bis auf schwarze Strümpfe und ein Halsband nackt war, ihn dadurch ablenkte, daß sie in seiner Hose herumfummelte. Aber im großen und ganzen war es nur Gerede ohne jede Action. Mick sah kaum hin, und als die Pizzas geliefert wurden, konnte er vom Bildschirm wegsehen und essen, ohne dabei das Gefühl zu haben, daß er etwas verpaßte. Das letzte Drittel sah er sich im Bildsuchlauf an, ohne dabei etwas zu entdecken, das ihn dazu brachte, sich eine Szene in normaler Geschwindigkeit anzusehen.

Der letzte Film hieß *Unter der Haut* und war der anspruchvollste der fünf; es war einer dieser Filme aus den späten Achtzigern über Korruption, öffentliche und persönliche Moral in der City, in dem die Hauptdarsteller in opulenten umgebauten Fabriketagen wohnten, Porsche fuhren, sich über die Erschließung der Docklands unterhielten, Kokain schnupften, rücksichtlose Geschäfte machten und athletischen, aber freudlosen Sex miteinander hatten. Carr hatte die Hauptrolle. Seine Sexszenen (es gab zwei) fanden beide in seinem völlig durchgestylten Penthouse mit Blick auf die Themse statt. Die erste war am Tag gedreht, und nachdem sie durchs ganze Zimmer getobt waren, drückte er die nackte Hauptdarstellerin gegen das große Panoramafenster, und in einer Kameraeinstellung vom Flußufer aus konnte man sehen, wie ihre Brüste und ihr Bauch gegen die Scheibe gepreßt wurden. Die zweite Szene spielte nachts und arbeitete mit komplexen Spiegelungen.

Die Jalousien waren offen, und im Penthouse war das Licht an, so daß die beiden Personen, die es im Zimmer miteinander trieben, sich im Glas der Fenster spiegelten, wobei die Lichter Londons das Paar überlagerten.

Wieder zeigte Mick kaum Interesse am weiteren Verlauf des Films, aber diesmal spulte er das Band zurück und sah sich die beiden Sexszenen noch einmal an. Dann hatte er genug gesehen. Er kannte Justin Carrs Körper aus allen Blickwinkeln. Er sah auf die Uhr. Es war sehr spät. Er war kein guter Gast gewesen und ging davon aus, daß er ihre Gastfreundschaft überstrapaziert hatte. Er drehte sich zu Judy um und stellte fest, daß sie neben ihm auf dem Bett eingeschlafen war. Er sah sich um, entdeckte einen Mantel, legte ihn über sie und verließ dann, ohne sie zu wecken, die Wohnung und ging nach Hause, wobei er die Videos liegenließ, aber darauf achtete, daß er seinen *A–Z* dabei hatte.

Dieses flaue Gefühl

Mit einem breiten, unschuldigen, aufgesetzten Lächeln im ansonsten ausdruckslosen Gesicht klingelte Mick bei Justin Carr. Er stand vor einem weißen Mews-Haus, das zusammen mit etwa einem Dutzend ähnlich malerischer Gebäude in Kensington eine sichere, beschauliche Enklave bildete. An der Straße standen ein paar unordentlich geparkte Autos, eine Frau wusch einen grünen Peugeot, und in einem der Häuser, das in Büros unterteilt war, saßen zwei Sekretärinnen an ihren Schreibtischen. Ansonsten war die Straße ebenso still und leer wie viele andere Gegenden Londons.

Mick blickte zum Fenster im ersten Stock von Carrs Haus hinauf. Die Gardinen waren offen und die Deckenbeleuchtung eingeschaltet, um die düstere Nachmittagsstimmung nicht ins Haus eindringen zu lassen. Mick klingelte noch einmal. Es dauerte eine ganze Weile, bis er hörte, wie jemand mit schweren Schritten die Treppe hinunter und durch den Flur stapfte, und als sich die Haustür schließlich öffnete, wurde sie mit einer so unbeherrschten Sorglosigkeit aufgerissen, die nicht im geringsten auf den zurückgezogenen Filmstar schließen ließ.

Obwohl er so viele seiner Videos angesehen hatte, erkannte Mick den Schauspieler nicht auf Anhieb. Justin Carr stand in einem weißen Morgenmantel vor ihm, die Füße steckten in schweren schwarzen Arbeitsstiefeln. Seine Haare waren kurz, aber verfilzt, das Gesicht unrasiert und ungewaschen. Es war schwer zu sagen, ob er betrunken oder verkatert war, auf jeden Fall war er etwas unsicher auf den Beinen. Er wirkte dicker als im Film, sein Gesicht war nicht so kantig, die Züge weniger ausgeprägt, etwas verschwommener. Er schien auch kleiner zu sein, aber damit hatte Mick gerechnet.

»Yeah?« sagte Carr, weder überrascht noch interessiert oder gastfreundlich, und seine Stimme hatte nicht das warme, geschulte Timbre, das er in seinen Filmen hineinlegte.

»Mr. Carr? Justin?« sagte Mick begeistert, »ich bin ein großer Fan von Ihnen!«

Carr rollte theatralisch ungläubig die Augen und seufzte »Danke«. Er legte die Hand auf die Klinke und wollte die Tür schon wieder zuschlagen, als Mick sagte: »Würden Sie mir vielleicht einen kleinen Gefallen tun?« und einen Fuß auf die Schwelle stellte, bevor Carr reagieren konnte.

»Kommt ganz drauf an«, sagte Carr.

»Natürlich«, sagte Mick immer noch lächelnd, wobei er jetzt aber auch noch eine sanft flehende Unterwürfigkeit ausstrahlte. »Ich hätte bloß gern ein Autogramm von Ihnen.«

»Ich nehme an, Sie haben einen Stift dabei.«

Mick hatte einen Stift dabei. Er gab Carr einen Kugelschreiber und eine Videokassette von *Roo.* Auf dem Cover war ein Bild von Carr, der eine blonde Schauspielerin in Schößchenjacke küßte und umarmte, eine Szene, die, soweit Mick sich erinnerte, aus der Endfassung des Films herausgeschnitten worden war. Carr nahm beides entgegen, sagte: »Der schreibt nicht auf Plastik«, zog das Papier-Inlay aus der Videohülle heraus und signierte es auf der nackten Schulter der Schauspielerin. Dort war nur wenig Platz für ein Autogramm, und der Schriftzug erstreckte sich bis auf dunklere Flächen des Bildes und war an den Stellen nicht mehr zu erkennen. Mick betrachtete es enttäuscht.

»Wenn Sie es vielleicht noch einmal auf der weißen Rückseite signieren könnten«, bat er.

Unwillig drehte Carr das Blatt um, unterschrieb, sagte »okay« und gab es zurück.

»Viel besser«, sagte Mick.

»Ich muß jetzt wieder hoch. Das Badewasser läuft«, sagte Carr.

Mick ließ seinen Fuß in der Tür stehen, und obwohl er immer noch lächelte, wurde Carr die bedrohliche Größe und Ausstrahlung seines Besuchers bewußt.

»Sie haben doch nichts gegen das Autogrammschreiben, oder?« fragte Mick.

»Es ist eine sehr große Ehre«, antwortete Carr kalt.

»Machen Sie das oft?«

»Nein, wenigstens nicht unter solchen Bedingungen.«

»Werden Sie oft von Fans verfolgt? Von Frauen?«

»Nein.«

»Oder von aufstrebenden Schauspielern, die versuchen, hinter das Geheimnis Ihres Erfolgs zu kommen?«

»Nein.«

»Hey.« Mick breitete weltumspannend die Arme aus. »Ich bin eine echte Landplage, stimmt's? Da steh ich doch bei Ihnen in der Tür, und Sie sind noch gar nicht richtig angezogen.«

»Genau«, pflichtete Carr ihm bei.

»Da komm ich doch am besten rein.«

»Nein«, sagte Carr bestimmt.

»Wieso nicht?«

Carrs Stimme veränderte sich, wurde härter, mehr zu einer Bühnenstimme. »Ich habe Ihnen ein Autogramm gegeben, mehr können Sie wirklich nicht von mir verlangen. Mehr steht Ihnen nicht zu. Ich geh jetzt rein. Und wenn Sie Ihren Fuß da nicht wegnehmen . . .«

Er versuchte, die Tür zuzudrücken, aber Micks Fuß blieb, wo er war.

»Was bin ich doch für ein Glückspilz, er hat mir ein Autogramm gegeben«, höhnte Mick. Die dunklen Wolken trübten sein Benehmen nur für Sekundenbruchteile, aber dieser kurze Moment reichte vollkommen, um Carr mit Entsetzen zu erfüllen. Während er weiter versuchte, die Tür zu schließen, fragte Mick: »Was ist Ihr Lieblingsfilm? Wer Ihre Lieblingspartnerin? Und wer Ihr Lieblingsregisseur?«

Als wäre er in eine Rolle geschlüpft, wurde Carr plötzlich kraftvoll, energisch und mutig. »Nehmen Sie Ihren Fuß aus der Tür. Sofort.«

Es war eine recht gelungene schauspielerische Darstellung, hatte auf Mick aber keinerlei Wirkung. Ohne jede Vorwarnung verpaßte er Carr eine Ohrfeige. Er hatte nicht hart zugeschlagen, und daß Carr rücklings durch den Flur taumelte, war wohl vor allem auf die Überraschung zurückzuführen. Mick folgte ihm und schloß die Tür hinter sich.

»Einige Ihrer Filme bewundere ich wirklich«, sagte Mick. »Aber darum geht's jetzt nicht. Deshalb bin ich nicht gekommen. Ich bin nicht hier, weil ich Stars auflauere oder weil ich begeisterter Fan von Ihnen bin.«

»Was wollen Sie?« fragte Carr. »Was zum Teufel wollen Sie von mir?«

»Ein uralter Spruch. Hab ich auch schon mal irgendwo

gehört. Normalerweise sage ich dann, daß ich mich nur ein bißchen unterhalten möchte.«

Carr wirkte plötzlich sehr verängstigt und verzweifelt. Mick sah, daß die Hände des Schauspielers zitterten, aber möglicherweise taten sie das schon die ganze Zeit und nicht nur vor Furcht.

»Okay«, sagte Carr, der versuchte, nicht völlig die Fassung zu verlieren und mit sanfter Stimme sowohl sich als auch sein Gegenüber zu beschwichtigen. »Unterhalten wir uns. Kommen Sie doch mit nach oben.«

Mit komischen, ungelenken Bewegungen stieg er in seinen Stiefeln vor Mick die Treppe hinauf in die eigentliche Wohnung, einem einzigen großen Zimmer, das zwar ziemlich vollgestopft war, dabei aber trotzdem unbewohnt aussah. Die kahlen Wände waren weiß gestrichen, der Fußboden komplett mit hellen Jutematten ausgelegt. Es gab keinen Stuhl, keinen Tisch und kein Sofa, aber eine Matratze unter dem Fenster, die den Eindruck erweckte, als hätte dort jemand sein Campinglager aufgeschlagen. Auf dem Fußboden lagen ein paar schwarze Laken und ein Federbett.

Der Mangel an Möbeln wurde durch das im ganzen Zimmer verteilte elektronische Spielzeug aufgewogen: Es gab einen riesigen Fernseher mit Flachbildschirm, integrierter Stereoanlage und in den Ecken aufgehängten Lautsprechern, ein Keyboard, ein schickes Telefon mit integriertem Faxgerät, eine Videokamera mit Stativ, einen Hometrainer und einen ferngesteuerten Spielzeug-LKW. Alles war in tadellosem Zustand und schien unbenutzt, sehr teuer und auf technisch neuestem Stand zu sein.

Der Platz zwischen diesen elektrischen Geräten war gefüllt mit leeren Flaschen – Sekt, Sake, Mineralwasser –, CD-Stapeln, überquellenden Aschenbechern, Rizla-Zigarettenpapierpäckchen, Hochglanzmagazinen, Telefonbüchern und ein paar Filmmanuskripten. Es war ein Spielzimmer für Erwachsene. Carr sah aus, als hätte er lange gespielt, aber ob er dabei alleine gewesen war oder Gesellschaft gehabt hatte, konnte Mick nicht sagen.

Carr drehte sich mitten im Zimmer zu Mick um, war es gewohnt, im Mittelpunkt zu stehen, hatte aber Schwierigkeiten mit seinem Text und wußte sein Publikum noch nicht richtig einzuschätzen. Er betrachtete die teure Ausrüstung, die er zusammengetragen hatte.

»Wenn das ein Einbruch ist, haben Sie wirklich einen Glückstreffer gelandet. Hoffentlich haben Sie einen Lieferwagen unten stehen.«

Mick ging nicht darauf ein und sagte dann, als hätte es ihm keine Ruhe gelassen: »Hatten Sie nicht gerade gesagt, daß Sie sich ein Bad einlaufen lassen?«

»Das war eine Lüge. Ich wollte Sie loswerden.«

Mick dachte über die Antwort nach, überlegte, wie beleidigt er sein müßte, weil man ihn belogen hatte, und ob er etwas dagegen unternehmen sollte. Er sah sich im Zimmer um, nahm alles in sich auf, als würde man später eine Bestandsliste von ihm erwarten, dann sagte er: »Geben Sie mir Ihr Portemonnaie.«

Ohne zu zögern hob Carr seine zerknitterte Jacke vom Boden auf, holte das Portemonnaie aus der Tasche und gab es Mick.

Mick sagte: »Ich nehme Ihr Geld, weil ich mir sonst das Rattenloch, in dem ich gerade wohne, nicht länger leisten könnte, und dann müßte ich draußen in einem Hauseingang schlafen oder so was, also sehen Sie es als Beitrag zur Bekämpfung der Obdachlosigkeit an. Okay?«

Mick durchwühlte das Portemonnaie. Es war nicht viel Geld drin, aber man merkte ihm keine Enttäuschung an. Er schien mit etwas ganz anderem beschäftigt zu sein. »Und das hier ist also ein Mews-Haus, nicht wahr?« fragte er.

»Ja«, sagte Carr.

»Ein komisches Wort, Mews, finden Sie nicht?«

»Eigentlich nicht«, sagte Carr.

»Nein?«

»Ursprünglich wurde damit eine Falknerei bezeichnet, wobei das Verb *to mew* auch noch ein alter englischer Begriff für das Mausern ist. Im vierzehnten Jahrhundert waren die Falknereien des Königs in Charing Cross, aber Henry VII. hat seine Falken abgeschafft und die Gebäude als Stallungen benutzt. Und so ist das Wort dann in den allgemeinen Sprachgebrauch übernommen worden. Die meisten Londoner Mews sind früher oder später einmal Stallungen gewesen.«

Während er sprach, gewann er sichtlich an Selbstvertrauen und Statur. Er fühlte sich wohl, wenn er Text zu sprechen hatte.

»So war das also«, sagte Mick.

»Ja.«

»Woher wissen Sie das?«

»Ich habe einmal ein paar Nachforschungen angestellt für eine Rolle, die ich gespielt habe.«

»Na, vielen Dank, Justin, das war sehr lehrreich«, sagte Mick, und es klang fast so, als meinte er es ernst. »Ich nehme an, daß es auch außerhalb Londons Mews-Häuser gibt, aber ich glaub, ich hab noch nie eins gesehen. Wahrscheinlich würden die Leute außerhalb Londons auch lieber tot umfallen, als in umgebaute Vogelkäfige zu ziehen.«

»Da haben Sie wahrscheinlich recht«, stimmte Carr zu. Zustimmen schien ihm das sicherste zu sein.

Mick sagte: »Als Schauspieler müssen Sie vermutlich in London leben, oder? Hat keinen Sinn, in Pontefract einer sein zu wollen, nehm ich an.«

»Genau.«

»Ist das eigentlich Ihr richtiger Name? Justin Carr?«

»Ja, das ist tatsächlich mein richtiger Name.«

»Klingt richtig nach Schauspieler, stimmt's? Und ist das auch Ihre echte Stimme, oder ist dieser vornehme Akzent nur aufgesetzt?«

»Der ist schon ziemlich echt.«

»Können Sie auch andere Akzente? Walisisch? Geordie? Yorkshire?«

»Nein, das ist nicht unbedingt meine Stärke.«

»Aber das lernt man doch auf der Schauspielschule, oder? Los, sagen Sie mal was mit Yorkshire-Akzent, weil ich nämlich aus Yorkshire komme, wissen Sie, und dann kann ich Ihnen sagen, ob Ihrer was taugt oder nicht.«

»Das kann ich wirklich nicht«, sträubte sich Carr.

»Doch, das können Sie.«

»Ich will nicht. Okay?«

Mick schüttelte den Kopf. Nein, das war nicht okay. Er gab Carr wieder eine Ohrfeige, aber diesmal schlug er viel härter zu, legte seine ganze Kraft in den Schlag. Carr torkelte rückwärts gegen den Fernseher, bevor er sein Gleichgewicht wiedergewann.

»Bitte nicht ins Gesicht, okay?« sagte er leidend. »Ich habe in ein paar Tagen Probeaufnahmen. Eine ziemlich wichtige Sache.«

»Wie wär's dann, wenn Sie sich etwas kooperativer verhalten würden?«

»Na gut. Wenn Sie darauf bestehen, imitiere ich einen Yorkshire-Akzent. Was soll ich sagen?«

Mick zuckte die Achseln. »Was Sie wollen. Lassen Sie sich ruhig Zeit.«

Carr begann, Hamlets ›Sein-oder-Nichtsein‹-Monolog mit breitem Yorkshire-Akzent vorzutragen. Mick hörte sich die ganze Rede an. Es war gar nicht übel. Der Akzent wanderte etwas umher, fing in der Nähe von Harrogate an und landete am Ende eher in der Umgebung von Barnsley, aber insgesamt klang es recht passabel. Im Fernsehen hatte Mick schon viel schlechtere Akzente gehört. Die Zeile ›Aye, there's the rub‹ war besonders authentisch. Am Ende applaudierte Mick, und Carr nahm es mit einem vorsichtigen, geschmeichelten Lächeln entgegen.

»Der Applaus, darum dreht sich doch alles, stimmt's?« sagte Mick.

»Kann sein«, stimmte Carr zu.

»Aber dann muß das beim Film ja völlig anders sein.«

»Ja, beim Film ist das ganz anders.«

Carr hatte ein paar wohlformulierte Gedanken über die Unterschiede der Schauspielkunst im Film und auf der Bühne mitsamt einigen passenden Anekdoten parat, die er schon in Interviews zur Illustration seiner Ausführungen verwendet hatte. Obwohl ihm die Situation nicht ganz angemessen erschien, überlegte er, ob er eine davon zum besten geben sollte, als Mick seine Überlegungen unterbrach: »Und was ich einen Schauspieler schon immer einmal fragen wollte, sagen wir, Sie drehen eine Liebesszene mit einer Schauspielerin, und Sie liegen zusammen nackt im Bett und küssen sich so mit allem Drum und Dran, na ja, da wäre es doch logisch, daß Sie eine Erektion kriegen. Aber nehmen wir mal an, Sie stehen nicht auf die Schauspielerin und kriegen keinen hoch, also, kotzt die das dann nicht völlig an?«

Carr sah ihn erstaunt an. Wie konnte dieser Mann so arglos, so unschuldig daherkommen und dabei so gefährlich sein? Die letzte Ohrfeige pulsierte noch durch Carrs Kopf. Wollte Mick in dieser Situation wirklich Schauspieltechniken mit ihm diskutieren? Und war er wirklich so dumm, wie es den Anschein hatte?

»Die meisten Schauspielerinnen reagieren leicht sehr empfindlich«, sagte Carr zerknirscht.

»Yeah, Sexszenen«, sagte Mick. »Das muß eine echt haarige Sache sein. Wie war noch diese alte Schauspielerweisheit? Laß dich nie beim Sex mit Kindern oder Tieren filmen.«

»Arbeite nie mit Kindern oder Tieren.«

»Ich wußte doch, daß es etwas in der Art war.«

»Sie halten sich wohl für ziemlich witzig, oder?« sagte Carr kühn.

»Meinen Sie?«

»Vielleicht sollten Sie als Komiker auftreten.«

»Meinen Sie wirklich?«

Carr wurde mutiger, hatte das Gefühl, daß er die Lage langsam besser in den Griff bekam.

»Passen Sie auf, ich wäre Ihnen wirklich dankbar, wenn Sie das, was Sie hier wollen, schnell hinter sich bringen würden«, sagte er.

»Also, Ihre Dankbarkeit bedeutet mir wirklich viel, Justin, aber ich bin noch nicht soweit, und ich denke, Sie sollten froh darüber sein.«

Er ging auf Carr zu, schlug ihn kräftig mit dem Handrükken ins Gesicht. Carr fuhr zur Seite, als hätte man ihm einen Stromstoß durch den Körper gejagt. Seine Kiefer klappten zusammen, und er biß sich in die Innenseite der Wangen. Er schmeckte das Blut in seinem Mund.

»Wissen Sie, es interessiert mich eigentlich nicht besonders, ob ich Ihnen die Probeaufnahmen versaue«, sagte Mick und fuhr dann fort, als würde er zu einem Thema zurückkehren, über das sie vorher schon gesprochen hatten: »Aber natürlich haben Sie im Film nie so richtig Ihren Penis gezeigt, stimmt's, Justin? Oder täusche ich mich da?«

»Nein«, sagte Justin mit schmerzerfüllter Stimme.

»Kann ich Ihnen nicht verdenken«, sagte Mick. »Also wenn es darum geht, daß man seinen Penis auf der Leinwand zeigt, dann nützt es nichts, wenn man sagt, daß die Größe keine Rolle spielt, stimmt's? Heutzutage kann man davon ausgehen, daß das Publikum ein paar mächtig ausgestattete Typen gesehen hat. Irgendwann hat sich doch jeder schon mal nen Porno angeguckt, was? Und wer zum Teufel kann es denn mit diesen Burschen aufnehmen? Das soll aber nicht heißen, daß ich Sie als Schauspieler mit denen vergleichen will. Sie sind Künstler. Und das sind doch bloß Pornostars.«

Carr sagte nichts. An dieser absurden Wendung, die das Gespräch jetzt nahm, würde er sich nicht beteiligen.

»Wissen Sie«, sagte Mick, »viele junge, erfolglose Schauspielerinnen sehen sich gezwungen, Pornofilme zu drehen, damit sie ihre Rechnungen bezahlen können, und wenn dann später irgendwann mal einer diese alten Filme ausgräbt, kann er der Karriere der Schauspielerin damit erheblichen Schaden zufügen, stimmt's? Wie sieht das bei Ihnen aus, Justin, haben Sie früher in so einem schmutzigen kleinen Film mitgespielt, der wieder auftauchen und Sie reinreißen könnte?«

»Nein«, sagte Carr bestimmt.

»Aber das würden Sie natürlich auf keinen Fall zugeben, oder?«

»Hören Sie, bitte«, sagte Carr, der jetzt nicht mehr mutig und nicht einmal mehr in der Lage war, Mut vorzuspielen, »können wir diese absurde Vorstellung nicht beenden? Können Sie bitte einfach das tun, wozu Sie hergekommen sind?«

Mick sah sich noch einmal im Zimmer um. Vielleicht suchte er etwas, das er stehlen konnte, aber dann blieb sein Blick an der Videokamera hängen.

»Funktioniert das Ding?« fragte er.

»Ja.«

»Gut, schalten Sie es an. Wir drehen einen Film.«

Carr sträubte sich noch einen Augenblick, und Mick ging einen halben Schritt auf ihn zu. Das reichte, um ihm auch das letzte Zögern auszutreiben. Carr richtete die Kamera auf Mick, und dessen kontrastreiches Konterfei erschien in eine blaue Aura gehüllt auf dem Fernsehbildschirm. Dann sah Mick, daß eine Kassette im Videorecorder steckte und der auf Aufnahme gestellt war.

»He, wäre das nicht der Gipfel der Ironie, wenn Sie mein Gesicht auf dem Film hätten, den Sie dann nur noch der Polizei übergeben müßten?«

Mick schubste und prügelte Carr durchs Zimmer und hörte erst auf, als sie an der Wand angekommen waren. Carr fiel zu Boden, und Mick trat ihm mehrmals in den Bauch, trieb ihn in die Fußleiste, bis er ihn schließlich bewegungslos liegenließ. Er ging zum Videorecorder, holte die Kassette heraus und wartete, bis Carr sich wieder so weit erholt hatte, daß er ihm zuhören konnte.

Mick sagte: »Wissen Sie, was man über manche Schauspieler sagt, Justin? Man sagt, der und der ist ein so großartiger Darsteller, der könnte die Leute zu Begeisterungsstürmen hinreißen, selbst wenn er nur aus dem Londoner Telefonbuch vorliest. Das müssen Sie auch schon gehört haben. Okay, machen wir ein kleines Experiment. Wollen wir doch mal sehen, ob Sie einer von diesen großen Darstellern sind.«

Er zog Carr am Kragen des weißen Morgenmantels hoch. Dann riß er ihm den Bademantel seitlich herunter, so daß der Schauspieler vor der kahlen, weißen Wand stand. Mick drehte die Kamera in seine Richtung. Das Fernsehbild erschien blaß und leidenschaftslos, Konturen und Farben wirkten verwaschen, und Carr war ein jämmerliches, gepeinigtes Wesen, das äußerst schlecht ins Bild gesetzt war. Mick warf ihm ein Telefonbuch zu, Carr fing es ungelenk auf und schlug verzweifelt die erste Seite auf.

»Um den Teil brauchen Sie sich nicht zu kümmern«, sagte Mick. »Vergessen Sie die Sonderdienste, Anzeigen und den ganzen Kram. Fangen Sie bei den Namen an. Und, Justin . . . lesen Sie mit Gefühl.«

Carr überblätterte die Anfangsseiten und war überrascht, daß die ersten Einträge alle mit Nummern anfingen: 1st Royal Eltham Scout Group, 5th Putney Sea Scouts, 15th Wimbledon Scout Group, aber er las die Namen, Adressen und Telefonnummern so deutlich und korrekt vor, wie er konnte. Als er vielleicht ein halbes Dutzend Einträge vorgelesen hatte, brüllte Mick ihn an: »Nein, nein, nein, Justin. Da fehlt das Drama, es gibt weder Licht noch Schatten, wo bleibt die Leidenschaft?«

Carr sagte, daß es ihm leid täte, fing von vorne an und versuchte verzweifelt, Drama, Licht und Schatten und Leidenschaft in seinen absurden Vortrag zu legen, obwohl er viel zu verängstigt war, um richtig mitzukriegen, was er eigentlich tat. Mick ließ ihn eine Zeitlang lesen, dann unterbrach er ihn wieder und sagte: »Nein, Justin, das reißt mich einfach nicht mit. Ich weiß, was wir machen. Versuchen wir es mit den Fs.«

Carr nickte, blätterte ungeschickt im Telefonbuch weiter, bis er bei F angekommen war, und fing dann wieder an. Kaum hatte er Einträge von Faal, Faas, Fabb, Fabbicatore und Fabrini vorgelesen, schrie Mick ihn an, daß es sich schließlich um das Londoner Telefonbuch und nicht das von Rom handelte. Diese ganzen ausländischen Namen wollte er nicht hören. Carr machte sofort mit Faber weiter, konnte Mick damit aber auch nicht überzeugen.

»Nein, nein, Justin, da ist immer noch viel zuwenig Leben drin. Ich weiß was, wir sind doch in London, wie wäre es, wenn Sie es mit Cockney-Akzent vorlesen würden? Schließlich weiß ich, daß Sie Akzente beherrschen.«

Carr nickte zustimmend und fing mit dem Eintrag von Fagan an. »Breiteres Cockney«, schrie Mick. Carr versuchte, mit breiterem Akzent zu sprechen, als er ein paar Faheys vorlas. »Breiter, viel breiter«, und Carr verstärkte den Akzent bei den Fainbairns und Fairbanks, als Mick ihn anschrie: »Und lauter, mit mehr Ausdruck und Feuer. Mir müssen sich die Nackenhaare sträuben.«

In lautem, ausdrucksvollem, feurigem, breitem Cockney gab Carr sein Bestes beim Vorlesen der Einträge für Fairley und Fairman, aber seine Stimme zitterte vor Angst und Anstrengung, sein vorgetäuschter Akzent verschwand, und schon bald brüllte Mick ihn wieder an. »Wollen Sie sich meinen Anweisungen widersetzen, Justin? Weigern Sie sich absichtlich, meinen Anordnungen Folge zu leisten?«

»Nein, nein«, versicherte Carr ihm. »Ich gebe mein Bestes. Ehrlich, ich mach das, so gut es geht.«

»Okay, Justin, vergessen Sie das Cockney. Wie wär's mit einem anderen Londoner Akzent? Was ist mit Finchley? Können Sie den Finchley-Akzent?«

»Ich versuch's«, sagte Carr verzweifelt und gab ein paar weitere Namen und Telefonnummern in einem undefinierbaren Nordlondoner Akzent von sich, bis ihm die Stimme im Hals steckenblieb und er aufhörte und mit gesenktem Kopf und vibrierenden Schultern zu schluchzen begann.

»Ich weiß nicht, was Sie von mir wollen«, sagte er. »Tut mir leid, aber ich versteh's einfach nicht.«

Mick betrachtete die arme nackte Kreatur auf dem Bildschirm und sagte inbrünstig: »Ich will Haltung. Ich will Edelmut und Pathos, Würde und Tragik. Ich will den Zauber spüren, der in diesen Namen und Adressen liegt. Ich will, daß ganz London mit all seinen Facetten und Charakteren, mit seiner reichhaltigen Kultur und Geschichte durch diese Darstellung zum Leben erweckt wird, Justin. Ist das etwa zuviel verlangt?«

»Ich glaube, Sie sind verrückt«, schluchzte Carr.

Mick ging durchs Zimmer und trat Carr die Beine unter dem Körper weg, so daß er auf die Knie fiel. Er stellte sich daneben und nahm seine Pistole heraus. Er hielt sie an Carrs Kopf und drehte sich etwas zur Seite, so daß er den Fernseher sehen konnte. Auf dem Bildschirm wirkte die Waffe schmierig, verschwommen und größer, als sie in Wirklichkeit war. Micks Gesicht war fleischig und unförmig, wohingegen Carrs ein Bild echten, nicht gespielten Entsetzens war. Carr spürte die Pistolenmündung an seiner Schläfe und fing an, unkontrollierbar zu zittern.

»Ist schon okay, Justin«, sagte Mick. »Wir drehen hier kein Snuff-Movie. Heute nicht. Jedenfalls nicht, wenn Sie sich ordentlich benehmen.«

Mick sah sich wieder um, als hoffe er, daß plötzlich ein Stuhl aus dem Nichts aufgetaucht sei. Er ging aus dem Bild, setzte sich auf die Fensterbank und ließ den auf Knien heulenden und schlotternden Carr allein auf dem Bildschirm zurück. Mick blickte auf die ruhig daliegenden Mews herab. Falls da unten jemand die Schreie und den Vortrag gehört hatte, so hatte er offenbar den Entschluß gefaßt, dem Ganzen keine Beachtung zu schenken.

Mick fragte Carr: »Kennen Sie das Lied ›Maybe it's because I'm a Londoner that I love London Town‹? Kennen Sie das? Also, wissen Sie, ich fand das schon immer ziemlich blöd. Ich meine, es reicht doch nicht, einen Ort zu mögen, nur weil man da geboren ist, oder? Daß einem London nur deshalb gefällt, weil man aus London kommt, ist doch der reinste Schwachsinn. Das ist kein Grund, bloß ein Vorurteil. Was wissen die von London, die nichts als London sehen? Wenn Sie verstehen, was ich meine?«

Justin verstand nichts mehr und konnte auch nicht mehr antworten, aber Mick fuhr unbeirrt fort.

»Warum sagt man nicht, daß man London wegen seiner Architektur mag oder wegen der Kultur, oder wegen der Menschen, die hier leben? Aber nur, weil man zufällig ein Londoner ist . . . also, ich find das bescheuert. Das wäre ja so, als würde ich sagen, vielleicht kommt es daher, daß ich aus Nordengland komme, daß ich denke, alle Südengländer sind verweichlichte Schwuchteln, die es verdient haben, daß man ihnen die Fresse poliert. Yeah, könnte zwar stimmen, aber das ist doch kein *Grund*, wenn Sie wissen, was ich meine. Sagen Sie mal, Justin, können Sie singen?«

Justin schüttelte heftig den Kopf, um zu sagen, daß er überhaupt nicht singen konnte, absolut gar nicht.

»'türlich können Sie singen«, widersprach Mick. »Nur nicht so bescheiden. Bringen die einem an der RADA denn gar nichts bei? Nun machen Sie schon, singen Sie ein paar Strophen von ›Maybe it's because I'm a Londoner‹, sonst komm ich zu Ihnen rüber und prügel Ihnen die Scheiße aus dem Leib.«

Leise, traurig und kindlich fing Carr an, das Lied zu singen. Es war eine sehr dünne, fast schon zarte Interpretation, aber Mick schien sie sehr einfühlsam zu finden.

»Das ist herrlich«, sagte er. »Eine Stimme wie die Ihre hat ein viel größeres Publikum verdient. Wissen Sie was, Justin, ich möchte, daß Sie auf die Straße gehen, in die Mews, und das Lied singen, und zwar nicht nur für mich, sondern für all Ihre Nachbarn und Fans und alle anderen, die zufällig vorbeikommen. Einige mögen es etwas exzentrisch finden, daß Sie splitternackt singend die Straße entlanggehen, aber Sie sind schließlich Schauspieler, Justin, also erwartet man von Ihnen eine gewisse Absonderlichkeit. Why don't you do it in the road? Und außerdem, Justin, während Sie da auf der Straße singen, bleibe ich hier oben und schaue Ihnen zu und habe dabei die ganze Zeit meine Pistole auf Sie gerichtet, und wenn die Aufführung in irgendeiner Weise unter ein gewisses Niveau sinkt, wenn ich merke, daß Sie nicht mehr voll bei der Sache sind, Ihrem Publikum nicht mehr den nötigen Respekt entgegenbringen, dann erschieße ich Sie. Kapiert? Das mag jetzt etwas hart klingen, es tut mir auch leid, aber heutzutage ist jeder ein Kritiker, nicht wahr, Justin?«

Carr schluchzte und nickte, und Mick war doch ein wenig überrascht, als er ohne weiteres das Haus verließ, in die Mews ging und zu singen anfing. Er sang das Lied viel lauter als vorher, mit wilder, unmelodischer Leidenschaft, und ging dabei die ganzen Mews entlang, legte alles, was er zu bieten hatte, in diese Vorstellung und sorgte so gewaltig für Furore.

Die beiden Sekretärinnen standen kichernd am Bürofenster und starrten mit ungläubigen Blicken den nackten Mann auf der Straße an, dessen Gesicht sie irgendwo im Fernsehen oder sonstwo schon einmal gesehen hatten. Die Frau, die den Peugeot gewaschen hatte, schoß ins Haus, als Carr auftauchte. Von dort rief sie dann die Polizei an, und obwohl die diesen Einsatz nicht als Notfall betrachteten und sich daher nicht sonderlich beeilten, trafen sie zu guter Letzt doch ein.

Carr wanderte noch immer splitternackt singend die Straße entlang, als der Polizeiwagen neben ihm hielt. Als die Polizisten ihn in eine Decke hüllten und zu seinem Haus eskortierten, fing er an, aufgeregt von einem Einbrecher zu erzählen, über Hamlet, darüber, daß man ihn gezwungen hatte, laut aus dem Telefonbuch vorzulesen, und daß man ihm eine Pistole an die Stirn gedrückt hatte. Aber als die Polizisten sich in seinem Haus umsahen, entdeckten sie die leeren Flaschen, das ungemachte Bett, das Rizla-Zigarettenpapier und kamen zu dem Schluß, daß Justin Carr viel schwerer gearbeitet und exzessiver gelebt hatte, als gut für ihn war.

Striptease

Gabby hätte nie behauptet, daß Strippen eine Kunst sei, so etwas sagte sie einfach nicht, aber sie hätte darauf bestanden, daß man dafür schon ein gewisses Talent mitbringen mußte. Das konnte nicht jede, soviel war mal klar. Daß man eine ansehnliche Figur hatte und es einem keine Probleme bereitete, in der Öffentlichkeit die Klamotten auszuziehen und ein paar geile Tanznummern abzuziehen, war längst nicht alles und bei weitem nicht das wichtigste. Das konnte man nicht üben, und obwohl man mit jedem Mal besser wurde, gab es eine ganze Kategorie Mädels, die das jahrein, jahraus, Nacht für Nacht machten und trotzdem nie den richtigen Dreh rauskriegten. Wer das Herz nicht am rechten Fleck und nicht das geringste Gespür dafür hatte, für die war das die reinste Zeitverschwendung. Aber wenn einem ein bißchen Talent in die Wiege gelegt worden und man bereit war, sich ein wenig reinzuhängen, konnte man noch lange weiterarbeiten, gutes Geld einstreichen und das Publikum auf seine Seite ziehen, wenn die Glamourgirls mit den viel besseren Figuren längst von der Bühne gebuht worden waren.

Aber, und das war eine komische Sache, die sie schon zigmal gesehen hatte, manche Mädels wurden immer weniger sexy, je mehr sie ablegten. Wenn die auf die Bühne kamen und mit dem Schleiertanz oder was auch immer anfingen und noch ihre sieben halbdurchsichtigen Tücher um sich herumdrapiert hatten, sahen sie echt scharf aus, aber wenn sie sich bis auf einen Schleier entblättert hatten, war das Interesse längst vergangen, und völlig nackt waren sie ungefähr so sexy wie ein Diagramm im Biologiebuch.

Gabby war da ganz anders. Es gibt Menschen, möglicherweise sogar viele Menschen, die den nackten weiblichen Körper für keusch, erbaulich, natürlich und sittsam halten. Diese Menschen hatten Gabby nie strippen sehen. In ihrer Nacktheit lag eine wahrhaftig diabolische Unanständigkeit. Das lag zum Teil an ihrem Äußeren, dem Körper, den die Natur ihr gegeben hatte: der magere Brustkorb, der große, silikonfreie Busen, die dunklen Brustwarzen und das Schamhaardreieck, das einem zuwinkte. Und dazu kam das, was sie mit diesem Körper tat. Sie war keine großartige Tänzerin, das wußte sie auch, aber sie hatte den Bogen raus, wie sie sich auf eine sinnliche, erotische, rhythmische Art bewegen und dabei jede intime Oberfläche und versteckte Spalte darbieten und zur Schau stellen konnte. Wenn Gabby tanzte, bekam jeder im Lokal etwas zu sehen, vom ekstatischen Sabberer in der ersten Reihe bis zum coolen, resoluten Trinker, der an der Rückwand lehnte.

Und dann war da noch ihr Gesicht. Manche Stripperinnen lebten davon, daß sie unschuldig, fromm, jungfräulich wirkten, das nette, süße Mädel gaben, das ganz und gar nicht nach Stripperin aussah. Gabby hingegen sah aus wie eine Stripperin – und zwar nicht zu knapp –, und sie hatte lange an diesem Aussehen gearbeitet. Sie hatte große, von dunklen Ringen eingefaßte Augen, einen breiten, knallrot angemalten Mund und lange, zottelige rote Haare. Sie sah wie eine Schlampe aus; ihrem Publikum gefiel das, und Mick hatte es immer schon gefallen.

Mick hatte großen Einfluß auf ihr Aussehen und ihre Darbietung gehabt. Als sie sich das erste Mal gesehen hatten, war er Rausschmeißer in dem Club gewesen, in dem sie aufgetreten war. Sie hatte gedacht, daß er nur einer dieser typischen harten Burschen war, echter Schlägertyp, hart, aber hirnlos. Aber nachdem sie ein paarmal mit ihm aus war, hatte sie gemerkt, daß sie ihm unrecht getan hatte. Er war voller Überraschungen. Er las gelegentlich Bücher und machte sich so seine Gedanken.

Er hatte die Idee gehabt, daß sie als Elisabeth I. auftreten sollte, in vollem elisabethanischem Kostüm samt Krone und Zepter. Die Klamotten hatten ein Vermögen gekostet, und die Nummer war nicht merklich besser angekommen als die, bei denen sie ihre übliche Bühnenkleidung ablegte, aber seitdem war Mick voll dabei. Er hielt sich für den Regisseur. Er entwarf eine Cleopatra-Nummer, eine Florence-Nightingale-Nummer und wollte auch noch, daß sie die Boadicea gab, aber Gabby war dagegen, weil sie nicht glaubte, daß jemand wußte, wer Boadicea war. Mick war enttäuscht, sie stritten sich, aber schließlich hatte er nachgegeben. Er hatte genug gesunden Menschenverstand, um einzusehen, daß man keine Nummer geben konnte, an die man nicht glaubte.

Gabby war dankbar für Micks Unterstützung. Eine Stripperin brauchte einen Gimmick, und heutzutage mußte man damit sehr vorsichtig sein. Die Schülerin-Nummer war seit Menschengedenken Teil des Stripperinnen-Repertoires gewesen, aber neuerdings konnte man nicht mehr in Schuluniform auf die Bühne kommen, ohne dabei alle möglichen Emotionen in bezug auf Kindesmißbrauch zu wecken.

Man konnte keine Peitsche mehr dabeihaben, weil immer irgendein blödes Arschloch aus dem Publikum die Gelegenheit nutzte, auf die Bühne sprang, um sie auszuprobieren. Tiere waren noch schlimmer. Sie kannte ein paar Mädels, die Schlangen in ihre Nummern eingebaut hatten, und eine hatte einen Affen auf der Bühne gehabt. Aber wenn man jetzt mit einem Tier auftrat, hatte das Publikum das Gefühl, betrogen zu werden, wenn man es nicht mit ihm trieb.

Ja, Mick war gut für sie gewesen, aber trotzdem fand sie seinen Eifer ein bißchen seltsam. Die meisten ihrer früheren Freunde hatten versucht, sie vom Strippen abzubringen, entweder indem sie versuchten, sie zum Aufhören zu überreden, oder indem sie neue Regeln aufstellten und sie bedrohten. Das hatte sie sich nicht gefallen lassen. Strippen war ihr Ding. Es war ihr Leben. Sie war deshalb von ein paar anständigen Männern verlassen worden, aber das war es ihr wert. Bei Mick schien es jedoch so zu sein, daß die Tatsache, daß sie Stripperin war, zu dem Reiz beitrug, den sie auf ihn ausübte. Er sah ihr gerne bei der Vorstellung zu. Es machte ihn an. Das Wissen, daß er mit einer Frau nach Hause ging, die sich in einem Raum voller Männer nackt präsentiert hatte, erregte ihn.

Das war seltsam, aber es kam ihr noch seltsamer vor, weil Mick in vielen anderen Beziehungen so unglaublich bürgerlich war. Er trank kaum. Er nahm keine Drogen. Es war ihm nicht einmal recht, daß Gabby Dope rauchte, und er wäre durchgedreht, wenn er von dem Zeug gewußt hätte, das sie schnupfte und schluckte, wenn sie nicht bei ihm war. Sie brauchte das. Sie war nicht gerne clean bei ihren Auftritten. Die richtige Kombination unterschiedlicher Chemikalien gab der Nummer den entscheidenden Kick, weil sie dann selbstbewußter und ausgelassener war, sie gaben ihr den nötigen Biß und die Härte. Aber sie hatte sich nie etwas gespritzt. Er hätte die Einstiche gesehen. Der Gedanke an das Keltenkreuz auf ihrem rechten Arm regte ihn immer noch auf, dabei war das lange bevor sie sich kennengelernt hatten passiert. Wenn man ihm so zuhörte, hätte man glauben können, daß Tätowierungen eine Art Sakrileg waren. Er hatte sogar etwas dagegen, daß sie sich die Ohren hatte piercen lassen, was ziemlich komisch war, wenn man bedachte, daß die Hälfte der Stripperinnen, die sie kannte, gepiercte Brustwarzen hatten.

Dann waren da noch die Narben von der Rasierklinge an ihren Handgelenken, ein halbes Dutzend an jedem Arm, nicht sehr tief, eigentlich nicht sehr überzeugend, nur ein lahmer, unglückseliger Versuch, sich selbst zu verletzen. Es war nicht einmal besonders viel Blut herausgekommen, und im Krankenhaus war niemand im geringsten Maße überrascht gewesen. Aus irgendeinem Grund störten ihn diese Narben nicht. Vielleicht gefielen sie ihm sogar. Sie zeigten, daß sie schwach war und ihn brauchte. Außerdem trug sie beim Strippen immer Handschuhe, die sie nie auszog, so nackt sie sonst auch sein mochte.

Micks Halbwissen in Geschichte genügte im Bereich des Strippens völlig, um als Originalität durchzugehen, und so war er damals auf die Idee mit dem Beefeater gekommen. Er war mit einer Beefeater-Uniformjacke mit dem zugehörigen Hut zu ihr in die Wohnung gekommen. So war zwar nur die obere Hälfte ihres Körpers bedeckt, aber er meinte, daß das schon in Ordnung wäre. Strümpfe und Schuhe mit hohen Absätzen würden für die untere Hälfte völlig ausreichen. Sie wies darauf hin, daß nur Männer Beefeater waren, aber Mick meinte, daß genau darin der Witz bei der ganzen Sache läge. Am nächsten Tag brachte er ein zwanzig Zentimeter langes Gipsmodell vom Big Ben mit, das er in einem

Souvenirladen entdeckt hatte, und schlug vor, daß sie es in ihrer Vorstellung verwenden könnte, falls die Situation es erforderlich machen sollte.

Sie war damals recht regelmäßig in London aufgetreten und hatte gesagt, das wäre, als würde man Kohlen nach Newcastle tragen, daß die da unten genug Beefeater gesehen hätten, aber die Nummer war ein Erfolg und kam in London ebensogut an wie überall sonst.

Gabby konnte mit Menschenmassen umgehen, ihre Nummer so variieren, daß sie beim Publikum direkt ins Schwarze traf. Es gab Stripperinnen, die, egal was um sie herum passierte, immer dieselbe altbekannte Nummer abzogen. Sie lieferten immer die gleiche Vorstellung, ob sie nun vor einem Haufen besoffener Soldaten oder einer Busladung pensionierter Pfarrer auftraten. Gabby versuchte, flexibel zu bleiben. Sie nutzte die Energie der Menschen, provozierte sie, ließ sich von ihnen in Stimmung bringen, improvisierte wie ein guter Jazz-Musiker, und stellte fest, daß sie Sachen machte, von denen sie gedacht hatte, daß sie dazu niemals in der Lage gewesen wäre.

Natürlich spielte dabei auch die Bezahlung eine Rolle. Irgendwann während der Nummer ging sie mit einem leeren Bierglas durch den Saal und sammelte Geld ein, verleitete die Männer dazu, etwas tiefer in die Tasche zu greifen, quetschte und neckte die Scheine aus ihnen heraus, erzählte ihnen, wenn sie das Glas vollmachten, würde sie mit ihrer Nummer noch etwas weitergehen. Das bedeutete dann, daß das Publikum in die Show einbezogen wurde. Wenn sich das Glas so füllte, wie sie es sich vorgestellt hatte, setzte sie sich bei einigen Männern auf den Schoß, knöpfte ihnen das Hemd auf und streichelte ihre Brust, oder sie sprühte sich Schlagsahne auf den Busen und ließ sich ablecken. Manchmal bestand die Zugabe auch darin, daß sie sich das Gipsmodell vom Big Ben reinschob, aber damit mußte sie vorsichtig sein. Die Spitze oben sah tödlich aus.

Aber weiter als bis zur ungezwungenen Zuschauerbeteiligung und ein paar kleinen Dildo-Spielchen ging sie nicht. Es gab Mädel, die machten alles auf der Bühne. Einfach alles. Sie behaupteten immer, daß sie es nur des Geldes wegen taten, aber Gabby wußte, daß es komplizierter war. Sie knieten sich hin, lutschten Männerschwänze, sie fickten auf der Bühne oder ließen sich auspeitschen. Sie schienen keinen richtigen Spaß dabei zu haben, wenigstens nicht im üblichen sexuellen Sinne, aber es gab ihnen irgend etwas, befriedigte offensichtlich irgendein Bedürfnis, das befriedigt werden mußte, und das war weit mehr als bloße Geldgier.

Gabby war nie in die Versuchung geraten, so weit zu gehen. Da hätte sie ja gleich als Prostituierte arbeiten können. Sie war Leuten begegnet, die über die ›Sex-Industrie‹ wie von einer großen glücklichen Familie gesprochen hatten, hatte aber nicht das Gefühl, daß das etwas mit den Menschen zu tun hatte, die für Geld fickten. Sie hatte sogar abgelehnt, in einem Pornofilm mitzuspielen, obwohl ihr das eine Riesengage eingebracht hätte. Aber auch damit hatte man sie nicht reizen können. Wenn sie dich einmal auf Zelluloid gebannt haben, bist du geliefert. Jemand könnte dich erkennen. Dein Vater könnte den Film sehen. Bei einer Live-Show hing das Publikum mindestens genauso tief mit drin wie die Stripperin, und hinterher war alles vorbei. Keiner konnte die Show zurückspulen und noch mal abspielen. Niemand nahm etwas mit, was ihm nicht gehörte.

Mick war nie ganz wohl bei dem Gedanken, daß sie zum Strippen nach London fuhr. Für ihn war London eine Stadt, in der alles mögliche passieren, in der einen jede Art von Schrecken befallen konnte. Aber sie verdiente gut, hatte da unten schon eine ganze Menge Auftritte gehabt und dabei nie Probleme gekriegt, also hatte Mick sich langsam daran gewöhnt. Gelegentlich hatte er ihr angeboten, mitzukommen oder sie hin- und zurückzufahren, aber sie hatte immer abgelehnt. Sie war gerne alleine dort. Es gab ihr das Gefühl von Unabhängigkeit und Souveränität. Sie machte sich da gerne einen schönen Tag, ging Klamotten oder Schuhe kaufen, und das war schon genug, um ihn abzuschrecken. Er war keiner von den Männern, die man durch Boutiquen schleifen konnte. Aber nach ihrer Rückkehr mußte sie ihm immer haarklein berichten, wie die Show gelaufen war, wie der Laden aussah, was sie in ihrer Nummer gemacht und wie das Publikum darauf reagiert hatte.

Im Gegensatz zu einigen anderen Stripperinnen hatte Gabby keinen Haß auf die Männer, wenn sie sie auch komisch fand. Sie waren so leicht zu durchschauen. Man konnte genau sagen, wie sie sich in bestimmten Situationen verhalten würden. Der Anblick einer nackten Frau oder allein die Hoffnung, eine nackte Frau zu Gesicht zu bekommen, reichte schon, um sie zu allem zu bringen, was man von ihnen verlangte. Und bei Mick war das fast dasselbe, auch wenn er in manchen Punkten etwas eigen war. Auf der Rückfahrt von London hatte sie geprobt, was sie zu ihm sagen würde, was sie ihm über die Massenvergewaltigung erzählen würde, damit er so reagierte, wie sie wollte. Sie wußte, wenn sie es richtig machte, würde er sofort nach London fahren, sechs Männer aufstöbern und ihnen den Schädel einschlagen. Es war ein komisches Gefühl, wenn sie darüber nachdachte, welche Macht sie über ihn hatte, wie sehr er ihr Geschöpf war. Aber schließlich, dachte sie, sind wir alle irgend jemandes Geschöpf. Und genau wie sie es vorausgesehen hatte, war er schnurstracks losgefahren, so schnell, mit einer solchen Entschlossenheit, genau wie sie es geplant hatte.

Das Leben ohne ihn war anders. Ihre Affäre war keine große Sache, nichts Bedeutsames oder Dauerhaftes, aber sie hatten viel zusammen unternommen, und ihr fehlte etwas, wenn er nicht in der Nähe war. Aber eine Frau hatte genügend Möglichkeiten, sich zu zerstreuen. Vor allem konnte sie weiter strippen, in heimischen Gefilden arbeiten, wo sie sich am besten auskannte. Es war seltsam, daß er nicht da war, sich die Show ansah und ihren Auftritt beurteilte. Sie merkte, wie gut er war, daß er sie nie schlechtgemacht, sondern immer nur gesagt hatte, wie sie die Sachen, die sie sowieso schon machte, noch verbessern könnte. Sie hoffte, daß sie sein hohes Niveau während seiner Abwesenheit halten konnte.

Sie versuchte sich vorzustellen, wie es ihm in London erging, in dieser Stadt, die sie kaum kannte, von der sie sich aber stark angezogen fühlte. Sie hatte Mitleid mit ihm, der eine Gefahr für sich, aber eine weitaus größere Gefahr für andere darstellte. Auf jeden Fall würde sie froh sein, wenn die ganze Sache vorbei war, wenn er getan hatte, was er tun mußte. Sie hoffte, daß ihm nichts passierte und daß man ihn nicht erwischte. Sie hoffte, daß er sich beeilte, es schnell und effektiv erledigte, aber mehr als alles andere hoffte sie, daß er endlich aufhörte, sie anzurufen.

Noch einmal nach Hause telefonieren

Mick stand in einer anderen Telefonzelle und war dabei, dieselbe Nummer, Gabbys Nummer, in Sheffield zu wählen. Der Boden der Telefonzelle war naß und stank nach Urin. War das nur in London so? Vielleicht gab es so etwas überall, und er wußte nur nichts davon. Zu Hause benutzte er zwar nur selten Telefonzellen, aber wenn eine so gestunken hätte, wäre es ihm doch wohl aufgefallen.

»Ich bin's wieder«, sagte er.

»Hallo, Mick.«

Sie klang teilnahmslos, gelangweilt, nicht sehr erfreut, seine Stimme zu hören, fast etwas überdrüssig, als hielte sie ihn für eine Nervensäge.

»Da waren's nur noch vier«, sagte er.

»Echt?« Sie lebte merklich auf. »Gab's Probleme?«

»Für mich nicht«, sagte Mick bedächtig. »Soll ich dir ein paar Einzelheiten erzählen?«

»Nee, laß mal«, antwortete sie.

»Nicht? Ich dachte, daß dich das interessiert. Also klar, daß ich die Typen bestrafe, aber ich dachte mir, du willst vielleicht wissen, wie ich das so mache.«

»Ach, ich bin sicher, daß du das schon richtig machst.«

»Aber vielleicht übertreib ich ja ein bißchen.«

»Kann ich mir nicht vorstellen.«

»Weißt du, wenn ich mit ihnen fertig bin, gehen die Typen nach Hause. Sie sind angeschlagen, aber sie können noch laufen.«

»Klingt okay«, sagte Gabby.

»Falls es nicht okay ist, kann ich's auch so regeln, daß sie nie wieder laufen können.«

»Daß sie laufen können, stört mich nicht. Ich will bloß, daß sie das, was sie mir angetan haben, nicht nochmal machen. Nie mehr.«

»Das ist auch so ein Problem«, sagte Mick versunken, »und da hab ich ganz schön lange drüber nachgedacht. Also was ich meine, ist, ich schlag die Typen zusammen, aber bisher haben die keinen Schimmer, wieso ich das tu. Ich glaub, die halten mich einfach für irgend so einen durchgeknallten Typen. Ich könnt's ihnen natürlich erzählen. Ich könnt ihnen sagen, das kommt davon, wenn man so mit einer Frau umspringt, und das wär dann auch so'n bißchen Genugtuung, wenn ich ihnen sagen könnte, was das Ganze eigentlich soll. Der Nachteil wär aber, daß sie die andern dann warnen könnten, und die würden mich erwarten und sich vorbereiten und schützen, und das wollen wir ja nun wirklich nicht, oder?«

Sie war sehr still und sagte dann zögernd: »Nee. Wahrscheinlich ist es am besten, wenn du ihnen nichts erzählst. Das müssen sie halt selbst rauskriegen.«

»Aber wenn sie's selbst rauskriegen, können sie die anderen immer noch warnen, stimmt's? Darum hab ich die Rache so gewählt, daß sie eher nicht so scharf drauf sind, andern davon zu erzählen.«

»Ich bin sicher, du machst das richtig«, sagte sie.

Offenbar konnte er in Gabbys Augen gar nichts falsch machen.

»Und was treibst du so?« fragte er.

»Arbeiten.«

»Ehrlich?«

»Ja. Ich hab mir gedacht, es ist das beste, wenn ich gleich wieder anfange. Wie jemand, der vom Pferd gefallen ist.«

»Das ist echt mutig.«

»War gar nicht so schlimm.«

»Hattest du keine Angst?«

»Wovor?«

»Daß es wieder passiert.«

»Aus naheliegenden Gründen habe ich versucht, nicht daran zu denken, okay?«

»Okay. Welche Nummer hast du gemacht?«

»Den Beefeater.«

»Oldies but Goldies«, sagte er.

»Ist gut gelaufen«, sagte sie abschließend, bevor er eine Frage stellen konnte.

»Freut mich. Keine Schwierigkeiten?«

»Nee, 'türlich nicht. Ich bin hier in Sheffield. Das ist nicht wie da unten in London.«

»Nee, ganz bestimmt nicht.«

»Mick«, sagte sie plötzlich vertraulich, »sei vorsichtig. Paß auf dich auf und bring das, was du zu erledigen hast, so schnell wie möglich hinter dich und komm nach Hause.«

»Genau das habe ich vor.«

»London ist ein Drecksloch, oder?« sagte sie, und obwohl er nicht ganz davon überzeugt war, daß sie es ernst meinte, stimmte er ihr zu.

»Yeah«, sagte er. »Es ist eine Müllkippe, ein Slum, ein Affenstall, ein Drecksloch. Du kannst dir was aussuchen.«

Sie gab ein zufriedenes Geräusch von sich.

»Aber eins beschäftigt mich doch«, sagte Mick. »Bei dieser Tortur, hast du da einen von den Kerlen erkannt?«

»Warum muß ich die erkennen, wenn du ihre Namen hast?«

»Ich meine, hast du einen von ihnen vorher erkannt, also, als sie dich noch nicht vergewaltigt hatten und du noch am Strippen warst? Weil sich nämlich rausgestellt hat, daß einer von ihnen ziemlich berühmt ist. Dieser Justin Carr. Er ist Schauspieler. Macht Filme. War auch schon im Fernsehen zu sehen. Er ist so ne Art Sexidol, ne ganze Menge Leute kennen sein Gesicht.«

»Ich nicht.«

»Ich auch nicht«, sagte Mick. »Aber Ruhm ist ne ziemlich komische Sache, findest du nicht? Also, ich mein, wenn du von Roger Moore vergewaltigt worden wärst, hättest du ihn erkannt, stimmt's? Oder von Keanu Reeves oder Rowan Atkinson. *So* berühmt ist er natürlich nicht. Aber ich hab mir gedacht, daß er ein ziemliches Risiko eingegangen ist, oder? Hätte seiner Karriere nicht gutgetan, wenn rausgekommen wäre, daß er an ner Massenvergewaltigung beteiligt war, stimmt's? Du hättest damit zur Zeitung gehen können, oder sowas.«

»Wahrscheinlich war er da nicht ganz bei sich«, sagte Gabby, »er war besoffen. Völlig aus dem Häuschen. Die anderen haben ihn angestachelt . . . Paß auf, Mick, ich weiß, daß du die ganze Sache für mich regelst, aber es fällt mir immer noch schwer, darüber zu reden.«

Sie fing an, laut und verzweifelt zu weinen. Dem hatte Mick nichts entgegenzusetzen.

»Das versteh ich«, sagte er mitfühlend. »Tut mir leid.«

»Ist dein Geld nicht bald alle?«

»Oh, ja, kann schon sein. Aber hör mal, bevor ich Schluß mache . . .«

Plötzlich war die Leitung tot, und Mick fragte sich, ob ihm das Geld ausgegangen war oder ob Gabby einfach aufgelegt hatte.

Judy Tanaka zieht die Grenzen neu

Ihr Bewerbungsschreiben war unwiderstehlich gewesen: in eleganter Schrift handgeschrieben auf dickem Büttenpapier und dazu ein getippter Lebenslauf in Stichworten. In der Bewerbung stand genau das, was Stuart hören wollte; sie hatte seit ihrer Geburt in London gelebt, längere Auslandsreisen gemacht, war begeistert von London, und zwar sowohl von den Einwohnern als auch von der Geschichte, und wollte diese Begeisterung dem Rest der Welt vermitteln.

In Stuarts Ohren klang ihr Enthusiasmus für eine Person, die als Reiseführerin für den London Walker arbeiten wollte, arg dick aufgetragen, aber er räumte ein, daß manche Leute bei der Suche nach einer Stelle zu Übertreibungen neigen. Er wollte sie sich mal ansehen. Anita war völlig hingerissen von ihrer Bewerbung. Sie merkte an, daß die Frau einen interessanten, japanisch klingenden Namen hätte, meinte, eine Japanisch sprechende Führerin wäre phantastisch fürs Geschäft, und bedrängte ihren Mann, daß er Judy Tanaka unbedingt zum Vorstellungsgespräch einladen müßte. Stuart tat wie befohlen.

Das war in der Zeit gewesen, als Stuart intensiv versuchte, seine Position beim London Walker neu zu definieren. Anita hingegen versuchte verzweifelt, irgendeine Beschäftigung für ihn zu finden. Zum Glück war ihr klar, daß nach einer Stellenanzeige für neue Reiseführer im *Time Out* oder im *Evening Standard* immer Dutzende, wenn nicht Hunderte von Bewerbungen eingingen. Das Durchsehen der Briefe, das Auflisten sämtlicher Interessenten, die auch nur annährend geeignet waren, und eine möglichst hohe Anzahl an Vorstellungsgesprächen ließen sich so arrangieren, daß sie Unmengen von Stuarts Arbeitszeit verschlangen. Außerdem brauchten sie tatsächlich ein paar neue Führer, und bei wirklich guten mußte man immer zugreifen, selbst wenn gerade kein dringender Bedarf bestand. Anita war erleichtert, als sie sah, daß Stuart sich mit großem Eifer an seine Aufgabe machte. Er hätte sie auch ablehnen können. Er hätte einwenden können, daß so etwas unter seiner Würde sei. Mit Genugtuung stellte sie fest, daß Würde für ihn kein wichtiger Wesenszug mehr war.

Im Vorstellungsgespräch war Judy Tanaka zu Stuarts Enttäuschung recht angespannt und unbeholfen. Sie hatte ihre langen schwarzen Haare streng nach hinten gekämmt, was ihre hohe Stirn nackt und verletzlich machte. Sie trug beigefarbene, enge, unbequem aussehende Kleidung, die den Eindruck vermittelte, daß sie sie extra für das Vorstellungsgespräch gekauft oder möglicherweise ausgeliehen hatte und sie hinterher nie wieder anziehen würde. Stuart begrüßte sie und versuchte, das Gespräch mit einem kleinen Scherz über seinen Namen zu eröffnen, konnte sie aber nicht zum Lachen bringen. Als sie dann aber zu reden anfing, kam ihr wahres Ich zum Vorschein; sie war viel lockerer und lebhafter, als ihr Äußeres vermuten ließ. Ihre Stimme überraschte ihn; diese sehr korrekten englischen

Laute aus einem asiatisch anmutenden Mund, aber er gewöhnte sich schnell daran.

Sie sprachen über ihren Lebenslauf, und das war alles in Ordnung. In den meisten Punkten übertraf sie die Anforderungen um Längen. Allerdings sprach sie kein Wort Japanisch. Es stellte sich heraus, daß nur ihr Vater Japaner war, und der hatte ihr in seinem eigenwilligen Bestreben um Integration davon abgeraten, Japanisch zu lernen. Stuart störte das jedoch überhaupt nicht, und er dachte, daß es Anita recht geschehe, wenn sie voreilige Schlüsse zog. Was bedeutete denn schon ein Name? Er fing mit elementaren Dingen an. Er fragte sie nach ihrem Lieblingspark in London, und sie antwortete Green Park. Ihr Lieblingsmuseum war das Horniman, ihr Lieblingspub der Cheshire Cheese, ihre Lieblings-Mews war Grafton und ihr Lieblingsmarkt Leadenhall.

Bald kamen sie sich nicht mehr vor wie bei einem Vorstellungsgespräch, sondern wie bei einer Unterhaltung zwischen zwei Menschen, die gerade entdecken, daß sie ein gemeinsames Interesse haben. Als sie dann noch über architektonische Grillen in London sprachen, hatte sie endgültig sein Herz gewonnen.

Stuart erwähnte die Pagode in Kew Gardens und fragte, ob ihr die von einer japanischen Buddhistensekte gebaute Friedenspagode in Battersea Park besser gefiele. Gebaut von den Nipponzan Myohoji, sagte sie, aber nein, die gefiel ihr nicht besonders. Sie sagte, wenn es um phallische Exzesse ginge, hätte sie eine Schwäche für den Land-Leuchtturm in Walthamstow, den die United Methodist Free Church im neunzehnten Jahrhundert als spirituelle Lichtquelle erbaut hatte. Er hatte davon gehört, ihn aber nie mit eigenen Augen gesehen. Er fragte, ob sie den verschrobenen Turm in der Nähe von Clapton Common auf dem ehemaligen Gelände der Craven Lodge kenne, und verspürte doch eine gewisse Erleichterung, als sie verneinte. Er hatte schon befürchtet, daß er ihr nichts beibringen konnte, daß sie mehr wissen könnte als er.

Sie sorgten sich gemeinsam über das Schicksal des Roundhouse und der Battersea Power Station. Sie diskutierten, ob man Marble Arch jetzt als architektonische Grille ansehen müßte. Und wie stünde es mit dem neuen MI5-Gebäude? Sie sagte, daß man eine Grille vielleicht nicht so sehr als einen wahrhaftigen oder vermeintlichen Mangel an Funktionalität, sondern eher als eine bestimmte Phantasie definieren müsse, aus der sich dann eine eigenwillige Mischung architektonischer Stile begründe.

Das Gespräch wurde lebhafter, beide waren voller Eifer bei der Sache, und nach kurzer Zeit bestand für Stuart nicht der geringste Zweifel daran, daß der London Walker ihr einen Job anbieten würde, wobei er sich allerdings ganz und gar nicht sicher war, ob sie ihn annehmen wollte. Für die Stelle als Reiseführerin war sie völlig überqualifiziert, und die Bezahlung grenzte fast an eine Beleidigung. Er zögerte, ihr überhaupt ein Angebot zu machen, weil er Angst hatte, sie könnte es ablehnen, und, so seltsam das auch klingen mochte, das hätte ihm weh getan. Er wollte das Vorstellungsgespräch so lange wie möglich ausdehnen, andererseits hatte es keinen Sinn, es in die Länge zu ziehen oder zu behaupten, daß er noch einmal darüber schlafen oder mit jemand anders Rücksprache halten müßte. Er bot ihr die Stelle an und fühlte sich unbeschreiblich gut, als sie sofort annahm. Judy Tanaka als Angestellte zu gewinnen schien ein großer Schritt in die richtige Richtung zu sein, und zwar nicht nur für die Firma.

»Die Leute, die sich für diese Touren anmelden«, erläuterte er, »wollen die Sehenswürdigkeiten anschauen, den

Tower of London, Big Ben, die Nelson-Säule, aber in gewissem Sinne haben sie sie natürlich schon gesehen. Sie kennen sie von Postkarten, aus Büchern oder aus dem Fernsehen, und sie haben bestimmte Bilder von ihnen im Kopf. Bei einer solchen Tour wollen sie, daß diese Bilder bestätigt werden, sie wollen sich versichern, daß der Tower of London so aussieht, wie sie ihn sich schon immer vorgestellt haben. Und in den meisten Fällen gelingt das auch. Es liegt ganz in Ihrem Ermessen, ob Sie das positiv finden oder nicht.«

»Ich finde es ein wenig traurig«, sagte sie.

»Das dachte ich mir«, antwortete er. Er hatte das Gefühl, daß er ihre Reaktion auf vieles bereits kannte. »Es mag Augenblicke geben, in denen Sie nur schwer widerstehen können, diese allzu leicht erfüllten Erwartungen zu unterminieren.«

Er lächelte, und sie erwiderte sein Lächeln, obwohl sie nicht richtig verstand, was er damit sagen wollte.

Stuart entschloß sich, sie erst einmal auf der Whitechapel-Tour einzusetzen. Die anderen Führer betrachteten das im allgemeinen als Strafversetzung, da diese Tour normalerweise nur von wenigen Leuten gebucht wurde und es daher schwierig war, den Verdienst über Trinkgeld in die Höhe zu treiben. Und diese wenigen Teilnehmer waren oft auch noch komische Gestalten: ein paar angemessen abgedrehte Jack-the-Ripper-Freaks, ein paar echte East-End-Enthusiasten, die häufig mehr und schwierigere Fragen stellten, als die Führer beantworten konnten, und ein paar, die sich einfach für die falsche Tour angemeldet hatten, die nur mitgingen, weil die Royal-Family-Tour schon ausgebucht war oder weil sie einfach Whitechapel und Whitehall verwechselt hatten. Außerdem wimmelte es auf den Straßen Whitechapels nur so von Einheimischen, die das Schauspiel einer Touristenführung in ihrem Territorium für einen abwegigen und ungehörigen Vorgang hielten, dem man am besten mit lautem Spott und unflätigen Beschimpfungen begegnete.

Es war nicht leicht, diesen unterschiedlichen Anforderungen gerecht zu werden, doch Stuart war sich sicher, daß Judy das hinkriegen würde. Sie war aus dem richtigen Holz geschnitzt. Aber sie mußte noch angelernt werden, und das fiel ebenfalls in seinen Aufgabenbereich. Manchmal schulten sie die Führer in kleinen Gruppen. Wenn zwei oder drei Neue gleichzeitig anfingen, war es das einfachste. Aber Judy war die einzige Neue, also kümmerte er sich nur um sie. Das war ihm ganz recht. Er freute sich darauf, sie wiederzusehen und mehr Zeit mit ihr zu verbringen. Ihm war sogar klar, daß er sich viel zu sehr darauf freute. An dem Morgen, an dem ihre Ausbildung beginnen sollte, verfiel er in einen Zustand lächerlich hektischer Erregung, von der er nur hoffte, daß er sie vor Anita verbergen konnte.

Er traf sich mit Judy an einem kühlen Aprilvormittag am U-Bahnhof Aldgate-East. Die strenge Kleidung, die sie beim Vorstellungsgespräch getragen hatte, war verschwunden, und in Jeans und einer stilvoll zerschlissenen Wildlederjacke wirkte sie viel zufriedener. Er klapperte mit ihr die vorgeschriebene Route ab und gab ihr das Skript, das er für die Tour geschrieben hatte. Wenn neue Führer unsicher waren oder sich ungeschickt anstellten, riet er ihnen, sich an das Skript zu halten, als wäre es die Heilige Schrift. Judy sagte er bloß, daß sie es als Grundlage verwenden solle.

Er hob hervor, wie einfach alles war, daß sie sich auf das Elementare beschränken sollte. Natürlich mußte man über Jack the Ripper reden, aber Stuart legte Wert darauf, daß er nur einen kleinen Teil der Tour ausmachte. Whitechapel hatte mehr zu bieten. Er sagte, sie könne Charles Booth zitieren, der Whitechapel im neunzehnten Jahrhundert als Eldorado des Ostens bezeichnet hatte, dann zügig weitergehen zur Whitechapel-Glockengießerei, in der seit 1565 die Glocken für Westminster Abbey gegossen wurden. Darauf sollte sie die Gruppe zur Cable Street führen, kurz über Mosley sprechen und ein paar Worte über die bestehenden Rassenprobleme verlieren. Er sagte, man könne noch erwähnen, daß die Studios, in denen die Fernsehserie *Spitting Image* gedreht werde, ganz in der Nähe seien.

Wenn es eine Sonntagvormittags-Tour war, ging man über den Brick-Lane-Markt; das war der einzige Ort, an dem Stuart je gesehen hatte, daß ein Stand halbabgebrannte Kerzen aus zweiter Hand verkaufte. Wenn die Gruppe sich für Kunst interessierte und in der Whitechapel Art Gallery eine Ausstellung mit freiem Eintritt lief, konnte man dahin gehen. Außerdem könnte man auch den literarischen Nachlaß Whitechapels erwähnen: Walter Besant, Peter Ackroyd, Iain Sinclair, sollte das aber nicht zu sehr in die Länge ziehen, weil man davon ausgehen durfte, daß keiner in der Gruppe je von diesen Leuten gehört hatte.

Stuarts Verhältnis zu den Touristen hatte sich im Lauf der Jahre merklich abgekühlt. Er war überzeugt davon, daß die meisten zu Hause völlig normale und absolut vernünftige Menschen waren, aber sobald sie zu Touristen wurden, raubte ihnen irgend etwas den gesunden Menschenverstand. So hatte ihn eine Frau bei einer Tour gefragt, wohin sie gehen müßte, um das Große Londoner Feuer zu sehen.

Er erzählte Judy, daß es manchmal nicht ganz einfach war, die Tour zu beschließen. Die Schwierigkeit bestand darin, daß ein paar Teilnehmer immer noch blieben und schon allein deshalb so viele Fragen stellten, um die Tour zu verlängern, weil sie dann das Gefühl hatten, mehr für ihr Geld bekommen zu haben.

Er empfahl, besonders entsetzliche Gruppen in einen

Pub in der Commercial Road zu führen, der natürlich, wie sollte es auch anders sein, Jack the Ripper hieß. Es handelte sich um eine Art Erlebnispub mit den Themen Mord und Sexualverbrechen. Wenn man es richtig anstellte, konnte man heimlich verschwinden, bevor die Gruppe mitbekam, daß man sie in einem Stripteaselokal abgesetzt hatte.

Zum Abschluß dieses Vormittags ging Stuart mit Judy in den Blind Beggar am hinteren Ende der Whitechapel Road. Das war der Pub, in dem Ronald Kray den Mord begangen hatte, der schließlich zu seinem Niedergang führte.

»Man weiß nie, in welche Gefahr man sich begibt, wenn man die Wahrheit sagt«, orakelte Stuart. »George Cornell hat Ronnie Kray eine fette Schwuchtel genannt, darauf haben Ronnie und Ray ihn in diesem Pub aufgespürt, und Ronnie hat ihn erschossen. Aber George Cornell hatte nicht gelogen. Was paßte Ronnie nicht? Daß man ihn fett nannte oder eine Schwuchtel? Er war schließlich beides.«

»Vielleicht wollte er, daß man ihn vollschlanke Schwuchtel nennt«, sagte Judy.

Sie bestellten sich ein paar Drinks, aßen ihre Ploughman's Lunches, und Stuart erzählte von den Freuden des Jobs als Reiseführer und was einem in London sonst noch so widerfahren konnte. Judy hörte ihm aufmerksam zu und wirkte so professionell, daß Stuart das Gefühl hatte, er spräche mit einer erfahrenen Kollegin und nicht mit einer blutigen Anfängerin.

Sie verstanden sich besser, als er je zu hoffen gewagt hätte, und er wußte nicht, ob ihn Mut, Tollkühnheit oder einfach nagende Ungeduld dazu trieb, zu sagen: »Hören Sie, das hat jetzt nichts mit der Arbeit zu tun, ich will Sie auch nicht erpressen oder etwas in der Art, Sie auf keinen Fall unter Druck setzen, und es handelt sich auch nicht um sexuelle Belästigung am Arbeitsplatz, aber irgendwie habe ich das

Gefühl, daß wir beide eine Affäre haben werden, meinen Sie nicht auch?«

Als er das gesagt hatte, zog sich alles in ihm zusammen, sein ganzer Körper verkrampfte sich, er wartete auf die entsetzlichen Konsequenzen, die Ohrfeige, den Drink, der ihm über den Kopf geschüttet wurde, das Geräusch splitternden Glases.

Aber sie antwortete: »Ja, das sehe ich auch so.«

Er wollte losjubeln, wie ein Torschütze Löcher in die Luft boxen, sagte aber statt dessen: »Ich bin mir nicht sicher, ob das ein kluger oder vernünftiger Entschluß ist. Wie Sie wissen, bin ich verheiratet, und ich kann Ihnen nichts bieten, versprechen oder auch nur . . .«

»Lassen Sie uns einfach mal anfangen, alles Weitere wird sich dann schon finden, okay?« sagte sie.

Er nickte, lächelte und fing an, im Kopf seinen Terminkalender durchzugehen und zu überlegen, wann sie die ersten Intimitäten austauschen könnten, Judy ließ sich jedoch nicht auf längerfristige Planungen ein. Sie stand auf, nahm seine Hand und schleppte ihn hinter sich her in Richtung Damentoilette. Der Pub war leer, keiner konnte sie sehen, und sie zog ihn in eine Kabine, wo sie ihm die Hose öffnete, ihre Jeans herunterließ und sie schnellen, wilden, weder besonders befriedigenden noch bequemen Geschlechtsverkehr hatten, aber in diesem Fall zählte mehr die Idee, und die Idee war einfach umwerfend. Stuart fühlte sich überfahren, und zwar von etwas Großem, Kräftigem, wie zum Beispiel einem Rennboot.

Zu ihrem nächsten Treffen lud sie ihn in ihre Wohnung ein. Er hatte angeboten, ein Hotelzimmer zu bezahlen, aber sie fand das unangebracht. Sie fuhren mit dem Taxi nach Bethnal Green, und beim Betreten ihrer kleinen Mansardenwohnung war ihm ziemlich beklommen zumute. Die

Greuel billiger Londoner Mietwohnungen lagen zwar inzwischen hinter ihm, allerdings nicht so weit, daß schreckliche Erinnerungen an Zimmer und Wohngemeinschaften in Gegenden wie Bethnal Green nicht noch allgegenwärtig gewesen wären. Doch das Zimmer selbst war ganz hübsch, Judy war bei ihm, die sich außerdem, kaum daß sie durch die Tür waren, auszog und ihn auf dem dünnen Nylonteppichboden vögelte, was das Zeug hielt.

Ihm wurde schnell bewußt, daß ihre extrem leidenschaftlichen und heißblütigen Reaktionen beim Liebesspiel nicht allein auf seine Berührungen, seinen Charakter oder seine Technik zurückzuführen sein konnten. Sie reagierte auf etwas in ihrem Inneren, auf ein Bedürfnis, eine Sehnsucht, die nur bedingt mit ihm zu tun hatte.

Hinterher, als sie keuchend und immer noch nackt mit gespreizten Beinen auf dem Rücken lag, sagte sie: »Ich will überall gefickt werden, in jedes Loch. In jeder Position. In jedem Londoner Borough. In jedem Postbezirk.«

Stuart grunzte verständnislos.

»Weißt du, wenn Sex gut ist«, fuhr sie fort, »wenn er so richtig großartig ist, dann habe ich das Gefühl, daß ich verschwinde, pulverisiert, ins Nichts gebumst werde, daß nur noch Staubpartikel von mir zurückbleiben, Trümmer, Smog, Ruß- und Hautteilchen, die durch die Luft schweben und auf die Stadt herunterrieseln.«

Stuart wußte nicht, was er dazu sagen sollte. Er zog sich langsam an und ging in die Küchenecke, um Kaffee zu kochen. Genau wie Mick später war auch ihm beim Betreten der Wohnung sofort der Stadtplan an der Wand ins Auge gefallen, er war allerdings noch nicht dazu gekommen, danach zu fragen. Jetzt, da er mehr Zeit hatte, sah er, daß eine Folie davor hing, auf der von Hand diverse farbige Kreuze eingezeichnet waren. Als der Kaffee fertig war und

Judy sich angezogen hatte, fragte er, wozu der Stadtplan gut sei.

Sie antwortete nicht direkt. Statt dessen nahm sie die vorhandene Folie ab und ersetzte sie durch eine andere, auf der noch keine Kreuzchen waren. Sie nahm zwei farbige Folienschreiber, einen roten und einen blauen, und reichte ihm den letzteren. Dann bat sie ihn, an allen Orten, an denen er gewohnt hatte, ein Kreuz zu machen.

Er dachte, daß er im Vergleich zu den meisten anderen Menschen in London ziemlich häufig umgezogen war. Besonders als er neu hier gewesen war, hatte er an den verschiedensten Orten kurz gewohnt. Judy schien das zu gefallen. Er stand vor dem Stadtplan und zeichnete etwa ein Dutzend Kreuze ein. Der Filzstift hinterließ auf der Plastikfolie ziemlich dicke, unpräzise Markierungen. Im Ergebnis zeigte sich eine eigenartige Verteilung mit abgelegenen vereinzelten Ausreißern wie einem Kreuz in East Dulwich, einem in Lee und einem in Hendon. Schon als er dort gewohnt hatte, war es ihm falsch vorgekommen, als wäre er mehrere Tagesreisen von den Gegenden entfernt, in die er eigentlich gehörte. In Westlondon bildete sich jedoch ein regelrechtes Cluster, mehr als ein halbes Dutzend Kreuze in einem Trapezoid mit den Eckpunkten Notting Hill, Marylebone, West Hampstead und Swiss Cottage, einem Gebiet, das er als sein Territorium bezeichnen würde und in dem er jetzt auch mit seiner Frau lebte. Eine Wolke von Schuldgefühlen verdunkelte seine Gedanken, und er mußte hart dagegen ankämpfen, um sie zu vertreiben.

Dann reichte Judy ihm den roten Stift und bat ihn, auf der Folie all jene Orte zu markieren, an denen er Geschlechtsverkehr gehabt hatte. Es war ihm zwar ein wenig peinlich, aber er gehorchte. Anfangs ergab sich das gleiche Muster wie vorher. Mit Ausnahme einer heruntergekommenen WG in der Nähe der Goldhawk Road, in der er nur wenige Wochen gewohnt hatte, war es ihm an jedem Ort, an dem er gelebt hatte, gelungen, mit einer Frau ins Bett zu gehen. Aber dann veränderte sich das Muster doch erheblich. Jetzt kamen in allen Stadtrandgebieten Markierungen dazu, in Vierteln, in denen seine Freundinnen gewohnt hatten: Stadtteile wie Gipsy Hill, Crouch End, Elephant and Castle. Manchmal hatte er bei anderen Leuten auf dem Fußboden mit Frauen geschlafen, nach Partys in Brixton und in der Old Kent Road zum Beispiel. Er konnte sich noch deutlich an eine sehr lahme Abendgesellschaft erinnern, bei der er mit einer Frau namens Lynn für einen phantastischen Quikkie in ein Schlafzimmer verschwunden war, wußte aber weder genau wann noch wo das stattgefunden hatte. Er vermutete, daß es in Acton gewesen war, und zeichnete dort entsprechend vage die geforderte Markierung ein.

Inzwischen schienen die Kreuze überhaupt kein Muster mehr zu bilden. Mit geschultem Auge hätte man möglicherweise noch eine leichte Vorliebe für Westlondon und die linke Themseseite wahrnehmen können, aber dafür mußte man schon sehr genau hingucken. Ansonsten waren die Markierungen völlig zufällig über die Stadt verteilt.

Stuart zählte die Kreuze und kam zu dem Ergebnis, daß er an sechsundzwanzig verschiedenen Orten in ganz London mit Frauen Geschlechtsverkehr gehabt hatte – nicht mit sechsundzwanzig verschiedenen Frauen, teilte er Judy schnell mit (er hatte seine Freundinnen längst nicht so häufig gewechselt wie seine Wohnungen), aber er hatte keine Ahnung, ob sie meinte, daß das viel oder wenig war. Und er wußte auch keinen Grund dafür, warum er sie gezählt und die Orte auf dieser Karte gekennzeichnet hatte, außer dem, daß Judy ihn darum gebeten hatte.

Sie musterte die fertige Karte mit einem offenbar freundlichen Blick und sagte: »Da haben wir aber noch einiges abzudecken.«

Ihm gefiel die Art, wie sie ›wir‹ sagte.

Eines Tages zeigte sie ihm ein paar andere Folien, Karten, die von anderen Besuchern, und, soweit er es beurteilen konnte, anderen Liebhabern, gezeichnet worden waren. Er sah, daß die Stadt von den Mustern der Wohnorte und Liebesnester anderer Menschen überlagert wurde. Und er sah, daß diese Muster dem seinen ähnelten oder sich von ihm unterschieden, manchmal gab es Überschneidungen und Ergänzungen mit seiner Karte, andere schienen fast als Gegenpole konzipiert zu sein. Es gab Leute, deren Kreuze ballten sich in Kensington oder Belsize Park, andere konzentrieten sich auf Südlondon, und wieder andere hatten in ganz London gewohnt und gevögelt, in allen vier Himmelsrichtungen. In ein oder zwei Fällen wirkte das Schema nicht nur promiskuitiv, sondern schien auch noch systematisch auf Vollständigkeit abzuzielen. Er war nicht sicher, ob er das deprimierend finden sollte oder nicht.

Bald darauf und keineswegs zu Stuarts Überraschung war Judy zu einer wertvollen und von allen geschätzten Mitarbeiterin geworden. Selbst Anita mochte sie, obwohl sie einen leichten und absolut törichten Groll gegen sie hegte, weil Judy nicht japanisch sprach. Stuart bereitete der Unmut seiner Frau eine gewisse Freude. Andererseits war er manchmal ein wenig eifersüchtig. Er stellte sich vor, wie Judy mit einer Gruppe von Fremden in London unterwegs war, sie durch die Stadt führte, mit ihnen sprach, sie zum Lachen brachte und mit ihrem Charme bezirzte. Er dachte, es wäre für einen Touristen kein größeres Problem, sie in ein Gespräch über Kunstgeschichte oder Architektur zu verwickeln, ihr einen Drink auszugeben und zu erzählen, daß er in London allein und einsam wäre und etwas Gesellschaft bräuchte, um dann ... Stuart versuchte, nicht mehr daran zu denken. Er wußte, daß Eifersucht ein unproduktives Gefühl war und zu nichts führte.

Er war keineswegs davon ausgegangen, daß sich eine Affäre mit Judy zu einem Akt erfolgreicher Industriespionage auswachsen könnte, aber sie öffnete ihm die Augen für alle möglichen Betrügereien, die in seinem Unternehmen abliefen. Das meiste war Kleinkram: Reiseführer verkürzten eigenmächtig Touren oder nahmen Geld von Touristen, ohne dafür Tickets auszustellen. Aber am liebsten hörte er, daß die Angestellten Anita nicht leiden konnten und ihr einen Spitznamen gegeben hatten: Boadicea.

Er hatte Judy mehrmals gebeten, ihm ihren eigenen, persönlichen ›Stadtplan‹ von London zu zeigen, die Folie, auf der markiert war, wo sie gewohnt und gevögelt hatte. In diesem Punkt gab sie sich ungewohnt zurückhaltend und ließ sich nicht erweichen. Er bekam ihn nicht zu sehen. In den folgenden Wochen offenbarte Judy ihm jedoch ihre persönliche, einzigartige Version Londons. Sie nahm mit ihm die Piccadilly Line zur Holloway Road, um das Pissoir zu suchen, das Joe Orton in seinem Tagebuch beschrieben hatte. In dem von ihm beschriebenen Fall aus dem Jahr 1967 handelte es sich dabei ›um einen Ort ausgelassener homosexueller Saturnalien‹. Im Tagebuch stand, daß das Pissoir unter einer Brücke lag, aber sie fanden nichts, was sie eindeutig als Ortons alte Klappe identifizieren konnten.

»Dreißig Jahre sind eine lange Zeit für ein Toilettenhäuschen«, philosophierte Judy.

Mehr Erfolg hatten sie in der Charlotte Street 28, wo es im 18. Jahrhundert ein Flagellationsbordell unter der Leitung einer Mrs. Theresa Berkeley gegeben hatte. Die Kunden ließen sich dort mit Ruten, neunschwänzigen Katzen oder sogar frischen Brennesseln traktieren. Aber sie konnten nicht nur nehmen, sondern auch geben. Einige Prostituierte ließen sich auspeitschen, und für zweihundert Guineen gab sich auch Mrs. Berkeley persönlich dazu her.

Sie entdeckten in der Charlotte Street zwei Türen mit der Nummer 28. Eine führte zu den Büros in den oberen Stockwerken, die andere zu einer Buchhandlung namens ›The Index Bookcentre‹. Im Schaufenster stand ein Exemplar von Trotzkis *Verteidigung des Marxismus.* Sie sahen sich kurz im Laden um und gingen hinterher im Venus Kebab House griechisch essen.

Sie fuhren mit Stuarts Wagen in die Waterloo Road, und Judy erinnerte an eine Passage aus Flora Tristans *Promenades dans Londres*, in der die späten 1830er beschrieben werden, als die ganze Straße voller Prostituierten war, die sich häufig barbusig ausgelassen und fröhlich aus Fenstern beugten oder auf den Türschwellen saßen und untereinander oder mit ihren Luden stritten. Judy zeigte Stuart die Waterloo Bridge, auf der Tristan später gestanden und zugesehen hatte, wie die Frauen in einem langen Zug den Fluß überquerten und in die Stadt zogen, in die Bordelle, Parks, Theater und ›Benimmschulen‹ im Londoner Zentrum, wo sie blieben und sich verführen ließen, bis sie in den frühen Morgenstunden müde und verbraucht wieder ans rechte Flußufer zurückkehrten.

Einmal waren Judy und Stuart zur Fleet Street gefahren und hatten die Fleet Alley gesucht, in der Samuel Pepys am 23. Juli 1664 war und ›ein oder zwei Anläufe‹ auf ›eine ausnehmend hübsche Dirne an einer Haustür‹ genommen hatte. Aber sie hatten die Fleet Alley nicht gefunden. Offenbar gab es sie nicht mehr. Gleichermaßen entdeckten sie keinerlei Anzeichen vom Axe Yard in Westminster, in dem Pepys gewohnt hatte.

Ein andermal fuhren sie in die Gray's Inn Road, zu einem ansehnlichen, quadratischen Klinkergebäude aus dem Fin-de-siècle, das jetzt Churston Mansions hieß. In einem früheren Leben hatte es Clevelly Mansions geheißen und war das Domizil von Katherine Mansfield und ihrer Geliebten Ida Constance Baker, besser bekannt als L. M. Here, gewesen. Hier hatten Mansfield und Baker in einer Dreizimmerwohnung, deren Kernstück ein von Bronze-Eidechsen umringter steinerner Buddha war, sexuelle Praktiken vollzogen, die in jener Zeit und in der Vorstellung der Öffentlichkeit einfach schockierend waren. Hier hatte auch mindestens einer von Mansfields männlichen Verehrern gedroht, sich aus Liebe zu ihr zu erschießen.

Judy und Stuart wandelten durch London und versuchten, etwas von der allgegenwärtigen erotischen Energie einzusaugen, den Nachhall dieser sexuellen Zusammenkünfte zu absorbieren, dieser sehnsuchtsvollen Akte der Liebe und der Sünde, der Entjungferung und der Perversion, die in den verschiedensten Bedürfnissen, Psychen und Kulturen begründet lagen. Aber sie waren nicht bloß Sextouristen. Judy tat alles, um diesen Nachhall zu verstärken, ihn wieder vernehmbarer zu machen, und Stuart war ihr ein bereitwilliger, wenn auch vielleicht etwas unsicherer Gefährte.

Immer wenn sie einen dieser vielen Orte mit erotisch-historischem Hintergrund besuchten, bestand Judy darauf, daß sie sich liebten; wenn nicht sofort und auf der Stelle, dann zumindest in einem nahegelegenen Park, einer dunklen Ecke oder, wenn es gar nicht anders ging, auf dem Rücksitz von Stuarts Auto. Stuart versetzte ihr Vorgehen in einen Zustand geiler Verwunderung. Er hatte nicht gedacht, daß er zu den Männern gehörte, die so etwas taten. Er wußte auch, daß diese Praktiken, diese Paarungen das Bild der Karten veränderten, die man anhand dieser Daten erstellen konnte. Immer wenn er in Judys Wohnung war, zeichnete er ein oder zwei Kreuze in seinen Stadtplan, dennoch weigerte Judy sich weiterhin, ihm ihren Plan zu zeigen.

Sie sagte: »Es gibt eine unendliche Anzahl an Stadtplänen, die man von London zeichnen könnte; nicht bloß Sex-Stadtpläne, sondern auch Todes-Stadtpläne, Verbrechens-Stadtpläne, Drogen-Stadtpläne, Aufruhr- und Widerstands-Stadtpläne, Freiheits- und Unterdrückungs-Stadtpläne, Mord-Stadtpläne, Selbstmord-Stadtpläne.«

»Fußgänger-Stadtpläne.«

»Stell dir mal vor, wie es wäre, als Blinder in London zu leben«, fuhr sie fort. »Stell dir vor, wie du die Straßen überqueren oder mit der U-Bahn fahren müßtest, der ganze Lärm, vom Verkehr und den Bauarbeiten, den Straßenmusikern und Pennern. Was für einen Stadtplan bräuchte ein Blinder? Und wie würde er ihn benutzen?«

Stuart zuckte die Schultern, um zu zeigen, daß er von diesen Dingen keine Ahnung hatte, obwohl er sich nebulös daran erinnerte, daß er etwas von einer Art ›tönendem Stadtplan‹ gelesen hatte, der Blinden helfen sollte, sich in der U-Bahn zurechtzufinden.

»Manchmal hätte ich gerne eine Tätowierung«, sagte Judy. »Über den ganzen Rücken. Den Plan des Londoner U-Bahn-Netzes. Oder vielleicht auch nicht bloß eine Tätowierung, sondern eher eine Art Skarifikation, bei der das Narbengewebe, das die Linien und Bahnhöfe wiedergibt, wie bei der Blindenschrift einen kleinen Wulst bildet. Dann könnte ich nackt in den Eingangshallen von U-Bahnhöfen stehen, und blinde Männer und Frauen würden zu mir kommen und mit den Händen über meinen Rücken streichen, bis sie ihre Fahrstrecke herausbekommen hätten. Sie müßten ja auch gar nicht unbedingt blind sein.«

Sie stellte ihn nackt mitten in ihr Zimmer und legte einen

Stadtplan von London vor ihm auf den Boden. Er betrachtete den Schatten, den er auf die Stadt warf. Sie stellte sich hinter ihn, legte ihre Arme um ihn, streichelte über seine Brust und seinen Bauch und umfaßte dann mit beiden Händen seinen Schwanz. Nach ein paar schnellen, kräftigen Handbewegungen kam er. Sein Samen spritzte heraus, die einzelnen Tropfen schienen für einen Augenblick wie flüssige Bomben über London zu schweben und trafen dann träge und dickflüssig auf. Sie kniete sich hin und betrachtete den Stadtplan. An den Stellen, wo sein Sperma gelandet war, konnte sie durch die milchige, durchscheinende Flüssigkeit gerade noch die Namen Belgravia, Walworth, Angell Town und Brockwell Park lesen.

»Da müssen wir auch mal hin«, sagte sie. Dann senkte sie den Kopf, streckte die Zunge heraus und leckte das Sperma sorgfältig von den Orten, auf die es gefallen war.

So hatte Stuart es sich wirklich nicht vorgestellt. Er bekam langsam Angst, daß das Ganze außer Kontrolle geraten könnte. Er hatte in Judy Tanaka eine attraktive, vitale und natürlich auch erotische Frau gesehen. Er hatte sie keineswegs für eine unnahbare Jungfrau gehalten, aber daß sie so hemmungslos und ungestüm war, hatte er nicht erwartet. Es faszinierte ihn irgendwie, bereitete ihm aber auch zunehmend Kopfschmerzen. Er befürchtete, daß ihre Tollkühnheit ihn zu ähnlich tollkühnen Handlungen verführen könnte, und das hatte er nicht geplant. Er wollte sich nicht in Schwierigkeiten bringen. Er hatte die Absicht, alles fest im Griff zu behalten und vor allem verheiratet zu bleiben.

Unterdessen aalte Judy sich in ihrer Indiskretion. Eine Frau, die einen im Blind Beggar in die Damentoilette schleppte, die darauf bestand, daß man es ihr am hellichten Dienstagnachmittag in einer direkt von der Tottenham Court Road abgehenden Gasse besorgte, und die nicht davon abzubringen war, einem im Wagen an einer Parkuhr in der Jermyn Street einen zu blasen, würde nicht viel Verständnis dafür aufbringen, wenn man ihr sagte, daß sie vorsichtig sein müßten, um seine Ehe nicht zu gefährden.

Natürlich hatte er Anita nichts von Judy erzählt; Stuart und Anita führten eine offene, aufgeklärte Ehe, aber *so* offen und aufgeklärt war sie nun auch wieder nicht. Stuart verwischte seine Spuren gewissenhaft. Vielleicht wäre es keine absolute Katastrophe, wenn man sie entdeckte. Anita war tolerant, nachsichtig und legte eigentlich keinen übermäßig großen Wert auf eheliche Treue, aber ein Riesentheater, bei dem sie auch noch die Dumme wäre, würde sie sich nicht gefallen lassen. Sich von ihrem Ehemann und einer jungen Reiseführerin betrügen zu lassen war nicht ihr Stil.

Einmal hätte Stuart vor Schreck fast einen Herzschlag bekommen; Judy war gerade dabei gewesen, sich in der Ecke eines nicht besonders verlassenen Friedhofs in Clerkenwell auszuziehen. Er hatte versucht, sie, so gut es ging, zu verdecken, aber sie wollte sich gar nicht verdecken lassen.

»Wie rum geht das?« fragte sie, als sie nackt dastand. »Wird der Körper mit einer Stadt verglichen oder die Stadt mit einem Körper? Was ist die richtige Metapher? Worum dreht es sich dabei?«

Stuart war viel zu perplex, um auch nur an eine Antwort zu denken.

»Es gibt Städte, bei denen würde man nicht wollen, daß ein Körper mit ihnen verglichen wird«, fuhr sie fort. »Wie Pompeji, Coventry, Milton Keynes oder Hiroshima.«

Seltsamerweise fühlte er sich gekränkt. Er ging, ließ sie in ihrer Nacktheit stehen. Es war ein schlechter Witz, wenn es überhaupt ein Witz sein sollte.

»Tut mir leid«, rief sie ihm nach. »Über Hiroshima macht

man wohl einfach keine Witze. Nicht einmal als Halbjapanerin. Und selbst dann nicht, wenn man dabei nackt ist.«

Die Affäre dauerte noch ein paar Monate an. Stuart hatte den üblichen Ärger und das übliche Schuldbewußtsein, die üblichen Freuden und Ängste, aber mit Judy war alles überhöht, als wollte sie unablässig den Einsatz steigern. Er tat alles, um seine Gefühle nicht analysieren zu müssen, und verspürte nicht den Drang, das Wesen ihrer Affäre zu erkunden. Es war komplexer als reine Lust, aber weniger gehaltvoll als wahre Liebe. Sie respektierten sich gegenseitig, trotzdem wurde ihm schwindlig, wenn er an ihre Beziehung dachte, er empfand sie als Grenzüberschreitung, glaubte, etwas Falsches zu tun, fürchtete, geradewegs vor die Hunde zu gehen.

Aber obwohl er durch die Affäre in der ganzen Stadt herumkam, brachte sie ihn offenkundig im eigentlichen Sinne nicht voran. Er wußte, daß sie wahrscheinlich eher früher als später vorüber sein würde, daß sie ein schmerzlich sentimentales Ende nehmen und dieses Ende nicht von Judy gesetzt werden würde. Trotzdem überraschte es auch ihn, als er mit einem Mal beschloß, daß alles vorbei sei.

Judy war mit ihm nach Hampstead Heath gefahren, dem Schauplatz aller möglichen sexuellen Begegnungen, von denen wahrscheinlich nur die wenigsten heterosexueller Natur gewesen waren. Stuart und Judy standen glücklicherweise nur halbnackt ineinander verschlungen in einem Gebüsch, das ihnen angemessenen Schutz hätte bieten sollen. Plötzlich wurden sie von einem kleinen schwarzen Hund aufgestöbert, das Herrchen kam direkt hinterher. Der Hundebesitzer, ein hagerer, militärisch anmutender Mann mit schlohweißem Haar, glotzte sie mit gleichermaßen mitleidigem wie angewidertem Blick an und sagte: »Ihr liederlichen Schweine. Ihr habt es auch wirklich nicht besser verdient.«

Es war eine seltsame Schmähung, aber auf eigentümliche Weise ging sie Stuart durch Mark und Bein. Als er seine Knöpfe und Reißverschlüsse schloß, wußte er, daß seine Affäre mit Judy zu Ende war. So komisch und banal dieser Vorgang auch gewesen sein mochte, wurde ihm dadurch doch klar, wieviel Glück sie gehabt hatten, daß sie so lange ungeschoren davongekommen waren. Die Entdeckung durch den Mann mit dem Hund hatte symbolischen Charakter. Wäre es noch länger so gegangen, hätte Anita sie irgendwann entdeckt, und die daraus entstehenden Konsequenzen wären viel einschneidender gewesen als der Gram über das Ende dieser Affäre.

Bei ihrem nächsten Treffen teilte er Judy so knapp und diplomatisch, wie er konnte, mit, daß alles vorbei sei. Sie nahm es keineswegs gelassen hin. Sie schrie ihn an, belegte ihn mit allen üblen Schimpfwörtern, die ihr einfielen, und drohte mit schrecklichster und grausamster Rache. Er sagte, sie solle sich nicht lächerlich machen. Es sei eine Affäre gewesen, weiter nichts, hätte, solange sie dauerte, Spaß gemacht, und jetzt, im nachhinein, wäre es doch so schlimm nun auch wieder nicht. Aber Judy war nicht zu beruhigen. Sie war in einer Weise verletzt, wie sie es nie, selbst in ihren schlimmsten Träumen nicht für möglich gehalten hätte. Er konnte nur sagen, daß es ihm leid tat, wenn das auch nicht ganz der Wahrheit entsprach. Und als sie ihm erzählte, daß sie ihn aus tiefstem Herzen liebte, ihm absolut verfallen sei, war er mehr denn je davon überzeugt, daß er richtig gehandelt hatte, dem Ganzen ein Ende zu setzen.

Judy Tanaka verschwand aus seinem Leben, schmiß den Job beim London Walker hin, ohne jemanden darüber in Kenntnis zu setzen, ein Vorgehen, das Anita verwirrte und erboste. Judy war nicht der Typ, der sie so auf dem Schlauch stehen ließ. Andere Angestellte sagten, es gäbe bestimmt einen gewichtigen Grund für ihr Verschwinden, und möglicherweise würde sie eines Tages mit einer stichhaltigen Erklärung wieder auf der Matte stehen.

Stuart hingegen befürchtete einige Wochen, daß Judy an der Strategie für eine fürchterliche Rache arbeitete. Am wahrscheinlichsten war, daß sie Anita von der Affäre erzählte. Aber es geschah nichts. Judy blieb verschwunden. Erst Monate später hörte Stuart, daß sie in einem Buchladen arbeitete.

Als alles vorbei war, erfaßte ihn vor allem ein Gefühl unbändiger Erleichterung. Er hatte Glück gehabt, hatte es zwar nicht verdient, war aber noch einmal davongekommen. Bis er Judy getroffen hatte, war er nicht auf der Suche nach einer Affäre gewesen. Er hatte gewußt, daß etwas in seinem Leben fehlte, etwas, das er dringend brauchte, aber er war gewiß nicht davon ausgegangen, daß es sich bei diesem Etwas um außerehelichen Sex handelte, und offensichtlich sollte er recht behalten.

Als Judy verschwunden war, wurde das Bedürfnis nach diesem Etwas größer denn je zuvor, es vervielfältigte sich, wuchs exponentiell; aber eine neue Affäre, eine neue Geliebte hätte ihm sicher nicht weitergeholfen. Wäre das das Problem gewesen, so hätten jede Menge neuer Reiseführerinnen zur Verfügung gestanden, um Judy in jeder Beziehung zu ersetzen. Aber ihm war klar, daß er nicht danach suchte.

Die Affäre war zu Ende, und er wollte sein Leben wieder im alten Rhythmus führen, es wieder so angehen wie vor Judys Zeiten, aber das schien nicht mehr möglich zu sein. Etwas hatte ihn verändert, und möglicherweise war Judy dabei der Auslöser, die treibende Kraft gewesen. Die alte Unzufriedenheit war noch da, aber sie hatte sich verwandelt.

Eine Zeitlang versuchte er, Anita ein besserer Ehemann zu sein, aber damit tat er beiden Beteiligten keinen großen

Gefallen. Zum Glück erkannte er in dieser Zeit, was er tun mußte. Aber selbst als er es erkannt hatte, verstand er nicht, wie das Ende einer Affäre in einem Mann das Bedürfnis wecken konnte, zu Fuß durch jede Londoner Straße zu gehen – zweifelsohne gab es da jedoch eine Verbindung.

Er begriff nicht, warum diesem Vorhaben mehr Überzeugungskraft innewohnen sollte als den anderen, banaleren, mit denen er zwischendurch experimentiert hatte. Aber es paßte einfach besser, auch wenn es grotesker schien. Judy hatte ganz London für ihn in sexueller Beziehung zum Leben erweckt. Jetzt hatte er Judy sausenlassen, führte seine Affäre aber offenbar mit der Stadt fort: er drang in sie ein, nahm Besitz von ihr. Die Absurdität seiner neuesten ›Erklärung‹ erfüllte ihn mit einer nervösen Heiterkeit, aber wenigstens, dachte er bei sich, war er Anita nicht mehr untreu. Anita würde das jedoch schließlich, wenn sie das Tagebuch in die Finger bekam, völlig anders sehen.

Tagebuch eines Fußgängers

Erster Eintrag

*I*ch habe mich also entschlossen, über meine Wanderungen durch London ein Tagebuch zu führen; es soll aber nichts Herausragendes oder gar Brillantes werden. Ich schreibe einfach das auf, was ich sehe, obwohl mir natürlich bewußt ist, daß das Sehen an sich ein äußerst selektiver Prozeß ist. Meine Wahrnehmungen verraten ebensoviel über mich wie über London.

Zuerst dachte ich, ich könnte für jede Straße in London einen Eintrag machen und so festhalten, was ich in jeder einzelnen Straße beobachtet habe, ihre Besonderheiten und Eigenarten aufschreiben. Aber mir fiel sofort auf, daß das Unsinn wäre. Man kann sich so etwas nicht abnötigen. Man kann sich nicht zwingen, etwas zu sehen. Es wird unscheinbare Straßen geben, in denen ich nichts Berichtenswertes entdecke. Das ist auch in Ordnung so. London muß sich für mich öffnen, und ich muß mich für London öffnen.

Ich habe mich entschlossen, während meiner Wanderungen nichts aufzuschreiben. Ich werde keine Notizen machen. Ich will nicht wie ein Spion oder Journalist aussehen, und das Notieren soll mich nicht beim Beobachten behindern. Nachher, wenn ich wieder zu Hause bin, werde ich meine Erinnerungen, so gut es geht, in den Computer tippen. Ich will nur das festhalten, an was ich mich erinnere. Wenn ich etwas vergesse, dann ist das eben so.

Wenn der Text erst auf der Diskette ist, suche ich mir ein Versteck dafür, in dem sie vor Anitas neugierigem Blick verborgen ist. Wieso diese Geheimnistuerei? Ich weiß es nicht, aber es drängt mich nun einmal dazu. Was das betrifft, frage ich mich, warum Samuel Pepys sein Tagebuch verschlüsselt geschrieben hat? Das muß ich mal checken.

Oxford Street – nicht gerade meine Lieblingsgegend in London, aber das ist hier schließlich keine Wunschsendung. De Quincey bezeichnet sie als hartherzige Stiefmutter, die von den Tränen ihrer Kinder lebt, aber ich finde, das geht etwas zu weit. An diesem Wochentagsmorgen war jedenfalls kein Kind zu sehen. Um halb zehn waren nur wenige Geschäfte geöffnet. Vor den Schuhläden warteten die Angestellten darauf, daß der Chef ankam und aufschloß, damit sie hinein konnten. In einem Hauseingang schliefen zwei Obdachlose tief und fest in ihren Schlafsäcken und machten trotz des Tageslichts und der vielen Menschen keine Anstalten, demnächst aufzuwachen. Dabei hätte man doch glauben sollen, daß Obdachlose Frühaufsteher sind.

Neben dem U-Bahnhof Tottenham Court Road verteilte eine dunkelhäutige junge Frau, vielleicht Spanierin oder Italienerin, Zettel mit Werbung für eine Sprachschule. Ein alter, derber, grauhaariger Londoner, dem sie einen gegeben hatte, geriet beim Lesen in Rage.

»Sie wollen, daß ich Englisch lerne?« grantelte er. »*Ich* soll Englisch lernen?«

Die Frau, die ihm den Zettel gegeben hatte, verstand

nicht, was er von ihr wollte. Vielleicht verstand sie nicht einmal, was er sagte.

Ein junger Schwarzer mit Wollmütze und Sonnenbrille kam auf mich zu und machte komische Bewegungen mit der linken Hand; es sah seltsam aus, irgendwo zwischen Pantomime und Kampfsport, und außerdem unterhielt er sich beim Gehen noch mit einem unsichtbaren Gefährten. Als er mit mir auf gleicher Höhe war, sah er kurz in meine Richtung, sagte »Alles klar!« und rauschte von dannen.

Ich habe einen Mann mit einem Tam-o'-Shanter gesehen. Und einen Jungen in einem langen, dunklen, unheimlich aussehenden Regenmantel, dessen Kopf bis auf ein rundes Büschel blauer Haare in der Kopfmitte kahlrasiert war. Er kam mir vor wie ein Irrer, wurde aber von einer Frau in völlig normaler Kleidung begleitet, die wie eine Sekretärin aussah, obwohl sie einen Stock mit einem gelben Luftballon in der Hand trug.

Ein traurig wirkender, cooler junger Mann mit Ohrringen und gepiercter Nase versuchte mit einer Polaroid-Kamera ein Foto vom Schaufenster der Top-Shop-Filiale zu machen. Er wartete ungeduldig. Die Menschen strömten unablässig vor dem Fenster entlang. Gar nicht auszudenken, wie lange es dauern würde, bis er sein Motiv endlich ungestört im Bild hatte.

Am Oxford Circus eine kleine Hare-Krischna-Prozession, bestehend aus einer erstaunlich bunt gemischten Menschengruppe: grausam magere junge Burschen, eine sehr nach altem Landadel aussehende Dame und ein fetter Asiate mittleren Alters in Anzug und Mantel.

Ein gutgekleideter Mann mit leichtem australischem Akzent verteilte Flugblätter. Er sagte: »Ich überreiche diese Schriften den Menschen, die Gesundheit und Schönheit in die Welt bringen.« Aber mir gab er keins.

Mir fiel auf, daß es in Oxford Street mehr Wechselstuben gab, als man je für möglich halten sollte, alle in winzigen, schmalen Räumen, nicht breiter als ein Hauseingang.

Am Cumberland Hotel wurde für ein ›original indisches Buffet‹ geworben.

Am Eingang von Littlewoods spielte ein Straßenmusikant Akkordeon. Vor ihm stand eine solide stählerne Sammelbüchse, auf der in zehn Zentimeter großen, ordentlichen Buchstaben ›Blind‹ stand. Ich sah, daß die Büchse am Mann angekettet war, damit sie keiner stahl. Gibt es auf der Welt wirklich Menschen, die einem blinden Straßenmusikanten das Geld abnehmen? Dann merkte ich, daß es die natürlich gibt. Tausende. Es gibt Menschen, die ihm das Geld, das Akkordeon, den Blindenstock, den Blindenhund und das Gebiß klauen würden.

Schließlich Marble Arch, den ich erst nicht sehen konnte, weil der dichte Verkehr mir den Blick versperrte. Der Torbogen wirkte riesig, dabei aber gar nicht beeindruckend; er sah aus, als wäre er auf der von Bussen und Autos umströmten Verkehrsinsel gestrandet.

Dieser Teil der Oxford Street, die ehemalige Tyburn Road, war früher der Endpunkt einer obszönen Parade, in der Gefangene auf dem Weg zu ihrer Hinrichtung entlanggeführt wurden, wobei die Verurteilten von trunkenen, grölenden Menschenmassen mit Steinen, Dreck und Kot beworfen wurden; es hätte jeden treffen können. Vielleicht hatte De Quincey doch recht.

Ich ging die Chester Row in der Nähe des Sloane Square entlang. Charles Dickens wohnte in der Nummer eins und T. S. Eliot in der fünf. Ich weiß nicht, ob Thomas Stearns viel zu Fuß gegangen ist, auf jeden Fall hat er die Empfindungen nächtlicher Heimkehrer beim Durchqueren halbverlassener Straßen großartig beschrieben.

Dickens war auch so ein Nachtwanderer. In einem Essay mit dem Titel ›Nächtliche Spaziergänge‹ beschrieb er den Lärm der Stadt als ›fernes eindringliches Summen, als wäre die Stadt ein vibrierendes Glas‹. Als sein Vater gestorben war, wanderte er drei Nächte hintereinander von der Abenddämmerung bis zum Sonnenaufgang durch die Stadt.

Aber Dickens war einfach ein Fußgänger, punktum, nicht nur des Nachts. Zu seiner Zeit wäre meine tägliche Strecke von zehn Meilen der reinste Kinderkram gewesen. Die Leute mußten einfach mal zehn oder fünfzehn Meilen laufen, bloß um zur Arbeit zu kommen und zurück, aber selbst gemessen an den Maßstäben seiner Zeitgenossen war Dickens ein exzessiver, um nicht zu sagen besessener Fußgänger. Freunde, die ihn besuchten, wurden eingeladen, ihn auf seinem Spaziergang zu begleiten, und kehrten Stunden später erschöpft heim, nachdem Dickens sie auf einer mehr als zwanzig Meilen langen Tour in Grund und Boden gewandert hatte. Aber er tat das nicht, um andere zu beeindrucken. Er tat es, weil er es brauchte. Es gab eine Phase in seinem Leben, da hielt er es für eine moralische Verpflichtung, ebenso viele Stunden zu Fuß wie mit dem Schreiben zu verbringen.

Und ich weiß nicht, ob er im Wandern eine Meditation über seine Gefühle sah oder ob er damit vor ihnen flüchtete. Bestimmt dachte er beim Gehen über seine Arbeit und seine Charaktere nach, vielleicht fand er dabei sogar Material, das er verwenden konnte, so daß es keine vergeudete Zeit war, aber vor allem scheint er das Wandern benutzt zu haben, um gegen seine Melancholie anzukämpfen.

Ich persönlich kann nicht genau sagen, was ich beim Gehen empfinde. Mir geht nicht so viel im Kopf herum wie Dickens, und dennoch hat das Gehen bei mir den gegenteiligen Effekt; London verstärkt meine Melancholie eher, als daß es mich von ihr befreit. Zum Glück zerstreut das Schreiben über das, was ich dabei gesehen habe, diese Schwermut dann wieder. Klingt das konfus?

Ecke St. Swithin's Lane und King William Street; der Ort, an dem 1840 ein Haufen römischer Münzen gefunden wurde. Es waren alles Fälschungen, aber original *römische* Fälschungen, neunundachtzig silberne Denare – aber eben nur Kupfermünzen mit einer dünnen Silberschicht. Sie stammten aus der Zeit Boadiceas und waren wohl nur zur Sicherheit vergraben worden; später hätte man sie wieder ausgegraben, wenn Boadicea nur nicht so gründlich vorgegangen wäre.

In der Fellows Road, NW3 (ich würde sagen in Swiss Cottage, aber möglicherweise ist es auch Belsize Park), stand ein offener gelber Container, in dem ein Kühlschrank, ein Herd und eine Waschmaschine mit großer Sorgfalt gerade und ordentlich nebeneinander aufgestellt worden waren. Ein Mann mit Schiebermütze kam mit einem Gasofen im Arm aus einem Haus und stellte ihn vorsichtig in den Container, um ja das ordentliche Arrangement nicht zu zerstören.

In der Winchester Road entdeckte ich etwas, das aus der Ferne wie eine Galerie aussah, in der winzige silberne und goldene Skulpturen akkurat auf Glasregalen aufgereiht standen, jede einzeln beleuchtet. Als ich näher kam, stellte ich fest, daß es sich bei dem Geschäft um einen Eisenwarenhändler für Bauzubehör und bei den ›Skulpturen‹ um gold- und silberfarbene Badezimmerarmaturen handelte.

In der Lambolle Street, einer schmalen, auf beiden Seiten zugeparkten Straße, sah ich ein leuchtendrotes Cadillac-Cabrio aus den Sechzigern mit offenem Verdeck und riesigen, bedrohlich hervorstehenden Heckflossen. Es war so breit, daß es nicht zwischen den parkenden Autos hindurchzupassen schien. Aber es paßte, fuhr langsam und gemessen weiter und röhrte dabei wie ein Motorboot.

In Merton Rise sah ich ein Gebäude namens Villa Henriette.

Im oberen Teil der Finchley Road, zwischen St. John's Wood und Swiss Cottage, hatte die Straße eine Art Mittelstreifen, der kaum breiter als ein halber Meter war. Das hatte allerdings jemandem gereicht, um dort einen Blumenverkaufsstand zu eröffnen; er hatte in der Mitte mehrere Eimer aufgestellt und verkaufte seine Waren an die Fahrer der Autos, die vor der Ampel anhalten mußten.

An einem Zebrastreifen etwas weiter die Straße hinunter waren die beleuchteten Poller und die Pfeiler mit dem Blinklicht mit Blumensträußen geschmückt, und daneben hing ein Unfallplakat von der Polizei, auf dem stand ›Können Sie helfen?‹

Ich ging zur Cavendish Avenue Nr. 7, weil ich wußte, daß das Grundstück Paul McCartney gehörte. Darauf stand ein riesiges, abweisendes, rechteckiges Haus mit hoher Gartenmauer und soliden, grün gestrichenen Toren. Sämtliche Fenster waren mit weißen Innenläden verschlossen. Es schien völlig unbewohnt zu sein. Ich hatte gelesen, daß im Garten ein Pavillon in Form einer geodätischen Kuppel sein sollte, konnte aber nicht über die hohe Mauer sehen.

Ein Stück weiter die Straße hinab stand die Büste eines antiken Gottes im Fenster eines Hauses. Sie war überlebensgroß, was für einen Gott ja auch ganz angemessen sein mochte, stand aber mit dem Rücken zur Straße, so daß man von hinten in den Kopf hineinblicken konnte, und der war völlig leer.

In der Eamont Street gab es eine Schenke namens Gorky Park, in der ein Schild hing, das einen ›Abschleppservice‹ für die werte Kundschaft verhieß. Sie war mit Brettern vernagelt und zu vermieten.

In der Circus Road sah ich eine sehr elegante, etwas ältere Frau, die an einem kalten Tag ohne Jacke auf der Straße stand. Als ein Taxi anhielt und jemand ausstieg, rannte die Frau hinüber, und ich hörte sie sehr deutlich und klar sagen: »Entschuldigen Sie, können Sie mir sagen, welchen Wochentag wir haben? Wissen Sie, ich war im Ausland.«

In Broad Lawn in New Eltham sah ich einen Handwerker beim Mittagessen in seinem Lieferwagen. Ich war überrascht, als er eine rohe Karotte knabberte, schien mir das doch nicht Teil der üblichen Handwerkermahlzeit zu sein. Als ich aber die Aufschrift auf dem Lieferwagen las, stand da, daß er Klavierstimmer war, und damit paßte alles wieder perfekt.

In der Mapesbury Road in Willesden sah ich sechs alte Telefonzellen im Garten einer Doppelhaushälfte liegen.

Ich ging die Waterloo Passage in Kilburn entlang, eine schmale Gasse hinter dem Iceland Supermarkt. Dort hing ein Schild, auf dem stand, daß es sich um einen öffentlichen Weg handelte und daß Müll abladen verboten sei. Es ist fast überflüssig zu sagen, daß man kaum durchkam, weil alles voller Müllsäcke lag. Jemand hatte ›IRA Wayne was here‹ an eine Tür gesprüht. Ich hatte nicht gewußt, daß IRA-Mitglieder Namen wie Wayne haben.

Kilburn; viele Menschen in der High Road waren gezeichnet – vom Leben, vom Alkohol, von ihren Mitmenschen. Ich sah einen Geschenkartikelladen, der einen ›Raus-Verkauf!‹ ankündigte, und in der Nähe war ein Musikgeschäft mit einer Ukulele im Schaufenster, an der aber ein handgeschriebener Zettel klebte, auf dem ›Kindergitarre‹ stand. Zu Weihnachten würde jemand eine große Enttäuschung erleben.

In der Cambridge Avenue stieß ich auf eine leerstehende Kirche aus Wellblechplatten mit einem Schild am Turm, auf dem stand ›T. S. Bicester‹. Ich hatte keine Ahnung, was das heißen sollte, aber an der Tür hing ein weiteres Schild, eine Art ›Wanted‹-Plakat, auf dem den Leuten nahegelegt wurde, den Willesden Marinekadetten beizutreten, um Menschen helfen zu können. Das ›T. S.‹ stand für ›Training Ship‹ (nicht für Thomas Stearns), ein Marineschulschiff, und die runden Löcher in der Tür sollten Bullaugen darstellen.

Am Golden Square trug ein Mann zwei Tomtoms. Er ging in eine Telefonzelle, wählte und begann mit jemandem zu reden, und ich hörte, wie er sagte: »Hey, ich hab mir Tomtoms gekauft, hör zu.« Und dann spielte er seinem Freund übers Telefon etwas auf den Tomtoms vor.

Ich war in der Roman Road in Bethnal Green, ganz in der Nähe, wo Judy gewohnt hat, oder noch wohnt, ich weiß es nicht. Judy – der beste Sex, der wildeste Sex, reinster Londoner Sex, daran muß ich dabei immer denken.

Ich hatte meine zehn Meilen hinter mir, und es fing an zu regnen, also ließ ich die Regeln Regeln sein und suchte Schutz im Bethnal Green Museum of Childhood. Drinnen stellte ich überrascht fest, daß sehr viele der Ausstellungsstücke Londoner Miniaturen waren. Es gab so etwas wie eine Peep-Show aus dem neunzehnten Jahrhundert: ein großer schwarzer Kasten mit einem winzigen Guckloch, durch das man den Themsetunnel sah. Er war aus vielen hintereinandergeschichteten Papierfiguren und -bögen aufgebaut. Damals war das ein Fußgängertunnel, heute fahren, soviel ich weiß, Züge hindurch.

Sie hatten ein deutsches Papiermodell vom Monument und den umliegenden Gebäuden zum Ausschneiden und Zusammenkleben; und den Buckingham Palace auf dicke Holzklötze gedruckt als Hintergrund für Spielzeugsoldaten.

Außerdem gab es dort viele Brettspiele, die etwas mit London zu tun hatten, ein paar waren recht dubios, andere, wie Monopoly, kannte jeder. Ich habe Monopoly allerdings nie richtig verstanden. Das London, auf das es sich bezieht, hat keine Verbindung zu dem London, das man kennt. Es heißt, aber das ist mit Sicherheit bloß ein Gerücht, daß Waddingtons, deren Firmensitz in Yorkshire war, eine Sekretärin für einen Tag nach London geschickt hatten. Die ist dann in der Stadt herumgelaufen und hat aufs Geratewohl Straßennamen aufgeschrieben, die schließlich für das Spielbrett verwendet wurden.

Ich kann mir nicht vorstellen, daß das wirklich genau so passiert ist. Es wäre eine ziemlich anstrengende Tagesreise, wenn man an der Whitechapel Road, der Old Kent Road, Angel, Bond Street, Whitehall, Park Lane, Fleet Street und den vier Bahnhöfen vorbeikommen wollte. Trotzdem kann man sich des Eindrucks nicht erwehren, daß Monopoly von jemandem entworfen wurde, der sich in der Geographie Londons nicht besonders gut auskannte. Und davon gibt es genug.

Park Lane, Hackney; eine breite, häßliche Straße, dicht mit Autos zugeparkt, ein geschlossener, mit Brettern vernagelter Pub, in den Räuber oder Hausbesetzer erfolglos einzubrechen versucht hatten. Eine alte Dame ging die Straße entlang: blaue Baskenmütze, Regenjacke, geblümter Rock. Plötzlich lüpfte sie den Rocksaum und griff mit der Hand nach ihrem Unterrock, den sie dann bis zur Nase hochhob, um kräftig und geräuschvoll hineinzuschneuzen.

In der Nähe ein häßliches, ungepflegtes dreistöckiges Gebäude mit einem Messingschild an der Tür, auf dem zu lesen war, daß es sich um das Dickens Hotel handelte. Das Schild war der glänzendste, sauberste und polierteste Gegenstand in der ganzen Straße. Ich frage mich, was für Menschen in einem Hotel in der Park Lane in Hackney absteigen. Vielleicht Leute aus Yorkshire, die nach London kommen und sich in der Geographie Londons nicht auskennen.

Puzzle

Es war acht Uhr morgens, und Mick Wilton war im kalten Etagenbad des Dickens dabei, sich zu waschen und rasieren, als er draußen leise Schritte hörte. Jemand ging durch den Korridor in Richtung seines Zimmers. Er hatte nicht abgeschlossen, da er, mit Ausnahme seiner Pistole, nichts besaß, was sich zu klauen lohnte. Die Pistole wiederum ließ er nicht im Zimmer liegen, selbst wenn er sich nur kurz waschen und rasieren ging. Sie steckte im Gürtelbund seiner Hose, und dort spürte er sie jetzt deutlich. Er hörte, wie der Eindringling an die Tür seines leeren Zimmers kam, einmal kurz anklopfte und sofort hineinging.

Mick wischte sich den Schaum aus dem halb rasierten Gesicht, steckte die Pistole in die Tasche, klopfte zur Beruhigung noch einmal dagegen und schlich vorsichtig aus dem Bad zu seinem Zimmer. Die Tür stand ein paar Zentimeter offen. Durch den schmalen Spalt konnte er jedoch nicht ins Zimmer sehen, zu hören war auch nichts, dennoch wußte er, daß jemand drin war. Er holte tief Luft, stieß die Tür weit auf und stürmte auf nahezu alles gefaßt ins Zimmer, war aber dann doch überrascht, als er die Pensionswirtin im Morgenmantel sah, die etwas auf sein Bett legte.

Sie drehte sich erschrocken und verängstigt um. Der blaue Stepp-Morgenmantel öffnete sich und enthüllte mehr von ihrem Busen, als Mick eigentlich hätte sehen wollen, und ihr frisch geschminktes Gesicht starrte ihn mit offenem Mund und weit aufgerissenen Augen an. Dann ebbte der Schock auf beiden Seiten langsam ab. Sie war es nur. Er war es nur. Die Banalität des Augenblicks veranlaßte beide dazu, übereilte und beiderseits unaufrichtige Entschuldigungen hervorzustoßen, und die Wirtin erklärte: »Ich habe nur Ihre Post hochgebracht.«

Sie zeigte auf den Gegenstand, den sie aufs Bett gelegt hatte: ein ordentlich in braunes Papier gewickeltes Paket. Es sah harmlos aus, aber Micks Befürchtungen waren sofort wieder da. Wie kam jemand darauf, ihm ein Paket zu schikken? Wer wußte überhaupt, daß er hier war?

»Es rappelt ganz seltsam«, sagte die Wirtin. »Machen Sie's doch mal auf.«

Aber Mick rührte das Paket nicht an, bis sie das Zimmer verlassen hatte. Nachdem sie, etwas widerstrebend, gegangen war, nahm er es behutsam vom Bett. Es war leicht, nicht massiv, und als er es vorsichtig schüttelte, hörte er den Inhalt hin und her klappern. Es war ein kurzes, sprödes, wenig bedrohliches Geräusch. Er öffnete das braune Packpapier und war nicht sonderlich überrascht, daß das Päckchen ein Puzzle enthielt. Genauso hatte es sich angefühlt und angehört. Aber wer zum Teufel schickte ihm ein Puzzle? Wer schickte ihm überhaupt irgendwas? Er sah sich das Papier noch einmal an und fand eine Karte, eine Grußbotschaft vom London Particular, auf der stand: ›Damit Sie abends etwas anderes zu tun haben, als sich zweitklassige Videos anzuschauen.‹

Er war ein wenig beleidigt. Okay, er sah ein, daß sie glaubte, sie wäre klüger als er, aber mußte sie ihm das wirklich so penetrant unter die Nase reiben? Für welch einen Idioten und wie kindisch mußte sie ihn halten, daß sie annahm, er würde mit einem Puzzle spielen? Er wollte es schon voller Verachtung in die Ecke werfen, als er das Bild auf der Schachtel sah. Es war kein richtiges Bild darauf, keine englische Landschaft mit reetgedeckten Hütten und Ententeich, sondern ein sehr detaillierter Stadtplan von London. Er hielt es immer noch für ein ziemlich dämliches Geschenk, aber jetzt verstand er den Witz an der Sache.

Widerwillig öffnete er die Schachtel und sah die Myriaden durcheinandergewürfelter Teile von London, unsymmetrische, aber auf beruhigende Weise gleichartige Stücke; abgelegene und unterschiedliche Fragmente der Stadt lagen unmöglich nah beieinander. Er griff ein paar Teile zufällig heraus; auf einem vollständig grünen Teil stand das Wort Crystal (von Crystal Palace) und auf einem ganz blauen ein Stück von Barn Elms Water Works. Als er sie wieder zurück in die Schachtel fallen ließ, blieben ein paar Pappfasern an seinen Fingern hängen.

Er suchte auf dem Deckel nach der Größe des fertigen Puzzles und stellte fest, daß es viel zu groß war für jede glatte Fläche im Zimmer. Obwohl er gerade noch beleidigt gewesen war, fühlte er sich jetzt seines Vergnügens beraubt. Er wollte anfangen. Enttäuscht legte er den Deckel wieder auf die Schachtel und stellte sie in eine Nachttischschublade. Das Packpapier ließ er auf dem Boden liegen, die Grußkarte hob er jedoch auf, las sie noch einmal, faltete sie zusammen und steckte sie ins Portemonnaie.

Als er etwas später hinunterging, stand die Pensionswirtin in der Eingangshalle. Offensichtlich hatte sie auf ihn gewartet, versuchte aber, es wie ein zufälliges Treffen aussehen zu lassen.

»Schön, wenn man Geschenke bekommt, nicht wahr?« sagte sie, und Mick mußte ihr zustimmen.

»Von einer Verehrerin?« fuhr sie fort.

Das Wort Verehrerin kam ihm seltsam unangemessen vor. Er glaubte nicht, daß ihn jemals jemand verehrt hatte.

»Ja, genau«, sagte er.

»Londoner Poststempel, verstehe«, sagte sie. »Kaum fünf Minuten in der Stadt, und schon fliegen Ihnen die Herzen nur so zu. Da muß ich mich aber vorsehen.«

»Tun Sie das«, sagte er.

Mick trat auf die Straße und machte sich an sein Tagwerk. Er fühlte sich derzeit etwas seltsam. Nach der Aktion mit Justin Carr war es zu einem gewissen Bruch gekommen. Die Rache an ihm war so süß, so angemessen gewesen, daß er für die anderen vier Männer auf seiner Liste ebenso passende Vergeltungsmaßnahmen erarbeiten wollte. Sie einfach nur aufzuspüren und zu verprügeln genügte ihm nicht mehr. Er hatte es zwar immer noch eilig, aber es gab Dinge, die durfte man nicht überstürzt angehen. Die mußte man einfach richtig machen.

Daher verbrachte Mick seine Tage und Nächte mit, wie er es nannte, Spionagetätigkeiten. Er kannte die Adressen seiner Opfer. Er brauchte sie nur noch zu verfolgen, ihr Leben, ihr Kommen und Gehen zu beobachten, herauszukriegen, wann sie zur Arbeit fuhren, wann sie wieder nach Hause kamen, was sie abends machten, ob sie verheiratet oder ledig waren, ob sie gesellig waren oder Einzelgänger. Er wußte, daß sich bei jedem früher oder später die passende Gelegenheit ergeben würde, und dann wäre er zur Stelle, um sie zu nutzen.

Die vier Opfer wohnten recht weit voneinander entfernt,

einer in Chelsea, einer in Fitzrovia, einer in den Docklands und einer in Islington; also legte er lange Wege zwischen diesen Orten zurück, wobei er weiterhin alles Menschenmögliche tat, um die öffentlichen Verkehrsmittel zu meiden. Und zu seiner Überraschung stellte er fest, daß er sich langsam in einigen Teilen Londons halbwegs zurechtfand. Gelegentlich traf er auf Orte, von denen er gehört hatte, einen berühmten Platz mit einem Namen, den er aus den Nachrichten, vom Monopoly oder einfach aus einem Popsong kannte (Walworth Road, Pentonville Street, Baker Street), und in solchen Situationen war er zwar seltsam desorientiert, fühlte sich aber gleichzeitig heimisch. Er kam einfach nicht ganz damit klar, daß diesen Orten, die in seinen Augen so gewöhnlich, so alltäglich wirkten, so viel Geschichte anhaftete und sie einen solchen Ruhm erlangt hatten, und dennoch gefiel ihm der Gedanke, bei seinen ständigen Wanderungen durch so berühmte Straßen zu gehen.

Schon hatte er sich bestimmte Strecken durch die Stadt zu eigen gemacht. Er durchschaute das Straßenschema, begriff, wie die Straßen miteinander verbunden waren, entdeckte Abkürzungen; aber ohne den Stadtplan, den er bei Judy gekauft hatte, wäre er immer noch verloren gewesen. Zuerst hatte er ihn gehaßt, hatte es verabscheut, ihn immer bei sich tragen zu müssen. Er mußte ihn entweder in eine seiner Jackentaschen stopfen, wodurch sein Anzug die Fasson verlor, oder er behielt ihn in der Hand, aber dann sah er aus wie der letzte Hinterwäldler. Aber was sollte er machen? Orientierungslos durch die Stadt streifen?

Also nahm er den Stadtplan mit, und schon bald machte es ihm nichts mehr aus, vor allem, weil er viele andere sah, die genau wie er mit einem Stadtplan herumliefen. Viele von ihnen waren offensichtlich Touristen und Provinzler, aber er sah auch ganz normale Menschen, die aussahen, als gehörten sie hierher, Londoner, die aber, um sich zurechtzufinden, offenbar auch Stadtpläne brauchten. Lieferwagenfahrer hatten ihren Stadtplan auf dem Lenkrad ausgebreitet und fuhren so durch die Stadt. Sogar der Fahrer eines schwarzen London-Taxis schlug etwas in einem *A–Z* nach.

Weil er einen Stadtplan dabeihatte, sprachen ihn manchmal Leute an und fragten nach dem Weg. Nachdem er anfangs etwas mißtrauisch und gereizt reagiert hatte, machte es ihm allmählich Spaß, den Leuten zu helfen. Sie traten ihm höflich und offen entgegen, schließlich wollten sie etwas von ihm, und er antwortete ihnen freundlich. Gelegentlich konnte er ihnen, ohne nachzuschauen, einfach mit seiner Ortskenntnis weiterhelfen. Eigenartig, wie diese beiläufigen, belanglosen Begegnungen mit Fremden ein anhaltendes Wohlgefühl hervorriefen. Indem er Menschen half, sich zurechtzufinden, fühlte er sich heimisch und geborgen.

Auf dem Weg zum U-Bahnhof Covent Garden kam es zu einer bizarren Situation, als eine Frau, die auch einen Stadtplan bei sich trug, auf ihn zukam und fragte, ob er Emil wäre. Er schüttelte den Kopf und verneinte hastig, aber als er hinterher darüber nachdachte, merkte er, daß er unnötig ehrlich gewesen war. Die Frau war hübsch, und er ging davon aus, daß sie zu einem Blind Date verabredet war, bei dem sie sich mit einem anderen einsamen Herzen treffen wollte, und sie ausgemacht hatten, einen Stadtplan als Erkennungszeichen dabeizuhaben. Aus der Art und Weise, wie sie an ihn herangetreten war, konnte man schließen, daß sie ihn ansehnlich gefunden und offenbar gehofft hatte, daß er Emil sei, und wenn er ja gesagt hätte, wäre sie wahrscheinlich glücklich mit ihm davongezogen. Es hätte bestimmt Spaß gemacht. Aber dann fiel ihm wieder ein, daß er nicht zum Vergnügen in London war.

Er stand in Chelsea vor dem Haus eines Mannes namens Jonathan Sands, der wahrscheinlich der nächste Kandidat auf seiner Liste war, als ihn jemand nach dem Weg nach Hackney fragte. Mick bot ihm seinen Stadtplan an, aber als der Fragesteller, dem Aussehen nach zu urteilen ein türkischer Immigrant, die Entfernung und die Unübersichtlichkeit der Strecke sah, zog er so eingeschnappt von dannen, als wäre Mick daran schuld.

Mick dachte an den Rückweg. Es war ein kalter feuchter Nachmittag. Seine Schultern waren vom Regen durchnäßt. Er wußte nicht viel über Jonathan Sands, nur daß er, obwohl er eine Frau und ein kleines Kind hatte, recht selten nach Hause kam. Außerdem hatte er viele Magazine abonniert, die meisten davon über Wassersport, und in Chelsea Harbour eine Jacht liegen. Das Haus war jetzt dunkel und menschenleer. Die Putzfrau war dagewesen und vor etwa einer Stunde wieder gegangen. Seitdem war nichts passiert. Frau und Kind waren unterwegs. Es würde noch Stunden dauern, bis Sands von der Arbeit nach Hause kam. Mick entschloß sich, zum Dickens zurückzugehen. Er wußte, daß bessere Zeiten kommen würden.

Am Spätnachmittag kam er in Hackney an. Es war schon dunkel, und er hatte einen langen Abend vor sich. Die Wintertage waren kurz und gingen viel zu schnell vorbei, und die Nächte waren manchmal endlos und quälend lang.

In der Nähe des Dickens stand auf der gegenüberliegenden Straßenseite ein Container mit Bauschutt. Er ging hinüber und suchte darin herum, bis er eine große, alte Preßspanplatte fand. Die Kanten waren krumm und ausgefranst, und sie hatte klebrige Flecken, aber für seine Zwecke reichte sie vollkommen, denn er verspürte jetzt das dringende Bedürfnis zu puzzeln, und dafür brauchte er eine glatte Oberfläche.

Er nahm die Platte mit auf sein Zimmer, legte sie aufs Bett und holte den Karton aus der Schublade. Zuerst kam ihm die Aufgabe absolut unmöglich vor. Das Zugehörigkeitsgefühl zur Stadt, das sich langsam entwickelt hatte, verschwand vollkommen. Die Straßen und Namen waren ihm plötzlich fremd, klangen gleichzeitig exotisch und drollig: Hatch End, Barking, Tooting Graveney. Sie waren nicht Teil seines Londons. Und von den Orten, die er kannte, an denen er gewesen war, wußte er nicht, wie sie im Verhältnis zu den anderen lagen. Der Stadtplan war noch weitaus verwirrender als die Wirklichkeit.

Aber er gab nicht auf, und mit der Zeit entstanden kleine zusammenhängende Stücke. Am einfachsten waren die Ränder, dann folgte er dem Verlauf der Themse, und an diesen Fixpunkten konnte er sich dann weiter orientieren. Er legte große zusammenhängende Grünflächen und hielt sich dann an Autobahnen und andere Hauptverkehrsstraßen. Es lief ganz gut. Aber beim Zusammenlegen der kurzen, dicht beieinanderliegenden Vorortstraßen mußte er auf die Trial-and-Error-Methode zurückgreifen und auf sein Glück vertrauen.

Es hätte zu einer frustrierenden und unerträglichen Aufgabe werden können, er fand jedoch Spaß daran, die auftretenden Schwierigkeiten zu bewältigen. Er war froh, daß es kein Kinderspiel war, wie er zu Anfang gedacht hatte. Die Einzelteile zu einer Stadt zu verbinden, daraus ein ganzes, geschlossenes Gebilde zu erschaffen, bereitete ihm mehr Freude, als er für möglich gehalten hatte. Als die Lücken in der Stadt immer kleiner wurden, das Bild sich der Vervollständigung näherte, war er so stolz auf sich, als hätte er dieses vorher unbekannte Territorium erobert.

Eifrig baute er bis spät in die Nacht hinein, und London nahm vor seinen Augen Gestalt an, aber schließlich verspürte er eine Art schmerzhafter Entkrampfung, als sich der schreckliche Verdacht erhärtete, daß ein Puzzleteil fehlte. Er sah, daß London noch genau ein Dutzend Löcher hatte und nur elf Teile übrig waren, um diese zu füllen, und nachdem er diese elf eingefügt hatte, erkannte er, daß das fehlende Teil das mit der Park Lane in Hackney war; seine Straße fehlte.

Er suchte in der Schachtel, im Bett, auf dem Fußboden, aber es war nicht da. Eine unbeschreibliche Enttäuschung und Niedergeschlagenheit erfaßte ihn. Das Fehlen des Teils schien ihm sagen zu wollen, daß hier kein Platz für ihn war, daß er nicht hierhergehörte, daß sein Leben eine Lücke war. Der schäbige, miese Ort und die Situation, in der er sich befand, war nur eine Leerstelle im Stadtplan. Aber dann begriff er, daß es eine ganz andere Bedeutung haben mußte. Das Fehlen dieses Teils konnte kein Zufall sein.

Er war geneigt, das ganze Puzzle in die Luft zu schmeißen, London wieder in seine Fragmente zu zerteilen und es dann wieder in die Schachtel zu tun. Aber es gelang ihm, sich zu beherrschen, und er setzte sich schweigend, geduldig und ziemlich entmutigt hin und wartete auf das, was kommen mußte. Ihr Timing war ziemlich gut. Es dauerte nur eine Dreiviertelstunde. Er war schneller gewesen, als sie gedacht hatte.

Und dann das Klopfen: vorsichtig, feminin (halbjapanisch?). Er öffnete die Tür, wußte, daß sie es war, und sie stand lächelnd im Korridor und streckte ihm die Faust entgegen. Sie öffnete sie und präsentierte das Puzzleteil auf ihrer blassen, flachen Handfläche.

»Ich dachte, das könnten Sie brauchen«, sagte sie.

»Yeah, ohne Sie wäre ich verloren. Was wäre passiert, wenn ich das Puzzle nicht gemacht hätte?«

»Vielleicht hätten Sie sich trotzdem gefreut, mich zu sehen.«

Er griff nach dem Puzzleteil, aber sie schloß ihre Hand und zog es weg. Sie trat ins Zimmer, und er war so überrascht und erfreut über ihr Eintreffen, daß er gar nicht daran dachte, sich für das Ambiente zu entschuldigen. Sie sah sich um, interessiert, aber nicht mißbilligend, und er konnte nicht umhin, eine Entschuldigung oder zumindest eine Erklärung abzugeben.

»Sie hatten recht«, sagte sie. »Es ist ein Loch.«

»Tja, also wenn ich gewußt hätte, daß Sie kommen, hätte ich es noch schnell renovieren lassen.«

»Aber sie wollen hier ja nicht ewig bleiben«, sagte sie.

»Genau«, sagte er.

»Sie sind auf Dienstreise?«

»Yeah.«

»Und was genau machen Sie, Mick?«

Das war eine schwierige Frage, und es wäre ihm lieber gewesen, wenn sie sie nicht gestellt hätte, aber wenn sie fest entschlossen war, zu erfahren, wie er lebte, wollte er ihr auch nichts vormachen. Gleichmütig und ohne zu lügen antwortete er: »Ich bin im Sicherheitsgewerbe, Personenschutz, treibe Schulden ein und arbeite als Rausschmeißer. Nichts Berauschendes.«

»Sie sind einer von den Bösen?«

»So böse bin ich eigentlich gar nicht.«

»Ein Gauner?«

»Tja, also der Richter hat gesagt, ich wäre ein Kleinkrimineller, was ich etwas übertrieben fand. Natürlich war ich ein Krimineller, sonst hätte ich nicht vor Gericht gestanden, aber *klein?* Er hätte doch nicht ausfallend werden müssen, oder?«

Sie lächelte, weil sie sicher war, daß in dem, was er sagte, zumindest ein Körnchen Wahrheit lag, aber auch wußte, daß er durch die Art, wie er es erzählte, mehr verbarg als enthüllte.

»Und wie laufen Ihre Wiedersehenspartys so?« fragte sie.

»Ganz gut«, sagte er.

»Ich habe schon befürchtet, Sie wären gar nicht hier, sondern würden mit Ihren alten Freunden feiern.«

»Nein, haben Sie nicht«, sagte er.

»Stimmt«, bestätigte sie. »Habe ich nicht. Ich habe erwartet, daß Sie zu Hause sind.«

»Das ist nicht mein Zuhause«, beharrte er. »Ich wohne nur in London so, aber mein richtiges Leben ist das nicht.«

»Ich weiß. Eigentlich leben Sie in Sheffield«, sagte sie. »Vermutlich haben Sie dort eine Villa, eine liebende Frau, zwei bezaubernde Kinder, einen Hund und ein Pony.«

»Erraten«, sagte er.

Sie lächelte. »Verheiratet?« fragte sie.

»Nein. Ich habe eine Freundin.«

»Was Ernsthaftes?«

»Was ist das hier?«

»Bloß eine Frage.«

»Ja, es ist etwas Ernsthaftes. Ich nehme solche Dinge ernst.«

»Und sind Sie ihr treu?«

Darauf gab es keine einfache Antwort, und in der Zeit, die er brauchte, um sich eine komplizierte auszudenken, kam sie zu ihren eigenen Schlußfolgerungen.

»Sagen Sie, Mick, haben Sie je mit einer Ausländerin geschlafen?«

»Nein«, sagte er. »Haben Sie je mit einem Sheffielder geschlafen?«

»Nein«, sagte sie.

»Kann ich Ihnen nicht verdenken. Die werden überschätzt.«

Das gefiel ihr. Sie mochte Selbstironie, besonders an Leuten, die böse aussahen.

Mick fragte: »Welche Hälfte von Ihnen ist japanisch?«

Sie antwortete ernsthaft: »Mein Vater. Meine Mutter ist aus Streatham. Genau wie ich. Mein Vater ist Künstler. Er unterrichtet Kunst. Er war eine Art Performance-Künstler und ist in den Siebzigern ungefähr drei Monate lang berühmt gewesen. Er sagt, er ist eine Fußnote der Kunstgeschichte. Je dicker das Buch, desto länger die Fußnote.«

»So?« sagte Mick. Der Gedanke, einen Künstler zum Vater zu haben, war ihm mindestens ebenso fremd wie der, einen Japaner zum Vater zu haben.

»Sein bekanntestes Werk«, fuhr Judy fort, »war ein Happening, bei dem er dreihundert anonyme Liebesbriefe an Frauen aus ganz London geschickt hat. Er hatte diese Frauen nie gesehen und ihre Namen aus dem Telefonbuch herausgesucht, und in den Briefen stand, er wäre ein geheimer Verehrer und zu schüchtern, um sie anzusprechen, aber wenn sie an einem bestimmten Freitag um sieben Uhr abends unter der Uhr am Bahnhof Waterloo-Station wären, würde er sich zu erkennen geben. Als die Frauen dann zum angegebenen Termin an der Waterloo-Station waren, trafen sie dort auf ein Dutzend nur mit Lendenschürzen bekleideter Japaner mit kahlgeschorenen Köpfen und grau bemalten Körpern, die sangen: ›I'm in the mood for love‹.«

»Wie viele Frauen sind gekommen?«

»Viele. Es gab mehrere Festnahmen.«

»Ach ja?« sagte Mick.

»In der Zeitung stand, es wäre ein Kunstwerk zum Gedenken an die Bombardierung Hiroshimas gewesen, aber das ist nicht die ganze Wahrheit. Mein Vater wurde im August 1945 geboren, der Monat, in dem die Alliierten die Bombe abgeworfen haben, aber er war weit weg von Hiroshima. Seine Eltern waren in einem Durchgangslager in Kalifornien. Er ist dort zur Welt gekommen.«

»Also ist er in Wirklichkeit Kalifornier.«

»Nein, er ist in Wirklichkeit Japaner. Genau wie ich wirklich Londonerin bin.«

»Warum haben Sie mir das Puzzle geschickt?«

»Weil ich wollte, daß Sie abends etwas zu tun haben.«

»Warum haben Sie mir das fehlende Teil gebracht? Warum sind Sie jetzt hier?«

»Weil ich wollte, daß Sie abends noch etwas anderes zu tun haben. Ich bin gekommen, weil ich mit Ihnen schlafen will.«

»Das ist nett«, sagte er nachdenklich. »Aber ich glaube, ich kann das nicht.«

»Wegen Ihrer ernsthaften Freundin?«

Er überlegte, ob er die ganze beschissene Geschichte erklären sollte, die Vergewaltigung, die Art seiner Wiedersehenspartys und wie schwierig es war, mit einer Frau zu schlafen, während ihm dauernd Bilder von Gabby im Kopf herumgingen, wie sie von sechs degenerierten Lackaffen vergewaltigt wurde. Aber es ging nicht. Er sagte: »Die Wirtin erlaubt keinen Damenbesuch auf dem Zimmer.«

Sie sagte: »Das ist die mieseste Ausrede, die ich je gehört habe.«

»Mehr kann ich nicht bieten.«

Wütend und beleidigt sprang sie auf und stürmte zur Tür.

»Gut«, fauchte sie. »Wir können ja irgendwann einmal Mittagessen gehen.«

»Das wäre nett«, sagte er, und als sie im Korridor stand und die Tür hinter sich zugeschlagen hatte, wußte sie nicht, ob das wirklich sein Ernst gewesen war.

Als sie weg war, betrachtete er das Puzzle und stellte fest, daß es noch immer ein Loch hatte. Sie hatte das fehlende Teil mitgenommen. Er stellte das Radio an und hatte wieder die Call-in-Sendung drin, in der Londoner die saftigen Einzelheiten ihres Liebes- und Sexuallebens diskutierten. Die Atmosphäre war anders als beim letzten Mal, als er die Sendung gehört hatte. Diesmal war sie seriöser, es ging mehr um die Ängste und Leiden der Menschen: Es riefen Männer und Frauen an, die keinen Oralsex mochten, deren Partner aber Gefallen daran fanden, oder die andere gerne oral befriedigten, aber nicht wollten, daß man es bei ihnen machte, oder die andere gerne oral befriedigen *würden*, aber nicht wußten, wie man es richtig macht. Fünfzehnjährige Mädchen machten sich Sorgen, weil sie noch Jungfrauen waren, sehr viel ältere Männer hatten dasselbe Problem. Manchen Männern waren ihre Penisse zu klein oder zu groß, manchen Frauen ihre Brüste. Einige Leute standen auf ihren Boß, ihren gleichgeschlechtlichen besten Freund oder ihre ebensolche Freundin, ihren Arzt oder Gruppensex. Frauen hatten ihre Ehemänner, ihren Geschlechtstrieb und ihren G-Punkt verloren, Männer ihre Potenz, ihre Erektionsfähigkeit und ihre Hoffnung.

Er merkte, daß es völlig absurd war, auf dem Bett zu liegen und sich die Probleme anderer Menschen anzuhören, während er doch genug mit seinen eigenen zu tun hatte. Die Zurückweisung Judys, die er als Treuebeweis oder wenigstens als gutgemeinte Selbstverleugnung hätte ansehen können, kam ihm jetzt vor wie eine neurotische, feindselige und selbstzerstörerische Handlung. Er hörte weiter die Sendung und hoffte, sie würde ihn vom Grübeln abhalten, damit er nicht zu lange darüber nachdachte, was für ein Trottel er gewesen war.

Die letzte Anruferin der Nacht wurde als Judy vorgestellt. Diesmal war die Stimme unverkennbar. Sie sagte, sie hätte letzte Woche zum Thema Sex im Freien angerufen, aber jetzt wolle sie über etwas anderes reden. Sie wurde gebeten, ihr Problem so kurz wie möglich vorzustellen, weil die Sendezeit schon fast zu Ende war.

Sie sagte: »Ich will mit jemandem schlafen, aber er hat kein Interesse an mir. Und ich glaube, das liegt an meiner Herkunft.«

Die Moderatorin griff das Thema begeistert auf.

»Das ist furchtbar, Judy«, sagte sie. »Sexismus, Rassismus, Fremdenfeindlichkeit, all dem liegt dieselbe Mentalität zugrunde, nicht wahr? Und sie sind alle furchtbar, und in dieser Sendung tun wir alles, was in unseren begrenzten Möglichkeiten liegt, um dagegen anzukämpfen. Woher kommst du, Judy?«

»Ich lebe in Bethnal Green.«

»Ja, aber wo bist du geboren?«

»Streatham.«

»Ja, aber ich meine deine Abstammung?«

»Oh, ich glaube nicht, daß es etwas mit meiner Abstammung zu tun hat. Ich glaube, er will nicht mit mir schlafen, weil ich aus London bin.«

Plötzlich wurde Musik eingeblendet, und die Moderatorin sagte: »Oh, Entschuldigung, aber leider haben wir dafür keine Zeit mehr. Vielleicht in der nächsten Woche. Für heute wünsche ich dir eine gute Nacht, London. Nun ab ins Bett, aber schlaft nicht zu lange. *Ciao.*«

Mick war sich nicht so recht darüber im klaren, was er da gehört hatte, und er hoffte, daß es ihm nichts ausmachen würde, aber im Verlauf der Nacht zeigten seine Träume, daß diese Hoffnung vergebens war. Sie waren voller Bilder von Puzzles, nackten Japanern, Judy, die, den Regeln eines von ihr selbst entwickelten Sexspielchens folgend, in ganz London herumrannte, und dann grundlos, im Zentrum des Ganzen, nur der Logik des Traums gehorchend, Jonathan Sands, der Mann, an dem Mick dringend Rache üben wollte.

Marina

Mick Wilton saß in der Bar eines der albernen, teuren Hotels am Chelsea Harbour. Er las einen Prospekt, den er unterwegs mitgenommen hatte. Er pries die Vorzüge der Themsesperre sowohl als ingenieurtechnische Meisterleistung als auch als Touristenattraktion. Er schreckte nicht einmal vor der Behauptung zurück, die Themsesperre wäre das achte Weltwunder.

Wie nicht anders zu erwarten, war Mick nie an der Themsesperre gewesen, er erinnerte sich allerdings daran, etwas darüber im Fernsehen gesehen zu haben, und konnte sich des Eindrucks nicht erwehren, daß der Prospekt wohl ein wenig übertrieb. Er las, daß es sich dabei um das größte bewegliche Gezeitensperrwerk der Welt handelte; andere Sperrwerke, ob nun beweglich oder nicht, fanden allerdings keine Erwähnung. Es hieß, das Sperrwerk sei ein gewaltiger Triumph britischer Ingenieurs- und Konstrukteurskunst, obwohl offenbar einige ›niederländische Spezialisten‹ am Bau beteiligt gewesen waren. Und dann stand im Prospekt, daß eine Besichtigung der Themsesperre ›unvergeßliche Erinnerungen‹ hinterlassen würde. Mick fand das ziemlich lau.

Ein Besuch in Madame Tussaud's Wachsfigurenkabinett könnte eine ›unvergeßliche Erinnerung‹ sein. Eine Besichtigung des achten Weltwunders sollte da schon etwas mehr Eindruck hinterlassen.

Mick war gelangweilt; vom Prospekt, von seiner Umgebung, vom Warten. Es wurde langsam Zeit, sich mit Jonathan Sands zu beschäftigen, aber es war nur fair, noch so lange auszuharren, bis der seine derzeitige Beschäftigung zu Ende gebracht hatte. Mick sah auf die Uhr. Er gab ihm noch zehn Minuten.

Mit diesen neuen Hotels, Restaurants und Appartementhäusern sah Chelsea Harbour aus wie ein Strandbad in der Nebensaison: verlassen, bedrohlich, sauber, ordentlich und dabei irgendwie futuristisch und autoritär. Moderne nagelneue klotzige Skulpturen standen auf den Piers und Promenaden und wirkten, als hätte man sie von der Stange gekauft, um der Gegend wenigstens ein Minimum an Klasse einzuhauchen.

Mick hatte das Gefühl, fehl am Platz zu sein, aber das wäre wohl jedem so gegangen. In der Bar waren außer ihm nur zwei Gäste, alle anderen, die sich hier blicken ließen, waren Hafenangestellte, die Werkzeuge, Eimer oder Kabelrollen schleppten.

Er sah zum verwinkelten, asymmetrischen Jachthafen hinüber. Er war klein, gerade einen Steinwurf breit, und es lagen auch ein paar Boote an den Anlegern. Viele waren es allerdings nicht, höchstens so um die fünfzig. Die Stege waren neu, frisch geputzt und reichlich mit ›Betreten verboten‹-Schildern bestückt. Der Hafen war durch eine lange, schmale Schleuse mit dem Fluß verbunden, an der Mick sich besonders über die Verkehrsampel auf der Hafenseite amüsiert hatte. Das Ganze war für ihn nicht viel mehr als ein Parkplatz mit Wasser, wenn die Boote auch weitaus beeindruckender waren als das, was man auf den meisten Parkplätzen zu sehen bekam. Es gab schnittige weiße, keilförmige High-Tech-Maschinen mit verwirrenden Navigationseinrichtungen, aber auch klassische ältere, romantischere Modelle mit Kabinen aus lackiertem Holz, Teakholz-Decks und glänzenden Messingbeschlägen.

Mick war die nautisch angehauchte Kleidung, die Jonathan Sands in seiner Freizeit gerne trug, von Anfang an aufgefallen. Er hatte ihn in leuchtend rot-blauen Regenjacken mit zu vielen Reißverschlüssen, Taschen, elastischen Bündchen und Klettverschlüssen gesehen. Sands hatte eine fast fünfzehn Meter lange, glatte, weiß- und silberfarbene Motorjacht mit getönten Glasfenstern und viel Platz im Inneren; in der Mitte war ein großer Salon mit Steuerstand und am Bug und am Heck je eine Kajüte, die beide um einiges größer waren als Micks Zimmer im Dickens.

Mick war Sands schon mehrmals zum Hafen gefolgt. Er suchte dort offenbar Trost und Ruhe vor Frau und Kind. Meistens ging er dann einfach auf sein Boot, lümmelte sich auf einer der Polsterbänke im Salon herum und starrte Löcher in die Luft. Für Mick wäre es ein leichtes gewesen, ihn bei einer dieser Gelegenheiten abzugreifen, aber bisher war der perfekte Augenblick noch nicht gekommen.

Heute abend lief es anders. Sands war spät von der Arbeit nach Hause gekommen, hatte sich nur schnell umgezogen und war wieder ausgegangen. Aber anstatt zum Hafen zu fahren, war er in eine teure Bar in der Nähe der King's Road gegangen, die im Stil einer mexikanischen Cantina eingerichtet war.

Sands war ein gutaussehender Mann, im klassischen Sinne sogar noch eindrucksvoller als Justin Carr. Er hatte ein typisches Filmstar-Gesicht und bewegte sich auf eine Art, der man seinen Wohlstand, seinen Stil und sein Selbstbewußtsein ansah. Natürlich war es für ihn kein Problem, eine Frau aufzureißen. Trotzdem war Mick überrascht, als Sands nach nicht einmal zwei Stunden mit zwei Mädels im Schlepptau aus der Bar kam. Sie waren sehr jung, sehr betrunken und sehr charakteristisch für die Bars in der King's Road. Sands hatte in jedem Arm eine. Er winkte ein Taxi heran, und sie fuhren weg. Mick widerstand der Versuchung, sich das nächste Taxi zu greifen und sie zu verfolgen. Er wußte, daß Sands mit ihnen auf seine Jacht fahren würde, und natürlich wollte er hinter ihnen her, aber die Zeit, die er zu Fuß benötigte, reichte genau, um die Party so richtig in Schwung zu bringen.

Und so sah Mick, als er an den Hafen kam, daß in der Heckkajüte von Sands Boot Licht brannte. Die Vorhänge waren so hastig geschlossen worden, daß in der Mitte eine schmale Lücke klaffte, durch die er hindurchblicken konnte, nachdem er direkt vorm Fenster in Stellung gegangen war.

Er spähte hinein. Die Kajüte war als Schlafzimmer eingerichtet, mit Holzpaneel und Messingbeschlägen, und ein Bett mit geschwungenem Fußende, das genau ins Heck eingepaßt war, nahm den größten Teil des Raums ein. Sands lag nackt und glückselig in der Mitte, er wirkte majestätisch, stattlich, wie ein Kapitän, und hatte noch immer ein Mädel an jeder Seite, auch sie waren jetzt nackt, lagen flach auf den Bäuchen und streckten ihre schmalen, festen Hintern in die Höhe, während sie um ihn herumzappelten und abwechselnd seinen Schwanz lutschten.

Mick dachte an Sands' Frau, die im großen Haus in Chelsea mit dem Kind alleine war. Für ihn war Sands ein Drecksack. Sein Verhalten zu mißbilligen war einfach, es widerte ihn regelrecht an, trotzdem war er ein wenig neidisch. *Er* war noch nie mit zwei Frauen gleichzeitig im Bett gewesen, *ihm* hatten noch nie zwei Frauen abwechselnd einen geblasen. Er versuchte, den Gedanken zu verdrängen. Neid konnte er sich nicht leisten. Er mußte ein besserer Mensch als Sands sein, damit er die moralische Autorität hatte, reinen Herzens Strafen verteilen zu können.

Als Mick weiter zusah, fingen die beiden Mädel an, sich gegenseitig zu küssen und die Brüste zu streicheln. Er mußte gehen. Das ging ihm zu weit. Er fühlte sich unsäglich einsam und verlassen. Er sah sich wie von weitem. Er war ein geknickter Außenseiter, der sich bei seiner verzweifelten Jagd nach Wärme und Nähe am Vergnügen eines anderen ergötzte und im Endeffekt sein Heil in der Rache suchte.

Und dennoch wußte er, wenn es soweit war, würde die Rache an Sands besonders süß werden. Aber es war noch nicht soweit. Der richtige Augenblick war erst gekommen, wenn Sands mit den Mädels durch war und sie nach Hause geschickt hatte. Darauf wartete er. Er saß in der Hotelbar, las einen Prospekt über die Themsesperre und wartete darauf, daß Sands fertig wurde.

Als es soweit war, kippte Mick seinen Drink hinunter und schlenderte wieder zum Hafen. Er kam genau richtig. Die Mädels waren verschwunden, in der Heckkajüte brannte kein Licht mehr, und Sands saß wieder alleine im Salon. Er trug ein Matrosen-T-Shirt, Jeans, war barfuß, aber die durch die offene Luke eindringende Nachtkühle schien ihm nichts auszumachen. Mick ging zur Luke und sagte fröhlich: »Hübsches Boot.«

»Oh, vielen Dank«, antwortete Sands.

Sands war nicht überrascht oder gar erschrocken über Micks plötzliches, unvorhersehbares Erscheinen, aber die höfliche Antwort war ein reiner Reflex gewesen und sollte nicht als Bereitschaft, sich zu unterhalten, mißdeutet werden. Seine Gedanken waren ganz woanders.

»Das ist die Turbo Sechsunddreißig, stimmt's?« fragte Mick, der den Namen an der Seite der Jacht gelesen hatte.

»Stimmt genau«, sagte Sands.

»Und wie schnell läuft die so?«

»Die macht ohne weiteres ihre fünfundzwanzig, siebenundzwanzig Knoten«, sagte Sands, fuhr dann aber fort, als er merkte, daß er drauf und dran war, sich von einem zwielichtigen Fremden in ein Gespräch hineinziehen zu lassen: »Haben Sie hier ein Boot? Wenn nicht, muß ich Sie darauf hinweisen, daß Sie sich auf einem Privatanleger befinden und wir hier einen sehr guten Sicherheitsdienst haben.«

»Mein Boot liegt da drüben«, sagte Mick und zeigte vage in die Mitte des Jachthafens.

Sands war keineswegs überzeugt, wollte den Eindringling aber nicht weiter verhören. Er wollte nur, daß er verschwand, und entschloß sich, ihn zu ignorieren. Er sagte nichts mehr, wandte sich ab und versank wieder in brütendes Schweigen. Mick nutzte diesen Moment einträchtiger Ruhe dazu, aufs Boot zu springen und durch die Luke in den Salon vorzudringen.

»Könnten Sie mir eine Tasse Zucker borgen«, sagte er beim Eintreten.

»Was?«

»Darum bitten neue Nachbarn doch immer, oder?«

»Verlassen Sie sofort mein Boot«, sagte Sands.

In nicht ganz eindeutiger, auf jeden Fall aber feindseliger Absicht ging er auf Mick zu. Der lächelte nur. Er lächelte noch immer, als Sands versuchte, ihn zu ergreifen und im Polizeigriff vom Boot zu führen, ließ es sich aber nicht gefallen. Er drehte sich um, befreite sich aus Sands' Griff und rammte ihm mit gebremster, aber gezielt eingesetzter Kraft ein Knie in die Eier. Sands krümmte sich. Er sackte in sich zusammen. Mick packte Sands' ausgestreckten Arm, zerrte ihn zum Steuerrad und kettete ihn in einer schnellen, geschickten Bewegung mit Handschellen daran fest.

»Okay«, sagte Mick. »Das läuft jetzt folgendermaßen. Sie setzen das Boot in Bewegung, fahren durch die Schleuse und dann flußaufwärts. Dann fange ich an, Ihnen Fragen über London zu stellen. Insgesamt zwanzig Stück. Aus diesem Buch.« Er zeigte Sands das Exemplar von *London ohne Gewähr*, das er bei Judy im Laden gekauft hatte. Er hatte gleich gewußt, daß er eine Verwendung dafür finden würde. »Und jedesmal, wenn Sie eine richtige Antwort geben, fahren wir weiter zur nächsten Brücke. Wenn die Antwort falsch ist, macht das nicht viel, Sie müssen nicht zurückfahren oder sowas.

Ich stelle Ihnen also zwanzig Fragen. Dabei werde ich für diesen Zweck die Themsesperre als Brücke einrechnen, das ist die letzte, gewissermaßen das Ziel. Hungerford und Cannon Street zähle ich nicht mit, weil die beide auf dem Stadtplan wie schäbige kleine Stege aussehen. Und wenn wir nach diesen zwanzig Fragen an der Themsesperre sind, bitte ich Sie, mich an Land abzusetzen, und Sie können frohen Mutes Ihrer Wege ziehen. Betrachten wir es mal von der anderen Seite; vor dem Sperrwerk sind elf Brücken, wenn Sie also zwölf von zwanzig Fragen richtig beantworten, sind Sie aus dem Schneider. Okay?«

Sands sah ihn verängstigt an. Er wußte nicht, wie ihm geschah, aber die Handschellen machten ihm klar, daß es etwas Ernstes sein mußte. Das Ganze folgte so schnell auf die Geschichte mit den Mädels, daß es etwas von einer übersinnlichen göttlichen Rache zu haben schien.

»Das geht nicht«, sagte er.

»O doch, das geht«, sagte Mick und knallte Sands die Faust gegen den Hinterkopf.

»Nicht, daß ich nicht wollte«, jammerte Sands, »aber es geht nicht, wir haben Ebbe.«

Mick überlegte einen Augenblick. Er hatte keine Ahnung von Flüssen und den Gezeiten, und Sands hatte keinen Grund, ihm die Wahrheit zu sagen. Doch dann fiel ihm ein, daß er vorhin bei seinem Rundgang durch den Jachthafen die leere Schleuse und auf der Flußseite eine breite Sandfläche gesehen hatte. Ihm dämmerte, daß Sands wohl doch nicht log.

»Hoppla«, sagte Mick, »das ging wohl daneben. Da muß ich jetzt erstmal kurz drüber nachdenken.«

Er überlegte und sah sich dabei in der Kabine um, suchte nach Inspiration. Sein Blick fiel auf einen Stapel Seekarten, und er entdeckte sofort die Möglichkeiten, die sich ihm damit eröffneten, da auf einigen davon die Themse in einem Maßstab abgebildet war, mit dem er umgehen konnte.

»Okay«, sagte er. »Jammerschade, das mit der Ebbe, ich hatte mich wirklich auf die Bootstour gefreut, aber dann müssen wir das einfach theoretisch machen, im Kleinformat, wie bei einem Brettspiel, okay? Und außerdem müssen wir es wohl in eine Kajüte verlegen, damit Sie nicht auf dumme Gedanken kommen und versuchen, einen Wachmann zu rufen oder sowas.«

Als er die Handschelle am Steuerrad aufschloß, versuchte Sands sofort, sich loszureißen und in Richtung Luke zu fliehen. Mick hielt ihn fest, griff ihm in die Haare, schlug seinen Kopf gegen das Steuerrad und zerrte ihn hinter sich her in die Heckkajüte. Das Bett war noch vom Stelldichein mit den Mädels zerwühlt. Der Raum roch nach nicht ganz billigem Damenparfüm. Auf dem winzigen freien Fußbodenbereich lagen Weinflaschen und Drogenutensilien. Mick stieß sie angewidert mit dem Fuß in die Ecke, stieß Sands noch ein paarmal kräftig in die Rippen und kettete ihn an eine stabile Lampe.

Er zog die Decken vom Bett, damit er eine ebene Fläche

hatte, auf der er die Karten ausbreiten konnte. Sands merkte, daß ihm Blut aus der Nase lief, und betrachtete Mick nach wie vor fassungslos.

»Okay«, sagte Mick, und trommelte mit dem Finger auf die Karte, »wir sind hier. Wenn Sie die erste Frage richtig beantworten, fahren wir flußaufwärts nach Battersea Bridge. Moment, so sehen Sie sofort, wo wir uns befinden.« Mit diesen Worten griff er in die Tasche und holte ein winziges Plastikschiff, eine Monopoly-Spielfigur, heraus und stellte es vor Chelsea Harbour mitten in den Fluß.

»Erste Frage«, setzte Mick an. »Wer hat gesagt, ›Wer Londons müde ist, ist lebensmüde‹?«

Sands sah ihn mißtrauisch an. War es wirklich möglich, daß er eine so lächerlich einfache Frage stellte? Na ja, ausschließen konnte man es nicht. Vielleicht kannten nur Londoner dieses Zitat in- und auswendig.

»Wie zum Teufel kommen Sie darauf, daß ich dieses lächerliche Spiel mitmache?« fragte Sands.

Mick sah verletzt aus, als wäre Sands' Unverständnis ein gegen ihn persönlich gerichteter Affront und eine riesengroße Enttäuschung für ihn.

»Sie machen aus Angst mit«, erläuterte Mick. »Wenn Sie nicht mitspielen, füge ich Ihnen alle möglichen schrecklichen Schmerzen zu, und ich denke, daß Sie es vorziehen, wenn ich das nicht tue. Warum sollten Sie ein lächerliches Spiel nicht mitmachen, wenn Sie dadurch eine fürchterliche Tracht Prügel vermeiden können?«

Sands nickte. Er war nicht dumm. Er hegte nicht den geringsten Zweifel, daß Mick ihm ohne weiteres eine Tracht Prügel verabreichen konnte, die sich gewaschen hatte. Wenn das Mitspielen ihm einen noch so kleinen Vorteil brachte, war er gerne dazu bereit. Er sagte: »Die Antwort ist: Samuel Johnson.«

»Hier steht Dr. Johnson«, sagte Mick, »aber ich denke, das ist nah genug dran. Sehr gut. Woher wußten Sie das?«

»Das Geld, das in meine Ausbildung geflossen ist, war wohl doch nicht ganz zum Fenster hinausgeschmissen«, antwortete Sands.

Mick fuhr mit dem kleinen Boot auf der Karte entlang, stellte es auf die Battersea Bridge und sagte: »Dann wissen Sie das hier wahrscheinlich auch. Frage zwei: Auf welchem Londoner Platz finden Sie eine Statue von Mahatma Gandhi?«

»Keine Ahnung«, sagte Sands wegwerfend.

»Wollen Sie nicht versuchen zu raten?«

»Nein danke.«

»Auf dem Tavistock Square. Pech gehabt.«

Sands zuckte mit den Achseln, um zu zeigen, daß es ihm nichts ausmachte. Mick blätterte auf der Suche nach der nächsten Frage im Buch hin und her und sagte: »Muß nett sein, hier abends herzukommen und zuzusehen, wie die Schiffe ein- und auslaufen.«

»Mir gefällt's«, antwortete Sands.

»Aber es kostet wohl auch ne ganze Stange Geld, das Boot hier liegen zu haben.«

»Ja, die Liegegebühr ist nicht billig.«

»Sie sollten es in Filey oder in Robin Hood's Bay haben, da ist die Landschaft schöner.«

»Unglücklicherweise lebe und arbeite ich in London.«

»In welcher Branche sind Sie?«

»Versicherung«, sagte er.

»Versicherungen haben wir in Yorkshire auch«, sagte Mick.

»Ich bin im Bereich Seeversicherungen tätig, dafür muß man in London sein.«

»Klar. Logisch. Weil man in London so viele Schiffe sieht, stimmt's?«

Sands seufzte ein wenig verzweifelt. In seiner gegenwärtigen Situation war ihm nicht danach, sich in Erklärungen über die Praxis des Seeversicherungswesens zu ergehen.

»Entschuldigen Sie, aber ich kenne mich da einfach nicht aus«, sagte Mick. »Okay, Frage drei: Wie viele Taxis gab es in London im Jahr 1982? Das ist ein altes Buch. Ich nehme an, daß sie seitdem noch einmal nachgezählt haben, aber da müssen Sie durch. Wenn Sie bis auf tausend rankommen, reicht mir das.«

»Zwölftausend«, sagte Sands.

»He, gar nicht übel, muß man Ihnen lassen. Haben Sie das geraten? Die Antwort ist 12 560, und alle bis auf siebzehn hatten Dieselmotoren. Gut machen Sie das. Erzählen Sie doch mal, wie bringen Sie zwei Mädels dazu, einfach so mit Ihnen ins Bett zu gehen, so wie Sie das bei den beiden heute abend hingekriegt haben? Das ist übrigens keine von den zwanzig Fragen. Was sagen Sie zu denen? Wie kommen Sie auf den flotten Dreier zu sprechen?«

»Charme spielt eine gewisse Rolle dabei«, sagte Sands. »Und das Angebot, ihnen Drogen zu geben.«

»Sie geben ihnen Drogen?«

»Ich biete ihnen Drogen an. Ich mische ihnen keine K.o.-Tropfen in den Drink.«

»Drogen«, wiederholte Mick verächtlich. »Haben Sie keinen Respekt vor ihren Sexualpartnern?«

»Ich habe genausoviel Respekt vor ihnen, wie sie vor sich selbst haben.«

»Machen Sie sich keine Sorgen um sie? Denken Sie nicht daran, was Sie ihnen an Schaden zufügen könnten?«

»Was soll das? Kennen Sie die Mädels? Sind Sie ein Freund von einer von ihnen oder ein Bruder oder sowas?«

Mick machte eine vieldeutige Bewegung. Sands im dunkeln tappen zu lassen war bestimmt nicht die dümmste Idee.

»Also, falls Sie etwas in der Art sind, was soll ich machen? Ich entschuldige mich hiermit.«

»Entschuldigen reicht nicht«, sagte Mick. »Aber kommen wir zu Frage vier: Was ist die ursprüngliche Bedeutung des Namens Soho?«

»Das weiß ich«, sagte Sands. »Das war ein Jagdruf, ähnlich wie Horrido, und stammt aus der Zeit, als das Gebiet noch ein Park war, in dem gejagt wurde.«

»Erstaunlich«, sagte Mick. »Schon die Tatsache an sich ist erstaunlich, noch erstaunlicher finde ich allerdings, daß Sie das wissen. Also, was ist mit Ihrer Frau? Was würde die sagen, wenn sie wüßte, daß ihr Mann es mit den beiden Mädels getrieben hat?«

»Sie wäre sehr froh darüber, daß ich mit jemand anderem Sex hatte und ihr damit nicht mehr auf die Nerven falle.«

»Ach, so sieht das also aus.«

»Genau so ist es.«

»Haben Sie es bei ihr schon mal mit Charme und Drogen probiert?«

»Nein, in letzter Zeit nicht. Aber ich weiß, was dabei rauskommen würde. Sie sind doch um Himmels willen kein Freund meiner Frau, oder?«

»Ich bin jedermanns Freund«, sagte Mick. »Offenbar gelingt es mir, schnell Beziehungen zu anderen Menschen aufzubauen. Sie erzählen mir dann alles mögliche. Ich meine, Sie wundern sich bestimmt darüber, daß Sie mir diese ganzen Fragen über ihr Sexualleben beantworten. Kommt es, weil Sie Angst haben, daß ich Sie umbringen könnte?«

Auf den Gedanken, daß man ihn umbringen könnte, war Sands noch gar nicht gekommen. Obwohl er dagegen ankämpfte, konnte er nicht verhindern, daß ihm ein Schauer den Rücken herunterlief. Mick tat so, als hätte er nichts bemerkt.

»Nein«, sagte er. »Ich glaube nicht, daß es daran liegt. Ich glaube, der wahre Grund ist, daß Sie merken, wie gut so eine Beichte Ihrer Seele tut.«

»Den merk ich mir«, sagte Sands.

»Okay, Frage fünf: Wovon handelt John Evelyns *Fumifugium* aus dem Jahr 1661?«

»Keine Ahnung. Smog, Nebel, London Particulars?«

»Ich kann nur eine Antwort akzeptieren«, sagte Mick.

»Londoner Nebel«, sagte Sands, bedrückt, daß er so einen Idioten vor sich hatte.

»Sehr gut. Ich hätte nicht gedacht, daß Sie das richtig hinkriegen. Was war das mit den London Particulars? Das ist doch ein Buchgeschäft.«

»Das ist auch ein Name für die Londoner Nebel.«

»Ach Quatsch!«

Sands wirkte verärgert und verängstigt. Mick fragte sich, ob es mal wieder an der Zeit war, ihm eine zu verpassen, um seine Unterwürfigkeit ein wenig aufzufrischen, entschloß sich aber, noch etwas abzuwarten und zu schauen, wie es so lief. Er schob das Spielzeugboot eine Brücke weiter flußaufwärts.

»Frage sechs: Der Name welches Londoner Bezirks enthält sechs aufeinanderfolgende Konsonanten?«

Sands sah ihn an, als machte er sich jetzt vollkommen lächerlich, als könne ein englischer Ortsname niemals eine solche Buchstabenfolge enthalten. Aber plötzlich kam er darauf.

»Knightsbridge«, sagte er triumphierend.

»Sehr gut.«

»Eigentlich ist das ein bißchen gemogelt«, erläuterte Sands. »Das waren früher schließlich zwei getrennte Wörter, und das ›s‹ war durch einen Apostroph abgetrennt.«

»Wen interessiert's«, sagte Mick. »Die Antwort war richtig. Haben Sie je für Sex bezahlt?«

Sands ließ sich durch Micks Gedankensprünge nicht mehr aus der Ruhe bringen und antwortete einfach: »Nur als ich noch sehr jung war und im Ausland gelebt habe.«

»Dann zählt es nicht. Haben Sie je jemand zum Sex gezwungen? Sie wissen schon, nach einer Verabredung die Gelegenheit ausgenutzt, obwohl die Frau nicht so recht wollte, oder sowas?«

»Natürlich nicht.«

»Dann vielleicht ohne Verabredung vorher, eine ganz normale Vergewaltigung?«

»Seien Sie nicht albern.«

»Okay, Frage sieben: Wessen letzte zwölf Sinfonien, das waren die Nummern dreiundneunzig bis hundertvier, werden die Londoner Sinfonien genannt?«

»Das ist Haydn«, sagte Sands sofort.

»Sehr gut. Haydn. Zwölf Sinfonien, komponiert zwischen 1791 und 1795. Ich darf nicht annehmen, daß Sie vielleicht eine davon pfeifen können?«

Sands versuchte, ein Thema aus einer der Sinfonien zu pfeifen.

»Großartig«, sagte Mick. »Ich bin fast geneigt, Ihnen dafür einen Bonuspunkt zu geben, aber lieber nicht, ich muß mich an die Regeln halten. Trotzdem, Sie liegen phantastisch im Rennen. Sie sind schon an der Westminster Bridge. Hoffen wir mal, daß Sie nicht auf halbem Weg schlappmachen, sagten die Chelsea-Girls zum Mann von der Seeversicherung. Also gut, Frage acht: Wer wollte in einem Song nicht nach Chelsea?«

»Ich habe keine Ahnung«, sagte Sands.

»Ach, kommen Sie, das weiß doch jeder.«

»Ich nicht.«

»Natürlich wissen Sie das.«

»Ich habe gesagt, ich weiß es nicht.«

»He, jetzt wollen wir aber mal nicht frech werden, Jonathan«, sagte Mick und schlug ihn einmal ins Gesicht und einmal in den Bauch. Das war längst überfällig gewesen. Sands' Pampigkeit war wie weggeblasen, aber von diesem Moment an lief es ein wenig schlechter für ihn. So wußte er nicht nur nicht, daß es Elvis Costello war, der nicht nach Chelsea wollte, sondern auch nicht, daß Charles II. Nell Gwyn zum ersten Mal im Dove Inn in Hammersmith getroffen hatte. Des weiteren war ihm nicht klar, daß der Name Crouch End von Crux, dem römischen Wort für Kreuz, stammte. Bei dem Versuch, die Bevölkerungszahl Londons zur Zeit der normannischen Eroberung zu erraten, kam er nicht einmal in die Nähe der richtigen Antwort, die bei vierzehn- bis achtzehntausend gelegen hätte.

Nach elf Fragen war er noch immer an der Westminster Bridge, also ziemlich weit weg von der Themsesperre, und zur Ermunterung und Steigerung der Konzentrationsfähigkeit schlug Mick ihm ein paarmal ins Gesicht; diesmal half es anscheinend auch. Es lief wieder besser. Er wußte, daß Londons erster McDonald's in Woolwich lag und die erste Londoner U-Bahn die Marylebone Line gewesen war. Er wußte, daß Christopher Wren zu der Zeit, als er die Pläne für den Wiederaufbau Londons nach dem Großen Feuer entworfen hatte, Professor für Astronomie gewesen war. Zu Micks Verwunderung wußte er auch, daß man den Londoner Hundefriedhof hinter der Victoria Lodge an der Nordost-Ecke von Kensington Gardens fand.

»He, das ist zu einfach für Sie«, sagte Mick. »Vielleicht muß ich die Regeln ändern, so daß Sie bei jeder falschen Antwort eine Brücke zurückgehen müssen.«

»Auf keinen Fall«, erhob Sands laut Einspruch. »Sie haben die Regeln am Anfang festgelegt, jetzt halten Sie sich auch daran.«

»Okay, okay«, sagte Mick. »Regen Sie sich bloß nicht auf. Es ist doch nur ein Spiel. Frage sechzehn: Wessen Grab auf dem St.-Mary-Magdalene-Friedhof in Mortlake hat die Form eines sechs Meter hohen Beduinenzelts?«

»Oh, Mist«, sagte Sands und ärgerte sich über sich selbst. »Das müßte ich wissen. Verdammt. De Quincey?«

»Also hier steht, Sir Richard Burton und seine Frau Isabel, was mir ein bißchen komisch vorkommt, weil ich dachte, daß Richard Burton in Wales begraben wurde, und ich wußte auch nicht, daß man ihn geadelt hat, außerdem war er doch mit Elizabeth Taylor verheiratet, das könnte zwar ein Druckfehler sein, aber ich bin mir ziemlich sicher, daß die noch nicht gestorben ist. Was soll's, wir leben, um zu lernen.«

Sands schüttelte den Kopf; von ihm würde Mick nicht erfahren, wer Sir Richard Burton war. Mick blätterte in dem kleinen Buch herum, stoppte bei einer Seite, war drauf und dran, eine Frage zu stellen, überlegte es sich dann anders und blätterte weiter.

»He, was soll das?« begehrte Sands auf. »Versuchen Sie eine unmöglich schwierige Frage zu finden?«

»Ich kann jede Frage stellen, die ich will«, sagte Mick.

»Ja, schon.« Sands erkannte widerwillig, daß Mick recht hatte und er absolut nicht in der Position war zu widersprechen. »Trotzdem«, hakte er nach, »stellen Sie doch Fragen, bei denen wenigstens ein bißchen Hoffnung besteht, daß ich sie beantworten kann.«

»Klar«, sagte Mick. »In *The Young Ones* ist Cliff Richard der Leiter eines Jugendclubs. In welchem Stadtteil Londons liegt der?«

»Ach, um Gottes willen«, sagte Sands. »Ich weiß es nicht. Das weiß doch keine Sau.« Auf gut Glück sagte er: »Paddington.«

»Ja!« sagte Mick, und beide stießen einen erleichterten Seufzer aus, Mick einen langen, Sands einen erstickten. Mick stellte das Plastikboot auf die Tower Bridge.

»Hey«, sagte Mick, »das schaffen Sie spielend. Noch drei Fragen. Wenn Sie nur eine davon richtig beantworten, haben Sie's geschafft. Also, wo in London finden Sie die Totenmaske und eine Locke von Tom Paine?«

»Ach kommen Sie«, sagte Sands, der jetzt wirklich wütend wurde. »Woher soll ich sowas wissen?«

»Sollen Sie ja vielleicht gar nicht«, antwortete Mick. »Sie ist im National Museum of Labour History, Limehouse Town Hall, E14.«

»Das ist lachhaft«, sagte Sands.

»Tja, wahnsinnig spannend klingt es tatsächlich nicht. Aber das wird schon noch, nur keine Panik, hier ist Frage neunzehn: Wie war der Name von Boadiceas Vater?«

»Ach, Scheiße nochmal!«

»Was ist los? Sie wollen doch nicht, daß ich es Ihnen zu leicht mache, oder?«

»Das ist doch idiotisch. Warum sagen Sie nicht einfach, daß ich verloren habe, dann sind wir durch damit.«

»Los, versuchen Sie's. Hier steht, als er starb, wurden seine Besitztümer von den Römern beansprucht, und deshalb hat Boadicea eine Revolte angezettelt. Hilft Ihnen das weiter?«

Die Frage brachte Sands auf die Palme. »Das hat absolut nichts mit London zu tun«, schimpfte er. »Boadicea war irgendwo in der Wildnis Königin, in East Anglia oder so. Sie kam nur nach London, um es niederzubrennen, und was ihren Scheiß-Vater betrifft . . .«

»Nein«, sagte Mick, »ich glaube nicht, daß Sie das rausbekommen. Sein Name war Prasutagus.«

Sands holte schnaufend Luft. Er war frustriert und ungeheuer wütend, dabei aber entschlossen, sich den letzten Rest Würde nicht nehmen zu lassen.

»Ja, wirklich gut zu wissen«, sagte er.

»Also, der Augenblick der Wahrheit ist gekommen. Die letzte Frage«, sagte Mick, »und ich möchte, daß Sie eins wissen: Ich bin auf Ihrer Seite, Jonathan. Ich hoffe wirklich, daß Sie die Frage jetzt richtig beantworten. Also, Frage Nummer zwanzig: Wer schrieb die unsterblichen Worte ›earth has not anything to show more fair‹?«

»Wordsworth«, sagte Sands sofort mit kindlichem Stolz und stieß einen langen Seufzer der Erleichterung hervor.

»Oh, Jonathan, das ist jetzt aber furchtbar schade«, sagte Mick. »Ich dachte wirklich, daß Sie es schaffen, aber ich fürchte, die richtige Antwort lautet Flanders und Swann. Es geht dabei um die Londoner Busse.«

»Nein, nein«, kreischte Sands. »Das Original ist aus ›Composed on Westminster Bridge‹ von William Wordsworth. Die Zeile bei Flanders und Swann ist eine Parodie, in der sie bewußt auf Wordsworth Bezug nehmen.«

Mick musterte Sands mißbilligend.

»Jetzt lassen Sie's gut sein, alter Knabe, spielen Sie mit. Es steht hier schwarz auf weiß in diesem Buch.«

»Dann stimmt das Buch nicht«, schrie Sands.

»Tja, schließlich heißt es *London ohne Gewähr*«, sagte Mick. »Aber Sie wissen doch, daß dieses Buch meine Quelle ist. Das sind nun mal die Regeln.«

»Dann ist das Buch hochgradiger Schwachsinn. Ein Stück Dreck. Das kann Ihnen jeder sagen. Wordsworth hat geschrieben: ›Earth has not anything to show more fair‹. Da können Sie fragen, wen Sie wollen.«

Er klang verzweifelt, fast hysterisch. Mick verpaßte ihm eine Ohrfeige, damit er sich wieder etwas beruhigte. Dann verpaßte er ihm noch eine, weil ihm grad danach war.

»Sie werden festgestellt haben«, sagte Mick, »daß ich bis jetzt sorfältig vermieden habe, Ihnen zu erzählen, was ich mit Ihnen mache, wenn Sie nach der zwanzigsten Frage die Themsesperre nicht erreicht haben . . .«

»Das ist ein abgekartetes Spiel«, sagte Sands. »Es ist nicht fair. Es war von Anfang an nicht fair.«

Mick hörte Sands aufmerksam zu und schüttelte dann traurig den Kopf, als wäre er enttäuscht darüber, daß Sands ein so schlechter Verlierer war.

Er sagte: »Es stimmt natürlich, daß der Abend nicht ganz nach Plan verlaufen ist. Das gilt im übrigen für uns beide. Von Rechts wegen sollten wir inzwischen auf dem Fluß sein, irgendwo nicht allzuweit von der Themsesperre weg. Ich wollte sie wirklich sehen und eine unvergeßliche Erinnerung mitnehmen. Na ja, es hat nicht sollen sein. Sie haben sich den Abend sicher auch anders vorgestellt. Tatsache ist allerdings, daß ich die ganze Zeit, sofern Sie nicht die erforderliche Anzahl richtiger Antworten geben sollten, folgendes geplant hatte: Ich wollte diese Pistole nehmen«, er zeigte Sands seine Pistole, »sie mit einem neuen Magazin laden . . .« Er lud sie mit einem neuen Magazin.

»Stellen Sie mir noch eine Frage«, schrie Sands. »Sie hätten mir fast einen Bonuspunkt gegeben, weil ich Haydn gepfiffen habe. Kommen Sie, seien Sie vernünftig . . .«

»Dann wollte ich ein paarmal den Abzug drücken und das Magazin leeren, nicht in Sie, wie Sie sicher mit Freude zur Kenntnis nehmen werden, sondern in den Boden ihres Bootes.«

»Nein«, kreischte Sands. »Das ist nicht fair. Das wissen Sie genau. Stellen Sie mir noch eine Frage. Geben Sie mir noch eine Chance. Alles oder nichts. Bitte.«

»Und ich verrate Ihnen noch etwas«, sagte Mick. »Sie haben recht. Es ist nicht fair. Es war auch von Anfang an nicht so gemeint. Ich wollte Sie nur ein bißchen quälen. Die Wahrheit ist, egal ob wir bis zur Themsesperre gekommen wären oder nicht, ich hätte das Magazin auf jeden Fall in den Boden ihres Bootes geleert.«

»Nein«, schrie Sands.

Mick stand zu seinem Wort; er hatte Chelsea Harbour weit hinter sich gelassen, und Sands' sinkendes Boot war in einem fürchterlichen Zustand, als sich endlich einer der trägen Wachmänner blicken ließ, um nachzusehen, was das eigentlich für ein Lärm gewesen war.

Brei

Mick rief von einer Telefonzelle in der Ecke eines Eel-and-Pie-Shops zu Hause an, in dem er gerade den größten Teil seiner Pastete mit Kartoffelbrei stehengelassen hatte. Es war früher Abend, und der Laden sah aus, als würde er gleich schließen. Gabbys Telefon am anderen Ende der Leitung klingelte lange mit dünnem, fernem Ton. Als sie abnahm, war sie außer Atem, klang schuldbewußt und machte keine Anstalten, die Musik, die im Hintergrund lief, leiser zu stellen.

»War grad am Trainieren«, sagte sie.

»Yeah?« sagte Mick.

»So Aerobic-Zeug. Muß schließlich in Form bleiben.«

»Yeah?«

»Klar, und den Auftritt proben. Ich hab noch ein paar Shows am Wochenende.«

»Gut«, sagte er. »Weißt du, zuerst hab ich gedacht, daß es echt mutig ist, daß du gleich nach der Massenvergewaltigung wieder auf die Bühne gehst, weil ich dachte, vielleicht hast du Angst davor, daß das wieder passiert. Aber dann ist mir klargeworden, daß das verrückt wäre. Wie hoch ist die

Wahrscheinlichkeit, daß sowas zweimal vorkommt? Wenn das jetzt nochmal so ablaufen würde, du also nochmal von mehreren Männern vergewaltigt wirst, tja, das wäre doch ein Riesenzufall, stimmt's? Man müßte dann wohl sagen, daß es mehr als nur purer Zufall ist. Man könnte behaupten, daß irgendwas an deinem Tanz die Männer echt kirre macht, so daß sie zu Vergewaltigern werden.«

»Soll das etwa komisch sein?« fauchte Gabby.

»Nein.«

»Willst du damit sagen, daß meine Vergewaltigung so ne Art dreckiger Witz ist?«

»So etwas würde ich nie sagen.«

»Dann red nicht, als ob du mich verarschen willst.«

»Okay«, sagte er. »Entschuldige.«

Mick war normalerweise nicht der Typ, der sich entschuldigte. Sie war angenehm überrascht.

»Wo liegt das Problem, Mick?«

Die Frage sollte ihre Besorgnis ausdrücken, Mick faßte es jedoch nicht so auf. Langsam und bedächtig sagte er: »Ich glaube, mein Problem hängt damit zusammen, daß ich in London abhänge, um ein paar Typen, die meine Freundin vergewaltigt haben, zu zeigen, wie der Hase läuft, während diese Freundin oben in Sheffield vor fremden Männern ihre Klamotten auszieht. Ich glaube, so ungefähr läßt sich das beschreiben.«

»Tut mir leid«, sagte sie. »Das ist nun mal mein Job.«

»Ich weiß, aber gefallen muß es mir nicht.«

»Du hast nie was dagegen gesagt.«

»Nein, hab ich nicht.«

Sie schwiegen. Keiner von beiden wollte tiefer in diese verzwickte Materie eindringen.

Dann sagte Mick: »Eigentlich hab ich angerufen, um dir mitzuteilen, daß Nummer drei abgehakt ist.«

»Gut«, sagte sie.

»Im großen und ganzen hat's sogar Spaß gemacht. Der Typ ist echt der letzte Dreck. Er hat alles Geld der Welt. Dazu ne hübsche Frau, ein nettes Kind und ein schönes Haus. Ein schönes Boot hatte er auch.«

»Was?«

»Ist ja egal. Auf jeden Fall hat er alles, was man so zum Leben braucht, und dann läuft er rum und schleppt Tussis ab. Er hat's nicht besser verdient.«

»Was quatschst du da? Er hat's nicht besser verdient, weil er mich vergewaltigt hat.«

»Klar, das auch«, sagte Mick. »Sowieso.«

Sie schwiegen wieder, jetzt länger und befangener als vorher. Mick wußte, daß es nicht so sein sollte. Ein Anruf zu Hause hätte etwas Tröstliches haben und ihm neuen Mut geben sollen. Vielleicht wäre es besser gewesen, wenn er bis nach Beendigung seines Jobs sämtliche Kontakte abgebrochen hätte, einfach abgetaucht wäre, aber das fand er dann doch übertrieben. Und außerdem, einige Fragen mußte er einfach stellen.

»Das ist schon ein komischer Haufen, diese Typen«, sagte er und faßte damit etwas in Worte, was ihm schon länger im Kopf herumging. »Also, drei von denen hab ich ja jetzt näher kennengelernt, und die sind eigentlich ziemlich unterschiedlich. Sie scheinen nicht viele Gemeinsamkeiten zu haben. Sehen nicht aus wie Männer, die alle miteinander befreundet sind.«

»Was heißt das? Hast du die falschen erwischt?«

»Es sind die, die auf deiner Liste stehen«, sagte er.

»Dann sind's die richtigen.«

»Na ja, vielleicht vertu ich mich da auch. Vielleicht bringt ne Massenvergewaltigung ja auch auf komische Art die Menschen einander näher.«

»Soll das jetzt wieder ein Witz sein, Mick?«

»Nee«, sagte er beschwichtigender, als er es eigentlich meinte. »Absolut nicht.«

»Wie lange brauchst du noch, bis das erledigt ist?«

»Ich weiß nicht. Nicht lange.«

»Ich freu mich, daß du bald fertig bist«, sagte sie. »Ich vermisse dich, weißt du.«

»Ja?«

»Natürlich vermisse ich dich.«

Mick wußte nicht, warum er ihr nicht glauben sollte, aber es klang nicht sehr überzeugend. Er fragte sich, ob er womöglich gar nicht überzeugt werden wollte.

»Du könntest nach London runterkommen«, sagte er. »Wir könnten hier ein Wochenende zusammen verbringen.«

»Ich hasse London.«

»Ach, wenn man sich erstmal dran gewöhnt hat, ist es ganz in Ordnung.«

»Ich hab einen ziemlich guten Grund, es zu hassen.«

»Aber schließlich hat London dich doch nicht vergewaltigt.«

»Es fühlt sich aber so an.«

Mick merkte, daß es keinen Sinn hatte, sich weiter zu streiten. »Oh, das Geld ist gleich alle«, log er. »Ich schaff das schon. Wenn der nächste erledigt ist, meld ich mich wieder.«

Bevor sie etwas dazu sagen konnte, legte er auf, und ein paar Münzen rasselten in den Auswurf. Der Imbißbesitzer schob die Stühle zur Seite und fegte den Fußboden; es war alles zum Schließen vorbereitet. Er sah Mick abschätzig an. Der war sich nicht sicher, womit er sich diesen Blick verdient hatte; lag es am stehengelassenen Essen, oder hatte der Besitzer das Telefongespräch belauscht?

Mick ging zum Tisch zurück, auf dem die Reste seiner

Mahlzeit standen, und fragte den Imbißbesitzer: »Wissen Sie, wie Sie hier in der Gegend mehr verkaufen könnten?«

»Nein«, sagte der Besitzer völlig desinteressiert.

»Nein«, sagte Mick traurig. »Ich auch nicht.«

Einsame Herzen

Nachdem Stuart sie sitzenlassen hatte, fühlte Judy sich verletzt, benutzt und überflüssig, aber vor allem war sie unglaublich wütend. Worum war es in der Beziehung gegangen, wenn nicht um Emotionen, den Reiz des Neuen und das Risiko? Wie konnte es passieren, daß Stuart plötzlich so zaghaft war, so feige? Wieso machte er sich plötzlich Sorgen, daß seine Frau sie erwischen könnte, und beendete daraufhin die wahrscheinlich aufregendste Beziehung, die er je haben würde?

Zwangsläufig kam sie zu dem Schluß, daß Stuart nicht der Mann war, für den sie ihn gehalten hatte. Folgerichtig war er auch nicht der Mann, den sie wollte. Aber sie konnte ihre Gefühle nicht einfach abschalten. Für ihn nichts mehr zu empfinden hätte ihr schon gereicht, aber das funktionierte offenbar nicht; sie fing also an zu brüten, und das entfachte ihre Wut. Sie merkte, wie sich der Zorn in ihr aufstaute. Er wollte nicht nachlassen, und sie war sich nicht einmal sicher, ob sie ihn wirklich loswerden wollte.

Sie verwünschte Stuart, und in ihren Tagträumen trug dies seltsam heimtückische Früchte. Sie sah, wie Stuart von einem Londoner Doppeldeckerbus überfahren wurde, wie er an einer langwierigen, schmerzhaften und schließlich tödlichen Krankheit dahinsiechte, wie seine Firma bankrott ging, wie seine Frau ihn wegen eines neuen, stattlichen Reiseführers sitzenließ.

Manchmal hatte sie den Eindruck, daß allein die Vorstellung dieser Szenarien schon therapeutisch wirkte. Sie hoffte, wenn sie ihre Wut nur lange genug schürte, dann würde sie vielleicht verbrennen. Anzeichen, die das bestätigt hätten, waren allerdings nicht zu entdecken. Sie wollte Stuart gebrochen und am Boden zerstört sehen, war aber klug genug zu erkennen, daß sie die Gebrochene war. Warum hätte sie sonst auf die Kontaktanzeige geantwortet?

Als es vorbei war, wurde Judy klar, daß man als Ehepaar nur in London mit so etwas davonkommen konnte. Draußen auf dem Land, in der Provinz, im wirklichen Leben hätten ein verheirateter Mann und eine verheiratete Frau erhebliche Schwierigkeiten gehabt, Singles per Kontaktanzeige zu suchen, mit denen sie dann, wenn alles nach Plan lief, ein paar intime Stunden verbrachten. In Kleinstädten, ja selbst kleinen Großstädten, hätte sich so etwas herumgesprochen. Man wäre gesehen worden. Irgend jemand weiß, vielleicht wissen sogar alle, daß man verheiratet ist und was man da treibt. Aber London war groß genug, vielfältig genug, anonym genug, daß ein Ehepaar relativ problemlos Anzeigen aufgeben, sich mit fremden Männern und Frauen treffen und mit ihnen ins Bett gehen konnte und daß man sich hinterher nie wieder begegnete.

Die Zeitungsanzeigen klangen vage, aber verlockend. Sie sollten niemanden ausschließen, sondern die unterschiedlichsten Herzen anziehen, ob einsam oder nicht. Sie waren so formuliert, daß sie möglichst viele Antworten provozierten, so daß die Inserenten die optimale Auswahl hatten. Es wurde kein großes Engagement gefordert, sondern vor allem Wert auf Spaß und Vergnügen gelegt. Das Wort ›unkompliziert‹ kam häufig vor.

Sie nannten sich Irena und Jack, aber Judy wußte nicht, ob das ihre richtigen Namen waren. Ihr gutes Aussehen und ihre gewinnenden Persönlichkeiten waren außerordentlich hilfreich. Natürlich gab es einzelne Fehlschläge, aber im allgemeinen wollten nur sehr wenige Männer nicht mit Irena ins Bett gehen, und wenige Frauen sagten nein zu Jack. In London waren genug Leute verzweifelt auf der Suche nach Zuneigung, Nähe oder Sex, und viele von ihnen waren auch bereit, sich behelfsweise mit einem One-night-Stand zufriedenzugeben. Sie waren am nächsten Morgen verschwunden und nur noch Material für eine nette erotische Anekdote.

Die Zeiten, in denen Irena und Jack das Bedürfnis verspürten, sich vor sich selbst zu erklären oder gar zu rechtfertigen, waren längst vorbei. Aber wenn einer von ihnen einen neuen Partner (eine neue Partnerin) zum ersten Mal traf, wiesen sie auf die Bedeutung ihrer Ehe hin; bei Jacks erster Begegnung mit Judy hatte er ihr also mitgeteilt, daß seine Ehe für ihn ein wertvolles Gut und viel zu bedeutsam wäre, um sie durch etwas so Banales und Alltägliches wie einen Seitensprung aufs Spiel zu setzen. Männer und Frauen, hatte er gesagt, sind unvollkommen und nicht in der Lage, ihre Treueschwüre zu halten. Sie lassen sich von Gefühlen wie Neugier, Eitelkeit und Lust verführen. Die Welt ist voller Menschen, mit denen man sich vorstellen könnte, ins Bett zu gehen, und wenn man nicht mit ihnen ins Bett ginge, könnte das Langeweile und Frustration hervorrufen, und das wiederum könnte der Anfang vom Ende der Ehe sein. Jack und Irena hielten es so, daß sie schliefen, mit wem sie wollten, wobei sie sich aber hinterher alles erzählten, so daß das Erzählen an sich zum eigentlichen intimen Akt wurde. Wichtig war, daß sie voreinander keine Geheimnisse hatten, daß es keine verstohlenen Anrufe und keine heimlichen Treffen gab. Jack und Irenas Wünsche, ihre Bedürfnisse, ihre Phantasien lagen wie die Morgenzeitung ausgebreitet auf dem Küchentisch. Judy sagte zu Jack, daß ihr vollkommen klar war, was er meinte.

Ihr war allerdings nicht ganz klar, warum sie auf die Anzeige geantwortet hatte. Stuart hatte sie gerade erst sitzenlassen. Neben der unbewältigten Wut verspürte sie eine traurige, matte, dumpfe Einsamkeit. Sie suchte keinen Ersatz für Stuart, und deshalb hatte sie sich auf die offensichtlich unseriöse Anzeige eingelassen und geantwortet. Der Inserent war zweifelsohne nicht ganz ehrlich. Die Anzeige versprach einen ›großgewachsenen, kreativen, gutaussehenden, weltgewandten Mann‹, der ›hedonistische Tage und Nächte‹ mit einer ›unabhängigen, unkonventionellen Frau‹ verbringen wollte. Ihr war die Fadenscheinigkeit sofort ins Auge gesprungen. Hier war etwas Abenteuerliches zu erwarten, und das gefiel ihr. Sie antwortete auf die Anzeige, legte ein Foto und ihre Telefonnummer dazu, und ein paar Tage später rief Jack an, um sich mit ihr zu verabreden.

Sie trafen sich in einer Weinstube in Covent Garden; sicheres, übersichtliches öffentliches Gelände. Er war wirklich großgewachsen und sah gut aus. Dieser Anflug von Authentizität überraschte sie ein wenig; sie hatte mit einem kleinen Mann mit schiefen Zähnen gerechnet. Er hatte kantige, regelmäßige Gesichtszüge und langes, tadellos gepflegtes Haar. Seine Fingernägel sahen aus, als käme er gerade von der Maniküre. Er bestellte eine recht anständige Flasche weißen Burgunder und fing an, von sich zu erzählen. Er erwähnte seinen Job (etwas Undefinierbares im Medienbereich), sein schickes Auto, sein Haus in Hampstead, sein

Häuschen auf dem Lande, und obwohl sie das alles nicht übermäßig beeindruckte, war sie doch nicht so weltfremd, zu glauben, solche Dinge wären ohne Belang. Sie glaubte auch nicht, daß das alles der Wahrheit entsprach.

Er hielt einen kurzen Vortrag über Ehe und Treue. Es überraschte sie nicht, daß er verheiratet war. Gutaussehende Männer mit seiner Beredtheit hatten immer eine Frau in der Hinterhand. Allerdings brauchten sie normalerweise keine Kontaktanzeigen aufzugeben; wenigstens nicht aus den üblichen Gründen. Sie freute sich darauf, seine außergewöhnlichen Gründe in Erfahrung zu bringen.

Sie sah, daß er ihre Fremdartigkeit anziehend fand. Neben Vorurteilen und dem Argwohn, den ihr Aussehen ihr gelegentlich einbrachte, gab es auch immer Leute, die von ihrer Andersartigkeit angezogen wurden. Jack bat sie, etwas aus ihrem Leben zu erzählen, und nahm offenbar mit einer gewissen Enttäuschung zur Kenntnis, daß sie nicht halb so fremdartig war, wie er gehofft hatte. Ihre Stimme, ihr Lebenslauf und ihre Einstellung waren ihm in vielen Punkten erstaunlich vertraut. Sie sah seine Ernüchterung. Sie war nicht so sexy, wie er es sich gewünscht hätte. Sie dachte, vielleicht hätte sie lügen, sich zu ihrer Sicherheit und seiner Freude eine etwas exotischere Vergangenheit erfinden sollen, aber dafür war es nun zu spät.

Nach dem Wein war sie ein wenig beschwipst und preßte sich bereitwillig in den Schalensitz seines Sportwagens, in dem sie von Covent Garden zu einem kleinen italienischen Restaurant in Hampstead fuhren. Es war lauschig, teuer und gleich bei ihm um die Ecke. Sie bestellte die kostspieligsten Gerichte von der Karte, und er erhob keinen Einspruch. Er sagte, er möge Frauen mit gesundem Appetit.

Irgendwann zwischen den ersten beiden Gängen hielt er eine Rede über die Schwierigkeiten und Schrecknisse des

Wohnens und Lebens in London, erzählte, daß er viel lieber richtig aufs Land, wenn möglich ans Meer ziehen würde, aber leider würde sein Job ihn unter der großen Dunstglocke gefangenhalten, er müsse in der Nähe der Medienkonzerne bleiben, weil man einfach Vitamin B brauche. Er klagte über Luftverschmutzung, Verbrechen, Lärm und die Preise. Vielleicht meinte er es ernst, aber es klang trotzdem wie ein Vortrag, den er geübt hatte und jetzt rezitierte, nicht wie etwas, das ihm am Herzen lag. Außerdem fand sie – und das wäre wahrscheinlich jedem Mädchen aus Streatham so gegangen, besonders denen, die in kleinen Dachgeschoßwohnungen in Bethnal Green wohnten –, daß Hampsteader kaum einen Grund zum Klagen hatten. Genaugenommen traf sie vergleichsweise wenige Hampsteader, und unter anderem deshalb war sie hier in Begleitung dieses seltsamen, mit Lügenanfällen geschlagenen Mannes. Sie traf ihre Vorbereitungen, schaffte die Grundlage dafür, in Hampstead flachgelegt zu werden.

Sie hatte sich schon halbwegs auf eine geographische Enttäuschung eingestellt. Sie vermutete, daß er nur innerhalb der von Immobilienmaklern definierten Grenzen Hampsteads wohnen würde, Gebiete, die eigentlich zu Belsize Park oder gar Gospel Oak gehörten. Aber als es dann soweit war, gab es keinen Grund, enttäuscht zu sein. Er wohnte in einer umgebauten Remise, die unzweifelhaft mitten in Hampstead lag. Sie erkannte langsam, daß Jack bei weitem nicht der Schwindler war, für den sie ihn gehalten hatte.

Als sie das Haus betraten, erläuterte er in, wie sie fand, unnötiger Ausführlichkeit, daß seine Frau vermutlich erst später und mit ihrem Liebhaber nach Hause kommen würde, sie sich darüber aber keine Sorgen zu machen bräuchten, weil die beiden wahrscheinlich direkt ins Bett gehen und sie nicht stören würden. Judy betonte, daß sie sich keine Sorgen machte.

Die Inneneinrichtung ließ nicht auf ein Ehepaar schließen. Es war peinlich ordentlich und sauber, und zweifellos von einem Dienstmädchen oder einer Putzfrau in diesen Zustand versetzt worden. Insgesamt wirkte alles unscheinbar und neutral: hellgrauer Teppichboden, beige Polstermöbel, blaßrosa Wände. Das Haus war geschmackvoll eingerichtet, ohne einen bestimmten Geschmack erkennen zu lassen. Es wirkte arrangiert, als hätte der Innenausstatter sorgsam darauf geachtet, keine Gefühle oder eigenen Ideen einzubringen.

Jack schlenderte durchs Wohnzimmer, schaltete Lampen ein, zog Vorhänge zu, eine kurze Runde, um Stimmung und Atmosphäre zu erzeugen. Er war jetzt leicht angetrunken und bot Judy nicht noch mehr Alkohol an, sondern holte einen Beutel aus einer Schublade und zündete einen darin aufbewahrten fertig gerollten Joint an.

Judy hatte den Entschluß gefaßt, sich einfach treiben zu lassen. Sie nahm den Joint und inhalierte tief. Bald würde alles vorbei sein. Der Sex wäre gelaufen, sie würde gehen wollen, ein Taxi rufen, das sie nach Hause brachte. Sie war sich sicher, daß Jack ihr nicht anbieten würde, sie zu fahren. Insgesamt wäre das keine üble Nacht, und zu Hause würde sie ein weiteres Kreuz auf ihrem London-Stadtplan einzeichnen.

Jack saß neben ihr, streichelte ihre Schulter und küßte sie kurz. Er wirkte jedoch etwas unbeholfen und unruhig. Eine langsame, sinnliche Verführung würde das nicht werden. Er wollte nach oben ins Schlafzimmer, es hinter sich bringen. Judy hatte nichts dagegen.

Der Sex war besser, als sie erwartet hatte, als sie, wenn sie ehrlich war, hätte erwarten dürfen. Der Akt war kraftvoll und lebhaft, und es belastete Judy keineswegs, als sie mittendrin bei sich dachte, ›wenn Stuart mich jetzt sehen könnte‹. Für einen kurzen Moment wallte Wut in ihr auf, die sie sofort an ihrem aktuellen Sexualpartner ausließ. Sie grub ihm die Fingernägel tief in den Rücken; Jack entschloß sich jedoch, das als Zeichen der Leidenschaft zu nehmen, als Beweis, daß er seine Sache gut machte.

Hinterher war Jack viel sanfter und verspielter, er wirkte viel aufrichtiger als vorher. Sie lagen schweigend nebeneinander und hörten, daß unten die Eingangstür geöffnet wurde, eine Männer- und eine Frauenstimme und Schritte, die zügig nach nebenan ins andere Schlafzimmer gingen.

Jack und Judy amüsierten sich über die Sex-Geräusche, die bald darauf durch die Wand drangen. Sie kicherten verschwörerisch, während sie dem männlichen Grunzen und dem Takt des Geschlechtsverkehrs lauschten, in dem das Bett an die Wand schlug, das eindringlichste war aber das laute mädchenhafte Stöhnen, das sich allmählich in ein erregtes Quieken und schließlich in ekstatische Schreie verwandelte. Sie waren so laut, so theatralisch, daß Judy sofort das Gefühl hatte, diese Vorstellung fände zumindest teilweise ihr zu Ehren statt. Sie bemerkte, daß Jack die Geräusche ausgesprochen anregend fand.

Als der Lärm seinen Höhepunkt überschritten hatte und es wieder ruhiger geworden war, schlüpfte Jack aus dem Bett und verließ das Schlafzimmer. Er sagte nicht, wohin er ging, und als er nach einer Viertelstunde noch nicht wieder zurück war, fragte Judy sich, ob das jetzt alles gewesen und die Chose gelaufen war und man von ihr erwartete, daß sie so mir nichts dir nichts verschwand. Sie hatte absolut nichts dagegen, dachte aber, daß er ihr wenigstens hätte Bescheid sagen können, wie sie sich denn jetzt korrekt verhalten sollte.

Sie saß verkrampft auf dem Bettrand und hörte, wie die Tür zum Nebenzimmer geöffnet und wieder geschlossen wurde, mehrere Füße trappelten die Treppe hinab, und dann unterhielten sich unten mehrere Stimmen: zwei männliche und eine weibliche. Sie stand auf, zog sich an und betrachtete sich kurz im Spiegel. Ihr Gesicht war gerötet, aber sie war nur leicht zerzaust. Sie zog ihre Schuhe an, kämmte sich und ging nach unten. Die Stimmen kamen aus der Küche, und es klang, als würden dort Verhandlungen geführt. Judy wollte so leise und unauffällig wie möglich verschwinden, aber Jack entdeckte sie und rief ihr nach: »He! Wo willst du denn hin?«

Er klang etwas gereizt und gebieterisch. Ihr mißfiel dieser Tonfall auf Anhieb.

»Nach Hause«, antwortete sie aufmüpfig, blieb dann aber doch stehen und sah in die Küche, um einen Blick auf die Besitzer der beiden unbekannten Stimmen zu erhaschen. Sie sah Jack und die beiden Fremden in einem bizarren erotischen Tableau. Jack und die Frau, die vermutlich seine Gattin war, waren fast nackt. Jack trug nur Boxershorts, die Frau nur ein kurzes T-Shirt, das unter dem Saum einen haarigen Schatten erkennen ließ. Der andere Mann hatte einen dunklen Teint, ein kräftiges Kinn und im Moment einen mürrischen Gesichtsausdruck. Er war aber mehr oder weniger bekleidet. Er trug einen billigen Synthetik-Anzug und Schuhe ohne Socken. Unter dem Jackett war er nackt.

»Das ist die fragliche junge Dame«, sagte Jack zu dem Mann, und zu Judy gewandt fuhr er fort, »und das ist Tarek. Er kommt aus Syrien. Er ist . . .«

»Student«, ergänzte seine Frau hilfsbereit.

Tarek musterte Judy abweisend und schüttelte betrübt und angewidert den Kopf. Dann schlug er Jack auf die Nase. Der Schlag kam trocken und ansatzlos, der Hieb eines geschulten Boxers, der wußte, wie man mit viel Kontrolle und minimalem Kraftaufwand die größtmögliche Wirkung erzielte. Jack jaulte auf und hielt sich die Nase, aus der Blut zu laufen begann.

»Was soll das?« fragte Jack.

»Sie sind krank. Echt krank«, murmelte Tarek, verließ die Küche und verschwand durch die Haustür im nächtlichen Hampstead. Wenn er je Socken und ein Hemd besessen hatte, war er bereit, darauf zu verzichten.

Jack sah ihm nach. Er schien enttäuscht zu sein, trug es aber mit Fassung. Er wandte sich an seine Frau, und sie verständigten sich durch kurzen Blickkontakt über ihr weiteres Vorgehen. Dann wandte er sich wieder an Judy.

»Unser Freund Tarek ist so aufgebracht, weil ich eine kleine Gruppenveranstaltung vorgeschlagen habe«, sagte er. »Aber nur weil *er* nicht weiß, wie man sich amüsiert, brauchen wir uns doch den Spaß nicht verderben zu lassen.«

Judy sah, daß die Gattin ihr zulächelte. Es war kein durch und durch lüsterner Blick, dennoch spürte sie den Druck, der darin lag, die Mischung aus Manipulation und Schmeichelei.

»Lieber nicht«, sagte Judy. »Ich hab ein Kreuz in Hampstead. Mehr kann keiner verlangen.«

Noch Monate später dachten Jack und Irena an diese seltsame, peinliche Nacht und fragten sich, was zum Teufel Judy eigentlich mit dieser geheimnisvollen Bemerkung gemeint hatte.

Tagebuch eines Fußgängers

Im Großen und im Kleinen

Einer dieser überraschenden, hellen, sonnigen Märztage, an denen man glaubt, daß der Winter schon vorbei ist.

Victoria Embankment am Charing Cross Pier. Eine lange Reihe leerer geparkter Touristenbusse, Hunderte von Joggern jeder Art und jeden Alters, von denen einige sehr professionell aussahen, andere, als lägen sie in den letzten Zügen, und ein Mann, der die komische Hacke-Spitze-Abroll-Gangart des ›Gehers‹ praktizierte. Ein alter Mann fuhr mit dem Fahrrad den Fußweg entlang, und ein Jogger rief ihm zu: »Fahr auf der Straße, Kumpel.«

Zur Themse hin ausgerichtete Bänke mit metallenen Greifen als Beinen. Dann Bänke mit Sphinx- und dann mit Kamel-Beinen.

Unter der Blackfriars Bridge: Pappkartons, zusammengelegte Decken, Plastikteller, die Habseligkeiten der Obdachlosen; alles sehr ordentlich und systematisch gestapelt, aber von den Besitzern war nichts zu sehen.

In Paul's Walk waren die Bänke mittags voll von Menschen, die ihre Brote aßen, meistens paarweise. Ich fragte mich, ob das alles Büro-Affären waren.

Man kann nicht die ganze Strecke am Nordufer der Themse entlanggehen. Bei Broken Wharf mußte ich vom Fluß weg in die Queen Victoria Street und die Upper Thames Street.

Ich ging die Bull Wharf Lane hinunter, eine schmale, dunkle Gasse, die wieder in Richtung Fluß führte, aber es war eine Sackgasse. Ein schwarzer Stadtreiniger fegte die Straße, und er sah mich an, als wäre ich bescheuert, daß ich überhaupt in die Straße hineingegangen war.

Unter der Cannon Street Bridge, in einem niedrigen, trostlosen Betontunnel: ein Ort, der nicht für Menschen geeignet ist. Trotzdem waren dort viele Leute, viele schicke junge Männer in dunkelblauen Anzügen mit Krawatten in grellen, aber nicht zu grellen Farben.

In der Angel Passage lagen leere Kabeltrommeln, die wie riesige Garnrollen aussahen; die Kabel, die um sie herumgewickelt waren, müssen ungeheuer dick gewesen sein.

Auf der London Bridge ein gemaltes Schild, früher schwarz auf weiß, aber inzwischen alt und verblichen. Darauf stand: ›Weniger Lärm. Nehmen Sie bitte Rücksicht auf die obenliegenden Büros.‹ In diesem Augenblick fuhr ein Hovercraft unter der Brücke entlang, und das dumpfe, tiefe Brummen der Propeller dröhnte unter den breiten Betonbändern hervor.

Vor einem Haus in Barnes ein riesiger Umzugswagen, die Nummernschilder und der Name des Unternehmers waren italienisch. Der LKW war voll beladen, aber die Hecktür stand offen, und drinnen, zwischen dem eingepackten Mobiliar, hatten sich zwei Möbelträger ein paar Stühle zurechtgestellt und tranken Kaffee – echten italienischen Espresso, den sie in einer richtigen, zusammenschraubbaren Espressokanne zubereitet hatten, und sie tranken ihn aus ziemlich eleganten, weißen Porzellantassen.

Ich erinnere mich noch an einen Tagesausflug nach Brighton, als Christina, die Tochter eines Freundes, ungefähr sechs Jahre alt war. Wir gingen durch die schmalen Straßen bei Kemp Town, als Christina plötzlich stehenblieb, sich äußerst argwöhnisch umsah und sagte: »Diese Straße ist in London, nicht?«

Als guter Vater blieb unser Freund stehen und bat sie, ihm zu erklären, was sie damit meinte, er bekam aber nichts weiter aus ihr heraus als: »Diese Straße ist in London.« Sie war sehr durcheinander, hatte vielleicht sogar ein wenig Angst, doch ihr fehlte der Wortschatz, mit dem sie sich hätte verständlich machen können, und so taten wir es als eine dieser verrückten Ideen ab, die Kindern manchmal durch den Kopf gehen. Später habe ich lange darüber nachgedacht, und ich glaube, ich weiß jetzt, was sie meinte.

Irgendwie dachte sie, daß Städte oder zumindest Straßen oder Stadtviertel in großen Blöcken in einer riesigen Fabrik hergestellt und diese identischen Fertigbauteile von dort in die entsprechenden Städte geliefert werden. Sie meinte damals, daß sie einen solchen Block in Brighton entdeckt hatte, den sie genauso schon aus London kannte. Ich habe sie inzwischen gefragt, ob sie sich noch an diesen Vorfall erinnert, aber sie wußte nichts mehr davon.

Manchmal denke ich, daß sie damit eine großartige Idee hatte. Stellen Sie sich vor, Sie wären Stadtplaner, und anstatt ein neues Gebäude, eine ganz neue Stadt zu entwerfen, würden Sie sagen, wir nehmen ein neues Hampstead oder ein neues Knightsbridge, oder man könnte zweihundert Meter Oxford Street und ein paar Hektar Hyde Park bestellen.

Oder nehmen wir einmal an, Sie bräuchten eine neue Metropole; in dem Fall würden Sie ein brandneues, zweites London herstellen, eine perfekte Nachbildung bis ins letzte physisch-geographische Detail. Das würden Sie nach Neuseeland, Dubai oder Namibia stellen, mit einer Bevölkerung versehen, das Ganze ein oder zwei Jahre sich selbst überlassen, um dann wieder hinzufahren und nachzusehen, in welchem Maße sich das neue London vom alten unterscheidet.

Ich weiß, daß das letztendlich eine hirnrissige Idee ist. London besteht nicht nur aus der Architektur und der Hardware. Das neue London wäre zum Beispiel kein Finanzzentrum, es wäre weder Regierungssitz noch Sitz eines Königshauses. Es hätte keine Geschichte, und dort lebten nicht dieselben ethnischen und sozialen Bevölkerungsgruppen wie im Original. Das Klima wäre anders. Aber ich finde, es klingt witzig. Vielleicht ist es immer noch besser, als immer wieder bei Null anzufangen, wenn irgendwo etwas Neues gebaut werden soll.

Das ist jetzt kaum zu glauben. Es ist zu eigenartig, zu anekdotenhaft, zu fiktional. Ich habe fast den Eindruck, als würde jemand diese Sachen für mich inszenieren.

Als ich die Magdala Avenue in der Nähe von Archway entlangging, standen da zwei Frauen an einer Bushaltestelle. Sie waren nicht alt, aber recht unansehnlich und übergewichtig, man sah ihnen ihr hartes, kinderreiches Leben an.

Sie unterhielten sich angeregt, aber als ich direkt an ihnen vorbeikam, blickte eine von ihnen auf und wandte sich an mich, als bräuchten sie einen Schiedsrichter für eine Meinungsverschiedenheit, die sie klären wollten.

»Entschuldigen Sie«, sagte sie. »Sie haben doch bestimmt den Ausdruck ›das verflixte siebente Jahr‹ gehört? Sagen Sie, was heißt das eigentlich genau?«

Sie schien ohne Hintergedanken zu fragen, wollte mich nicht veralbern oder verspotten, sondern einfach nur die Meinung einer zweiten oder genaugenommen wohl eher dritten Person darüber einholen, was der Ausdruck ›das verflixte siebente Jahr‹ bedeutete. Ich war so überrascht, daß es mir kurz die Sprache verschlug, antwortete dann aber, daß es sich nach meiner Auffassung auf Leute bezog, die seit sieben Jahren eine Beziehung miteinander hätten, wobei ich noch darauf hinwies, daß die Sieben dabei nicht wörtlich zu nehmen sei und bei der einer oder möglicherweise beide Partner gelangweilt wären und sich anderweitig nach etwas Interessanterem umsähen.

»Ja, genau«, fuhr die Frau fort, aber offenbar reichte ihr das nicht als Antwort. »Aber sagen wir, ein Mann geht im verflixten siebenten Jahr fremd, dann kommt er doch immer wieder zurück, nicht wahr?«

Ich wollte mich auf diesem Gebiet keiner großen Fachkenntnis rühmen, also antwortete ich: »Ich glaube, manchmal kommt er zurück, manchmal auch nicht.«

»Oh«, sagte sie sehr düster und enttäuscht, und ihre Freundin sah sie traurig an.

Ich stand einfach nur da und dachte, daß ich offensichtlich etwas Falsches gesagt hatte, und ich wollte noch etwas Freundlicheres und Optimistischeres hinzufügen, wußte aber nicht, wie ich das ausdrücken könnte. Schließlich merkte die andere Frau, daß ich mich unwohl fühlte, und sagte: »Haben Sie vielen Dank, Sir.«

Durch das ›Sir‹ war ich endgültig am Boden zerstört. Danach kam ich mir vor wie ein gemeiner Lord, der herumlief und arme, ehrliche, unterdrückte Frauen ihrer letzten Hoffnung beraubte.

In der Bentinck Street in Mayfair sah ich ein großes, imposantes Haus mit vielen Erkern und einer blauen Tafel zu Ehren von Edward Gibbon, dem Autor der *Geschichte vom Verfalls und Untergang des Römischen Reiches.* Ich betrachtete das

Haus und sinnierte darüber, was für ein phantastischer Platz zum Leben und Schreiben das doch wäre.

Aber als ich die Tafel genauer las, stellte ich fest, daß Gibbon gar nicht in *diesem* Haus gewohnt hatte, sondern in einem Haus, das ›auf diesem Grundstück‹ stand. Ich kam mir ein wenig betrogen vor, bis mir klar wurde, daß es eigentlich immer so ist. Wenn wir sagen, hier wohnte Edward Gibbon, oder hier traf Elizabeth Browning Byron, oder hier wurde Christopher Marlowe umgebracht, oder hier ging Samuel Johnson entlang, was meinen wir dann mit ›hier‹? Das Hier ist ebenso verschwunden wie das Jetzt. Selbst wenn es die Gebäude noch gibt, so wurden sie doch bis zur Unkenntlichkeit verändert. Die Straßen sind nicht mehr dieselben. Man hat sie umgebaut und modernisiert. Die Männer und Frauen aus der Vergangenheit sind nicht auf ebendiesen Pflastersteinen entlanggegangen. Ihre Welt sah anders aus, roch anders, fühlte sich anders an. Sie haben die Welt nicht gesehen, wie wir sie heute sehen, und es zeugt von gewaltiger Ignoranz zu glauben, wir träten in ihre Fußstapfen.

Die Stadt muß, wie es mir scheint, immer ein Palimpsest sein, eine Serie von Radierungen, Neuanfängen, Auslöschungen, zeitlich begrenzten Konservierungen und mißratenen Rekonstruktionen. Dabei basiert vieles auf Vermutungen. Einen autorisierten Text gibt es nicht.

Wenn ich durch London gehe, bin ich ergriffen von der Geschichte der Stadt, nicht jedoch von Nostalgie, und ich frage mich, ob das, was mich berührt, nicht etwas ist, das hinter der Geschichte steht, hinter den Ereignissen und den Persönlichkeiten: ob es nicht mythische Formen sind, Archetypen, uralte Erzählungen, etwas, das viel älter ist als diese Stadt, das schon der Idee der Stadt an sich innewohnt.

In der Upper Street in Islington am Highbury-Ende gegenüber von der Union Chapel hörte ich, wie ein Mann schrie: »Die ist fürn Arsch. Diese Regierung ist fürn Arsch.« Ich dachte, das wäre vielleicht ein Verrückter, der Selbstgespräche führte, aber es war ein modisch gekleideter junger Mann, der sich mit einer Frau unterhielt. Er schrie, weil ihn Politik in solche Erregung versetzte.

»Nur ein paar Demonstrationen«, sagte er, »nur ein paar kleine Streiks, und wir sind durch mit dieser Regierung.«

Die beiden hängten politische Plakate auf, billige DIN-A4-Fotokopien mit dem Slogan: ›Schmeißt die Penner raus, JETZT!‹ Die Frau klebte sie sehr ordentlich an die gläserne Seitenwand einer Bushaltestelle, und der Mann gab ihr völlig überflüssigerweise eingehende Anweisungen, wie sie das machen sollte. Ich fragte mich, warum er sie nicht selbst anklebte. Dann sah ich, daß er einen weißen Stock in der Hand hatte. Er war blind.

In der Uxbridge Road in Ealing fiel mir ein Muster auf, eine Abfolge von Ereignissen, die ich schon häufig gesehen haben muß, die ich aber erst heute richtig verstanden habe. Was passiert, wenn der Verkehr zum absoluten Stillstand kommt, weil ein Fahrzeug, zum Beispiel ein Lieferwagen, die Straße blockiert. Der Verkehr ruht eine Zeitlang mehr oder weniger geduldig, dann kommt ein Fahrer zu dem Schluß, daß er jetzt endlich einmal hupen muß, ein anderer macht es ihm nach, darauf beteiligen sich noch ein paar. Dann ruft jemand (man sieht diese Person eigentlich nie) etwas Obszönes, vielleicht ›Ruhe, ihr Wichser‹ oder so, darauf brüllt jemand anders eine ähnlich derbe Antwort, und dann hört seltsamerweise zuerst das Hupen auf, dann das Schreien, das Fahrzeug, das den Stau verursacht hat, fährt weiter, und der Verkehr beginnt wieder zu fließen.

Das Ganze kann mehr oder weniger lange dauern, aber der Ablauf ist immer sehr ähnlich. Man sollte glauben, daß Geduld in fast derselben Zeit zu fast demselben Ergebnis führen würde, daß der Verkehr auch ohne Gehupe und Gebrüll wieder in Gang gekommen wäre. Aber ich habe den Eindruck, das Hupen und Brüllen von Obszönitäten ist irgendwie für das Leben und den Verkehrsfluß in Städten unerläßlich.

In der Station Road in Upper Holloway hing ein kleiner Junge an einem Geländer. Er sah aus wie ein Engel, lächelte, war blond und hübsch. Daneben stand ein anderer Junge, der ein bis zwei Jahre älter, dunkelhaarig und bei weitem nicht so entzückend war. Der ältere trat den jüngeren, aber der kleine blonde Junge kicherte bloß. Dann folgte ein weiterer kräftiger Tritt, was das Kichern noch verstärkte. Der nächste Tritt versetzte den kleinen Jungen fast in Ekstase. Ich ging weiter, bevor das alles in Tränen endete.

In der Coventry Street, die vom Piccadilly Circus zum Leicester Square führt, sah ich mir das Schaufenster eines Souvenirladens an. Sie hatten viele Modelle von der Tower Bridge und Big Ben ausgestellt. Und ich dachte mir, daß das keine schlechten Sinnbilder für London waren, sehr schöne Beispiele hiesiger Architektur. Sie hatten auch viele Modelle von schwarzen Taxis und Doppeldeckerbussen im Fenster; die gab es zwar nicht nur in London, sie waren aber aus dem Stadtbild nicht wegzudenken. Doch im Vorbeigehen sah ich, daß eine Gruppe von etwa zwanzig jugendlichen Franzosen dabei war, Bobby-Helme aus Plastik für alle zu kaufen.

Am Leicester Square vor dem Odeon-Kino wartete ein halbes Dutzend sehr modisch gekleideter japanischer Touristen. Einer hatte ein Handy in der Hand, ein anderer einen riesigen Blumenstrauß. Sie waren recht ausgelassen, und der mit den Blumen und der mit dem Handy fingen an, im Scherz gegeneinander zu kämpfen, und taten so, als würden sie sich mit der jeweils freien Hand schlagen.

In einem HMV-Plattenladen hing ein Plakat im Schaufenster das auf einen TALAUSVERKAUF hinwies. Dann sah ich, daß die ersten beiden Buchstaben verdeckt waren. Eigentlich stand darauf TOTALAUSVERKAUF.

Wenn es nach ein paar Enthusiasten im neunzehnten Jahrhundert gegangen wäre, würde ein Monument zu Ehren Sir Isaac Newtons die gesamte Südseite des Leicester Square einnehmen. Mit einer Gedenktafel oder einer Statue gaben sie sich nicht zufrieden; sie wollten sein ganzes Haus konservieren und eine Art stumpfe Pyramide mit einer massiven Steinkugel um das Haus herum bauen. Den meisten Menschen ist sein Grab in der Westminster Abbey verrückt genug.

Ich war in der Agar Street am Hochkommissariat von Simbabwe, und davor stand eine Staatskarosse mit dem Kennzeichen ZIM 1. Sie parkte da, und der Fahrer war nicht zu sehen, aber auf dem Beifahrersitz lag eine Plastiktüte mit Lebensmitteln von Saintsbury.

Das Hochkommissariat ist ein riesiges Marmorgebäude an der Ecke Strand, und zwischen den Fenstern im ersten Stockwerk sind achtzehn nackte Sandsteinfiguren angebracht. Sie wurden von Jacob Epstein gemeißelt und sind gemeinhin als ›Mann und Frau: Stationen zwischen Leben und Tod‹ bekannt, ein Titel, den meiner Ansicht nach eine erstaunliche Anzahl Kunstwerke tragen könnten.

Es heißt, als Epstein die Figuren gemeißelt hatte, war die Öffentlichkeit über deren Nacktheit so schockiert, daß er noch einmal ran mußte, um die Genitalien abzuschlagen. (Ich nehme an, daß nur die männlichen gemeint waren.) Ich weiß nicht, ob die Geschichte wirklich stimmt, aber heutzutage fehlt mehr als nur die Genitalien. Das könnte an der Luftverschmutzung durch Chemikalien liegen oder an der Erosion durch Witterungseinflüsse, vielleicht sind es auch Kriegsschäden, auf jeden Fall sind die Figuren so weit weggefressen, daß einige kaum noch als Statuen zu erkennen sind. Sie sehen wie antike, zerfallene Ruinen aus, und als solche stellen sie wohl weder Leben noch Tod dar, sondern eine Art kontinuierlichen postumen Verfall.

In der Sloane Street sah ich vier als Köche verkleidete Männer. Ich sage verkleidet, weil sie überhaupt nicht wie richtige Köche aussahen, vielmehr als würden sie eine Vorstellung geben.

In der King's Road sah ich einen kriegsversehrten Soldaten aus dem Chelsea Royal Hospital. Ich sah eine Bar, die wie eine mexikanische Cantina eingerichtet war. Ich sah viele protzige junge Leute in Kleidung, die zum Teil großartig, zum Teil lächerlich und manchmal beides war, aber ich sah auch eine ganze Menge elegante ältere Herren mit Blazer und Hut. Und ich sah eine vornehm angezogene alte Dame die Straße hinabgehen. Sie hatte eine betonharte Dauerwelle und trug eine Sonnenbrille und eine schwarze Samtjacke, aber sie durchwühlte die Mülltonnen. Ich sah, wie sie tief in eine Tonne hineingriff und ein weggeworfenes Exemplar von *Vogue* herausfischte.

Ich ging zum Cheyne Walk. Ich hing da eine Weile herum und wartete, daß etwas Interessantes geschah. Ich las die blauen Tafeln und sah mir das Haus an, in dem Keith Richards gewohnt hatte, konnte aber nichts Bemerkenswertes entdecken. Doch an der Ecke Cheyne Walk und Milman's Street dann drei eigenartige Garagen in einer Reihe, deren Türen die Form von arabischen Spitzbögen hatten.

Im Ventmore Drive in Totteridge stand eine alte Schubkarre voll ausgehärtetem Beton. Im Beton waren ein paar winzige Abdrücke von Katzenpfoten und eine große Vertiefung vom Arbeitsstiefel eines Mannes zu erkennen.

Plötzlich fing es an zu hageln, einen solchen Hagelschauer habe ich, glaube ich, noch nie gesehen, und ich mußte mich an einer Fußgängerbrücke in der Handel Street in WC1 am Brunswick Centre unterstellen, die in eine Sozialsiedlung führte. In der Nähe hörte ich Kinderstimmen, die einander zuriefen, daß man sich unbedingt den Regenbogen ansehen müßte. Ich steckte meinen Kopf hinaus, und tatsächlich leuchtete ein perfekter, strahlender Regenbogen zwischen den Hagelschwaden. Genau in diesem Augenblick kam ein emsiges kleines Mädchen an meinem Unterstand vorbei, sie war höchstens sechs Jahre alt, und sagte: »Ich kann nich rumstehn und Rengbong anglotzn, weil ich muß mein klein Bruder suchn.«

Wie erfolgreich London doch religiösen und ethnischen Klischees widersteht. Erstens: Ridley Road Markt – die Fischstände und die Fleischstände, die Schnapper und die Barsche, die Hühnermägen und die Ziegenfüße. Und ein Stand mit religiöser Musik. Er wurde von einem distinguierten Schwarzen betrieben, der vorwiegend Platten von Gospel- und Spiritual-Chören im Angebot hatte, und wenn man dieses Tagebuch verfilmte, würde an seinem Stand zweifelsohne ergreifende Musik aus diesem Repertoire gespielt werden, aber als ich vorbeikam, lief gerade eine religiöse Platte von Jim Reeves, der nicht der dunkelhäutigsten einer ist.

Zweitens: Wenn Sie mich zu Beginn meiner Wanderungen gefragt hätten, ob ich eines Tages einen Mann sehen würde, der ein Kreuz tragend die Straße entlanggeht, so hätte ich wahrscheinlich geantwortet, daß es mich nicht völlig vom Hocker hauen würde. Und schließlich habe ich ihn auch gesehen, einen Schwarzen, kahl, mit grimmigem Gesichtsausdruck, im schwarzen Anzug, mit einem weiß bemalten Holzkreuz, das größer war als er und aus zwei Balken im Verhältnis zwei zu eins zusammengesetzt war. Aber dem Klischee entsprechend hätte ich erwartet, ihn in Brixton oder in East Ham zu sehen oder in einem Stadtteil, in dem es eine geschlossene schwarze Community gibt und die Religion im Alltag eine wichtige Rolle spielt. Tatsächlich begegnete ich ihm in der Kensington Church Street, dieser teuren Straße, in der sich vor allem zahllose exklusive Antiquitätenhändler angesiedelt haben.

Marylebone Road: Madame Tussaud's Wachsfigurenkabinett und das Planetarium auf dem Grundstück, auf dem früher ein Kino stand, das bei einem Bombenangriff zerstört wurde. Außerdem der Schauplatz des einzigen Kriegserlebnisses, von dem mein Vater je erzählt hat.

Mein Stadtplan schwärzt sich allmählich. Ich male immer mehr Straßen an, verbinde die einzelnen Gitterstrukturen miteinander. Das Ende ist noch weit entfernt, aber es ist jetzt keine Sache von Anfang, Mitte und Ende mehr. Die Londoner Straßen entlangzulaufen gibt mir einen gewaltigen Kick, aber nach Hause zu kommen und dieses Tagebuch zu schreiben ist noch besser. Wenn ich mir ein Bein bräche und eine Zeitlang nicht gehen könnte, würde mich das hart treffen, aber ich würde es überstehen. Wenn ich mir die Hand bräche und das Tagebuch nicht weiterführen könnte, wäre das eine Tragödie großen Stils.

Ich frage mich, wie groß das fertige Dokument am Ende wohl sein wird. Man hofft natürlich, daß es so groß, so imposant, so detailliert, so komplex und so verschlungen wie die Stadt selbst sein wird, aber mir ist klar, daß das unmöglich ist. Ich kann nur sagen, daß ich mein Bestes tun werde, es so groß, imposant, detailliert, komplex und verschlungen wie möglich zu machen.

Ich machte zum Mittagessen Pause und setzte mich draußen vor einen Pub im Clapham Common. Park und Pub waren ziemlich leer. Drei Tische von mir entfernt saß ein alter Mann. Ich dachte, daß er sich wohl mit mir unterhalten wollte, starrte aber konzentriert in meine Zeitung. Dann kam ein Freund von ihm vorbei, und der alte Mann sagte: »Willst du einen Fernseher kaufen? Farbe, mit fünfunddreißig Zentimeter Bildröhre. Ich will fünfzig Pfund dafür haben oder zwei Jahre lang ein Pfund pro Woche, kannst du dir aussuchen.«

»Ich hab schon einen Fernseher«, sagte der Freund.

»Ja, aber hast du auch schon einen Fernseher im *Schlafzimmer?*« raunte der alte Mann, als würde er einen unglaublich unanständigen Vorschlag machen.

Der Freund ging in den Pub, holte sich einen Drink, kam wieder heraus und setzte sich zum alten Mann. Ich konnte nicht das ganze Gespräch hören, aber zwischendurch sagte der Freund: »Ich weiß einfach nicht, was das *bringen* soll, eine Lesbe hinter die Theke zu stellen.«

Ich ging die Prince Albert Road entlang, und auf einem Parkplatz, über den ich in den Regent's Park blicken konnte, holten zwanzig oder dreißig Männer große Mengen irgendwelcher Geräte aus den Kofferräumen ihrer Autos. Die Geräte bestanden fast immer aus einem stabilen Kasten mit Rädern und einem langen, dünnen Etui. Zuerst dachte ich, es wären Musiker, die in den Etuis ihre Instrumente hätten, und die Behälter könnten die Verstärker sein. Aber dann wurde mir klar, daß sie wahrscheinlich Angler waren und sich in den langen, dünnen Etuis die Ruten und in den Kästen der Rest ihrer Angelutensilien befanden.

Dieser Eindruck wurde mehr oder weniger bestätigt, als ich sah, daß sie in Richtung des Treidelpfads gingen, der am Grand Union Canal entlangführt, welcher wiederum die Nordgrenze des Regent's Park bildet. Da auch ich diesen Weg entlanggehen wollte, folgte ich ihnen. Plötzlich bildete sich am Fuß der Treppe eine kleine Menschenansammlung, und ich mußte mich hindurchzwängen, um weiterzukommen.

Dann sah ich, warum sie stehengeblieben waren. Ungefähr dreißig Meter vor uns blockierte ein abgeschlossenes Tor den Pfad. Ich war ebenso überrascht wie die Angler, aber auf einmal sagte einer von ihnen: »Da kommt ein Mann, der sieht aus, als wüßte er, wie man ein verschlossenes Tor öffnet«, und die anderen seufzten erleichtert. Als ich mich umsah, merkte ich jedoch, daß sich alle voller Hoffnung zu mir umdrehten. Ich war der Mann, der ihrer Meinung nach das Tor öffnen konnte. Überflüssig, zu sagen, daß sie völlig danebenlagen, wie ich ihnen dann auch zu meinem Bedauern mitteilen mußte; trotzdem fühlte ich mich seltsam geschmeichelt.

Mittagessen beim Japaner

Eine lächelnde, in einen Kimono gehüllte Japanerin empfing sie an der Eingangstür mit einer Verbeugung und geleitete sie die Treppe hinunter ins Restaurant. Sie waren hier, weil Judy im Dickens angerufen und Mick zum Mittagessen eingeladen hatte. Sie hatte dazu all ihren Mut zusammennehmen müssen und war dann auch noch gezwungen gewesen, mit der gräßlichen Pensionswirtin zu reden, aber als er die Einladung annahm, was sie allerdings auch nicht anders erwartet hatte, spielte das alles keine Rolle mehr.

Das Restaurant war hell erleuchtet, die Decke niedrig, und an den Wänden hingen Bilder von Fischern und Leuten, die am Strand Drachen steigen ließen. An der langen Bar saßen mehrere einsame Japaner, die schweigend aßen und tranken, aber die Bedienung führte Mick und Judy auf die andere, etwas freundlichere Seite.

Der größte Teil des Raums wurde von einer etwa fünfzig Zentimeter hohen Plattform, einem Podium mit quadratischen Löchern, in Anspruch genommen. Genau in der Mitte dieser ausgesägten Löcher standen kleine Holztische, deren Tischplatten etwa dreißig Zentimeter über das

Niveau des Podiums herausragten. Die Gäste saßen auf beinlosen Stühlen an den Rändern dieser Löcher und hatten, genau wie im Westen üblich, Beine und Knie unter den Tischen. Es wirkte etwas fremdartig, aber Mick verstand das Prinzip. Weitaus eigenartiger fand er die Reihe der Schuhe, die die Gäste am Hauptgang des Restaurants abgestellt hatten. Er sah Judy an und sagte: »Andere Länder . . .«, streifte seine Schuhe von den Füßen, ging ein paar Schritte über das Podium und setzte sich an den Rand eines Lochs.

Judy nahm gegenüber Platz und fragte: »Haben Sie schon einmal japanisch gegessen?«

»Logisch«, sagte er und nährte mit dieser Antwort nur ihre Zweifel.

Die Kellnerin kam mit aufklappbaren eingeschweißten Speisekarten, kniete sich neben den Tisch und reichte sie ihnen. Mick studierte die grellbunten Fotos der Speisen mit japanischen Bildunterschriften. Die Abbildungen gaben reichlich Informationen über Form und Farbe der Gerichte, weniger jedoch über deren Zusammensetzung. Reis, Fisch und Nudeln waren noch leicht zu erkennen, aber es gab weit mehr.

»Was essen Sie denn gerne?« fragte Judy hilfsbereit.

Er dachte kurz nach und gestand dann: »Vor allem Fastfood.«

»Ich glaube nicht, daß sie das hier haben.«

Er blickte noch einmal in die Speisekarte und sagte: »Sie müssen zugeben, daß es ein bißchen komisch ist, nach London zu kommen, um in einem japanischen Restaurant zu essen.«

»Wo sollte man das denn sonst machen? In Sheffield?«

»Tokio«, schlug er vor.

»Das ist etwas weit fürs Mittagessen. Vielleicht wäre ein typisch Londoner Eel-and-Pie-Shop angebrachter.«

»Nein, das habe ich schon probiert.«

»Mögen Sie rohen Fisch?« fragte sie.

»Klar«, sagte er.

»Ich bin ganz versessen darauf«, sagte Judy. »Ich hatte nie davon gehört, daß jemand rohen Fisch ißt, bis ich *Der alte Mann und das Meer* gelesen hatte. Der alte Mann fängt Fische, zerlegt sie und ißt sie gleich auf, und ich wußte sofort, daß mir das gut schmecken würde. Aber wenn man eine Mutter hat, die aus Streatham kommt . . . In Japan gibt es Restaurants, bei denen sind Bassins in den Küchenfußboden eingelassen, so wie kleine Teiche, und wenn ein Fisch bestellt wird, greift der Koch in eins dieser Wasserbecken hinein und fängt einen.«

Auf Mick schien das Gerede von rohem Fisch keinen großen Eindruck zu machen, daher sagte Judy: »Vielleicht sollten Sie Tempura nehmen: Das sind Fisch und Gemüse, in Teig fritiert.«

Er wirkte noch desinteressierter. »Klingt ein bißchen lahm«, sagte er.

Bis die Kellnerin wieder an ihren Tisch kam, starrten sie schweigend in ihre Speisekarten.

Ohne Judy zu fragen, aber mit einer beherzten Dreistigkeit, die sie nur bewundern konnte, bestellte er Sashimi. Sie war angenehm überrascht. Sie hatte das Mittagessen nicht als Prüfung geplant, trotzdem freute sie sich, daß er so lokker damit zurechtkam.

»Und was haben Sie in der Zwischenzeit so gemacht?« fragte sie.

»Ach, nicht viel. Radio gehört.«

»Ja?«

»Daß ich nicht mit Ihnen schlafe, hat nichts damit zu tun, daß Sie aus London sind, und auch nicht, daß Sie zur Hälfte Japanerin sind.«

Als er merkte, daß er sehr laut gesprochen hatte, verstummte er vollends.

»Na, das tröstet mich aber«, sagte Judy, der es schwerfiel, sich zu beherrschen.

»Und ich finde«, fuhr er jetzt in einem lauten, zischenden Flüstern fort, »das ist ein ziemlich starkes Stück. Ich kenne Sie praktisch überhaupt nicht, und kaum stelle ich das Radio an, da erfahre ich die intimsten Dinge über Sie.«

»Manchmal ist es so am einfachsten.«

»Warum machen Sie das? Warum rufen Sie bei Call-in-Sendungen an?«

»Es ist billiger als eine Therapie. Und normalerweise sollte es anonym sein.«

»Und ich will nicht, daß Sie beim Radio anrufen und denen was über mich erzählen.«

»Kann ich mir vorstellen«, sagte sie und mußte ein Lachen unterdrücken.

»Und das ist noch ein weiterer Grund, nicht mit Ihnen zu schlafen: Sie quasseln im Radioprogramm.«

Als wollte sie beweisen, daß sie in der Lage war, nicht zu quasseln, blieb sie lange schweigend sitzen. Mick hatte das Gefühl, daß er vielleicht doch etwas grob zu ihr gewesen war, und so fragte er schließlich: »Kommen Sie oft hierher?«

»Ich bin noch nie hier gewesen«, sagte sie.

»Woher wußten Sie von diesem Laden?«

»Ich habe eine Kritik in der Zeitung gelesen. Ich lese viele Restaurantkritiken. Muß eine Londoner Angewohnheit sein.«

»Sieht so aus.«

Er sah sich im Restaurant um und genoß die förmliche Ruhe. Es gab keine Musik, und die Leute unterhielten sich nur leise. An mehreren Tischen aßen Japanerinnen paarweise zusammen. Ein kleiner Ort der Muße und Exotik im Zentrum der großen Stadt.

Dann, ohne jede Einleitung, fragte er: »Und wie fühlt man sich so als Japanerin?«

Sie lachte. Hätte ein anderer ihr diese Frage gestellt, wäre sie zutiefst beleidigt gewesen, aber von Mick war es nicht so schlimm, da wirkte es nicht so grob. In seiner Naivität schwang eine gewisse Ironie mit.

»Ich kann genausowenig sagen, wie man sich als Japanerin fühlt, wie ich sagen könnte, wie man sich als Engländerin fühlt. Können Sie sagen, wie Sie sich als Engländer so fühlen?«

So hatte er das noch nie gesehen, trotzdem brauchte er nicht lange zu überlegen, bis er antwortete: »Ja, ich glaube schon«, und obwohl sie wahrscheinlich nicht nachgehakt hätte, begann er zu beschreiben, wie er sich als Engländer fühlte.

»Also, wir halten uns für das beste Land der Welt, was offensichtlich Schwachsinn ist, weil wir in nichts mehr die Besten sind. Wir bauen weder die besten Autos, Panzer noch Flugzeuge, wir stellen nicht die besten Uhren, den besten Stahl oder die besten Fernseher her. Wir machen nicht einmal mehr das beste Fernsehprogramm. Und wir sind nicht die besten im Fußball oder im Kricket oder in der Leichtathletik. Das reichste oder demokratischste Land der Welt sind wir auch nicht. Trotzdem halten wir uns immer noch für die Besten.«

Sie lächelte. So etwas Tiefgründiges hatte sie von ihm nicht erwartet.

»Wenn sie nur zur Hälfte Engländerin sind, teilen Sie dieses Gefühl vielleicht auch nur zur Hälfte.«

»Oder gar nicht«, ergänzte sie, und damit war das Thema für sie erledigt, aber Mick kam gerade erst in Fahrt.

»Und wissen Sie«, fuhr er fort, »es ist lange her, daß wir einen Krieg verloren haben, und das ist auch gut so, glaube ich zumindest. Nicht, daß ich ein Freund von Kriegen wäre, aber wenn man schon in einen reingezogen wird, ist es wohl besser, wenn man gewinnt als wenn man verliert, obwohl das auch nicht unbedingt stimmen muß. Ich meine . . . na ja, Hiroshima, Nagasaki, darüber müssen Sie doch alles wissen.«

»Ich weiß nicht mehr als viele andere Engländer auch«, sagte sie.

»Und dann behaupten wir Engländer, daß unser Land seit 1066 nicht mehr erobert worden ist, aber ich seh das so, daß wir seit Jahren jeden Tag neu erobert werden: durch amerikanische Filme, französischen Wein, indische Restaurants, deutsche Autos, japanisches Alles-Mögliche, ausländische Touristen, ausländische Einwanderer.«

»Und was empfinden Sie dabei?« fragte sie.

»Darauf wollte ich gerade hinaus. Ich finde das gut. Ich habe absolut nichts dagegen, erobert zu werden. Ich finde es wirklich prima.«

»Sie stecken voller Überraschungen, wissen Sie das, Mick?«

»Hatten Sie erwartet, ich würde über die verdammten Ausländer herziehen?«

Sie wollte es nicht zugeben, hatte aber tatsächlich damit gerechnet, daß er ein wenig geschmacklose, wenn auch vielleicht unterhaltsame Fremdenfeindlichkeit zu erkennen geben würde.

»Möglicherweise haben Sie Vorurteile«, sagte er.

»Haben wir die nicht alle?«

Die Kellnerin kam zurück, kniete sich wieder hin und stellte zwei schwarz lackierte Tabletts auf den Tisch. Mick sah sein Essen nicht überrascht, sondern mit maßloser Neugier an. Er hantierte geschickt mit den Stäbchen und machte sich über die Streifen rohen Fisches her. Als er sie in den Mund steckte, nahmen seine Gesichtszüge einen Ausdruck nachdenklicher Besorgnis an, als versetzte ihn die Speise in einen Zustand tiefer innerer Einkehr.

»In Japan«, sagte Judy, »haben alle Schaufensterpuppen westliche Gesichter. Sie dürfen nicht wie die gelbe Gefahr mit kleinen Schlitzaugen aussehen. Ist das nicht seltsam, daß eine ganze Kultur sich im Schaufenster falsch darstellen muß?«

»Die meisten Engländerinnen sehen auch nicht aus wie die englischen Schaufensterpuppen«, sagte er.

»Nein, aber wenigstens gehören sie zur gleichen ethnischen Gruppe.«

Er nickte zustimmend.

»Und in Japan werden selbst milde Sexfilme zensiert und die Genitalien der Schauspieler und Schauspielerinnen elektronisch unkenntlich gemacht, aber gleichzeitig gibt es einen Phalluskult mit festlichen Umzügen, bei denen vier Meter lange Penisse aus Pappmaché durch die Straßen getragen werden.«

Er sah amüsiert und beeindruckt drein und aß einen weiteren Streifen Thunfisch.

»Und in Japan gibt es Liebeshotels, die ihre Zimmer stundenweise vermieten, in denen die Paare es in Betten miteinander treiben können, die wie Raumschiffe oder Mercedes-Cabriolets geformt sind.

Und wenn ich eine echte Japanerin wäre, hätte ich mich entschuldigt, als Sie von der Bombardierung Hiroshimas und Nagasakis sprachen. Ich hätte nämlich gewußt, daß Sie bei der Erwähnung der Bombardierungen Reue empfinden sollten, und das wäre ein quälendes Gefühl, also hätte ich mich entschuldigen müssen, Sie in diese trübe Stimmung versetzt zu haben.«

»Nur gut, daß Sie nur Halbjapanerin sind.«

»Genau. Ich brauche mich für gar nichts zu entschuldigen.«

»Und was ist das Beste an Japan?« fragte er.

»Der Fudschijama«, sagte sie ohne Zögern. »Am Frühlingsanfang, wenn auf dem Gipfel noch Schnee liegt und an den Berghängen die Azaleen blühen.«

»Klingt gut«, sagte er. »Wie oft waren Sie schon da?«

Sie lächelte, als wollte sie jetzt etwas sehr Wichtiges unter Beweis stellen.

»Ich war nie da«, sagte sie, und als Mick sie völlig verdutzt ansah, fügte sie hinzu, »ich habe nur davon gehört, etwas darüber gelesen und Filme gesehen, genau wie Sie. Japan ist für mich nicht realer als für jeden anderen Ausländer. Das ist so wie mit Ihnen und London. Lange bevor Sie herkamen, hatten Sie ein ziemlich verschrobenes Bild von dieser Stadt. Sie haben sich Ihre eigene Version Londons erschaffen. Die war ebenso echt wie das reale London. Das geht mir mit Japan genauso.«

Mick sah das anders, hatte aber keine Lust, sich zu streiten. Sie wünschte, sie hätte gar nicht erst damit angefangen. Sie hätte wissen müssen, daß er es nicht verstand, und das war auch eigentlich egal. Sie fragte sich, ob er ihr böse war, ob er dachte, daß sie zu clever für ihn war.

»Wie ist das Sashimi?« fragte sie.

»Gut«, sagte er und fuhr in vertraulichem Ton fort: »Aber das muß ich doch sagen, es ist eiskalt.«

Sie wollte gerade nachsichtig erläutern, daß es kalt sein *mußte*, als sie merkte, daß sie die Naive war, sie war es, die an der Nase herumgeführt wurde. Er lachte über sie und seinen eigenen Witz.

»Sie müssen denken, daß wir da oben in Sheffield ein ziemlich ignoranter Haufen sind.«

»Ich weiß nicht, wie die Leute in Sheffield so sind«, erwiderte sie.

»Haben Sie sich keine eigene Version davon erschaffen?«

»Bisher noch nicht.«

»Dann fangen Sie am besten gar nicht erst damit an.«

Sie konnte seine Boshaftigkeiten nicht ausstehen, obwohl sie sie nach seiner Reaktion auf die Call-in-Sendung kaum überraschten. So hatte sie sich das ganz und gar nicht vorgestellt. Schließlich hatte sie ihn aus gutem Grund herbestellt, und ein Streit über anglo-japanische Kultur störte dabei nur.

Sie sagte: »Ich wollte Ihnen etwas zeigen.«

Sie zog eine zusammengefaltete Zeitungsseite aus ihrer Tasche, breitete sie aus und gab sie Mick. Sie stammte aus einer Wochenendbeilage, und am unteren Ende der Seite war eine Kolumne mit dem Titel ›Von Tisch zu Tisch mit Kerry Slater‹. Er wußte sofort, daß der Name auf Gabbys Liste stand. Und das Bild hatte er bei seinen Erkundungen auch schon gesehen. Mick sah sie erstaunt an. Es gefiel ihm, daß sie sich einen Namen von der Liste gemerkt hatte, auch wenn das nicht unbedingt gut für ihn war. An was erinnerte sie sich sonst noch, und was könnte sie sich anhand ihres Wissens zusammenreimen? Und was würde sie dann damit machen?

»Gleich beim ersten Mal, als ich die Liste gesehen habe, hatte ich das Gefühl, daß ich den Namen kenne«, sagte sie. »Aber es hat eine Weile gedauert, bis mir wieder eingefallen ist, wo ich ihn schon einmal gesehen habe. Aber es stimmt doch, nicht wahr? Er gehört zu denen, mit denen Sie eine Wiedersehensparty feiern wollen, oder?«

»Yeah«, bestätigte Mick.

»Wußten Sie, daß er für die Zeitung schreibt?«

Mick hatte Slaters Haus observiert. Er hatte gesehen, wie er im Arbeitszimmer an seinem Schreibtisch saß und Texte in einen Computer tippte, und er war ihm in mehrere teure

Restaurants gefolgt, hatte aber nicht rausbekommen, womit er sich seinen Lebensunterhalt verdiente. Mick schüttelte den Kopf, und Judy lächelte selbstzufrieden.

»Wissen Sie, Sie sollten sich da aber wirklich raushalten«, mahnte Mick.

»Echt? Wieso? Ich mag Wiedersehen. Und ich mag Partys.«

»Aber nicht solche.«

»Ich will daran beteiligt werden«, forderte sie. »Ich weiß zwar nicht warum, aber ich will das.«

»Sie wollen daran beteiligt werden, obwohl Sie nicht wissen, wohin das führt?«

»Genau. Seltsam, nicht wahr?«

Ja, es war seltsam. Und es hatte eine eigenartige Anziehungskraft. Er fand es viel erotischer als ihr Angebot, mit ihm ins Bett zu gehen. Trotzdem sagte er: »Nein, das ist nun wirklich keine gute Idee.«

Aber sie sagte: »Ich weiß, wo er heute abend ist. Ich weiß, welches Restaurant er testet. Ich habe bei der Zeitung angerufen und es ihnen aus der Nase gezogen. Ich weiß, daß er alleine ißt. Um acht im Morel. Ich dachte, vielleicht hilft es Ihnen weiter.«

»Hilft mir weiter?« sagte er. »Wie soll das funktionieren?«

»Ich weiß es nicht. Ich weiß nicht, wie Sie vorgehen.«

»Nein, das wissen Sie nicht.«

»Aber ich will es wissen. Und ich will dabeisein.«

»Sie sind verrückt.«

»Vielleicht. Aber ich will zusehen. Was machen Sie mit diesen Männern? Schlagen Sie sie zusammen? Foltern Sie sie? Quälen Sie sie, bis sie vor Ihnen im Staub kriechen und um Gnade betteln? Oder bringen Sie sie um? Sind Sie ein richtiger Auftragskiller?«

»Hey!« sagte er. »Ich bin noch beim Mittagessen.«

»Weisen Sie mich nicht ab«, sagte sie. »Ich bin kein albernes kleines Mädchen.«

»Nein, Sie sind eine Buchhändlerin, die plötzlich Gangsterbraut spielen will.«

»Dann wären Sie also ein Gangster?«

»Das ist doch bescheuert«, sagte er. »Was für ein Schwachsinn.«

Er wollte aufstehen, blieb an der Kante des Sitzlochs hängen und fühlte sich ohne Schuhe plötzlich schutzlos und verlegen. Seine Socken waren verschlissen. Der Versuch, empört das Lokal zu verlassen, kam ihm lächerlich und unbeholfen vor. Er ließ ein paar Geldscheine auf den Tisch fallen und sagte: »Hören Sie, Judy, halten Sie sich aus meiner Arbeit raus. Halten Sie sich aus meinem Leben raus. Halten Sie sich aus meinem Bett raus. Und halten Sie sich aus meinen Radioprogrammen raus. Okay?«

Sie senkte in ungewohnter, fast orientalischer Unterwürfigkeit den Kopf. Und als Mick sich umdrehte, sah er, daß auch die anderen Gäste und Kellner ihre Köpfe gesenkt hatten, als wollten sie sich die Schande ersparen, ihn anzusehen. Mick schlüpfte in seine Schuhe und verließ das Restaurant. Kaum war er drei Meter die Straße entlanggegangen, bereute er die ganze Angelegenheit, und Judy tat ihm furchtbar leid, aber es gab kein Zurück mehr, hatte keinen Sinn, sich zu entschuldigen. Auf so etwas konnte er keine Rücksicht nehmen. Judy war nur ein Zeitvertreib. Sie war nicht Teil seiner Pläne. Immer alles schön der Reihe nach. Heute abend war zum Beispiel der Abend, an dem er sich Kerry Slater zur Brust nehmen würde.

Luftangriff

Es ist jetzt nach Mitternacht, im zweiten Kriegsjahr. Die Soldaten sind wieder in die Kasernen zurückgekehrt. Am frühen Abend waren sie bei Madame Tussaud's gewesen, im halbleeren Kino und im Restaurant, wo sie für fünfundzwanzig Pence zu Abend gegessen hatten und wo von sieben bis zehn eine Band aufgetreten war.

Es war ein deprimierender Ort. In den Ausstellungsräumen waren mehr Wachsfiguren als Besucher, aber ein paar Männer wollten ihren Feinden ins Gesicht sehen, sich die Figuren von Hitler, Göring und Mussolini anschauen: blasse, steife, unbewegliche Statuen in der verlassenen Grand Hall.

Auch London scheint verlassen zu sein. Die Kinder hat man fortgeschickt. Die jungen Männer sind in den Krieg gezogen. Die Stadt ist verdunkelt, und der Rest der Bevölkerung hat sich in Luftschutzbunkern und U-Bahnhöfen versteckt. So kämpfen sie die Schlacht um England.

Durch die schwarze Septembernacht kommen die Flugzeuge, ihre und unsere, die Luftwaffe und die ›Few‹. Der Himmel ist voller Metall, ein primitives, gebündeltes Beben, ein Todesröcheln, und auf dem Dach von Madame Tussaud's in der Euston Road steht ein ängstlicher fünfzehnjähriger Brandwart. Jim London, Stuarts Vater. Die einsame und schwächliche Gestalt hält nach Bomben Ausschau, die nicht für ihn bestimmt sind, steuert seinen Teil schon vor der unausweichlichen Einberufung bei. Lieber hier als in einem vollgestopften Anderson-Schutzraum mit Wellblech überm Kopf lebendig begraben. Und viel besser, als in U-Bahnschächten mit Legionen von Ratten.

Der Nachthimmel ist voller Müll, da sind nicht nur die Flugzeuge, sondern die Lichtkegel der Suchscheinwerfer, Sperrballons, das Flakfeuer und natürlich die Bomben, die unsichtbar auf die Stadt herabfallen. Er fröstelt, nicht nur wegen der Kühle der Herbstnacht. Machtlos, unbewaffnet steht er einfach da und sieht zu und wartet auf irgend etwas, das der überfüllte Nachthimmel für ihn bereithält.

Und trotzdem erstrahlt die Stadt in einer gewissen Schönheit. Am Rand kreiseln Rauchfahnen in langsamen Tänzen ohne Tritt, das helle Feuer der Brandbomben verwandelt die Umrisse der Gebäude in zarte, fragile Silhouetten. London scheint so groß zu sein, so weitläufig, ein so leicht zu treffendes Ziel. Die Türme und Spitzen, die Kuppel von St. Paul's und der Big Ben sind die reinsten Zielscheiben, Schachfiguren, die nur darauf warten, geschlagen zu werden. Man kann sie gar nicht verfehlen. Jede noch so verirrte Bombe landet einen Treffer, zerstört etwas Kostbares, ein Wahrzeichen oder ein Stück Vergangenheit der Stadt; wenn es nicht die Docks oder die Munitionsfabriken sind, dann ist es eine Kirche von Christopher Wren, eine Reihe georgianischer Häuser, ein Stück römische Stadtmauer.

Jim London ist wachsam und aufmerksam wie nie. Die Angst verleiht ihm eine fast halluzinatorische Sensibilität.

Seine Augen sind schärfer als je zuvor, er spürt den Angriff auf die Stadt förmlich auf der Haut. Er steht voll unter Strom. Trotzdem sieht er die entscheidende Bombe nicht – wobei das natürlich auch nichts geändert hätte.

Als sie explodiert, hat er nicht einmal das Gefühl, daß das Gebäude von einer externen Kraft zerstört wird. Es ist eher, als würde das halbe Bauwerk, der Westflügel mit dem Kino, einfach auseinanderplatzen, als hätte es einen Koller bekommen und zerfiele von selbst in seine Einzelteile. Die Luft um ihn herum scheint sich zu spannen, es folgt ein heftiger, markerschütternder Knall, und die Druckwelle erfaßt ihn. Dann bricht eine dichte Trümmerwolke aus Ziegeln, Fliesen und Putz über ihm zusammen. Er wird seitwärts neben die Brüstung geschleudert, auf der er gestanden hat, und bleibt da, bleibt liegen, versucht den Kopf mit den Armen zu schützen, wartet darauf, daß es still wird oder die nächste Explosion folgt. Er glaubt, daß eine Ewigkeit vergeht, hat genug Zeit festzustellen, daß er nicht verletzt ist, genug Zeit, um einzusehen, daß er aufstehen muß, weil die anderen sonst anfangen, ihn zu suchen, und dann sehen würden, was für ein jämmerlicher Feigling er in Wirklichkeit ist.

Als nichts Schlimmeres mehr passiert, rappelt er sich auf und rennt zu dem Gebäudeteil, der von der Bombe getroffen wurde. Das Kino ist einfach verschwunden – als hätte ein Kind mit der Faust ein Balsaholz-Modell zermalmt. Den Bühnenrahmen kann er noch sehen, aber sonst ist nichts zu erkennen, nur Schutt und Staub und ein tiefer Krater. Er flitzt mit einer Taschenlampe und einem Feuerlöscher die freiliegenden Stahltreppen hinunter und gelangt auf die Straße. Er ist der erste und nähert sich vorsichtig dem neu erschaffenen Müllhaufen aus Architektur-Überresten. Die Luft ist noch dick von Staubteilchen, pulverisiertem Zement, Holzfasern, aber auf dem Boden erkennt er jetzt auch größere Fragmente, wie zerfetzte Teppichbodenstreifen, gebrochene Holzleisten, zerborstene Kinosessel und dahinter das tiefe dunkle Loch, das die Bombe gesprengt hat.

Er klettert den wackeligen Ruinenwall hinauf und späht über den Rand in die Tiefe des Lochs. Zuerst sieht er nur endlose Dunkelheit und versucht, sie mit seiner Taschenlampe zu durchdringen. Er weiß nicht so recht, wonach er eigentlich sucht. Da unten gibt es mit Sicherheit keine Überlebenden, außerdem war das Kino leer. Dennoch lauert da etwas im Nichts; und langsam zeichnet sich dieses Etwas im fahlen Licht der Taschenlampe ab.

Er sieht ein Männergesicht, ruhig, rosa glänzend, unbegreiflich gelassen. Dann noch eins, ein zweites blasses, bewegungsloses Gesicht starrt in den heißumkämpften Himmel. Und noch eins und noch eins. Und dann merkt er, daß die Körper zu diesen Köpfen fehlen. Abgetrennt und isoliert liegen die Köpfe wie unzählige Fußbälle im Krater. Einige Gesichter sind zerschmettert, andere zu gräßlichen Fratzen zerlaufen, erscheinen zugleich blutleer und sehen nicht aus, als hätten sie furchtbare Schmerzen erlitten. Und als er die Taschenlampe bewegt, sieht er immer mehr davon, Hunderte dieser übereinanderliegenden abgetrennten Köpfe, die ihn mit leeren, unendlich abgeklärten Blicken anstarren. Ihm wird bewußt, daß er auf etwas Abscheuliches und Unfaßbares gestoßen sein muß, eine Pestgrube, die Grabkammer eines Massenmörders ... und prompt fällt er in Ohnmacht.

In einer grausigeren Geschichte wäre er wohl vornüber in den Krater voller Köpfe gefallen, aber statt dessen fällt er rückwärts in Sicherheit, wo ihn ein paar Sekunden später ein anderer Brandwart findet, ein alter Mann, der in Ypern ein Bein und ein Auge verloren hat. Erleichtert stellt er fest, daß der Fünfzehnjährige nicht tot ist, sorgt dafür, daß der Bursche wieder zu sich kommt, gibt ihm etwas Wasser und erklärt ihm, daß die abgetrennten Köpfe im Krater Wachsformen sind, die aus dem jetzt zerstörten Lager von Madame Tussaud's stammen.

»Die Geschichte kannst du mal deinen Kindern erzählen«, sagt der alte Mann. Und fügt dann hinzu: »Wenn du lange genug lebst, um welche zu haben.«

Essenszeit

Mick Wilton hatte nie zuvor einem Mann beim Masturbieren zugesehen, und auch jetzt war ihm dabei etwas unwohl. Er kam sich aufdringlich und pervers vor. Er hatte zwar kein Problem damit, Kerry Slater zu nahe zu treten, das war schließlich im großen und ganzen der Sinn der gesamten Aktion, aber daß er sich wie ein Perverser fühlte, gefiel ihm absolut nicht. Trotz alledem: Wenn er seine Opfer in solchen Augenblicken nackter Intimität sah, gab ihm das eine barbarische Macht über sie. Er brauchte diese Macht, genoß es, sie zu haben, war aber nicht bereit, dafür einen zu hohen Preis zu bezahlen. Er wollte nicht vorbehaltlos in seinem Vorhaben aufgehen oder dadurch für alle Zeiten verdorben werden.

Mick fand es seltsam, daß ein einzelner Mann ein so großes Haus für sich beanspruchte. Slater lebte in Islington, alleine mit seinen drei molligen Langhaarkatzen. Die konnten sich im ganzen Haus frei bewegen, aber das erklärte nicht, warum er so viel Platz brauchte. Was fing er damit an? Nicht viel, soweit Mick wußte. Slater saß viel an seinem Computer, ging regelmäßig am Abend weg und kam meist ziemlich früh und immer allein wieder nach Hause. Mick hatte gesehen, daß er ein paarmal Leute zum Abendessen eingeladen und dabei je sechs bis acht Gästen ausgefeilte Menüs vorgesetzt hatte. Eines Abends war auch eine Frau alleine vorbeigekommen. Slater hatte auch sie bekocht, sie war aber nicht über Nacht geblieben, und zum Abschied hatte er ihr einen brüderlichen Kuß auf die Wange gegeben und sie ins Taxi gesetzt.

Die Zimmer in Slaters Haus waren klein, unordentlich und etwas schäbig eingerichtet. Das Wohnzimmer mit seiner Ansammlung älterer, abgenutzter Möbel, die nicht richtig zusammenpaßten, wirkte durchaus einladend, aber Mick dachte, ein Mann in Slaters Position müßte doch in der Lage sein, sich eine dreiteilige Sitzgarnitur und einen vernünftigen Teppichboden zu kaufen. Die Küche war sowohl mit elektrischen Geräten als auch mit Lebensmitteln gut ausgerüstet, dabei aber der reinste Saustall. Der Herd war schmierig, im Spülbecken türmten sich schmutzige Töpfe, und das riesige, stinkende Katzenklo stand vor der Gartentür. Das Eßzimmer, in dem die Abendessen stattgefunden hatten, war in einem etwas besseren Zustand, weil es nicht so häufig benutzt wurde, aber auch hier dachte Mick, daß neue Tapeten und ein neuer Eßtisch aus Glas und Stahl zum Beispiel wahre Wunder bewirken würden. Das Schlafzimmer war in gewisser Weise am schlimmsten. Und genau da masturbierte Slater jetzt, erforschte mit seinen fleischigen Händen seinen Körper. Es war ein schrecklicher, übelriechender, deprimierender Raum. In den Ecken häuften sich ungewaschene Kleidungsstücke, auf den Nachttischen und der Kommode standen schmutzige Tassen und Gläser, und neben dem Bett stapelten sich Zeitungen, Bücher und Werbeprospekte. Die Fenster waren geschlossen, und es war lange her, daß zum letzten Mal frische Luft ins Zimmer gekommen war. Das war nicht das Schlafzimmer eines Verführers, sondern eines Mannes, der sich mit einem Leben abgefunden hatte, in dem die Masturbation im Zentrum seiner sexuellen Aktivität stand. Offenbar hatte er reichlich Übung.

Kerry Slater war ein fetter Mann, und vielleicht sah sein Penis deshalb so klein aus. Er glänzte blauviolett und hatte eine ganz andere Farbe und Struktur als der Rest seiner Haut. Er sah aus, als hätte man ihn nachträglich hinzugefügt, später noch schnell an den dicken Rumpf gehängt. Alles andere an ihm war weich, schlaff und babyrosa, auch wenn weder seine vorzeitige Glatze, die Brille noch die unanständige Art, in der er jetzt auf dem vergilbten Sofa mit Blumenmuster unter dem Schlafzimmerfenster herumlümmelte, etwas Babyhaftes hatten. Gerade erst war er in große Handtücher und einen Morgenmantel gewickelt aus dem Badezimmer gekommen, hatte sich pedantisch abgetrocknet und ans Masturbieren gemacht, eigentlich ein recht einfacher Vorgang, um den er allerdings ein ziemliches Brimborium machte.

Zu Anfang hatte er seinen Penis mit irgendeinem Öl eingerieben, was ihn aufgerichtet, gewissermaßen zum Leben erweckt hatte. Dann hatte er eine Schublade in der Frisierkommode geöffnet und ein Magazin herausgeholt. Mick erkannte nicht genau, was in diesem Magazin abgebildet war, aber Slater fand es offenbar fesselnd und anregend, und es brachte ihn weiter in Stimmung. Gebannt starrte er auf die Seiten, seine Zunge ragte ein wenig zwischen den Mundwinkeln hervor, und er bekam feuchte Lippen. Aber das Magazin allein war ihm nicht genug, oder vielleicht wollte er sich einfach nicht damit begnügen. Er griff noch einmal in die Schublade und holte etwas heraus, das wie ein riesiges Reagenzglas aussah, bei dem an der Öffnung eine Gummidichtung angebracht war und an der anderen Seite ein Stück Schlauch mit einer eiförmigen Pumpvorrichtung abging. Es war eine Art erotische Saugvorrichtung, und Slater führte seinen Penis in die Öffnung ein. Der durchsichtige Plastikzylinder wirkte wie ein Vergrößerungsglas und blähte das darin enthaltene Organ optisch auf, und als Slater das Gummi-Ei mehrmals drückte, sah es aus, als würde sich die Erektion steigern und das Geschlechtsteil mehr Platz in der Röhre beanspruchen. Slaters Gesichtsausdruck war die reinste Karikatur sexueller Erregung, und Mick mußte sich zusammennehmen, um nicht laut herauszuprusten.

Eine der Katzen kam ins Zimmer. Slater scheuchte sie fort, trottete, den Penis-Vergrößerer noch an Ort und Stelle, über den fadenscheinigen Schlafzimmerteppich am begehbaren Kleiderschrank vorbei und stellte Fernseher und Videorecorder an. Die Kassette war schon im Recorder, und auf dem Bildschirm erschien sofort eine nackte Frau. Sie sah gut aus, orientalisch, aber auf keinen Fall japanisch. Das konnte Mick inzwischen unterscheiden. Sie kam vermutlich von den Philippinen oder aus Thailand, aus den sexuellen Testgebieten. Sie hatte ein glattes, jugendliches Gesicht und befriedigte sich auf andere, aber mit Slaters Methode vollauf im Einklang stehende Weise. Sie steckte ihre Finger in die Vagina, quirlte dort ein wenig herum, zog sie wieder heraus, steckte sie in den Mund und leckte sie ab.

Slater machte den Eindruck, als wäre er bereit – mehr als bereit – zu kommen. Die Zeit verging. Mick fürchtete schon, daß Slater nicht mehr rechtzeitig an seinem reservierten Tisch im Morel erscheinen würde, aber der hatte es nicht eilig. Den Porno noch auf der Mattscheibe, den Penis in der Saugvorrichtung, wankte er wieder zurück zur Nachttischschublade und holte diesmal ein Damenhöschen hervor. Es war weiß, zerknittert und weder besonders zierlich noch besonders sexy. Mick hatte kurz den aberwitzigen Gedanken, daß Slater es anziehen würde, atmete dann aber erleichtert auf, als der es nur an seine Nase preßte. Slater setzte sich wieder aufs Sofa, schnaufte schwer durch das Höschen, pumpte energisch das Gummi-Ei, wurde immer schneller, bis er plötzlich aufhörte, ein paar Obszönitäten zwischen den zusammengebissenen Zähnen hervorstieß und sich befreit und erleichtert nach hinten aufs Sofa fallen ließ. Er blieb eine Zeitlang bewegungslos liegen, sein Atem beruhigte sich wieder, und Mick fürchtete schon, daß er eindösen könnte. Aber er rührte sich, rappelte sich auf, schaltete den Fernseher aus, legte Pumpvorrichtung, Magazin und Höschen weg, und machte sich ausgehfertig. So langsam er beim Masturbieren gewesen war, so schnell war er jetzt beim Anziehen, und nach nicht einmal fünf Minuten verließ er das Haus.

Endlich konnte Mick aus seinem Versteck herauskommen. Als er aus dem begehbaren Wandschrank ins Schlafzimmer trat, reckte er sich bedächtig und theatralisch. Jetzt fühlte er sich noch mehr wie ein Eindringling. Genau an dieser Stelle hatte Slater vor wenigen Minuten nackt und sexuell erregt gestanden. Mick war zwar immer noch nicht ganz wohl bei der Sache, wußte aber andererseits, daß er genau hierher gehörte. Er begann, Slaters Haus zu durchsuchen. Auf dem Weg in sein Versteck hatte er sich kurz umgesehen, und davor hatte er schon ziemlich lange von draußen durchs Fenster geschaut, aber jetzt war endlich Zeit für eine gründliche Untersuchung.

Beim Herumstöbern sammelte Mick jede Menge neue Erkenntnisse über Slater, konnte aber nicht abschätzen, inwiefern sie ihm weiterhelfen würden. Er sah sich Überweisungsbelege, Kreditkartenabrechnungen, Aktienurkunden und Versicherungspolicen an, um festzustellen, wieviel

Geld Slater hatte und was er damit machte. Anscheinend machte er nicht viel damit. Im Vergleich zum Gesamtvermögen waren seine Ausgaben unbedeutend.

Mick sah sich Slaters Paß an, wollte wissen, wieviel er reiste. Dabei erlebte er keine große Überraschung. Slater war weit herumgekommen: Hongkong, Chile, ein halbes Dutzend Mal in den Staaten, Indien, Singapur. Das war nicht billig. Mick fragte sich, ob er allein reiste; und falls nicht, wer waren seine Begleiter?

Er fand mehrere Fotoalben mit Bildern von Slater und seinen Freunden, und tatsächlich erkannte Mick ein paar Gesichter: Philip Masterson und Justin Carr. Jonathan Sands war allerdings nicht dabei. Die meisten Fotos zeigten Menschengruppen bei Partys, Hochzeiten, Picknicks, Renntagen, Landpartien und Ausflügen ans Meer. Die Gesellschaften waren immer pompös ausstaffiert. Man sah Raphia-Picknickkörbe und Champagnerflaschen, Jachten und Oldtimer. Die Leute trugen Blazer, Kreissägen und Tweed-Jacketts.

Slater war nicht fotogen. Er wirkte alt auf den Bildern, war nur ein blasser Fleck, mondgesichtig und immer wieder vom Blitzlicht überrascht. Er hatte fast jedesmal einen Drink in der einen und einen halbvollen Teller in der anderen Hand. Auf einem bizarren Bild war er im Torwart-Dress auf einem Fußballplatz zu sehen, hielt aber trotzdem eine Champagnerflasche in der Hand.

Mick erforschte Slaters Geschmack in bezug auf Bücher, Platten und Videos: die neuesten Thriller und Biographien, CDs mit anspruchsvoller Klassik, Humphrey Bogart, Jean Renoir und amerikanische Musicals.

Er fand ein paar Postkarten und Briefe, die Slater in letzter Zeit bekommen hatte, aber sie waren nicht sehr aussagekräftig: vor allem Dankschreiben von Leuten, die er zum

Essen eingeladen hatte, und eine Karte von seiner Mutter aus dem Italienurlaub. Dazwischen lagen ein paar Rechnungen und nicht eingelöste Schecks von Zeitschriften, aber Mick konnte nicht viel damit anfangen.

Im Arbeitszimmer stand eine ordentliche Sammlung aus Kochbüchern, Lebensmittel- und Restaurantführern, das Handwerkszeug seines Berufs. Und im Aktenschrank stieß Mick auf einen Stapel zusammengehefteter Zeitungsausschnitte; vor allem Slaters eigene Texte, aus denen man von seinem eulenhaften Gesicht satt und selbstzufrieden angeglotzt wurde.

Also ging Mick wieder ins Schlafzimmer, den Schauplatz von Slaters einsamen, barocken Vergnügen. Das Verstecken im Wandschrank hatte ihm einen gewissen Einblick in Slaters Garderobe gegeben. Er besaß elegante und teure Kleidung der unterschiedlichsten Art, von Anzügen über Sportsakkos zu grauem Flanell und dazu handgearbeiteten Schuhen. Aber alles war ungepflegt; Hosen und Jacketts waren flüchtig in den Schrank geschmissen worden und moderten und knitterten dort vor sich hin; einige hatten sich um Micks Füße verfangen. Viele Kleidungsstücke waren offenbar mit Nahrungsresten bekleckert.

Der Wandschrank interessierte Mick jedoch nicht weiter. Davon hatte er genug gesehen. Er ging zur Frisierkommode, öffnete die Schublade und stieß auf einen ganzen Stapel von Magazinen mit Titeln wie *Inspiration, Teenage Lovers* und *Mirage.* Sie waren um einiges schmutziger, als die schlichten Titel vermuten ließen, enthielten aber nichts direkt Gesetzwidriges.

Mick entdeckte einen G-String für Herren, eine Packung Kondome, die gefährlich nah an ihrem Verfallsdatum waren, Poppers und ein paar haarsträubende Polaroid-Bilder mit dem nackten Slater. Ein Partner könnte sie gemacht haben, aber mit einem Selbstauslöser hätte Slater das auch alleine hingekriegt. Mick überlegte, ob er sie einstecken sollte. Als Teil einer möglichen Verhandlungsmasse könnten sie sehr gelegen kommen, aber Mick wollte keine Nacktfotos von Slater in der Tasche haben, und außerdem hatte er den Eindruck, daß seine Verhandlungsposition ohnehin sehr stark war. Er konnte allerdings nicht widerstehen, an dem Damenhöschen zu schnuppern, das Slater in solche Verzükkung versetzt hatte. Mick nahm es aus der Schublade, hielt es an seine Nase und holte tief Luft. Er roch nichts. Wenn es je von einer Frau getragen worden war, war die entweder sehr sauber gewesen, oder die Tage, in denen ihre Säfte flossen, waren längst vergangen.

Mick wußte natürlich nicht, wie das Morel aussah, dennoch versuchte er, sich Slater beim Essen vorzustellen. Ohne besonderen Grund hatte er das Bild des typischen Restaurants aus den Hollywoodfilmen der Vierziger vor Augen; die Tische stehen in kleinen Nischen, die Kellner tragen Abendgarderobe, die Frauen trägerlose Satinkleider, und in der Ecke spielt eine Jazz-Combo. Mick hatte einen solchen Laden nie gesehen, er war sich nicht einmal ganz sicher, ob es sie außerhalb dieser Filme je gegeben hatte, aber er dachte sich, wenn es überhaupt eins gäbe, dann wäre es in London. Er überlegte, wie lange ein mehrgängiges Menü in einem solchen Restaurant wohl dauern würde, ob professionelle Restaurantkritiker schnell ein leichtes Mahl zu sich nahmen und dann bald nach Hause gingen, um den unmittelbaren Eindruck aufs Papier zu bringen, oder ob sie richtig feudal dinierten, sich dabei vollaufen ließen und erst am nächsten Morgen versuchten, sich an die wichtigsten Eindrücke zu erinnern. Spielte aber auch keine Rolle. Er war bloß neugierig. Egal, wann Slater nach Hause kam, Mick würde auf ihn warten.

Im Wohnzimmer stand ein verstaubtes, ungepflegtes Klavier. Auf dem Hocker und dem Deckel lagen Bücher und alte Zeitschriften. Mick fegte den Plunder runter, öffnete das Klavier und spielte den ›Flohwalzer‹, bis es ihm langweilig wurde. Er mußte noch eine Menge Zeit totschlagen, bis Slater zurückkam.

Mick schlenderte in die Küche und begann mit den Vorbereitungen. Er packte den Inhalt des Kühlschranks auf den Küchentisch. Es gab Butter, Margarine, Mayonnaise, etwas Schinken, einen halben Kopfsalat, einen halben Liter Fleischbrühe, einen Becher Joghurt mit lebenden Kulturen, einen Rest Hähnchencurry, Hüttenkäse, Salami und ein paar Flaschen belgisches Bier. Das reichte noch längst nicht, also ging er zur Gefriertruhe und holte gefrorene Steaks, Würstchen, fertige Eintöpfe und Soßen und diverse kleine Plastikbehälter mit püriertem Obst heraus. Er verpaßte jedem Pack eine ordentliche Dosis in der Mikrowelle, bis es zumindest aufgetaut, wahrscheinlich aber halbgar war, und machte sich dann über die Schränke her. Es freute ihn, daß Slater so viele Vorräte hatte.

Mick fand ungewöhnliche Zutaten wie Holunderbeeren, getrocknete Limonen, Sternanis, Kardamom und Nelken. Bei vielen Dingen wußte er nicht, worum es sich handelte, kramte sie aber trotzdem aus den Schränken und stellte alles auf den Tisch. Es gab aber auch viele einfache und altbekannte Zutaten: Zucker, Mehl, Makkaroni, Reis, Linsen und alle möglichen Dosenfrüchte. Dann stieß er auf Gemüsekonserven und anderes Eingemachte: Anchovis, eingelegte Walnüsse, Mango Chutney, Senfgurken, Tintenfisch in Salzlake und Gentleman's Relish. Schließlich stellte er die Flüssigkeiten dazu, Flaschen mit verschiedenen Essigen und Gewürzölen, Ketchup, Worcester Sauce, Tabasco, Soya- und Austernsoße, Angostura. Der Tisch war voll und schien reich gedeckt zu sein, wenn es auch einige extravagante Gegenüberstellungen gab. Mick fragte sich, wieviel Appetit Slater wohl noch hatte, wenn er vom Essen kam.

Mick öffnete die Behältnisse. Er schraubte Deckel von Gläsern und Flaschen, riß Schachteln und Kartons auf und machte sich mit dem Dosenöffner über die Konserven her. Pikante, kräftige und eindringliche Gerüche stiegen vom Tisch auf: Süßes, Saures, Essig, Fleisch, Fisch. Er entdeckte ein paar Dosen Katzenfutter: Huhn und Kaninchen, Thunfisch und Lachs, Herz und Leber. Sie rochen stärker als die anderen Nahrungsmittel, wenn auch nicht merklich unappetitlicher. Der Geruch des Katzenfutters lockte die drei Katzen in die Küche, und Mick hatte alle Hände voll zu tun, sie zusammenzutreiben und vom Tisch fernzuhalten, bis er sie schließlich alle gleichzeitig im Eßzimmer hatte und die Tür hinter ihnen schloß. Die Szene war vorbereitet. Jetzt brauchte er nur noch zu warten.

Slater traf kurz vor Mitternacht ein. Er kam mit dem Taxi und war wie immer allein. Mick hörte, daß mehrere Versuche, den Schlüssel ins Schlüsselloch zu stecken, scheiterten, bis er mit dem fünften oder sechsten schließlich Erfolg hatte. Im Haus ging er direkt ins Wohnzimmer, schenkte sich einen Whisky ein, setzte sich und machte ein paar Notizen über die gerade beendete Speisenfolge. Mick hatte keine Eile. Er blieb in der Küche sitzen und wartete, aber er fing schnell an, sich zu langweilen. Es dauerte nicht lange, bis er aus dem Wohnzimmer ein leises Schnarchen hörte, und das ging ihm ziemlich gegen den Strich. Das Bankett war angerichtet. Wo blieb der Ehrengast? Er nahm eine Flasche HP-Sauce und schleuderte sie gegen die Küchenwand. Der Knall klang voll und schleimig, die dickflüssige Masse dämpfte das Klirren der zersplitternden Glasflasche, aber er hoffte, die Wucht des Aufpralls würde ausreichen, um Slater zu wecken.

Tatsächlich wachte Slater auf und stapfte los. Er war daran gewöhnt, in der Wohnung ein paar Sachen herunterfallen und zerbrechen zu hören, aber das war nun einmal der Preis dafür, daß man mit drei Katzen zusammenlebte, und als er in die Küche kam, rief er ihre Namen: »Brûlée, Caramel, Fraîche, was habt ihr jetzt wieder angestellt?«

Er wußte, daß irgend etwas nicht stimmte, blieb aber noch eine Weile betrunken in der Tür stehen und hielt unterm Tisch und hinter den Stuhlbeinen nach den Katzen Ausschau. Es dauerte eine ganze Weile, bis er merkte, daß sich in der Küche etwas verändert hatte. Dann blickte er auf, sah, daß die ganzen Lebensmittel auf dem Tisch standen, und hörte im selben Augenblick eine Stimme, die hinter ihm fragte: »Und, wie war das Essen?«, dann schlug Mick die Tür zu.

Langsam und gefaßt drehte Slater sich um, und es gelang ihm, Mick ohne jedes Zeichen von Angst oder Erschrecken anzusehen.

»Es war nicht schlecht«, sagte er betont gleichmütig. »Aber ich habe schon besser gegessen. Und Sie sicher auch.«

Mick mußte lächeln. Slater war ein ziemlich cooler Kunde, und er bewunderte das, obwohl zu viel Coolness das Risiko unnötig erhöhte. Wenn ein Mann die ganze Zeit damit beschäftigt war, cool zu bleiben, bekam er möglicherweise nicht rechtzeitig mit, wie ernst man es meinte.

Slater betrachtete die Küche eingehender und sagte: »Wenn ich das richtig sehe, handelt es sich nicht um einen Einbruch im üblichen Sinne.«

»Gut beobachtet«, stimmte Mick zu. »Was haben Sie im Morel gegessen?«

Nach einem fast unmerklichen Zögern sagte Slater: »Eine pikante Terrine von Seeteufel und Scholle, danach gefüllte Schweinelende mit Boudin Noir.«

»Klingt gut.«

»Nach meinem Empfinden durchaus fachmännisch, aber leider ein wenig lieblos zubereitet.«

»Wie war das Ambiente?«

»Sachlich, vielleicht ein wenig steif.«

»Hatten Sie ein Dessert?«

»Eine Tarte au Citron, die mir recht unspektakulär erschien, wobei mir allerdings klar ist, daß viele Gäste sie als absolut sensationell erachten.«

»Wie war die Weinkarte?«

»Gut, besonders was die Neue Welt betrifft, aber eine Spur zu teuer.«

»Um so besser, daß Sie nicht zu zahlen brauchten. Und der Service?«

»Aufmerksam, womöglich gar eine Spur zu übereifrig.«

»Setzen Sie sich«, sagte Mick.

Ruhig, in freundlicher Ergebenheit, setzte Slater sich an den überfüllten Küchentisch. Er bemühte sich um einen klaren Blick. Sein Bewußtsein war vom Alkohol umnebelt. Sollte man bei heraufziehender Gefahr nicht auf der Stelle stocknüchtern werden? Er versuchte, es sich auf dem Stuhl bequem zu machen.

»Ich hoffe, daß noch Platz für eine kleine Nachspeise ist«, sagte Mick.

»Immer«, antwortete Slater.

Mick zog die Pistole aus der Tasche, so daß Slater sie einer ausgiebigen Betrachtung unterziehen konnte. Der erschauerte zwar, nahm aber alle Kraft zusammen und sagte noch immer ungeheuer gefaßt: »Sofern Sie mich nicht wirklich umbringen *wollen,* werden Sie für diese Waffe absolut keine Verwendung finden.«

Mick nickte, steckte die Pistole ein und stellte einen leeren weißen Teller auf den Tisch. Er griff nach einer offenen

Thunfischdose und kippte den Inhalt auf den Teller, dann nahm er eine Flasche Ahornsirup in die eine und eine Plastikflasche mit Senf in die andere Hand und übergoß den Fisch mit diesen ungleichen Flüssigkeiten. Als die Flaschen leer waren, forderte er Slater mit einer kurzen Geste zum Essen auf. Der machte sich daran, den Snack ordentlich und ohne Murren oder erkennbaren Widerwillen zu verzehren.

»Da, wo ich herkomme«, sagte Mick, »gehen wir unter der Woche nicht oft essen. Wenn überhaupt, dann nur am Wochenende, und auch das nur, wenn jemand Geburtstag hat oder ein Jubiläum oder sowas.«

»Ich weiß«, sagte Slater und aß weiter. »Ich habe darüber geschrieben. Deshalb gehen Restaurants in der Provinz so oft bankrott. Und darin liegt wiederum der Grund, daß es in der Provinz so wenig gute Restaurants gibt.«

»Vielleicht würden wir bedauernswerten Provinzler öfter weggehen, wenn wir bessere Restaurants hätten.«

»Schon möglich«, sagte Slater. »Aber ich denke, das ist eher eine Frage der Kultur, im weitesten Sinne.«

Mick hatte den Eindruck, daß er beleidigt wurde, wußte aber nicht genau wie. Das Gespräch verstummte, und Slater konnte sich ohne weitere Störung dem Fisch widmen. Zügig und routiniert leerte er seinen Teller, legte dann die Gabel beiseite und sah Mick mit traurigem, aber unverzagtem Terrierblick an.

»Und, wie war's?« fragte Mick.

»Ungewöhnlich«, sagte Slater. »Pikant, couragiert, eigenständig. Ich meine einen leichten Cajun-Touch zu entdekken.«

»Freut mich, daß es Ihnen geschmeckt hat. Wir hätten da noch einiges im Angebot.«

»Da bin ich sicher«, sagte Slater.

Mick betrachtete Slater, der an seinem eigenen Küchentisch so in seinem Element zu sein, alles so fest im Griff zu haben schien und so selbstsicher wirkte, daß er einen Augenblick lang überlegte, ob er ihn nicht einfach mit der Pistole zusammenknüppeln sollte. Wie sollte er sonst an ihn herankommen? Mick fühlte sich, als stünde er auf dem Prüfstand. Er nahm den Teller und füllte ihn dieses Mal mit Cornflakes, sauren Gurken, getrockneten Feigen, Himbeeressig, ein paar ordentlichen Prisen Currypulver und gemahlenem Ingwer und garnierte das Ganze mit ein paar dicken Würmern Tomatenmark.

»Was essen Sie denn am liebsten?« fragte Mick.

»Bis heute hätte ich gesagt, ich bin für alles offen«, erläuterte Slater, »aber wenn ich mir das so ansehe . . .«

»Mögen Sie die japanische Küche?« fragte Mick.

»Zum Teil, ja.«

»Ich war heute zum ersten Mal in einem japanischen Restaurant«, sagte Mick und unterbrach sich dann. Warum sollte er Slater irgend etwas erzählen? Er forderte ihn auf, weiterzuessen. Dieses Mal hatte er mehr Probleme. Er zog nach jeder Gabel eine Grimasse, und Mick betrachtete erfreut, wie sein Gesicht rot anlief und fleckig wurde. Trotzdem ließ er nicht locker, bis er alles hinuntergeschlungen hatte, was, allem Anschein nach, eine heldenmütige und beschwerliche Prozedur war.

»Wie ist es?« fragte Mick.

»Ambitioniert, kühn, revolutionär kombiniert unter Verwendung traditioneller Zutaten.«

»Ich fasse das als Kompliment auf«, sagte Mick. »Wollen Sie etwas trinken? Cream Sherry? Ovomaltine, Bovril, Vimto?«

»Ich darf annehmen, daß Wasser nicht zur Debatte steht.«

»Stimmt genau«, sagte Mick. »Aber falls Sie sich übergeben müssen, brauchen Sie das nur zu sagen.«

Slater schluckte und schüttelte den Kopf. Nein, das war nicht nötig. Das hieße, die Niederlage einzugestehen, und dazu war er nicht bereit.

»Sie haben einen gesunden Appetit«, sagte Mick.

»Das liegt zum Teil an der Pistole in Ihrer Tasche.«

»Trotzdem –« setzte Mick an.

»Hören Sie«, sagte Slater. »Ich weiß nicht, wer Sie sind, ob ein unzufriedener Leser meiner Kolumne, ein Koch, den ich beleidigt, oder ein Restaurantpächter, den ich zu hart kritisiert habe, aber wer immer Sie auch sein mögen, ich bin überzeugt, daß Ihre Handlungsweise vollkommen berechtigt ist. Ich bin sicher, daß ich es verdient habe. Und glauben Sie mir, ich bin nicht mutig, kein Held. Ich werde mich nicht mit Ihnen anlegen. Wenn Sie mir sagen, ich soll meine Fäkalien essen, dann werde ich das tun.«

Mick fand das ekelhaft. Das war ein absolut unbefriedigendes Angebot. Er war zwar froh, daß er niemanden vor sich hatte, der versuchte, ein Held zu sein, aber etwas mehr Widerstand hatte er sich doch erhofft. Slaters Wunsch nach einem ruhigen Leben stand im krassen Gegensatz zu Micks Wunsch, ihn leiden zu sehen. Mit Fäkalien wollte Mick wirklich nicht anfangen, aber er bereitete Slater noch ein Gericht zu: kalter Eintopf mit Marmelade und Mayonnaise, einem Brocken Schmalz, zwei gehäuften Teelöffeln löslichem Kaffee und einem zerbröselten Brühwürfel.

Slater fing an zu essen. Er sah nicht gut aus. Er war ein bekümmerter Mann, ertrug diesen Kummer jedoch immer noch viel zu mannhaft. Er akzeptierte den neuen Fraß, den Mick ihm angerichtet hatte, und aß weiter. Aber das war absolut nicht der Sinn der Sache. Er sollte nicht in der Lage sein, weiterzumachen. Mick wollte, daß er auf die Knie fiel und ihn hustend, röchelnd, heulend und kotzend anflehte, seinen Qualen endlich ein Ende zu setzen. Sobald dieser Zustand erreicht war, sobald Slater sich elend genug fühlte und Reue empfand, war seine Arbeit getan, und Mick konnte seiner Wege ziehen. Aber solange Slater so gelassen und stoisch blieb, mußte Mick ihm weiter zusetzen, und langsam gingen ihm die Ideen aus.

»Ungewöhnlich«, sagte Slater, als er den Teller leergegessen hatte. »Der Mangel an Ausgewogenheit wird durch die Extravaganz der Komposition mehr als wettgemacht.«

Wütend rührte Mick eine letzte Mélange aus Katzenfutter, Maismehl, Fischfond, braunem Zucker, Tabasco, Minzsauce, aufgetauten Himbeeren, Gänseschmalz, Mango Chutney, Gelatine und getrocknetem Estragon zusammen und sah dann bestürzt, wenn auch nicht völlig überrascht zu, wie Slater sich entschlossen daransetzte, auch das zu vertilgen. Er hatte zwar Tränen in den Augen, aber das lag am Tabasco, nicht daran, daß er geschwächt war oder sich geschlagen gab. Mick hatte die Schnauze voll.

»Okay«, sagte er. »Das war's. Jetzt zum Nachtisch. Ziehen Sie sich aus.«

»Ach«, sagte Slater. »Muß ich wirklich?«

Der Einspruch beruhte auf Slaters Hemmungen und seinem natürlichen Schamgefühl, nicht auf Trotz. Als Mick ihm klargemacht hatte, daß ihm keine Wahl blieb, zog Slater sich widerstrebend, aber ohne größere Umstände aus. Er schien jetzt noch fetter zu sein als vor seinem heroischen Freß-Wettkampf, und sein Penis wirkte noch kleiner.

Mick fegte mit dem Unterarm alles vom Tisch. Er tat es mit viel mehr Kraft und Dynamik als erforderlich gewesen wäre. Lebensmittel und Verpackungen flogen durch die Küche, knallten gegen die Wände und auf den Fußboden und platzten dort auf. Mick stapfte durch den knirschenden Unrat zum Schrank unter dem Spülbecken und wühlte darin herum, bis er eine Wäscheleine und ein paar Stücke Schnur gefunden hatte.

»Legen Sie sich auf den Tisch«, sagte er zu Slater.

Slater gehorchte.

»Auf den Bauch oder auf den Rücken?« fragte er entgegenkommend.

Mick mußte darüber nachdenken. Er kam zu dem Schluß, daß es demütigender war, wenn Slater auf dem Rükken lag, und der nahm diese Position widerstandslos ein. Mick fesselte Slaters Hände und Füße so an die vier Tischbeine, daß er wie ein Seestern dalag. Dann trat er etwas zurück, schaufelte mit den Händen Lebensmittel vom Boden und schüttete, schleuderte und klatschte sie auf Slaters fetten Körper, der binnen kurzem mit einer Kruste aus festen Bestandteilen und dickflüssigem Brei, Pulvern, Emulsionen, Stückchen und Brocken bedeckt war, die an seiner Haut klebenblieben, so daß er aussah wie in einem abstrusen Zustand fortgeschrittener Verwesung.

Mick sah, was er gemacht hatte, und betrachtete sein Werk ohne großen Stolz, aber dann ging er ins Eßzimmer, öffnete die Tür und ließ Slaters Katzen heraus. Sie machten sich vorsichtig, aber zielstrebig auf den Weg in die Küche und begannen, an den Lebensmitteln auf dem Fußboden herumzuschnüffeln, um dann, zügig der Spur des dicksten Lebensmittelmorasts folgend, auf den Tisch zu springen.

Slater blieb bewegungslos liegen, sein Körper war so angespannt, als läge er in einem Zahnarztstuhl. Er hatte die Augen geschlossen und versuchte, ruhig zu atmen, wußte er doch nicht, ob die Tortur bald ein Ende haben sollte oder das erst der Anfang war. Mick wußte es auch nicht so recht. Er wurde das Gefühl nicht los, daß er mit diesem Racheakt eine ziemlich lahme, zweitklassige Vorstellung abgeliefert hatte. Aber ihm reichte es. Er ging aus dem Haus und ließ die Eingangstür offenstehen, um einem möglichen konventionelleren Einbrecher eine einmalige Gelegenheit zu bieten.

Gelb

Mick entfernte sich mit schnellen, aber nicht hastigen Schritten und lässigem, aber ungezwungenem Benehmen von Slaters Haus, als er ein Auto bemerkte, das ihm langsam und in gleichbleibendem Abstand folgte. Er ignorierte es, drehte sich nicht um, ging einfach weiter. Selbst als der Fahrer zu hupen anfing, weigerte er sich, den Wagen zur Kenntnis zu nehmen. Aber schließlich drehte er sich doch um und stellte erleichtert fest, daß es ein alter Datsun Cherry, also nicht die typische Ganovenkutsche war, und dann traute er sich auch endlich, nachzusehen, wer am Steuer saß, und erkannte, daß es Judy war.

Sie hielt an und wartete, daß er zu ihr herüberkam. Es widerstrebte ihm immer noch. Ein Auto ließ sich viel leichter zurückverfolgen als eine einzelne Person. Er blickte die Straße auf und ab und überlegte, ob irgendwo potentielle Zeugen sein könnten, aber dann fing Judy an, eindringlich und ausdauernd zu hupen, und ihm wurde klar, daß es weitaus unauffälliger wäre, ins Auto zu steigen, und so riß er die Tür auf und setzte sich auf den Beifahrersitz.

Der Wagen war der reinste Schrotthaufen, und als er es

sich bequem machen wollte, rutschte der Sitz hinten aus seinen Laufschienen. Er wollte eine Bemerkung über die Minderwertigkeit japanischer Autos machen, konnte sich aber gerade noch bremsen. Statt dessen sagte er: »Sie sollten nicht hier sein.«

»Und wo sollte ich sein?« fragte Judy beim Anfahren.

»Im Bett mit einem guten Puzzle«, sagte er.

»Allein oder in Begleitung?«

»Allein. Auf jeden Fall.«

»Eigentlich war ich im Restaurant.«

»In welchem Restaurant?«

»Wissen Sie doch«, sagte sie ungehalten. »Im Morel, wo Slater gegessen hat. Ich habe gesehen, wie er ankam. Ich habe ihn beobachtet. Ich habe gewartet. Ich habe gedacht, Sie kommen auch. Ich habe gedacht, Sie erledigen das im Restaurant.«

»Ja, klar. Äußerst diskret.«

»Ich wußte nicht, daß Diskretion gefordert war.«

»Sie wissen gar nichts, und das ist auch gut so.«

»Ich weiß viel mehr als noch vor ein paar Stunden. Und ich muß sagen, daß Sie Ihre Sache sehr gut gemacht haben.«

Zuerst verstand er nicht, was sie damit sagen wollte. Doch langsam dämmerte ihm, daß sie ein Urteil über seine Arbeit abgab, daß sie ihn in Aktion gesehen haben mußte.

»Ich habe alles gesehen«, sagte sie. »Sie sind nicht der einzige, der Leuten nachspionieren kann. Ich bin Slater vom Restaurant nach Hause gefolgt. Ich habe gesehen, wie er ins Haus ging. Darauf habe ich mich nach hinten geschlichen, dort durchs Fenster geguckt und gesehen, wie Sie in der Küche auf ihn warteten. Und dann habe ich gesehen, was Sie mit ihm gemacht haben.«

»Eigentlich ist das kein Zuschauersport«, sagte Mick.

»Nicht? Es war ziemlich spannend. Sie haben ziemlich

viel erzählt, und das konnte ich leider nicht verstehen. Es war fast wie bei einem Film, bei dem der Soundtrack fehlt; die Handlung wird dadurch noch faszinierender, weil man raten muß, was die Leute sagen könnten.«

Mick hatte keine Lust, sich auf ihre interessante Analogie einzulassen. Dies war kein Film, weder stumm noch sonstwie. Sie war nicht mit dem nötigen Ernst bei der Sache.

»Okay, Sie haben mir also zugesehen«, sagte er. »Sie wollten wissen, was ich mache, und jetzt wissen Sie's. Zufrieden?«

Er klang bockig. Es war ihm peinlich, und vielleicht schämte er sich sogar ein wenig, aber er war nicht bereit, klein beizugeben. Ihn packte die Streitlust, er wollte zum Gegenschlag ausholen, um seine unhaltbare Position zu rechtfertigen.

Judy hielt den Wagen an, wandte sich zu ihm, lächelte freundlich und sagte: »Schon in Ordnung. Ich fand es nett. Mir gefällt Ihr Job.«

Dazu fiel ihm nichts ein, er hatte nichts parat, um sich zu verteidigen. Er konnte auch nichts dagegen tun, daß sie sich zu ihm herüberbeugte, sein Gesicht streichelte und anfing, ihn zu küssen. Sie hatte ihn aus der Fassung gebracht und verwirrt, und er leistete so lange Widerstand, wie er konnte, aber es dauerte nicht lange, bis er feststellte, daß er ihren Kuß erwiderte.

Von da an war der Rest der Nacht so gut wie gelaufen. Sie fuhren zum Dickens. Mick wollte zu ihr, aber Judy erlaubte keine Widerrede. Sie verbrachten die Nacht im Bett, ineinander verschlungen zwischen den Tälern und Steilhängen der schmuddeligen Matratze. Ihr Körper war ihm in vielfältiger Weise fremd; er war neu, weil er ihn nicht kannte, aber dazu kam, daß die Proportionen und Winkel andere waren als bei den weißen Engländerinnen, mit denen er geschlafen hatte. Die Haut sah anders aus und fühlte sich anders an, sie war weicher und griffiger, Hintern und Busen schienen anders mit dem Körper verbunden zu sein.

Sie spürte, wie er ihre Neuartigkeit genoß, und sagte: »So, jetzt hast du mit einer Frau geschlafen, die zur Hälfte Japanerin ist. Und mit einer Londonerin.«

Und er antwortete: »Und du mit einem Sheffielder.«

»Und einem Kleinkriminellen.«

Mick lachte. Es überraschte ihn nicht sonderlich, daß das, was er mit Slater gemacht hatte, und ihr Wissen, daß er eine Art Gauner war, sie anmachte; Frauen wurden von den komischsten Sachen scharf, fühlten sich zu den seltsamsten und unattraktivsten Männern hingezogen. Selbst wenn sie einen mochten, war man doch immer wieder erstaunt, wenn man erfuhr, was ihnen an einem gefiel. Aber er war froh, daß Judy nicht entsetzt war, daß sie ihn nicht verurteilte.

Es wäre ein leichtes gewesen, ihr daraufhin alles zu erzählen, und ein Teil von ihm wollte das auch. Es war nicht so, daß er unbedingt eine Beichte ablegen wollte, sondern eher das Bedürfnis, einem anderen zu erläutern, was er tat, so daß diese Person ihm bestätigen könnte, daß das Ganze zumindest einer inneren Logik folgte und nicht völlig sinnlos war. Aber er nutzte die Gelegenheit nicht. Es wäre zu kompliziert gewesen. Er hätte Judy von Gabby erzählen müssen, und dafür war das jetzt nicht der richtige Moment. Er bezweifelte, ob dieser richtige Moment je kommen würde.

Statt dessen sprachen sie über Großstädte. Das fiel ihr leichter. Sie war viel herumgekommen. Sie erzählte von ihren Abenteuern als Touristin in Paris, Prag, Athen, Florenz und Wien. Ihm sagte das alles nichts, diese Flut von Ereignissen, die Erzählungen von verlorenem Gepäck, von billigen Absteigen, Besuchen in Kunstgalerien und Museen und von fremden verwahrlosten Männern, die versuchten, sie abzuschleppen. Er fragte, warum sie nur Großstädte bereist hatte, warum sie nicht an den Strand oder in die Berge gefahren war, und sie konnte darauf nur antworten, daß sich das Leben in den Großstädten abspielte. Er konterte mit Geschichten aus Sheffield, Doncaster, Barnsley und Chesterfield, und sie war entzückt über seinen Sinn fürs Absurde, über seine Weigerung, ihren Versuch, sich als Kosmopolitin zu geben, ernst zu nehmen. Sie sagte, sie würde all die von ihm genannten Orte besuchen, wenn er als Reiseführer mitkäme. Und sie erzählte ihm von ihrem Job beim London Walker, erwähnte die Affäre mit ihrem Boß allerdings nicht. Er sagte, das klinge nach leichtverdientem Geld.

Sie tätschelte seine Brust, drückte ihre Finger in die Vertiefungen zwischen den Rippen. Ihre Hände waren kühl, schlank und zielsicher. Sie sagte: »Wenn du je in einen Atomkrieg gerätst, achte darauf, daß du langärmelige weiße Kleidung trägst.«

»Was?« sagte er.

»Wenn du im Zentrum der Hitzewelle bist, ist es natürlich völlig egal, was du anhast, auf kurze Entfernung werden deine Eingeweide gegrillt. Aber nehmen wir an, du bist eine Meile oder etwas weiter entfernt; wenn deine Haut nicht bedeckt ist, wird sie vom Fleisch abgeschabt wie eine Orangenschale. Wenn du ein schwarzes Hemd trägst, ist das auch nicht viel besser. Das dunkle Gewebe absorbiert die Hitze, es verglüht, fängt wahrscheinlich Feuer, und die Haut darunter verbrennt. Aber weiße Stoffe reflektieren die Hitze. Damit hat man eine echte Überlebenschance.

Und du darfst auf keinen Fall ein weißes Hemd mit dunklem Muster tragen, weil die Hitze sich durch das Muster brennt. Stell dir mal vor, was passiert, wenn du eins dieser T-Shirts mit dem Londoner U-Bahn-Plan trägst, dann hättest du den Verlauf der Bahnlinien für den Rest deines Lebens in die Brust gebrannt.«

»Denkst du dir das aus?« fragte Mick.

»Das ist in Hiroshima passiert.«

»Yeah?«

»Ja. Hab ich gelesen.«

Sie fuhr wieder mit den Fingerspitzen über seine Brust; dieses Mal zeichnete sie unsichtbare U-Bahnlinien nach.

Als Mick am nächsten Morgen aufwachte, schlief Judy noch tief und fest an seiner Schulter. Er war vor allem überrascht; es dauerte eine Weile, bis sich der Verlauf der vergangenen Nacht im Kopf wieder geordnet hatte. Dann bekam er Gewissensbisse. Das Gefühl, unter Druck gesetzt und verführt worden zu sein, wurde immer stärker. Er hatte nicht mit dieser Frau schlafen wollen, hatte sie nicht einmal küssen oder zu ihr ins Auto steigen wollen. Er fühlte sich schuldig, weil er Gabby betrog, ihr untreu war, und dazu kam noch, daß die Nacht mit Judy ihm Zerstreuung bot. Dafür war er nicht hier. Die Reinheit seiner Mission wurde untergraben. Er verschwendete Zeit. Aber das Schlimmste, der Hauptgrund dafür, daß er sich so richtig mies und schuldig vorkam, war die Tatsache, daß er trotz alledem froh war, mit Judy geschlafen zu haben.

Als sie aufwachte, behandelte er sie höflich, küßte sie brüderlich und erklärte ihr, daß er keine Möglichkeit hätte, in diesem Zimmer Frühstück zuzubereiten oder auch nur Kaffee zu kochen. Seine Distanziertheit schien sie nicht zu stören, und er war ziemlich erleichtert, daß sie keine Ansprüche stellte oder Romantik erwartete. Vielleicht, dachte er, waren ihre Gefühle ja so kompliziert wie seine.

Erst nachdem sie gegangen war und er sich wieder allein in seinem Zimmer umsah, fiel ihm die ausgefranste Preßspanplatte auf dem Fußboden ins Auge, und er stellte fest, daß das letzte Stück in sein Londonpuzzle eingesetzt worden war.

Tagebuch eines Fußgängers

Panorama

Zu meiner großen Überraschung mußte ich feststellen, daß es mir ungeheuren Spaß macht, dieses Tagebuch zu schreiben. Ich weiß zwar nicht so recht, für wen ich es schreibe, habe aber nicht den Eindruck, daß ich es nur für mich tue. Vielleicht habe ich die Nachwelt irgendwo im Hinterkopf. Ich hoffe, das ist nicht zu albern oder zu arrogant; ich habe schon in der Pubertät geschrieben, allerdings furchtbar rührseliges Zeug, und dann noch einmal, als ich Anita begegnet bin, weil sie mich dazu ermuntert hat. Sie meinte, ich solle meinen ganz persönlichen London-Reiseführer schreiben, aber ich war schon immer der Auffassung, daß es genug unzuverlässige Londonführer gibt. Ich wollte den Haufen nicht noch vergrößern.

Obendrein war mein Hauptproblem mit dem Schreiben, daß ich nie etwas zu Ende bringen konnte. Mir gefallen fragmentarische Manuskripte und unvollendete Meisterwerke (›Kubla Khan‹, *Edwin Drood)*, ich verstehe aber durchaus, daß es nicht allen so geht. Aber bei einem Tagebuch ist das kein Problem. Wenn Schluß ist, ist Schluß. Es hat keine fein herausgearbeitete künstlerische Struktur. Es hat dieselbe

Struktur wie das menschliche Leben. Es endet, weil das Leben des Tagebuchschreibers endet. Wenn man eine gute Entschuldigung dafür braucht, daß man etwas nicht zu Ende bringt, scheint mir der Tod die beste zu sein.

Ich saß in einer resopalverkleideten Nische in einer Snack-Bar in der Charing Cross Road, hatte eine angeschlagene weiße Cappuccino-Tasse in der Hand und tat so, als läse ich Zeitung. Es war später Vormittag, und außer mir und einer etwa fünfundzwanzigjährigen Frau in der nächsten Nische war der Laden leer. Ich habe keine Hemmungen mehr, andere Menschen anzustarren. Ich betrachtete ihr spitzes, schmales und völlig ungeschminktes Gesicht, aber während ich sie ansah, begann sie, Mascara, Eyeliner, Lidschatten und Augenbrauenstift aufzutragen. Sie hatte weit auseinanderstehende Augen, die müde, traurig und unschuldig wirkten, aber das Make-up betonte die Konturen und hob sie hervor, so daß ihr Gesicht erotischer wurde. Blau- und graumetallischer Glanz verbreitete sich über ihren Augen, und zum Schluß zog sie sich zwei lange Lidstriche von den Augenwinkeln nach außen. Sie sah damit ein wenig japanisch aus (und ich dachte natürlich sofort an Judy). Die Frau ging sehr sorgfältig vor, warf immer wieder prüfende Blicke in ihren kleinen, runden Schminkspiegel und nahm sich viel Zeit. Sie sah nicht aus, als würde sie es aus Liebe zur Sache machen, sondern sie tat es, weil sie wußte, daß sie es tun mußte.

Ich habe versucht, über die Leute, die mir in London begegnen, keine voreiligen Schlüsse zu ziehen, um nicht in langweilige, enge Stereotypen zu verfallen. Aber auf Nachfrage hätte ich gesagt, daß sie keine Londonerin war, nicht hier geboren, sondern vielleicht Touristin, wenn auch nicht unbedingt auf ihrer ersten Englandreise, oder eher noch eine ausländische Studentin. Vor ihr auf dem Tisch lag ein

Stadtplan, und der war völlig zerfleddert vom vielen Nachschlagen.

Schließlich war sie mit den Augen fertig. Ich fragte mich, ob sie sich jetzt die Lippen nachziehen würde, das tat sie aber nicht. Sie steckte das Schminkkästchen ein, trank ihren Kaffee aus und stand auf. Bevor sie ging, setzte sie eine Panorama-Sonnenbrille auf, die ihre Augenpartie völlig verdeckte.

Ging Wimpole Mews entlang, die Straße, in der Johnny Edgecombe Christine Keeler gesucht und ein komplettes Magazin in die Haustür geballert hat, als Mandy Rice-Davies ihm nicht aufmachen wollte, und dann, als er sie am Fenster sah, einfach mal auf sie geschossen hat. Edgecombe wurde erst gefaßt, nachdem man sein Haus in einer weit weniger noblen und attraktiven Wohngegend als Wimpole Mews längere Zeit belagert hatte.

Ich denke, man kann die Erdbevölkerung in zwei Gruppen einteilen, für die einen verfliegt die Zeit, für die anderen kriecht sie dahin. London ist wohl eher etwas für die Leute der zweiten Kategorie.

Es dauert jedesmal ungeheuer lange, einen Weg von A nach B zurückzulegen, ob mit öffentlichen Verkehrsmitteln, im Taxi oder zu Fuß. Das liegt zum Teil an den großen Entfernungen zwischen den einzelnen Orten, zum Teil am dichten Verkehr und an der Ineffizienz der öffentlichen Verkehrsmittel, aber ich vermute, daß da noch etwas hineinspielt: Die abweisende Natur der Großstadt entzieht einem Energie, sie nimmt einem die Funktionstüchtigkeit. Wenn man Zeit totschlagen will, ist das ganz wunderbar, man fährt einfach irgendwohin, und eh man sich's versieht, ist eine Stunde oder mehr vergangen.

Wenn Sie jedoch zu den Leuten gehören, die immer zuwenig Zeit haben, ist die Stunde auch weg. London stiehlt Ihnen diese Zeit, und das muß Sie dann doch zum Wahnsinn treiben.

In der Lord North Street. Ein Schriftzug an einer Wand hat den Krieg überlebt: ›Schutzräume im Gewölbe unter dem Straßenpflaster.‹

In der Denmark Street (die früher als Tin Pan Alley bekannt war). Ein junger Mann, der Erscheinung nach ein Rockstar, lud Gitarren aus und trug sie in ein Musikgeschäft. Seine Aufmachung war sehr cool und hip, er schien sich aber ausgesprochen unwohl zu fühlen. Erst verstand ich nicht, warum er so unsicher war, aber als er die zweite Ladung holte, sah ich, daß er die Gitarren aus einem dreirädrigen Reliant nahm, und ein netter alter Mann, sein Vater, wie ich annahm, saß geduldig am Lenkrad und steigerte die Pein seines Sohnes ins Unerträgliche.

In der Ilderton Road in Rotherhithe sah ich einen Sportwagen mit sechs zermatschten rohen Eiern auf der Motorhaube.

In New Cross: Ein Laden, der auf Schachspiele spezialisiert ist. Die Figuren des einen Spiels sind Londoner Sehenswürdigkeiten: Taxiwartehäuschen als Bauern, Londoner Tower als Türme, St. Paul's Cathedral als Läufer, Reiterstandbilder von Cromwell als Springer, Post Office Tower als Könige und Thorneycrofts Statue von Boadicea als Damen.

In alten Filmen wirkt London immer so fremd. Es ist mehr oder minder das London, das ich kenne, aber höchstens halb so voll. Auf den Straßen ist kein Verkehr, es gibt keine doppelten gelben Halteverbotslinien, und die Autos stehen nicht dicht an dicht. Der Held findet immer einen Parkplatz direkt vor dem Buckingham Palace oder dem Ritz, und nie muß jemand darauf warten, daß der Taxifahrer ihm sein Wechselgeld zurückgibt.

Als Junge habe ich viel über Indien gelesen, und ich weiß noch, wie neidisch ich darauf war, daß die Menschen in Kalkutta in den Ladeneingängen schliefen. Mir schien das so einfach und praktisch zu sein. Wenn ich mit meinen Eltern nach London fuhr, mußten wir uns immer um eine Übernachtungsmöglichkeit kümmern und etwas im voraus buchen, das ihren hohen Ansprüchen womöglich dann trotzdem nicht genügte, weil die Bettwäsche nicht richtig sauber, der Service nicht aufmerksam genug oder das Essen zu schlecht war. Heute sehe ich Menschen in den Ladeneingängen schlafen und frage mich, ob das ein Fortschritt ist.

In der Amhurst Road in Hackney ein Haus mit Erkerfenster. Die Vorhänge waren zugezogen, und im Fensterrahmen war ein Foto von Peter Wyngarde als Jason King so angebracht, daß vorbeikommende Passanten es kaum übersehen konnten.

Im Vorgarten eines Hauses in der Navarino Road stand eine zwei Meter hohe schwarze, abstrakte Metallplastik, die einen Mann darstellte.

Das Fenster einer Souterrainwohnung in der Greenwood Road ohne Gardinen. Drinnen saßen mehrere Frauen im grellen Neonlicht und nähten mit Industriemaschinen weiße Stoffstücke zusammen; auf dem Schild draußen stand ›Damenschneiderei‹.

In der Church Street in Stoke Newington war an der Fassade über einem Gemüsehändler noch die Reklame eines früheren Geschäfts zu erkennen. Der größte der alten Werbesprüche lautete: ›Wir reparieren Ihren Füllfederhalter.‹ Was für eine wundervolle, sichere und anständige Welt das doch heraufbeschwört, in der die Menschen nicht nur mit Füllfederhaltern schrieben (was an sich schon putzig und altmodisch anmutet), sondern vielmehr auch noch jemand glaubte, daß es sich lohne, Füllfederhalter zu reparieren, und daß er damit Geschäfte machen und seinen Lebensunterhalt verdienen könnte.

Clanricarde Gardens, W2. Als ich von der Uni abging, bin ich in diese Straße gezogen. Ich wohnte damals mit drei Stadtplanern zusammen. Wir gaben eine Party, und der Bruder von einem meiner Mitbewohner sagte bei seiner Ankunft, er fände das ja wirklich komisch, er sei ein paar Jahre vorher schon einmal in derselben Wohnung auf einer Party gewesen, und damals hätten dort mehrere Musiker von Status Quo gewohnt. Gegen Ende der Nacht wäre jemand in der Küche mit einem Fleischerhaken aufgeschlitzt worden.

Jahre nach meinem Auszug las ich von der vollständigen Zerstörung mehrerer Häuser in der Straße durch ein Feuer, bei dem mehrere Menschen umgekommen waren. Ich habe mich immer gefragt, ob meine alte Wohnung in Mitleidenschaft gezogen worden war. Jetzt fand ich keinerlei Anzeichen dafür, daß es je gebrannt hatte, und ich konnte mich auch nicht an meine alte Adresse erinnern; ich wußte nicht einmal mehr, in welchem Stockwerk die Wohnung gewesen war.

In der Greenwich High Road vor einem Haushalts- und Eisenwarengeschäft. Im Schaufenster zwischen den Schraubenschlüsseln, Hämmern, Pinseln und Gießkannen waren ein halbes Dutzend rosafarbene Vibratoren im Sonderangebot. Auf dem handgeschriebenen Schild daneben stand ›Massagegerät‹, und sie waren gar nicht mal teuer.

In der Straightsmouth, noch immer in Greenwich. Das vordere Zimmer eines kleinen Reihenhauses war unmöbliert und ganz weiß gestrichen, und als ich vorbeiging, filmte ein bärtiger junger Mann die Straße mit einer alten Super-8-Kamera.

Greenwich, der Nullmeridian. Die Selbstsicherheit unserer Vorfahren ist einfach beeindruckend; die Tatsache, daß sie sich hinstellten und der Welt mitteilten: ›Hier ist der Anfang von Raum und Zeit. Wenn Sie mit uns im Gleichtakt bleiben wollen, stellen Sie bitte Ihre Uhren entsprechend. Wenn Sie wissen wollen, wo Sie sind, messen Sie es bitte von hier aus.‹ Und es ist beeindruckend, um nicht zu sagen verblüffend, daß der Rest der Welt sich darauf eingelassen hat. Das waren noch Zeiten (nehme ich an).

In einer Nebenstraße in Fulham; schmal, mit Autos vollgeparkt, fiel mir ein Ford Escort mit beschlagenen Fenstern auf. Das ist an sich nicht sonderlich erwähnenswert, aber ich nahm ihn genauer unter die Lupe, blickte hinein, und drinnen waren ganz eindeutig zwei halbnackte Personen beim Sex zu erkennen. Die Gesichter und ihr Alter konnte ich nicht ausmachen, aber es bestand kein Zweifel darüber, was in dem Wagen vorging. Komischerweise hatte er ein personalisiertes Nummernschild: BOB 47.

Ich ging die Crystal Palace Park Road entlang und sah eine alte Frau mit Staffelei und Palette, die an einem großen Aquarell arbeitete. Das Bild war sehr seltsam; eine komplizierte, detailgetreue Darstellung des alten Crystal Palace, wie er vielleicht zur Zeit der Weltausstellung ausgesehen haben mochte.

Sie malte schön und auch technisch sehr gut, aber es bestand natürlich keinerlei Zusammenhang mit dem, was wir vor uns sahen. Die Frau sah sich um, und einen Augenblick lang dachte ich, sie würde mich ansprechen und mir erklären, was sie da tat, aber sie starrte mich nur an und kam offenbar zu dem Schluß, daß ich einen solchen Aufwand nicht wert war. Sie wandte sich wieder ihrer Arbeit zu, und ich ging weiter.

Später dachte ich mir, daß sie möglicherweise versuchte, irgendwelche geisterhaften Überreste des verschwundenen Kristallpalasts in sich aufzunehmen. Er hatte dort lange gestanden, von 1854 bis 1936, aber auch wenn er damals nicht abgebrannt wäre, den Zweiten Weltkrieg hätte er sowieso nicht überstanden.

Möglicherweise hätten sie ihn jedoch abgebaut wie das Glasdach der Cannon Street Station, das sie für die Dauer des Krieges in einem Lagerhaus etwas außerhalb auf der Südseite der Themse deponiert hatten. Es war natürlich prompt durch einen Volltreffer zerstört worden.

Noch eine Malerin: In Kew Gardens sah ich eine junge Frau, ich vermute, sie war Kunststudentin; sie trug modisch gemusterte Leggings, Wanderschuhe und hatte orange gefärbte Haare. Sie stand hinter einer Staffelei und starrte über den Fluß, und naiv wie ich bin, erwartete ich, sie würde eine ruhige Londoner Flußlandschaft malen, aber als ich näher kam, erkannte ich, daß sie ein wildes abstraktes Werk mit einer Kreuzigungsszene in der Mitte malte. Wieder ein anderes Londonbild.

Mortimer Market, ein düsterer, abgeschlossener Hof gleich neben der Tottenham Court Road, noch so ein Ort, an dem ich Sex mit Judy hatte – von denen gibt's genug. Ganz London ist voll davon. Zieht man mein Alter und meinen soliden Lebenswandel in Betracht, ist es unwahrscheinlich, daß ich noch einmal so wilden Sex haben werde. Für dieses Leben war's das wohl.

Abney-Park-Friedhof, wo Judy und ich es, nachdem ich mich länger widersetzt hatte, miteinander getrieben haben. Clink Street, in der Nähe der Southwark Cathedral, wo Judy auf die Knie gegangen ist und mir phantastisch einen geblasen hat. Heath Lane in Blackheath, hier bin ich durch den Hintereingang in sie eingedrungen.

Machen wir uns nichts vor, Judy war etwas Besonderes. Wie viele Frauen gibt es schon, die einem den Samen von einem London-Stadtplan lecken?

Und dann bin ich ihr begegnet. Ich weiß nicht, warum ich so überrascht war. Es war in der Dorset Street, nicht weit davon entfernt, wo sie, wenn ich das richtig mitbekommen habe, jetzt arbeitet. Sie war auf der anderen Straßenseite. Ich habe gewinkt, aber sie hat mich nicht gesehen, oder sie wollte mich nicht sehen, also bin ich über die Straße gelaufen und ihr gefolgt. Ich wollte nur kurz hallo sagen. Als ich endlich ihre Straßenseite erreicht hatte, war sie schon ein ganzes Stück weg und ging sehr schnell weiter. Ich mußte rennen, um mitzukommen, und kam mir ziemlich albern vor, als würde ich ihr nachlaufen, aber schließlich habe ich sie erwischt und sie meiner Meinung nach nur ganz leicht am Arm berührt.

Sie zuckte zusammen, als wäre ich ein Vergewaltiger, ein vollkommen Fremder, ein durchgeknallter Londoner, der sie belästigte. Ich weiß nicht, ob sie wußte, daß ich es war, aber sie schrie laut auf. Jeder in der Nähe drehte sich zu uns um, aber wie das in London so üblich ist, tat keiner etwas. In diesem Augenblick muß sie gemerkt haben, daß sie nicht umhin kam, wenigstens ein paar Worte mit mir zu wechseln. Ich wollte sie fragen, wie es ihr ging, wissen, ob mit ihr alles okay war, und mich vergewissern, daß sie mich zumindest nicht verachtete. Unglücklicherweise verachtete sie mich offenbar. Ich sagte, es gäbe keinen Grund, vor mir wegzulaufen. Sie sagte, diese Entscheidung solle ich ihr überlassen. Dann meinte sie, daß ich mich verpissen solle, und ich wedelte mit meinem *A–Z* und sagte, daß ich gerade in der Clink Street gewesen sei und an sie, an uns beide gedacht hätte. Sie sagte: »Fick dich ins Knie und fall tot um, okay, Stuart?« – und als ich sprachlos und gekränkt dastand, fügte sie hinzu: »Die Reihenfolge kannst du dir aussuchen.«

Fehltritt

Als Judy weg war und Mick sich vergewissert hatte, daß der Wagen nicht mehr vor dem Hotel stand, zog er los, suchte sich eine Telefonzelle und rief Gabby an. Er wußte, daß sie nicht gerade begeistert sein würde, wenn sie um diese Tageszeit von ihm hörte. Es war erst acht, und sie war keine Frühaufsteherin, aber das war ihm im Moment egal. Es gab Wichtigeres. Und schließlich war er derjenige, der allein war, weit weg von der Heimat, und der Bedürfnisse hatte; und jetzt hatte er das dringende Bedürfnis, mit ihr zu reden. Er fühlte sich entwurzelt, war nicht er selbst und wollte von ihr etwas Vertrautes und Tröstliches hören, selbst wenn es nur ein verschlafenes Morgenmuffeln war. Er wollte ihr sagen, daß er sie vermißte. Er wollte ihr gern sagen, wie schuldig er sich fühlte, weil er mit einer anderen Frau geschlafen hatte, aber das würde er lieber nicht tun. Wahrscheinlich hätte er eher etwas Dummes getan – ihr gesagt, daß er sie liebte, aber auch *die* Gelegenheit blieb ihm verwehrt. Das Telefon klingelte ein ums andere Mal, aber es ging keiner ran.

Auf dem Rückweg von der Telefonzelle dachte er über all

die harmlosen Gründe nach, aus denen sie nicht ans Telefon gehen konnte. Die meisten waren recht einleuchtend, trotzdem war er nicht überzeugt. Als er wieder ins Dickens kam, begegnete er der Wirtin. Sie stand in der Eingangshalle und tat so, als würde sie die Post sortieren, aber er wußte, daß sie auf ihn wartete. An diesem Morgen trug sie einen scharlachroten Jogginganzug, aber die goldenen Pantoffeln an ihren Füßen legten den Verdacht nahe, daß sie nicht sehr weit joggen würde.

»Sie hatten heute nacht Gesellschaft, stimmt's?« sagte sie.

»Stimmt«, antwortete er. Er hatte nicht die Absicht, sie zu belügen.

»Eine unserer chinesischen Mitbürgerinnen?«

»Japanisch«, korrigierte er, »eigentlich halbjapanisch«, fragte sich dann aber, wieso er sich die Mühe machte, sie zu berichtigen.

»Vielleicht sind Sie zu jung und können sich nicht mehr erinnern, was damals in den Lagern passiert ist«, sagte sie. »Ich weiß es noch genau.«

Er drängte sich an ihr vorbei und ging die Treppe hinauf. Er hörte, daß sie immer weiterredete, jetzt mehr mit sich selbst als mit ihm.

»Ich habe ja nun wirklich nichts dagegen, daß ein junger Mann sich ein Mädchen mit aufs Zimmer nimmt, aber es gibt genug Mädchen von hier, da braucht er nicht die gelbe Gefahr aufzugabeln.«

Als er wieder in seinem Zimmer war, suchte Mick nach etwas, das der Wirtin gehörte und das es zu stehlen oder zu zerstören lohnte, fand aber nichts. Er versuchte, im Zimmer auf und ab zu gehen, aber dafür war es zu klein. Also mußte er sofort wieder raus. Er stürmte die Treppe hinunter, durch die Eingangshalle, wo die Wirtin immer noch zugange war, und stürzte wütend aus dem Hotel. Er war so durcheinander, daß er, als neben ihm ein Bus vor der Ampel hielt, aufsprang und damit ins West End fuhr.

Eine Stunde später ging er die Oxford Street entlang. Hier war er schon einmal gewesen, der Name war ihm bekannt, und als erstes stach ihm der Müll ins Auge. Nicht der Müll auf den Straßen, davon war erstaunlich wenig zu sehen, sondern vor allem der Müll in den Geschäften: geschmacklose Souvenirs wie Schneekugeln, Bobby-Helme aus Plastik, T-Shirts, auf denen ›Gute Mädchen kommen in den Himmel, böse Mädchen kommen nach London‹ stand. In manchen Kleidungsläden gab es so billigen Ramsch, daß er damit nicht einmal tot überm Zaun hängen wollte. London war angeblich eine so schicke und modische Stadt, aber er hatte das Gefühl, daß er für die meisten dieser Läden viel zu cool war.

Dann waren da die ganzen Junk-food-Schuppen. Es war nicht mal englisches Junk food, sondern amerikanisches: Dunkin Donuts, Burger King und Kentucky Fried Chicken. Architektonisch war manches ganz beeindruckend; es gab große massive Gebäude mit Säulen, Torbögen und verziertem Mauerwerk, aber wenn man hineinging, war es doch immer nur C&A, Shelley's oder Mr. Byrite.

Auf den Gehsteigen standen Männer, die Parfüm-Fälschungen aus Koffern verkauften und so taten, als handelte es sich dabei um gestohlene Ware. Und viele Leute wollten Mick etwas andrehen: Werbeflugblätter für Schuhläden und Firmenverkaufsstellen abseits der Hauptstraßen, Prospekte für dubiose Colleges und Sprachschulen, Gratis-Zeitungen und -Magazine mit Stellenanzeigen für Sekretärinnen und Computerfreaks. Er nahm alles, was man ihm anbot, sah es sich an und entsorgte es ordentlich im nächsten Abfalleimer.

Mick wußte nicht, was er hier wollte. Er konnte nicht so

tun, als wäre er hier auf einer Erkundungstour. Er lief einfach herum. Er dachte nicht einmal besonders viel nach, versuchte nur, Judy zu vergessen. Okay, sie hatten also miteinander geschlafen. Und wenn schon. Es gab keinen Grund, daß Gabby je etwas davon erfahren sollte. Außerdem versuchte er zu vergessen, daß Gabby nicht ans Telefon gegangen war. Vergiß es, sagte er sich, kümmer dich um deine Arbeit.

Aber das klappte auch nicht. Er konnte sich nicht konzentrieren. Er hatte schlecht geschlafen, als Judy neben ihm lag, war müde und nicht gut in Form. Also ging er einfach weiter und sah sich Schaufenster, Straßen und die Menschen an.

Er kam ans östliche Ende der Oxford Street, und seine Füße trugen ihn in das enge Straßennetz rund um das British Museum. Die Straßen wirkten fremd, aber nicht feindselig, und selbst die großen Gebäude strahlten so etwas wie menschliche Wärme aus. Dann kam er auf einen von georgianischen Häusern umgebenen Platz, in dessen Zentrum ein umzäunter Park lag. In der hinteren Ecke bildete sich eine Menschengruppe. Er ging darauf zu und sah, daß es Touristen waren. Er wäre einfach daran vorbeigelaufen, aber einer aus der Gruppe, ein alter amerikanischer Lackaffe mit einem halben Dutzend Kameras um den Hals, rief ihm zu: »Gehören Sie auch zum kriminellen London?«

Mick blieb stehen, überlegte kurz, wer ihm hier was vorwarf, aber dann verstand er. Er war Zeuge des Anfangs einer geführten Fußgänger-Tour. Wenn Judy ihm letzte Nacht nicht erzählt hätte, daß sie als Reiseführerin gearbeitet hatte, wäre er da niemals drauf gekommen. Er blieb stehen, sah sich die Touristenbagage an und antwortete: »London nicht. Kriminelles Sheffield schon eher.«

In diesem Augenblick stellte sich eine trübsinnige Frau

als Anita, ihre Reiseführerin, vor. Sie lächelte, versuchte mit aller Gewalt, freundlich zu sein, aber Mick hatte den Eindruck, daß sie sich für etwas Besseres hielt und meinte, daß diese Arbeit unter ihrem Niveau war.

»Gehen Sie die Tour auch mit?« fragte sie pflichteifrig.

Er schüttelte den Kopf.

»Nee, aber wenn jemand ne Einführung in Schwere Körperverletzung braucht, kann er Bescheid sagen.«

Anita lächelte nicht, und Mick verkrümelte sich. Er überlegte, ob er die Tour hätte mitmachen sollen, aber nein, das war einfach nicht sein Stil. Er fragte sich, ob es vielleicht sein Stil gewesen wäre, wenn Judy Tanaka die Tour geleitet hätte, und stellte bestürzt fest, daß er schon wieder an sie dachte. Er setzte sich eine Zeitlang auf eine Bank und suhlte sich in seinem Selbstmitleid. Er war einsam, gelangweilt, und der Tag war noch viel zu lang. Er mußte sich mächtig zusammennehmen, um nicht wieder zum London Particular zu gehen, aber das bekam er gerade so hin.

Nachdem Judy am Morgen aus Micks Bett gestiegen war, fuhr sie mit dem Wagen vom Dickens nach Hause und konnte nur kurz duschen, bevor sie wieder zur Arbeit mußte. Sie dachte den ganzen Tag beim Auspacken der Bücher und beim Beantworten der Kundenfragen an Mick. Sie glaubte nicht, daß sie etwas von ihm wollte, plante nicht einmal, sich wieder mit ihm zu treffen, falls er nicht die Initiative ergriff. Sie wußte, daß er zu Hause eine Freundin hatte und mit ihr nichts anfangen konnte.

Trotzdem fragte sie sich, wo er gerade war, ob er sein nächstes Opfer verfolgte oder gerade jemanden zusammenschlug. Ihr war klar, daß sie Micks Gewalttätigkeit nicht gutheißen sollte, wußte aber auch, daß ihre Mißbilligung überhaupt nichts änderte. Nicht einen Moment hatte sie geglaubt, daß er bloß ein krimineller Sadist war. Für sein Vorgehen gab es bestimmt gute Gründe, und wenn ihm diese Gründe ausreichend erschienen, reichten sie ihr allemal.

Der Arbeitstag schien kein Ende zu nehmen, und sie wollte unbedingt nach Hause. Es gelang ihr, eine halbe Stunde früher als üblich zu gehen, und sie beeilte sich, in ihre Wohnung zu kommen, wo sie wichtige Dinge zu erledigen hatte. Sie nahm ihren London-Stadtplan und eine der Folien. Es war die, auf der sie ihren eigenen sexuellen Weg durch die Stadt verzeichnet hatte. Sie zeichnete sorgfältig ein neues Kreuz in der Park Lane in Hackney ein, einem Gebiet, in dem ansonsten kaum Kreuze zu finden waren. Dann nahm sie eine unbenutzte Folie, schrieb Micks Namen oben an den Rand und zeichnete ein weiteres Kreuz über das ihre.

Am Abend erreichte Mick Gabby endlich. Er erwähnte nicht, daß er am Morgen schon einmal angerufen hatte, und versuchte auch nicht herauszubekommen, wo sie gewesen war. Eigentlich waren sie beide etwas einsilbig. Die Dringlichkeit, die er am Morgen verspürt hatte, war völlig verflogen.

Er sagte, daß er sich den vierten Vergewaltiger vorgeknöpft hatte, erzählte aber nicht, was er mit ihm gemacht hatte, und sie sagte, sie wäre sehr froh darüber, klang dabei allerdings ziemlich gleichgültig. Nur weil ihm nichts einfiel, über was er sonst mit ihr reden könnte, erzählte er dann, daß er in Oxford Street herumgelaufen war und überlegt hatte, ob er eine Fußgänger-Führung mitmachen sollte, und sie explodierte vor Wut. Was zum Teufel er sich dabei dächte, sich zu amüsieren und es sich gutgehen zu lassen? Warum tat er nicht einfach das, was er tun sollte, nämlich Rache nehmen?

Er trug es mit Fassung, widersprach nicht, entschuldigte sich nicht, gab aber zu, daß er Zeit verschwendet hatte. Ihr Zorn schien ihm angebracht und berechtigt zu sein, er hatte es nicht besser verdient, obwohl der eigentliche Anlaß für ihre Wut völlig lächerlich war. Er versprach, sich unverzüglich wieder an die Arbeit zu machen. Das reichte schon, um Gabby zu beruhigen. Das Telefongespräch endete in absoluter und absolut unangebrachter Harmonie.

Als sie die Folien beiseite gelegt hatte, fühlte Judy sich sehr, sehr einsam. Sie legte eine CD auf, die Musik langweilte sie aber und machte sie melancholisch. Sie überlegte, ob sie ihre Eltern anrufen sollte, aber die würden sofort annehmen, daß etwas nicht in Ordnung war, und wie sollte sie ihnen das erklären? Und was überhaupt? Dann fiel ihr ein, daß die erotische Call-in-Sendung lief. Sie stellte das Radio an und versuchte eine halbe Stunde, den richtigen Sender zu finden, aber die Sendung lief nicht. Sie war durch eine ernste Veranstaltung ersetzt worden, in der über die Bedürfnisse des Londoner Gemeinwesens gesprochen wurde. Judy legte sich aufs Bett und kümmerte sich, so gut es ging, um ihre eigenen Bedürfnisse, aber auch das brachte ihr nur kurzfristige Entspannung.

Am nächsten Morgen auf dem Weg zur Arbeit zwischen dem U-Bahnhof und dem Laden sah sie Stuart. Das war mal wieder typisch. Das hatte ihr gerade noch gefehlt. Was tat er in dieser Gegend? Verfolgte er sie etwa? Und warum hatte er einen *A–Z*-Stadtplan dabei? Sie wurde ihn einfach nicht los. Das Ekel ging sogar so weit, ihr nachzulaufen und sie anzufassen. Sie hatte sich zwar vorher überlegt, daß sie kreischen und ihm Obszönitäten an den Kopf werfen würde, stellte jedoch fest, daß das wie von selbst kam. Die Gefühle waren echt.

Das Manöver hatte funktioniert, sie war ihn losgeworden, zitterte aber noch immer vor Wut, als sie am Laden ankam. Sie stellte fest, daß sich in bezug auf Stuart und sie wenig geändert hatte. Er war ihr noch immer zutiefst verhaßt. Sie wollte ihm noch immer weh tun, wollte ihn leiden sehen. In seiner Gegenwart war sie sich so schwach und machtlos vorgekommen und hatte so wenig Möglichkeiten, ihn zu verletzen. Natürlich hätte sie seiner Frau von der Affäre erzählen können, aber sie nahm an, daß die kühle, geschäftsmäßige Anita es nicht allzu schwer genommen, die Schultern gezuckt und ein paar Anrufe erledigt hätte.

Viel lieber wollte sie ihn mit bloßen Fäusten verprügeln, ihm ein paar Zähne ausschlagen, ein paar Knochen und die Nase brechen und ihn dann grün und blau und blutspukkend in der Gosse liegenlassen. Das war ein schöner Gedanke, aber sie wußte, daß sie in solchen Dingen nicht gut war. Beim Aufschließen des London Particular kam ihr jedoch ein ausgesprochen naheliegender Gedanke: Sie hatte gerade mit einem Mann geschlafen, der solche Dinge wirklich gut konnte.

Pepys

*B*ei seinen Wanderungen hatte Stuart zunehmend das Gefühl, daß er zu London gehörte, aber ihm unterlief nie der alberne Fehler, zu glauben, daß London zu ihm gehörte. London gehört nicht Shakespeare, Dickens oder Dr. Johnson. Es gehört jedem und keinem, den Touristen und den Provinzlern nicht weniger als den Einheimischen. Der Rassist sagt zum Gegenstand seines Hasses, daß er zurückkehren soll, wo er herkommt, und meint nach Bombay, nicht auf die Isle of Dogs. Die Geschichte mag der Stadt ihren Stempel aufdrücken, Besitzansprüche lassen sich aus ihr nicht ableiten. Spürte Stuart die Allgegenwart Samuel Pepys' nur deshalb immer wieder, weil auch er ein Tagebuch schrieb?

An Pepys schätzte er besonders seine Liebe zum Detail, und er hoffte, ihr in seinem eigenen Tagebuch nacheifern zu können. Während das Große Feuer wütete und die Häuser verbrannten, beobachtete Pepys die Tauben vor den Fenstern, die ihre Schläge nicht verlassen wollten, so lange warteten, bis es zu spät war, bis ihre Federn Feuer fingen und die Vögel mit den jetzt nutzlosen Flügeln flatternd ins Leere fielen. Ja, Pepys war da, und er schrieb einfach nur das auf, was er sah, aber man braucht ein gewisses Talent, ein waches Auge, um solche Dinge überhaupt zu sehen. Stuart dachte manchmal, auch er besäße dieses Talent, manchmal glaubte er nicht daran, er wußte nur, daß er es gerne hätte.

Als er durch London ging, sah er St. Margaret's Church, in der Pepys geheiratet hatte, Gatehouse Prison bei Westminster Abbey, wo er eingekerkert war. Er sah Salisbury Court, wo er geboren, und St. Brides Church, wo er getauft wurde; das Taufbecken steht heute noch dort. Er sah die Gray's Inn Gardens, wo er auf den gleichen Wegen wandelte, auf denen schon Bacon und Raleigh vor ihm gewandelt waren. Als Stuart im Hyde Park war, erinnerte er sich daran, daß Pepys dort seine neue Kutsche und seine junge Frau vorgeführt hatte.

Aber vor allem war da Pepys Street mit dem Haus, in dem er wohnte, als er für das Flottenamt arbeitete und den größten Teil seines Tagebuchs schrieb. In derselben Straße ist auch St. Olave's Church, in deren Krypta er und seine Frau begraben liegen. Elizabeth Pepys starb jung, und Pepys stellte ihre Marmorbüste in die Kirche, damit er sie während der Predigten ansehen konnte. Stuart fragte sich, ob das einige Geistliche nicht als götzendienerisch empfunden haben mußten. Er fand auch, daß das für einen Ehemann ein wirklich komisches Verhalten war. Wenn Anita starb, wollte er wirklich, daß ihr marmornes Ebenbild auf ihn herabstarrte? Nein, aber andererseits würde er sicher Fotos von ihr behalten, genau wie er noch ein Foto von Judy hatte, obwohl das natürlich gut versteckt war.

Auch bei anderen Gelegenheiten verschmolz Stuarts persönliche Geschichte mit der von Pepys – und mit der Geschichte Londons. Seine Wanderungen brachten ihn in die City, in die Pudding Lane, den Ort, an dem das Feuer ausgebrochen war, und in dem Augenblick, als er in die Straße kam und zum Monument hinaufsah, rasten zwei Feuerwehrwagen mit jaulenden Sirenen die Straße entlang, so daß Autos und Fußgänger in die Hauseingänge flüchten mußten.

Er verehrte Pepys' Motto *Mens cujusque est quisque* – ›Die Denkart ist das Ich eines jeden‹ und wollte es sich zu eigen machen. Er fing an, London mit Pepys' Augen zu sehen, deren Sehkraft damals schon nachließ. Aber das spielte keine Rolle, denn Stuart hatte den Eindruck, daß Pepys eine perfekte, mythische Stadt erschaffen hatte; eine Stadt der Wörter.

Stuart hoffte, sein Tagebuch würde zumindest einen Bruchteil der Bedeutung von Pepys' haben, fühlte sich aber manchmal benachteiligt. Man hörte zwar immer wieder, das Ende des zwanzigsten Jahrhunderts sei eine aufregende Zeit, aber Stuart wußte, daß es mit Pepys' Tagen nicht mithalten konnte. Auch wenn man sagen könnte, daß wir von einer Seuche heimgesucht werden, so ist Aids doch nichts im Vergleich zur großen Pestepidemie von 1665. Und es wird auch immer wieder behauptet, daß die großen Weltstädte Gefahr laufen, sich selbst zu zerstören, aber das ist nichts gegenüber der zerstörerischen Kraft des Großen Londoner Feuers.

Stuart hatte das nicht ganz ungewöhnliche Gefühl, er lebe ein Leben, das gleichzeitig bizarr, aber dennoch fade war, das grausam war, dem aber die Dramatik von Pest, Feuer, Krieg, Invasionen und Luftangriffen abging. Diese Greuel erzeugten zweifellos Leid, boten aber auch die Möglichkeit der Erlösung. Zumindest lieferten sie viel Material, über das man schreiben konnte. Stuart hielt Pepys für einen sehr glücklichen Mann. Seine Lebensumstände und die Historie hatten auf ihn herabgelächelt.

Außerdem fragte Stuart sich, inwieweit Pepys' Ruhm damit zusammenhing, daß sein Werk so geheimnisvoll und unvollständig war. Jahrhundertelang hatte man sein Tagebuch nicht entziffern können, und in gewisser Weise handelte es sich auch nur um ein Fragment. Natürlich war es ein langer Text, aber er deckte nur einen kleinen Teil eines Menschenlebens ab. Das Gefühl des Abbruchs war faszinierend. Stuart erinnerte sich an die elegischen Passagen gegen Ende des Tagebuchs, in denen Pepys vom allmählichen Verlust seines Augenlichts schreibt, der Angst vor der Blindheit und der aufziehenden Finsternis. Das Tagebuch wurde nicht freiwillig beendet.

Und Stuart fragte sich, mit welchen Mitteln, ob nun literarischer oder anderer Natur, er seinem Text eine ähnlich faszinierende Wirkung verleihen könnte. Judy hatte gesagt, er solle sich ins Knie ficken und tot umfallen, und Anita hatte, wenn auch etwas höflicher ausgedrückt, dasselbe gemeint. Er wußte, daß der Tod des Autors einem literarischen Werk mächtig auf die Sprünge helfen konnte, lieferte er doch einen Rahmen, der das Bild in ganz anderem Licht erscheinen ließ. Selbstmord war sogar noch besser. Er sah den Reiz eines London-Journals, das wie seines mit großen, fast überschäumenden Hoffnungen begann und plötzlich durch den Suizid des Autors ein jähes Ende fand. Was wäre, wenn jemand ganz London gesehen hätte, jeden Teil, jede Straße, jede dunkle Ecke, und der Stadt müde geworden war? Was blieb ihm noch, außer dem Tod? Es klang nach einer großartigen Masche, einem großen Schritt vorwärts und nach einem phantastischen Ende. Als er an der St. Paul's School vorbeiging, wo Pepys zur Schule gegangen war, bedauerte er nur, daß er vermutlich zu feige war, Selbstmord zu begehen.

Feuer

Stuart schlief, Anita lag ruhig atmend neben ihm. Trotz allem teilten sie noch das Bett. Es mußte gegen drei Uhr morgens gewesen sein, als das Telefon auf ihrem Nachttisch klingelte. Sie wechselte ein paar Worte mit irgend jemandem, legte behutsam den Hörer wieder auf, stieg aus dem Bett und ging ans Fenster. Sie zog den Vorhang zurück, blieb dort stehen und sah lange hinaus, und obwohl sie versucht hatte, Stuart nicht zu wecken, war er jetzt hellwach. Die Neugier trieb ihn aus dem Bett. Er stellte sich neben sie, und gemeinsam betrachteten sie das ferne, orangefarbene Flackern am Nachthimmel. Es brannte auf der anderen Seite der Stadt. Offenbar war es ein großflächiges, heftiges Feuer, aber es war so weit weg, so daß sie bald wieder ins Bett gingen, weil sie meinten, es beträfe sie nicht.

Als sie am nächsten Morgen aufwachten und wieder aus dem Fenster sahen, war der Himmel voller Rauch, und das Feuer brannte noch immer, aber bei Tageslicht wirkte es längst nicht so dramatisch und schien noch weiter entfernt zu sein. Erst als Anita das Radio anstellte und in den Nachrichten hörte, daß Hunderte von Apartments in den Docklands vom Feuer zerstört worden waren, begannen sie, den Ernst der Lage zu erfassen.

Stuart hatte geplant, seine zehn Meilen in Dulwich zu gehen, statt dessen irrte er am späten Vormittag in der City herum und suchte nach einem hohen Aussichtspunkt, um das Feuer besser sehen zu können. Der Zufall brachte ihn zum Monument, das Wren zum Gedenken an das letzte Londoner Großfeuer erbaut hatte. Stuart zahlte den Eintritt und stieg die dreihundertundetwas Stufen der schmalen Wendeltreppe bis zur vergitterten Aussichtsplattform hinauf. Von dort oben erkannte er endlich das Ausmaß der Feuersbrunst. Sie war viel größer, als er vermutet hatte, brannte viel heftiger und breitete sich aus wie ein heißer lebendiger Fleck.

Auf der Aussichtsplattform standen noch andere Leute. Einer meinte, ein Terroranschlag habe das Feuer ausgelöst, andere sagten, es wären jede Menge Gasrohre gebrochen. Einer behauptete, die Schwarzen hätten es gelegt, aber keiner nahm ihn ernst. Doch eins war klar zu erkennen: Das Feuer war nicht einmal ansatzweise eingedämmt. Es war außer Kontrolle, und die Feuerwehr kämpfte auf verlorenem Posten.

Auf dem Rückweg beobachtete Stuart seltsame Geschehnisse. Große Menschenmassen zogen mit ihren Besitztümern durch die Straßen. Diejenigen, denen es gelungen war, ihre Habe aus den verbrannten Häusern zu retten, trafen mit all ihren irdischen Gütern bei Freunden ein. Sie wurden aufgenommen und fühlten sich zweifellos für eine Zeitlang geborgen, aber es war abzusehen, daß es nicht lange dauern würde, bis ihre neuen Refugien ebenso unsicher sein würden wie die, die sie gerade verlassen hatten, und daß dann alle wieder weiterziehen müßten.

Wieder zurückgekehrt, wurde Stuart bewußt, daß sein

Haus der anscheinend unaufhaltsamen Feuersbrunst ebenso schutzlos ausgeliefert war wie jedes andere. Darauf fing er an, seine Wertsachen in den Keller zu bringen, weil ihm das am sichersten erschien. Also trug er seine Lieblingsbücher, die Stereoanlage, den Computer und natürlich die Diskette mit seinem Tagebuch, seine Fotoalben und ein paar persönliche und geschäftliche Dokumente, nicht zuletzt die Versicherungspolicen, unter die Erde. Das beruhigte ihn für kurze Zeit.

In der folgenden Nacht war das Feuer noch so weit entfernt, daß Anita und er in ihrem eigenen Bett schlafen konnten, aber als er gegen vier Uhr morgens aufwachte, hatte er das Gefühl, daß noch immer alles in Gefahr war und weiter weg gebracht werden mußte.

Er zog sich schnell an und blickte aus dem Schlafzimmerfenster. Es war der reinste Hexenkessel. Die Polizei hatte an jeder Ecke Straßensperren errichtet, die Benutzung von Privatautos untersagt und viele abgeschleppt, um Platz für die unterschiedlichsten Versorgungsfahrzeuge zu schaffen, die als einzige in die Stadt hineinfahren durften. Wenn er seinen Besitz an einen besseren Ort bringen wollte, mußte er mit einem Handkarren oder einem Kinderwagen improvisieren.

Erstaunlicherweise fand er einen Einkaufswagen, lud seine Wertsachen hinein und stürzte sich mit seinen Habseligkeiten in die fragwürdige Sicherheit der Nacht. Er beeilte sich, wußte aber nicht genau, wohin er gehen sollte. Dann kam ihm in den Sinn, daß Bethnal Green vor dem Feuer geschützt sein müßte, und er entschloß sich, seine Sachen in Judys Wohnung unterzubringen. Er wußte nicht recht, wie sie ihn empfangen würde, aber schließlich handelte es sich um eine Notsituation.

Er drängelte sich zwischen den Menschenmassen hindurch, kam aber nicht recht voran. Die Straßen waren zu voll. Die Menge wuchs an zu Flutwellen, bildete Strudel und Unterströmungen, die ihn alle in unterschiedliche Richtungen mitrissen. Er verlief sich und verlor schließlich auch noch seinen Einkaufswagen. Er hatte ihn nur einen winzigen Augenblick losgelassen, und als er sich wieder umdrehte, war er verschwunden. Jemand hatte die Dinge mitgenommen, die ihm am wichtigsten waren, und er mußte feststellen, daß er es überraschend gelassen nahm.

Er wußte, daß es keinen Sinn hatte heimzugehen. Anita war sicher nicht da, und womöglich stand sein Haus auch schon in Flammen. Er hatte keine Möglichkeit, es festzustellen. Es gab weder Radio- noch Fernsehübertragungen, die Sender und Programme waren verstummt. Kurz darauf fielen die Telefone aus, und die Stromversorgung brach zusammen. Auch Zeitungen wurden nicht mehr gedruckt. Man bekam keine Informationen mehr, außer denen, die man auf der Straße aufschnappte, Dinge, die man selbst sah, hörte oder roch. Er hob etwas weggeworfenes Papier auf und fing an, darauf niederzuschreiben, was er beobachtet hatte. Er wußte, daß es gut war, fast pepysianische Qualität hatte; Rauchfahnen stiegen hinter St. Pancras Station auf, ein Funkenregen ergoß sich über den Trafalgar Square. In der Clerkenwell Road hatte er einen weinenden Feuerwehrmann gesehen, in der Old Street hatten sich zwei kleine Kinder mit Wasserpistolen bespritzt, sie wußten nichts von der Gefahr, in der sie schwebten. Wenn man solches Rohmaterial zur Verfügung hatte, war es nicht schwer, ein Tagebuch zu schreiben.

Stuart machte sich auf den Weg zum Fluß. Am Westminster Pier ging er an Bord eines Touristenschiffs, auf dem zu horrend überhöhten Preisen Schiffstouren ins Zentrum des Feuers angeboten wurden. Das Schiff war überfüllt, und Stuart war der letzte, der noch mitkam.

Der Rauch am Himmel wurde dichter, und sie sahen weiterhin am ganzen Flußufer Menschen, die ihren Besitz aus den Wohnblöcken holten und versuchten, zumindest den Inhalt der Häuser in Sicherheit zu bringen, denn die Wohnungen selbst schienen sich kaum mehr halten zu lassen. Die Sirenen von Feuerwehr, Polizei und Krankenwagen gellten noch durch die Stadt, aber es war schwer zu erkennen, was das noch helfen sollte.

Plötzlich schob sich eine kleine, prachtvolle Barkasse neben Stuarts Schiff. Stolz stand eine Dame am Ruder. Sie trug ein schweres Ballkleid, reichlich Juwelen, und ihr Gesicht verriet Sorge, aber nicht das geringste Anzeichen von Angst, und, ja, ihr Benehmen hatte etwas Majestätisches an sich. Niemand schien sie zu erkennen, aber Stuart hegte nicht den geringsten Zweifel, daß es die Königin von England war. Welch eine Überraschung, dachte er, aber warum sollte nicht auch die Queen in einem solchen Moment auf dem Fluß sein?

Die beiden Schiffe berührten sich fast, und die Queen war in Rufweite. »Hallo, Stuart«, rief sie. »Was meinen Sie, was sollen wir machen?«

Er hätte vielleicht von der direkten Anrede überrascht sein sollen, aber für Formalitäten und Äußerlichkeiten war jetzt wirklich keine Zeit. Glücklicherweise wußte Stuart, der erst kürzlich Pepys' Bericht über das Große Feuer noch einmal nachgelesen hatte, genau, was zu tun war.

»Wir müssen ein paar Gebäude abreißen«, antwortete er. »Wir müssen große Feuerschneisen schaffen. Alles andere ist zwecklos.«

Die Queen nickte bedrückt, erkannte aber, daß Stuarts Vorschlag absolut richtig war. Dann fragte sie ihn, welche Gebäude abgerissen werden sollten, und ohne zu zögern spulte er die Namensliste ab: der NatWest-Tower, Centrepoint, King's-Cross-Station, Canary-Wharf, Harrods, das Civil-Aviation-Authority-Building, der ganze South-Bank-Komplex und alles, was Quinlan Terry je gebaut hatte.

Er wußte nicht, wie er auf die Namen kam und warum man gerade diese Gebäude niederreißen mußte, war sich aber völlig sicher, und ein ergebener Diener der Queen schrieb sorgfältig jedes seiner Worte auf. Schließlich sagte Stuart: »Und ich fürchte, Buckingham Palace muß leider auch dran glauben.« Bei diesen Worten war die Queen den Tränen nahe, erkannte aber die unendliche Weisheit, die in Stuarts Worten lag. Was hätte sie sonst tun sollen? Sie gab über ihr Handy ein paar Befehle und wiederholte die Liste mit den Gebäuden. Das ging klar. Ihr Wort, praktisch also Stuarts Wort, war Gesetz. Stuart war froh, daß er gleich ganz nach oben gegangen war und sich nicht mit Politikern oder korrupten Lakaien abgegeben hatte.

Und so wurden Feuerschneisen geschaffen. Die technische Umsetzung beeindruckte Stuart sehr. In Pepys' Tagen hatten sie dafür Sprengstoff benutzt, und die Explosionen hatten die Leute ähnlich in Angst und Schrecken versetzt wie das Feuer. Heutzutage konnte man die Gebäude offenbar einfach verschwinden lassen. Die eine Minute stand der NatWest-Tower, der Stolz der Firma, ganz solide an seinem Platz, im nächsten Moment war er verschwunden, und zwar nicht einfach gesprengt oder pulverisiert, sondern einfach nur ein für allemal vom Angesicht der Stadt ausgelöscht. Stuart vermutete, daß das irgendwie mit Lasern gemacht wurde.

In ganz London verschwanden Gebäude wie Figuren von einem Schachbrett, und erst jetzt fiel Stuart auf, daß es genau jene waren, die er am meisten haßte. Das hatte System. London wurde nach seinen Vorgaben umgestaltet. Vor seinen Augen erloschen die Brandherde. Er war der

Held des Tages. Sein Wohlbefinden steigerte sich ins Unermeßliche.

Die Queen machte sich die Mühe, ihn noch einmal aufzusuchen, pries ihn als Retter des modernen Londons, und das letzte, was Stuart vor dem Aufwachen hörte, war, daß die Monarchin sagte: »Wenn Sie sein Denkmal sehen wollen, brauchen Sie sich nur umzudrehen.«

Er setzte sich auf und schaute auf die Uhr. Es war drei Uhr morgens, aber der Anruf blieb aus. Er überlegte, ob er zum Fenster gehen und hinausgucken sollte, aber er wußte, daß es dieses Mal nichts zu sehen gab.

Doktor

Dr. Graham Pryce, Nummer fünf auf Mick Wiltons Liste, fesselte gern seine Frau. Das bereitete ihm eine seltsame und zum großen Teil unerklärliche Freude, und er wollte sie auch gar nicht erklärt haben. Die Lehrbücher, die er zu diesem Thema gelesen hatte, gingen davon aus, daß es andersherum sein müßte, daß er sich wünschen müßte, gefesselt zu werden. Er traf den ganzen Tag wichtige Entscheidungen über Leben und Tod. Er führte Operationen durch, vorwiegend chirurgische Eingriffe am offenen Herzen. Es war extrem stressige Intensivmedizin. Außerdem mußte er Assistenzärzte, Krankenschwestern und Verwaltungsangestellte herumscheuchen. Und die Mißerfolge, die allerdings weitaus seltener waren als die Erfolgserlebnisse, konnte man nicht einfach so abtun. Man mußte sich mit Ehegatten und Verwandten, Eltern und Nachkommen beschäftigen; manchmal weinten sie, manchmal drohten sie mit Prozessen. Manche brauchten eine psychologische Beratung, viele eine ordentliche Dosis Beruhigungsmittel, die ihnen dann auch verschrieben wurde. Dr. Pryce war auf eine männliche und professionelle Art stolz darauf, mit diesen Dingen scheinbar mühelos fertig zu werden.

Nach einem langen, anstrengenden Tag hätte ihm also, wenn wir das klassische Szenario zugrunde legten, der Sinn danach stehen müssen, jedwede Autorität abzulegen, sich total zu unterwerfen und in eine Situation zu begeben, in der er völlig machtlos war. Er hätte sich wünschen müssen, daß jemand, seine Frau, seine Geliebte oder seine Mätresse, ihn völlig in der Hand hatte. Aber das wollte er nicht. Er überließ die Unterwerfung seiner Frau Louise. Es war keine absolute Unterwerfung. Innerhalb bestimmter Regeln, die sie sich selbst gesetzt hatten, durfte sie sich durchaus ein bißchen wehren, kämpfen, mit den Fäusten gegen seine Brust schlagen, ihre Fingernägel in seinen Rücken bohren, mit Vergeltung drohen, mit der Polizei, mit der Rache des Ärzteverbands. Denn Pryces Beruf war für ihre erotischen Spiele von größter Bedeutung. Seine Frau spielte die schwache, bedürftige, hypochondrische Patientin und er ein gemeines, zudringliches, unmoralisches Schwein von einem Allgemeinmediziner. Das war für beide ein befriedigendes Arrangement.

Sie wohnten in der ererbten Pracht eines georgianischen Stadthauses in der Nähe von Fitzroy Square. Sie sahen sich gerne als Fitzrovians; als würdige Nachfahren in den Straßen, in denen Augustus John, Sickert, Hazlitt und Charles Laughton gelebt hatten; als tolerante historische Nachbarn von Leuten wie Dylan Thomas, Nina Hamnett und Marie Stopes. Ihre Wohnräume waren im oberen Teil des Hauses, das Erdgeschoß wurde als Empfangsbereich und Sprechzimmer für Pryces wachsenden Stamm von Privatpatienten genutzt.

Das Sprechzimmer war ein bequemer, beruhigend wirkender Raum, der dezent zeigte, daß Geld vorhanden war, und eine angenehme, gesunde Atmosphäre verbreitete. Er wirkte gemütlich, hatte prächtige Tapeten, es gab Ledersessel sowohl für den Arzt als auch für die Patienten, auf dem Fußboden lag ein dicker Axminsterteppich, und an den Wänden standen Vitrinenschränke mit medizinischen Lehrbüchern. Abbildungen krankhafter Symptome des menschlichen Körpers oder aufrüttelnde Poster, auf denen die Patienten vor Leid und Kummer gewarnt wurden, gab es nicht, sondern gerahmte Kupferstiche von Londoner Gebäuden, und obwohl bei näherem Hinsehen aufgefallen wäre, daß es sich dabei um Londoner Krankenhäuser handelte (Guy's, Bart's, St. Thomas's, das Brompton), verhieß dieser Raum, daß jeder Kontakt mit diesen Etablissements, falls er sich denn wirklich nicht vermeiden ließ, kurz und herzlich vonstatten gehen würde. In der Nähe der Aktenschränke war ein kleiner Stich vom Bedlam versteckt, aber den bekamen die Patienten nicht zu Gesicht.

Jede Therapie, die hier stattfand, würde viel Geld kosten, aber der Doktor, der diesen Raum sein eigen nannte, war unverkennbar so reich, daß er seine Patienten nicht schröpfen mußte. Er würde sie teuer, aber rechtschaffen behandeln. Es war daher unausweichlich, daß dieser Raum als Schauplatz für Pryces erotische Spiele herhalten mußte.

Gelegentlich, sooft sich ihre jeweiligen Bedürfnisse und Vorlieben überschnitten, gab Pryce seiner Frau den letzten Termin am Abend und schickte die Arzthelferin etwas früher nach Hause. Nachdem sie den ganzen Nachmittag außer Haus gewesen war, klingelte Louise wie eine gutgläubige Patientin, Pryce öffnete ihr und führte sie in sein Sprechzimmer.

Er begann reserviert und durch und durch professionell, wobei der Patientin allerdings schon auffallen konnte, daß seine Krawatte locker saß und ein Hauch von Malzwhisky in seinem Atem lag. Er hörte verständnisvoll zu, während Louise Pryce ihre Symptome anführte: unerklärliche allgemeine Mattigkeit, Angstzustände und Abgespanntheit. Er stellte ein paar informelle Fragen zu ihren Eßgewohnheiten, ihrem Schlafrhythmus und ihrer Libido und kam dann zu dem Schluß, daß er sie gründlich untersuchen mußte.

Sie ging hinter die Trennwand und legte schamhaft ein paar Kleidungsstücke ab. Wenn sie wieder hervortrat, forderte er sie herrisch auf, auch den Rest auszuziehen (mit Ausnahme der Strümpfe und der Strapse), und falls ihm das zu lange dauerte, half er mit grober, aber routinierter Hand, den Vorgang zu beschleunigen.

Nackt und mit gesenktem Blick stand sie vor ihm, während er den Puls fühlte und diverse Körperteile mit den Fingern und dem kalten Ende seines Stethoskops berührte. Er tastete ihre Brüste ab, ›nur um sicherzugehen, daß auf dem Gebiet alles in Ordnung ist‹, und nachdem er sich davon überzeugt hatte, kam er zu dem Schluß, das Problem müsse woanders liegen.

Er zog Gummihandschuhe an und forderte sie auf, auf den Behandlungstisch zu hüpfen, wo er schroff ihre Beine auseinanderschob und mit einer gynäkologischen Untersuchung begann. Bei der Berührung mit den Gummihandschuhen, Tupfern und dem Spekulum schmolz sie nur so dahin. Ihr Mann ergriff die Initiative, und sie gab glückselig die Kontrolle ab. Aber wenn er anfing, tief in sie hineinzusehen, mit Nase und Mund so nahe heranging, daß sie seinen Atem auf den Schamlippen spürte, mußte sie als anständige Frau natürlich protestieren. Sie empörte sich kurz und damenhaft, aber das brachte nur die schlechtesten Seiten ihres Doktors zum Vorschein.

Bevor sie wußte, wie ihr geschah, gab er seine professionell gebotene Zurückhaltung auf, fixierte ihre Taille mit Lederriemen und fesselte ihre Hand- und Fußgelenke mit Verbandsmaterial an die vier Tischbeine. Er klebte ihr ein breites Stück Pflaster über den Mund, und dann, als sie unbeweglich und hilflos vor ihm lag, ihm sexuell völlig ausgeliefert war, trat er zurück, richtete sich die Krawatte, strich sein Jackett glatt und sagte, daß er für den Tag genug gearbeitet habe. Er schaltete die Schreibtischlampe aus, raffte ein paar Papiere zusammen und steckte sie in seine Aktentasche. Dann ging er zur Tür, machte das Licht aus und verschwand. Seine Frau lag gespreizt und gefesselt in der Dunkelheit und verharrte in diesem Zustand steigender sexueller Spannung, bis es nach Pryces Ansicht Zeit war, zurückzukommen.

Wenn er nach spätestens einer Stunde wiederkehrte, waren beide in einem Zustand höchster Erregung. Er kam durch die Eingangstür, stürmte ins Sprechzimmer, riß sich die Kleidung vom Leib und bumste sie, gefesselt und geknebelt wie sie war. Der Geschlechtsakt war wild und kurz, und hinterher, nach der ganzen Aktion, band er sie los, ließ sie sich anziehen, sagte ihr, daß die Behandlung möglicherweise demnächst wiederholt werden müsse, und damit war das Spiel zu Ende. Sie gingen ins Obergeschoß, machten eine gute Flasche Wein auf und aßen einen Braten aus der Kasserolle, den sie vorher zubereitet hatte. Anstand und Häuslichkeit waren einmal mehr wiederhergestellt.

Mick hatte nur den der Öffentlichkeit zugänglichen Teil der Vorstellung gesehen. Er hatte beobachtet, wie Louise Pryce zu Hause ankam, und es als seltsam empfunden, daß sie klingeln mußte, um zu ihren eigenen vier Wänden Zutritt zu erlangen. Noch seltsamer fand er, daß Pryce nach einer Weile das Gebäude verließ, nachdem er sämtliche Lichter ausgeschaltet hatte. Mick wußte, daß die Frau drinnen noch im Dunkeln sein mußte, und obwohl er natürlich nicht ausschließen konnte, daß sie für ein kurzes Nickerchen ins Bett gegangen war, war er sicher, daß es eine bessere und spannendere Erklärung gab, die er zu seinem Vorteil nutzen konnte.

Mick wollte unbedingt mit seinem Job vorankommen. Er hoffte auf ein baldiges Ende. Er hatte den Eindruck, ihm könnte die Lust an der Rache vergehen. Sein Leben wurde zu kompliziert und verwickelt. Mit Judy Tanaka zu schlafen war ein schrecklicher Fehler gewesen, sogar schlimmer, als er anfangs gedacht hatte. Liebe, Lust, Zuneigung, Verlangen, Bedürfnisse; diese Dinge machten das Leben so kompliziert und unerträglich. Es waren Fallen. Sie drohten, ihn festzuhalten und in das Innenleben der Großstadt hineinzuziehen, zu der er nicht gehören wollte. Er hatte geplant, in London unbekannt zu bleiben, sich unsichtbar und anonym durch die Stadt zu bewegen, zügig und unbeobachtet zu kommen und sofort wieder zu verschwinden. Aber das hatte nicht geklappt. Er hatte sich verzettelt, hing fest, und deshalb wollte er vorankommen, wollte sich lösen, Abstand von Judy gewinnen, und das war wahrscheinlich der wichtigste Grund, der ihn zu einer hastigen, improvisierten Racheaktion an Pryce trieb.

Nachdem er die äußere Erscheinungsform von Pryces Zauberkunststück gesehen hatte, wollte er jetzt alles wissen. Er hatte sich vor dem Haus postiert. Er hatte Louise Pryce ankommen und hineingehen sehen, dann wurden die Lichter ausgeschaltet, und Pryce verließ das Haus. Mick entschloß sich, hineinzugehen. Er wußte, daß das nicht unbedingt eine kluge Idee war. Er wußte, daß Pryce nicht da war und es wahrscheinlich sinnvoller gewesen wäre, ihm zu folgen. Aber eine innere Stimme sagte ihm, daß der angemessene Vergeltungsakt in seiner eigenen Wohnung stattfinden sollte.

Das Einbrechen war kein Problem. Als er im Haus war, schaltete er die Lampen an. Vom Täuschen, Versteckspielen und Hinterherschleichen hatte er genug. Er hätte das ganze Haus hell erleuchtet und wäre unverhohlen überall herumspaziert, in jedes Zimmer eingedrungen, hätte Hausfriedensbruch begangen und dabei auch noch dieses und jenes nach nichts Bestimmtem durchsucht. Aber das war gar nicht nötig. Die erste Tür, die er öffnete, führte ins Sprechzimmer, und da lag sie, Louise Pryce, nackt und gefesselt, wie ihr Mann sie zurückgelassen hatte. Etwas so Extremes und Theatralisches hatte Mick nicht erwartet, aber als er es vor sich sah, war er nicht sonderlich überrascht. Es paßte ins Bild.

Sein erster Impuls war, die arme Frau loszubinden, sie sich anziehen zu lassen und ihr zu sagen, daß er hinter ihrem Mann her war, nicht hinter ihr. Aber er erkannte auch, daß sich durch die Situation, die Frau seines Opfers nackt, gefesselt und geknebelt vor sich zu haben, gewisse Möglichkeiten eröffneten.

Sie sah ihn mit ängstlichen Blicken an, aber in ihren Augen stand noch mehr als nur die Angst. Er sah Unglauben und viele verschiedene Nuancen von Verlegenheit, die nicht viel mit dem Schockzustand, in dem sie sich gerade befand, zu tun hatten.

»Mrs. Pryce, wie ich annehme«, sagte Mick fröhlich.

Er betrachtete ihren Körper eingehend. Er gefiel ihm; der feste Bauch und der kleine Busen mit den dunklen Brustwarzen. Ihre Haut war hell und an den Stellen sogar noch heller, an denen ein Bikini bestimmte Körperteile von der Sonne abgeschirmt hatte, zu denen auch eine hübsche und ordentliche Blinddarmnarbe neben ihrem rechen Hüftknochen gehörte. Die nackten Oberschenkelstücke über den Strumpfenden waren glatt, und Mick hatte den Eindruck, daß sie förmlich danach schrien, gestreichelt zu werden. Ihr Schamhaar war kurz und gepflegt, und er fragte sich, ob es extra geschnitten worden war, um dem Geschmack ihres Mannes zu genügen.

»Haben Sie hier irgendwo Geld?« fragte er.

Sie wollte hilfsbereit sein. Sie nickte in Richtung Handtasche, die neben dem Schreibtisch ihres Mannes auf dem Fußboden lag. Mick öffnete sie, wühlte zwischen Lippenstiften, Papiertaschentüchern und Schlüsselbünden herum, bis er ein Portemonnaie entdeckte. Drinnen waren ein paar hundert Pfund, die er dankbar an sich nahm.

»Vielen Dank, daß Sie mir helfen, meinen Besuch in London ein klein wenig angenehmer zu machen«, sagte er.

Dann wollte sie sogar noch hilfsbereiter sein. Sie blinzelte mehrmals und richtete ihren Blick dabei auf den Stahlschrank mit Rolltür. Sie schien ihn dorthin zu lotsen. Mick öffnete den Schrank und stellte fest, daß er voller Medikamentenproben war. Er wandte sich sofort ab.

»Ist nicht mein Ding«, erläuterte er, »ich könnte wohl versuchen, was davon zu verkaufen, aber ich kann die Sachen gar nicht auseinanderhalten. Kennen Sie sich mit dem Zeug aus?«

Er hoffte, diese Reaktion würde Louise Pryce etwas von ihrer Angst nehmen, das funktionierte aber offenbar nicht. Also sprach er weiter. »Das ist bestimmt nicht einfach, wenn man mit einem Arzt verheiratet ist, der den ganzen Tag an den Körpern anderer Menschen rummacht, sie untersucht, dran rumschnüffelt, die ganzen Titten und Ärsche, Schamlippen und Scheiden sieht. Und abends kommt er dann zu Ihnen nach Hause. Muß ein eigenartiges Gefühl für Sie sein. Da draußen gibt's weiß Gott genug kranke Gestalten.

So'n Körper ist ne komische Sache, nicht wahr, Mrs.

Pryce? Er bereitet einem so viel Freude, kann aber auch Schmerzen verursachen. Wissen Sie, ich will Ihrem Mann also Schmerzen zufügen, und klar, ich könnte auch über geistige oder emotionelle Verletzungen nachdenken, aber wenn wir ehrlich sind, müssen wir doch zugeben, daß uns in einer solchen Situation zuerst einmal der Körper in den Sinn kommt, nicht wahr?«

Auch das minderte ihre Angst nicht merklich. Er wollte sie beruhigen. »Ich sehe, daß sie verängstigt sind, Mrs. Pryce, und ich verstehe auch warum. Sie liegen da wie eine ausgebreitete Straßenkarte, und wie es aussieht, würde einem zügigen Verkehr nichts entgegenstehen. Also, ich meine, wenn ich jetzt ihr Mann wäre, würde ich sofort loslegen, direkt rein in den Dartford Tunnel. Ihr Mann ist nämlich so einer, hab ich gehört. Er ist einer von den Typen, die sich an Massenvergewaltigungen von Stripperinnen bei Junggesellenabschiedspartys beteiligen, erzählt man sich zumindest in Sheffield. Sie sehen überrascht aus. Wahrscheinlich haben Sie nicht damit gerechnet, daß man in Sheffield über ihren Mann spricht. Na ja, für mich war das auch ein ziemlicher Schock.«

Ihre Miene veränderte sich: Die schlichte Angst und Verwirrung wichen zugunsten eines Ausdrucks komplexerer Qual, als ihr langsam dämmerte, daß sie es mit einem wirklich gefährlichen Irren zu tun haben könnte.

»Ganz im Ernst, Mrs. Pryce, Sie sind eine attraktive Frau. Kein Mann bei gesundem Verstand würde Sie von der Bettkante stoßen, aber ich habe folgendes Problem: Ich will mich an Ihrem Mann rächen, und viele Leute würden wohl meinen, mit Ihnen Sex zu haben wäre eine ziemlich gute Rache. Aber ich weiß nicht recht. Ich müßte meinen Penis in etwas hineinstecken, in das er sonst *seinen* Penis steckt, und das ist doch ein bißchen eklig, finden Sie nicht auch?

Sie könnten jetzt natürlich sagen, wo ihr Mann schließlich meine Freundin vergewaltigt hat, kann ich gar nicht umhin, meinen Penis in etwas hineinzustecken, wo seiner schon gewesen ist, und ich muß zugeben, daß die Lage etwas unübersichtlich ist. Außerdem muß ich zugeben, daß man, sofern man nicht nur mit Jungfrauen schläft, immer in ein Loch kommt, in dem schon mindestens ein fragwürdiger Schwanz gesteckt hat, und vielleicht geht's auch gar nicht darum, wichtig an der Sache ist auf jeden Fall, daß ich kein Vergewaltiger bin. Ehrlich nicht. Also, natürlich gibt es viele Männer, die sich als Nicht-Vergewaltiger bezeichnen würden, aber normale Kleinkriminelle und Einbrecher, die in ein Haus einsteigen und sich in einer solchen Situation wiederfinden würden, na ja, die hätten sich wahrscheinlich einfach nicht unter Kontrolle. Aber Sie werden sicher froh sein zu hören, daß ich da anders bin.

Und außerdem, Sie zu vergewaltigen, weil Ihr Mann meine Freundin vergewaltigt hat, wäre ja auch eigentlich keine richtige Rache, nicht wahr? Wenn ich wirklich jemanden vergewaltigen wollte, müßte ich *ihn* vergewaltigen, stimmt's? *Das* wäre dann echte Rache. Sowas soll in letzter Zeit auch ziemlich häufig vorkommen, aber vielleicht war das auch schon immer so, auf jeden Fall hört man das jetzt öfter. Da kommen die Leute schon mal auf komische Gedanken.

Natürlich könnte ich Ihnen ein paar andere Sachen antun, die nicht so schlimm sind wie eine Vergewaltigung, Ihren Mann aber trotzdem ganz genauso ankotzen würden. Manche Ehemänner würden sich schon gedemütigt fühlen und wütend werden, wenn ein anderer Mann ihre Frau nackt gesehen hat. Aber ich dachte eher an was Konkreteres. Vielleicht wenn ich einfach Ihren Busen anfasse oder Ihre Brustwarzen streichle. Ich frage mich, ob die dann hart werden würden? Oder ich könnte Ihre Muschi streicheln, zuerst nur so von außen, und dann mal probeweise den Finger reinstecken, bloß um festzustellen, wie sie so im Saft steht. Oder vielleicht sollte ich masturbieren, während ich Sie angucke. Das würde vielen Ehemännern wirklich zu weit gehen. Ich würde hier einfach stehen, glotzen und mir einen von der Palme wedeln, und direkt bevor es mir kommt, könnte ich auf den Tisch steigen und auf Sie abspritzen, so daß Sie das Sperma auf dem Bauch und den Brüsten und im Gesicht und in den Haaren hätten. Im Mund natürlich nicht, da klebt ja das Pflaster drauf. Und wenn Ihr Mann dann zurückkommt, sieht er die ganze Ficksahne auf ihrem Körper und müßte helfen, sie abzuwaschen . . .«

Die Verderbtheit dieses Gedankens war so berauschend, daß er einen Moment lang nicht weiterreden konnte. Dann fuhr er fort: »Aber ehrlich, Mrs. Pryce, Sie werden froh sein, zu erfahren, daß ich nichts davon mit Ihnen machen werde, weil ich es für moralisch unannehmbar halte, einem Mann über seine Frau oder seine Kinder eins auszuwischen. Ich bin kein Monster, Mrs. Pryce, wie Sie sicherlich inzwischen auch mitbekommen haben.

Wissen Sie, ich staune immer über diese verkommenen Strolche, die alten Damen ihre Ersparnisse stehlen, oder drohen, die Kinder von Leuten umzubringen, oder dem Hausmeister Säure ins Gesicht spritzen. Also, bei solchen Sachen frage ich mich, wie können die sowas machen? Ich glaube in den meisten Fällen lautet die Antwort, diese Leute haben keine Phantasie. Sie können sich nicht vorstellen, wie das ist, wenn man alt ist, Kinder hat oder mit entstelltem Gesicht herumlaufen muß, denn wenn sie sich das vorstellen könnten, dann hätten sie Mitgefühl mit den Opfern, und dann würden sie das nicht übers Herz bringen. Ich denke, ich kann mir in gewissem Maße vorstellen, wie man sich fühlt, wenn man vergewaltigt wird, und daher würde ich Ihnen das nicht antun.

Aber dann denke ich wieder an die richtigen Verbrecher, die echten Monster; die *haben* Phantasie. Die sind gut darin, sich Torturen auszudenken, auf die Leute wie Sie und ich im Traum nicht kommen würden. Ich habe da was in der Zeitung gelesen, kann mich nicht mehr erinnern, wo das war, muß in Bosnien, Ruanda oder Nicaragua oder so gewesen sein, wo sie Männer gefangengenommen haben, Väter und Söhne, und die dann ins Gefängnis geschafft und sie gezwungen haben, sich gegenseitig einen zu blasen.

Ich finde das mehr als krank, für mich ist das unvorstellbar. Selbst wenn ich für den Rest meines Lebens Zeit hätte, über was Grausiges nachzudenken, das ich meinen Feinden antun könnte, wäre ich nie darauf gekommen. Niemals. Also könnte es sein, daß ich unrecht habe; manche dieser Typen haben vielleicht doch Phantasie.«

Mick war bewußt, daß Louise Pryce ihn sehr genau beobachtete und äußerst aufmerksam zuhörte, was er sagte. Er nahm nicht an, daß sie von seinem Vortrag über die Philosophie des Verbrechens so fasziniert war, und fragte sich, ob sie ihn nicht einfach nur anstarrte und auf seine Stimme achtete, um sich Einzelheiten zu merken, die sie später brauchen könnte, wenn sie ihn der Polizei beschrieb. Aber nein, das hielt er dann doch für ausgeschlossen; er konnte sich nicht vorstellen, daß die Pryces einem ehrenwerten Constable erklärten, wie Louise Pryce in eine Situation gekommen war, die sie in die Lage versetzte, eine so detaillierte Beschreibung abzugeben.

»Ihre Antworten würden mich wirklich interessieren, Mrs. Pryce«, sagte er, »aber Sie werden sicher verstehen, warum ich das Pflaster nicht abgenommen habe. Ich habe

Angst davor, daß Sie die ganze Gegend hier zusammenbrüllen.«

Sie schüttelte den Kopf zum Zeichen, daß sie das nicht tun würde, aber wie sollte er ihr Glauben schenken?

»Das muß ich Ihnen sagen, Mrs. Pryce«, sagte er, »ich bin ausgepumpt. Ich finde Ihre Stadt hier ziemlich anstrengend. Man kann so leicht verlorengehen. Und wenn ich ehrlich sein soll, Mrs. Pryce, dann fühle ich mich auch etwas verloren. Wissen Sie, als ich in London ankam, schien alles so klar zu sein: Sechs Typen mußte gezeigt werden, wie der Hase läuft. Kein Problem. Ich arbeite in diesem Bereich. Ich kann das. Und, wissen Sie, eigentlich hätte es ganz einfach sein müssen, diesen Kerlen eine Abreibung zu verpassen. Ein paar von ihnen hätte ich mir auch so ganz gerne mal zur Brust genommen: diesen Trottel von Jonathan Sands mit seinem verdammten Boot und diesen verfluchten Schauspieler. Ich meine, ich habe meinen Teil Sozialneid abgekriegt. Ich hab absolut kein Problem damit, reiche, vornehme Arschlöcher zu verprügeln. Könnte ich jeden Tag machen. Aber in letzter Zeit ist mir das ziemlich schwergefallen. Ich hab so ein komisches Gefühl, daß irgendwo irgendwas falsch läuft.

Yeah, als ich hier ankam, konnte ich London nicht ausstehen, und die Leute, die hier wohnen, konnte ich auch nicht ausstehen; die waren zu weich, zu reich und zu südländisch. Aber in letzter Zeit war das nicht mehr so eindeutig. Autos zum Beispiel. Ich mag Autos, die interessieren mich, und in London gibt's jede Menge ausgefallene Autos. Zum Beispiel viele mit Linkssteuerung. Und in London kann man an einem Tag mehr Rolls-Royces sehen als in Sheffield im ganzen Jahr. Hier gibt's Ferraris, alte Bristols und Maseratis. Klar, das ist zum Teil auch eine Frage des Geldes; hier in London ist natürlich mehr Geld im Umlauf als in Sheffield, aber irgendwie ist es nicht nur das. Die Leute mögen hier Sachen, die ein bißchen was anderes sind, was Besonderes. Selbst dieser Blödmann von Philip Masterson hatte ein anständiges Auto.

Und Frauen auch. In London sieht man mehr hübsche Frauen als sonst irgendwo in England. Vielleicht hat das was mit der Menge zu tun; in London wohnen so viele Leute, daß einfach ein paar Klassefrauen dabei sein müssen, aber ich habe das Gefühl, daß das prozentual in London viel mehr sind. Und wie die sich anziehen. Manchmal tragen die hier Klamotten – in Sheffield würde das Auffahrunfälle geben, aber in London gehört es einfach dazu. Ich find das gut. Für sowas hab ich ne Schwäche.«

Er nahm das Spekulum, mit dem Pryce seine Frau untersucht hatte, und hielt es gegen das Licht. Er kniff ein Auge zu und sah durch die gebogene Plastikwandung in die verzerrte Welt.

»Wenn das Ding sprechen könnte«, murmelte er abwesend, kehrte dann aber zu seinem Thema zurück. »So komisch das klingt, aber ich glaube, die Stadt, London, fängt langsam an, mir zu gefallen. Ich mag das Geld und das Durcheinander, die Themse und die besseren Wohngegenden. Ich mag die Pubs, die Architektur, die Menschen und die Restaurants. Und darum werde ich zwangsläufig ein bißchen neidisch. Und, wissen Sie, es gab Zeiten, da wollte ich die Dinge zerstören, auf die ich neidisch war. Aber das ist jetzt anders. Jetzt will ich . . . ich weiß, das klingt ein bißchen albern . . . ich will daran teilhaben.

Tatsache ist, Mrs. Pryce, daß ich nie das Gefühl gehabt habe, irgendwo hinzugehören, und bisher hat mich das auch nicht gestört. Ich weiß nicht, ob ich nach London gehöre, aber jetzt bin ich nun mal hier, und eigentlich will ich nicht so recht zurück nach Sheffield. Und das beunruhigt mich.

Verstehen Sie, wie soll sich ein Kleinkrimineller aus dem Norden in dem ganzen Kram hier zurechtfinden?

Das Problem ist der Sex, Mrs. Pryce. Sex ist immer die Ursache. Ich habe mit einer Frau geschlafen, einer Londonerin, und plötzlich bin ich völlig durcheinander. Körper sind so ein Riesenproblem. Man sagt, der menschliche Körper ist wie eine Stadt, in allen möglichen Beziehungen, und ich bin mir sicher, daß das hunderprozentig stimmt.«

Mick ging zum Vitrinenschrank, öffnete eine Glastür und nahm ein Exemplar von *Gray's Anatomy* heraus. Er blätterte darin herum, bis er gefunden hatte, was er suchte.

»›The first cut is the deepest‹, stimmt's, Mrs. Pryce?« sagte er.

Auf Pryces Schreibtisch lag ein dicker roter Filzstift. Mick nahm ihn, ging zu Louise Pryce, sah noch einmal im Anatomiebuch nach und zeichnete ihr ein großes, rotes Valentinsherz auf Busen und Brust. Die Haut wich vor dem Stift zurück. Das Fleisch gab unter der Filzspitze nach, aber Mick achtete penibel darauf, daß er sie nur mit dem Stift berührte.

»Ja, eine Stadt kann ein Herz haben, aber ich weiß nicht, wo das Herz von London ist. Marble Arch? Die Quadratmeile der City? Knightsbridge? Und wo ist die Lunge? Wo die Leber? Die Nieren?«

Er skizzierte Lunge, Leber, Nieren und einen länglichen Darm auf Louise Pryces Brust. Sie konnte nicht schreien und sich nicht wehren, aber aus ihren Augen sprach panische Angst, als rechnete sie damit, daß er sie als nächstes wie ein Fleischer aufschlitzen und sie auf der Suche nach dem Herzen ausweiden würde.

»Ich tu Ihnen nicht weh«, wiederholte Mick. »Ich weiß, das ist ne ziemlich seltsame Sache, mit nem Filzstift auf Ihrer Brust herumzumalen. Und ich komm mir auch ziemlich seltsam vor. Gut, ich bin seltsam. Aber ich bin nicht verrückt. Vielen Dank, daß Sie mir so aufmerksam zugehört haben, Mrs. Pryce.«

Er zog sich einen Stuhl heran, setzte sich neben den Behandlungsstisch, blieb dort lange sitzen und betrachtete ihren Körper. Es machte ihm Spaß. Er sah ihn gerne an, hatte aber nicht den Wunsch, ihn zu berühren. Er versuchte, sich vorzustellen, daß er eine Stadt betrachtete, ein neuentdecktes Land, sah aber nur nackte Haut und Sex.

Er saß und schaute immer noch, als er im Flur etwas hörte: das Öffnen der Haustür, dann Schritte. Die Rückkehr des Dr. Graham Pryce. Er mußte sofort gemerkt haben, daß etwas nicht in Ordnung war, schließlich brannten die Lichter, und die Sprechzimmertür stand offen. Aber trotz dieser Warnzeichen rechnete er nicht mit dem, was ihn erwartete.

Pryce hatte kaum das Sprechzimmer betreten – geschweige denn bemerkt, was los war –, da begann Mick auch schon, mit Händen und Füßen auf ihn einzuprügeln. Er schwieg dabei, sagte kein Wort, grunzte nicht einmal. Pryce hatte keine Chance, zurückzuschlagen, konnte sich nicht einmal verteidigen. Die Schläge kamen aus einem unergründlichen, dunklen Ort in Micks Körper, einem Ort kalter, furchterregender, ungezügelter Gewalt.

Pryce klappte unter den Schlägen zusammen, sank auf die Knie, fiel dann auf den Boden und rollte sich dort zusammen. Er leistete keinen Widerstand, ließ alles über sich ergehen und wartete darauf, daß der Angriff nachließ oder er das Bewußtsein verlor. Und als Mick wiederholt den reglosen Körper seines Opfers getreten hatte, blickte er zu Louise Pryce hinüber, die immer noch gefesselt auf dem Tisch lag, und sah, daß sie weinte, nicht stark, nur so viel, daß ihm mulmig wurde, nur so viel, daß er aufhörte, ihren Mann mit Füßen zu treten.

Mick stand ruhig im Zimmer, mußte sich konzentrieren,

um nicht hin und her zu schwanken oder umzufallen, Schweiß strömte ihm über die Stirnfalten, in seinen Ohren rauschte es wie ein Ozean, und bevor er sich davonmachte, verspürte er den Drang, sich zu entschuldigen. Er wandte sich an Louise Pryce und sagte: »Falls es Sie tröstet, ich weiß nicht so recht, warum ich das getan habe.« Aber auch das reichte noch nicht. Er ging zu ihr hinüber und sagte: »Wissen Sie, was der Körper und die Stadt noch gemeinsam haben? Sie haben beide keine Seele.«

Arbeit

Am nächsten Tag fühlte Mick sich beschissen. Er glaubte nicht, daß er mit Dr. Graham Pryce richtig und angemessen umgesprungen war. Er spürte, daß er die Regeln gebrochen hatte. Er hatte eine neue, ganz persönliche Version des Spiels entwickelt, und auch wenn man nicht sagen konnte, daß er geschummelt hätte, sagte ihm eine innere Stimme doch, daß das alles in Tränen enden würde.

Er stand spät auf und vertrödelte den Vormittag in seinem Zimmer. Er versuchte gar nicht erst, Gabby anzurufen. Ob sie zu Hause war, interessierte ihn nicht besonders, viel zu sagen hätte er sowieso nicht gehabt, und neue Fragen an sie hatte er auch nicht. Aufmunterung und Lob von ihr bedeuteten ihm nicht viel – sie war zwar die Urheberin der ganzen Geschichte, aber das Drama, das sich inzwischen daraus entwickelt hatte, war ganz allein sein Ding.

Das Zimmer war so bedrückend wie eh und je. Er wollte raus, hatte aber das Gefühl festzusitzen. Ihm war klar, daß er in der Stadt herumlaufen und Vergewaltiger Nummer sechs, das letzte Opfer, verfolgen müßte, und dieses Gefühl verstärkte sich noch, als Judy plötzlich vor der Tür stand.

»Die Wirtin hat mich raufgeschickt«, sagte sie. »Ich glaube, sie mag mich nicht. Ich glaube, ich entspreche nicht ihren Vorstellungen von Rassereinheit.«

»Wer tut das schon.«

Judys Gegenwart machte ihn verlegen. Die daraus resultierende Unbeholfenheit und Zaghaftigkeit paßten nicht zu seiner kraftvollen, bulligen Gestalt, und Judy wußte, daß sie die Oberhand hatte.

»Tut mir leid, daß ich nochmal herkommen mußte«, sagte sie. »Ich weiß, daß dir das nicht recht ist.«

Er ertappte sich dabei, wie er das abstritt, ihr erzählte, daß er nichts dagegen hätte und sich freute, sie zu sehen. Die Worte klangen zwar ungewohnt in seinen Ohren, waren aber zweifellos wahr.

»Ist auch egal«, sagte sie. »Ich bin wegen etwas anderem hier. Es geht um Arbeit.«

»Arbeit?«

»Ich möchte dir einen Job anbieten.«

Im ersten Moment hatte er das unangenehme Gefühl, daß seine Tätigkeit in London sie so entsetzt hatte, daß sie versuchte, ihn auf den richtigen Weg zu bringen, indem sie ihm eine Stelle in ihrer Buchhandlung anbot.

»Du weißt, was ich mache«, sagte er.

»Ja, klar, obwohl ich immer noch nicht weiß warum. Aber das ist schon in Ordnung. Spielt wohl keine Rolle. Will ich auch eigentlich gar nicht wissen.«

Sie wirkte nachdenklich, zerstreut, schien für einen Moment unendlich weit weg zu sein, weit entfernt von Job angeboten und Zimmern in Hackney, in einem abgelegenen Vorort des Gehirns, wo es keine U-Bahn gab und Taxifahrer sich weigerten hinzufahren.

»Ich habe über etwas nachgedacht«, sagte sie, und ihre Worte schienen sie so zu bedrücken oder belasten, daß sie immer langsamer sprach. »Deine Namensliste, könnte ich da wohl noch einen Namen dranhängen?«

»Nein«, sagte er bestimmt.

»Nur ein Name. Nur ein Mann.«

»Ach komm!« sagte er.

»Wieso nicht? Ich habe dir geholfen. Warum willst du mir nicht helfen?«

»So läuft das nicht.«

»Wieso nicht? Das ist dein Job. Hast du gesagt. Da kommt's doch auf einen mehr nicht an.«

»Ich soll für dich jemand zusammenschlagen?«

»Genau.«

»Ich kann niemand zusammenschlagen, nur weil du mich darum bittest.«

»Wieso nicht? Egal, was die Männer auf deiner Liste getan haben, dieser Mann hat etwas Schlimmeres getan.«

»Woher willst du das wissen? Du kennst die ganze Geschichte doch überhaupt nicht.«

»Dieser Mann hat mir das Herz gebrochen«, sagte Judy.

Die Worte klangen so dünn und zart. Sie waren so altmodisch, so zerbrechlich und in der Welt, in der Mick lebte, so fehl am Platz wie eine feine Porzellantasse in der Hand eines Wermutbruders.

»Ich dachte, ich wäre darüber hinweg, aber ich hatte mich geirrt. Ich dachte, es macht mir nichts mehr aus, aber ich habe gemerkt, daß es doch noch an mir nagt. Und ich will Rache.«

»Man schlägt niemand zusammen, bloß weil er einem das Herz gebrochen hat«, sagte Mick.

»*Ich* würde das tun, wenn ich könnte.«

»Dann mach das doch einfach. Vielleicht ist es dein Job, nicht meiner.«

Sie hörte nicht zu.

»Was soll ich dir bieten, damit du mir hilfst?« fragte sie. »Geld? Sex? Japanische Mittagessen? Was treibt dich, Mick?«

Er wollte sagen, daß das alles mit Liebe zu tun hatte. Er wollte ihr erzählen, daß er diese sechs Männer bestrafte, weil sie jemandem wehgetan hatten, den er liebte. Eine Vergewaltigung war eine besonders schwere Verletzung mit langen Nachwirkungen, aber das war eine Frage der Intensität, nicht der Qualität. Das sagte er jedoch nicht, weil er wußte, daß es falsch klingen würde. Er war sich nicht sicher, ob er Gabby noch liebte, und wenn er sie nicht mehr liebte, wann hatte er damit aufgehört? Und wo er schon dabei war: Wann hatte er überhaupt damit angefangen? Wenn Gabby ihm erzählt hätte, daß ein Mann in London, oder vielleicht sogar sechs Männer in London ihr das Herz gebrochen hätten, wie wäre er damit umgegangen?

»Eigentlich will ich ganz damit aufhören, Leute zusammenzuschlagen«, sagte er.

»Aber es gelingt dir nicht, du hast Probleme, damit aufzuhören, ja? Wie beim Rauchen?«

»Hör zu, Judy, unter anderen Umständen, vor einem Monat oder vielleicht vor sechs Monaten, da wäre ich der Mann gewesen, den du suchst. Aber jetzt nicht.«

»Sein Name ist Stuart London«, sagte sie.

»Was geht mich das an?«

»Stuart London. Kann man sich leicht merken.«

»Ich will seinen Namen nicht wissen.«

»Vielleicht läufst du ihm über den Weg.«

»Nein.«

»Vielleicht überlegst du es dir noch anders. Vielleicht findest du ja doch noch einen Grund, mir meine Bitte zu erfüllen.«

Er sagte nichts mehr. Das war auch nicht nötig. Er fühlte

sich sicher, weil er wußte, London war zu groß, als daß er zufällig Judys altem Liebhaber begegnen würde.

»Vielleicht gibt London dir genau das, was du brauchst«, sagte Judy.

»Hey, jetzt werd mir hier nicht geheimnisvoll.«

Sie lächelte, ging zu ihm und gab ihm einen Kuß.

»Du gehst jetzt besser«, sagte er.

Sie küßte ihn noch einmal, diesmal eindringlicher, und es brauchte nicht viel, um ihn zu überzeugen.

»Ich könnte sonst auch bleiben«, sagte sie.

»Ja, könntest du«, lenkte er ein.

Er fühlte sich lahm und kraftlos, und genau wie er zu schwach gewesen war, sich davon abzuhalten, Dr. Graham Pryce zu verprügeln, war er jetzt zu schwach, sich davon abzuhalten, mit Judy Tanaka ins Bett zu gehen. Als er sie auszog, sagte er: »Dir ist klar, daß das nichts an der Ausgangsposition ändert?« Und sie sagte: »Wenn du meinst«, und lächelte und kam ihm geheimnisvoller vor denn je.

Abhängigkeit

Manche Männer gehen davon aus, daß Stripperinnen Huren sind, für jeden jederzeit zu haben, daß man sie benutzen und hinterher wegwerfen kann. Nach Gabbys Erfahrungen unterschieden sich Stripperinnen jedoch kein bißchen von anderen Frauen. Einige waren Schlampen, andere hingegen im Grunde ihres Herzens Jungfrauen. Einige waren glücklich verheiratet, andere lebten in langjähriger Enthaltsamkeit. Einige suchten verzweifelt nach wahrer Liebe, andere nach sofortiger Befriedigung all ihrer Wünsche und Bedürfnisse.

Gabby hätte jederzeit behauptet, daß sie so ziemlich in der Mitte lag, mußte aber zugeben, daß ihr die Treue nicht in die Wiege gelegt worden war. Wenn ein Mann sie mochte, ihr schmeichelte, nett zu ihr war, sie zu einem Abendessen und ein paar Drinks einlud und dann höflich fragte, ob sie mit ihm ins Bett gehen würde, tja, wie hätte sie da nein sagen sollen?

Sie wollte Mick treu sein, sie hatte es wirklich versucht. Eigentlich hatte sie es sogar bei all ihren Männern versucht, aber irgendwie war dann immer etwas dazwischengekommen, so daß sie schließlich am Ende scheiterte; manchmal geschah es aus Langeweile, manchmal hatte sie zuviel getrunken, und manchmal war einfach was Besseres aufgetaucht, und so war es wohl auch jetzt. Ein gutaussehender Mann mit Geld, einem schicken Auto und ein paar exquisiten Drogen war ihr über den Weg gelaufen, hatte sie anständig behandelt, und dann war es einfach irgendwie passiert. Was sollte eine Frau da machen?

Er hieß Ross McLennan, und Gabby hatte ihn zum ersten Mal in ihrer Agentur gesehen. Meist wurde sie dort von einer pummeligen, mütterlichen Ex-Stripperin namens Pat betreut. Einmal, als Gabby wegen einer Auszahlung ins Büro ging, saß McLennan bei Pat, und sie stellte ihn wie einen alten Freund, einen Mitarbeiter oder einen stillen Teilhaber vor. Er wollte ein paar Mädels für eine Party engagieren, aber von Gabby war nie die Rede.

Sie wußte sofort, daß er kein anständiger Mann war. Er sah eigensinnig und gefährlich aus, und obwohl er ihr fast pausenlos zulächelte, wußte sie doch, daß sie diesem Lächeln nicht trauen konnte. Er war älter als Mick, und normalerweise stand sie nicht auf ältere Männer, aber er trug sein Alter mit Würde, kleidete sich jung, sah nach etwas aus, und sie war vollkommen hingerissen.

Allerdings schien ihr das nichts zu nützen. Sie dachte, sie würde ihn nie wiedersehen. Doch dann tauchte er eines Abends bei einer Vorstellung in Rotherham auf. Er war als Zuschauer gekommen und sah sich ihre Show an. Im verrauchten Gedränge des Clubs wirkte er fehl am Platz, die Vorstellung schien ihm auch nicht viel Spaß zu machen, und als sie fertig war, dachte er gar nicht daran, zu applaudieren. Er versuchte auch nicht, hinterher zu ihr in die Garderobe zu kommen oder sie anzusprechen, als sie ging. Mick war bei ihr, und vielleicht hatte seine Anwesenheit ihn eingeschüchtert, obwohl er eigentlich nicht aussah, als wäre er leicht zu beeindrucken.

Am nächsten Tag rief er an. Sie wußte, daß er ihre Privatnummer von der Agentur bekommen hatte, und das war ein weiteres Indiz dafür, daß er jemand ganz Besonderes war. Sie wollte wütend sein wegen der Herausgabe ihrer Telefonnummer, es gelang ihr aber nicht, sich zu verstellen; sie freute sich, daß er angerufen hatte, und machte sich nicht die Mühe, das zu verbergen.

Er fragte: »Warum die Handschuhe?«

Sie war überrascht und gerührt. Danach hatte noch nie jemand gefragt. In den Handschuhen hatte keiner je etwas anderes gesehen als klassische Striptease-Utensilien.

»Ich habe mich die ganze Nacht gefragt, was unter diesen Handschuhen ist«, sagte er. »Ich dachte, vielleicht sind da ein paar häßliche alte Tätowierungen, vielleicht der Name eines Ex-Liebhabers, aber für eine solche Dummheit scheinen Sie mir zu clever zu sein. Und dann habe ich überlegt, ob Sie Heroin spritzen und die Einstiche darunter verstekken, aber wie ein Junkie sehen Sie auch nicht aus. Ja, und dann habe ich mich gefragt, ob es Verunstaltungen sind, vielleicht Verbrennungen oder eine Hautkrankheit, oder ob Ihnen ein Finger fehlt oder sogar eine ganze Hand? Also, was ist es?«

»Das müssen Sie schon selber feststellen«, sagte sie. »Sie werden sie mir ausziehen müssen.«

Das klang so eindeutig, viel lüsterner und kindischer als beabsichtigt, aber sie wußte, daß dieser Mann einen Platz in ihrem Leben einnehmen würde, ob sie wollte oder nicht. Warum sollte sie dann lange drum herumreden, und warum sollte sie sich groß dagegen sträuben? Er hatte vom Autotelefon angerufen, und zehn Minuten später stand er vor der Tür. Weitere zehn Minuten später war sie Mick untreu.

McLennan hatte ihr die Handschuhe abgestreift, mitfühlend die Narben an ihren Handgelenken und Unterarmen betrachtet und sie geküßt. Sie mußte sich ihm einfach hingeben und versuchte auch gar nicht erst, sich dagegen zu wehren. Sie wußte, daß das kein einmaliger Ausrutscher bleiben würde, daß er es nicht einfach mal versucht hatte, weil er dachte, daß alle Stripperinnen Huren sind. So einfach war das alles nicht.

Sie bekam nicht heraus, womit er seinen Lebensunterhalt verdiente. Er sagte es nicht, und sie kam nie ganz dahinter, obwohl sie im Laufe der nächsten Monate ein paar interessante Details zusammentrug. Aus seinen Erzählungen konnte sie entnehmen, daß er mit Immobilien, Glücksspiel und dem Import von Autos aus Kontinentaleuropa zu tun hatte. Das war alles nicht unbedingt illegal. Er hatte, wie jeder Geschäftsmann, einen Buchhalter und einen Betriebsprüfer. Dazu beschäftigte er jedoch ein paar gerissene Schlägertypen, Männer ohne Berufsausbildung, die gewiß nicht wegen ihrer unternehmerischen Fähigkeiten eingestellt worden waren.

Gabby war klug genug, ihn nicht zu fragen, womit er sein Geld verdiente. Beide gaben sich damit zufrieden, diese Dinge im dunkeln zu lassen. Er reiste viel: nach Birmingham, nach Manchester, sogar nach Florida (wo er seine schon vorher strahlende Bräune auffrischte). Aber was er auch machte, offensichtlich machte er es gut, und offenbar war es extrem profitabel. Manchmal dachte sie, daß ein Teil seines Geschäfts auch mit Drogen zu tun haben mußte. Er hatte Dope, Speed und Kokain von allerbester Qualität und zeigte sich damit großzügig; zumindest ihr gegenüber. Aber möglicherweise hatte das nichts mit seinen Geschäften zu tun. Möglicherweise hatte er nur deshalb die besten Drogen, weil er von allem das Beste hatte: das beste Haus, die beste Inneneinrichtung, die besten Autos, den besten Whisky und, wie er ihr immer wieder erzählte, die besten Frauen.

Offenbar ging er ganz selbstverständlich davon aus, daß sie einen Liebhaber hatte. Es schien ihm nichts auszumachen. Er sagte ihr nicht, daß sie aufhören sollte, sich mit ihm zu treffen. Er war sogar eher daran interessiert, alles über Mick zu erfahren.

Gabby kam sich schon treulos genug vor, weil sie mit McLennan schlief, und daß sie ihm alles erzählen sollte, machte es noch schlimmer. Aber sie erzählte es ihm trotzdem. Sie konnte nichts dagegen tun, und McLennan schien keine Hintergedanken zu haben. Er war auf abwesende Weise neugierig und behauptete, er wolle nur etwas über Mick wissen, weil er alles über Gabby wissen wolle. Sie erzählte es ihm und war enttäuscht darüber, wie wenig es zu erzählen gab, was für ein Nichts Mick jetzt in ihren Augen war, daß sie ihn nicht mehr brauchte und wie einfach es für sie war, ihn zu belügen.

Aber wenn sie McLennan auch alles über Mick erzählte, so war ihr doch klar, daß Mick nichts von McLennan erfahren durfte; und so geschah es dann auch. Mick verblieb in seliger Unwissenheit. Er vertraute Gabby und ließ sich leicht täuschen. Sie erzählte ihm, daß sie ihre Schwester besuchte, daß sie die Nacht bei ihrer Mutter verbrachte, und Mick kamen nie irgendwelche Zweifel. Nicht, daß sie gedacht hätte, Mick würde etwas Furchtbares tun, wenn er es herausfand. Sie glaubte nicht, daß er sie schlagen würde, wie sie das von einigen ihrer Exfreunde erwartet hätte. Mick konnte brutal sein, aber er war es nie ihr gegenüber gewesen. Es hätte ihn enttäuscht, weil er mehr von ihr gehalten hatte als sie wert war.

Sie hatte gerne Geheimnisse. Die Drogen waren ein Geheimnis vor ihm. Die Affäre mit McLennan war ein noch größeres. Sie fragte sich, ob sie Geheimnisse brauchte, weil sie als Stripperin alles so vollkommen enthüllte. Sie zeigte den Zuschauern alles – mehr als nur ihren Körper. Wie jeder gute Darsteller enthüllte sie ihr Selbst, begab sich ganz in die Hände ihres Publikums. Und es dauerte nicht lange, bis sie sich ganz in McLennans Hände begeben hatte. Ihre gemeinsamen Nächte waren lang, und an Schlaf war nicht zu denken; es waren turbulente, erbarmungslose, von Alkohol, Lust und Drogen beflügelte Orgien. Hinterher war sie ausgelaugt, erledigt und hatte weiche Knie, wußte aber wenigstens, daß sie lebte.

Manche Abhängigkeiten setzen sofort ein, bei anderen ist es ein stetig zunehmender Einfluß. Zu Anfang war es ihr leichtgefallen, mit Mick und McLennan zu jonglieren, die unterschiedlichen Anforderungen, die sie an sie stellten, auszubalancieren, aber sie wußte, daß sie früher oder später ganz McLennan gehören würde. Schon bevor Mick nach London ging, hatte sie gewußt, daß er ihr zunehmend weniger bedeutete.

Und als McLennan sagte: »Du solltest nicht als Stripperin arbeiten. Du bist viel zu gut dafür«, also, es war ja nicht so, daß sie das nicht schon vorher von anderen Liebhabern gehört hatte, aber diesmal war es anders. Diesmal klang es überzeugend und wahr. Sie hatte das Gefühl, daß sie darauf ihr Leben lang gewartet hatte, daß das die magischen Worte waren, durch die sich alles verändern würde. Nachdem McLennan das gesagt hatte, gehörte Gabby ihm. Sie hätte alles für ihn getan.

Die Selbstmord-Tour

Stuart ging die Bernard Street in der Nähe vom U-Bahnhof Russell Square entlang, als er sah, wie sich auf der gegenüberliegenden Straßenseite eine kleine Touristengruppe sammelte. Er erkannte, daß es hauptsächlich Amerikaner waren; ihre Kleidung verriet sie, sie war irgendwie ausländisch geschnitten, Stoffe und Farben entsprachen nicht dem hiesigen Stil.

Es war eine ältere Gruppe mit ein paar sehr großen, aber schon leicht gebeugten weißhaarigen Männern, manche mit Baseball-Mützen und einer mit einem Cowboyhut aus Stroh. Die Männer waren größer, wirkten gesünder und kräftiger als ihre Londoner Pendants, als hätte man sie extra für den Einsatz in der Landwirtschaft gezüchtet: breitschultrig, mit einer Spur Skandinavien im Stammbaum. An ihrer Seite hatten sie muntere, gutgelaunte Ehefrauen und manchmal noch deren frisch verwitwete Freundinnen.

Und überraschenderweise, obwohl Stuart sich davon schon lange nicht mehr überraschen ließ, schließlich war das irgendwie fast immer so, standen ein paar mißmutige, linkische Teenager mit langen Haaren dazwischen. Stuart hatte nie verstanden, was die da machten, wieso es ihnen nicht gelang, zu McDonald's abzuhauen oder in die Carnaby Street oder zum Camden Market oder an irgendeinen anderen Ort, wo sie dem Geschwafel eines Reiseführers entgehen und vielleicht die ersten Schritte in Richtung einer zaghaften sexuellen Ferienliaison in Angriff nehmen konnten. Was wollten Jugendliche sonst in London? Aber das taten diese Mädchen nie. Die beiden blieben, schmollten und hörten nicht richtig zu.

Stuart brauchte ziemlich lange, bis er mitbekam, daß er Zeuge des Anfangs einer London-Walker-Tour war; sie hieß ›Bloomsbury und noch mehr‹. Der Führer war ein blutiger Anfänger namens Colin, ein junger Mann, den Stuart auf Anitas Drängen zum Vorstellungsgespräch eingeladen hatte. In letzter Zeit störten die Vorstellungsgespräche Stuarts Wanderpläne, und so hatte er nach einem hastigen und äußerst oberflächlichen Plausch kurzerhand entschieden, daß der Junge das schon schaffen würde. Unter etwas normaleren Umständen hätte Colin keine Chance gehabt, aber mit einer Ablehnung hätte Stuart sich nur noch mehr Vorstellungsgespräche eingebrockt, und das wäre eine weitere Störung gewesen, also hatte er Colin angestellt, ihm einen noch viel oberflächlicheren Einführungsvortrag gehalten und ihn ins kalte Wasser geworfen, wo er jetzt mit den Armen winkend unterging.

Stuart wußte, daß das erst Colins zweite oder dritte Tour sein konnte, und als er den Jungen in Aktion sah, merkte er, was für eine saumäßig schlechte Wahl er getroffen hatte. Colin war ein rotgesichtiger, tölpelhafter junger Mann im Anzug. Sein Auftreten wirkte übereifrig und aufgesetzt, er sprach zwar deutlich und ausdrucksvoll, aber einfach nicht laut genug. Schlimmer war jedoch, daß er absolut nicht mit einer Gruppe umgehen konnte. Die möglichen Teilnehmer liefen wild durcheinander und warteten darauf, daß er die Sache in die Hand nahm, ihnen einen Hinweis gab, sie lenkte oder wenigstens überhaupt irgend etwas sagte, aber er räusperte sich nur mehrmals, sah auf die Uhr, wedelte hilflos mit den Armen und tat im Grunde nichts Sinnvolles, worauf die Gruppe ihn in zunehmendem Maße ignorierte und die ersten anfingen fortzugehen. Erst dann, als sie schon außer Hörweite waren, murmelte er ihnen etwas hinterher.

Schließlich entschloß er sich, mit der Tour zu beginnen, obwohl es ihm nicht gelungen war, die Aufmerksamkeit auf sich zu ziehen. Er verwendete fast wortwörtlich den Text, den Stuart ihm aufgeschrieben hatte. Bis einige Mitglieder der Gruppe schließlich merkten, daß er angefangen hatte, waren schon ein paar Minuten vergangen, und als sie es mitbekamen, fingen sie an, sich gegenseitig zu fragen, was sie verpaßt hatten, und verpaßten so noch mehr. Der Gesamteindruck war der eines lautstarken Shakespeareschen Pöbels.

Stuart betrachtete das Spektakel, und seine Gefühle verwandelten sich schnell von spöttischer Belustigung über Verzweiflung in Wut. Er überquerte die Straße und mischte sich unter die Gruppe. Die Reiseführer wurden immer wieder nachdrücklich darauf hingewiesen, daß sie das unterbinden mußten. Sonst war es für zufällig vorbeikommende Passanten ein leichtes, mit ein wenig Verspätung zur Tour zu stoßen und umsonst mitzugehen. Stuart stand direkt neben Colin, aber es dauerte eine Weile, bis der neue Reiseführer die Anwesenheit seines Chefs bemerkte, und von diesem Augenblick an bekam er den Mund nicht mehr zu; er bewegte ihn zwar noch, als würde er sprechen, es kam aber nichts mehr heraus.

»Okay«, sagte Stuart laut und geschäftsmäßig, um die Aufmerksamkeit der Teilnehmer auf sich zu ziehen. »Schluß mit dem Dilettantismus. Tritt zurück, Colin. Sieh zu und lerne.«

Colin trat überrascht, aber sichtlich erleichtert mehrere große Schritte zurück, und die Gruppe wandte sich Stuart zu. Die plötzliche Abberufung ihres Reiseführers verlieh ihm eine etwas dubiose Autorität. Die Teilnehmer waren froh, jemanden vor sich zu haben, der anscheinend wußte, was er tat, aber er hatte den jungen Mann doch ziemlich gemein abgekanzelt. Ihre Erwartungen waren geweckt, aber ihr Wohlwollen mußte er noch gewinnen.

Stuart blieb schweigend stehen, kostete ihre Aufmerksamkeit aus, solange es ging, und sagte dann: »Gleich um die Ecke am Russell Square liegt das Bloomsbury Hotel. Darin befindet sich die Virginia-Woolf-Hamburger-Bar. Leider hat Mrs. Woolf nichts in ihren Schriften hinterlassen, um uns ihre Ansichten über den Hamburger kundzutun, aber wir wissen, daß sie Selbstmord beging, weil sie die Schrekken des Zweiten Weltkriegs nicht ertrug.

Sie fragen sich wahrscheinlich, in welchem Maße Virginia Woolf von den Schrecken des Zweiten Weltkriegs in Mitleidenschaft gezogen wurde, denn schließlich war sie ja nicht an der Front – aber es bringt nichts, wenn man sagt, daß die Gründe, die einen Menschen in den Selbstmord treiben, unzureichend sind. Eventuell hätte sie versuchen können, sich umzubringen, indem sie zu Kriegszeiten in London herumspaziert wäre und auf die richtige Bombe gewartet hätte, oder vielleicht hätte sie während der Luftangriffe einen Krankenwagen fahren können, und warum konnte sie nicht einem Geheimbund beitreten und an einem Selbstmordkommando im Feindesland teilnehmen? Statt dessen wählte sie den Tod durch Ertrinken und zog es vor, ihren Selbstmord außerhalb Londons zu begehen. Offenbar empfand sie das Umland als stimmungsvoller.«

Die Gruppe konnte ihm nicht ganz folgen. Stuart hatte den Eindruck, viele von ihnen hätten noch nie von Virginia Woolf gehört, und wenn doch, so dachten sie an Liz Taylor im Stück von Edward Albee. Aber zumindest hatte er mit seinen Worten über Hamburger, Tod und Krieg ihr Interesse geweckt.

»Von Casanova gibt es eine Geschichte über seinen Aufenthalt in London«, fuhr Stuart fort. »Er saß in einem Café und hörte, wie zwei Engländer sich über einen gemeinsamen Freund unterhielten, der kürzlich Selbstmord begangen hatte. Der erste sagte, er hielte den Selbstmord für absolut vernünftig, wenn man die Finanzsituation ihres Freundes bedächte. Aber der andere widersprach. Er war ein Gläubiger des Toten und hatte als solcher Einblick in dessen Konten erhalten. Seiner Meinung nach hätte ihr Freund noch mindestens sechs Monate Zeit gehabt, bis er sich hätte umbringen müssen.«

Am Ende der Anekdote gab es ein paar vereinzelte, unsichere Lacher. Es war weit entfernt von einem Heiterkeitsausbruch, reichte ihm aber, um weiterzumachen, schließlich hatten sie offenbar gemerkt, daß er sie unterhalten wollte.

»Ja«, sagte er, »London ist gewiß kein schlechter Platz zum Sterben. Freud starb hier. Karl Marx auch. Und viele andere, die meisten gegen ihren Willen: Jack ›the Hat‹ McVitie, Charles I., Thomas Morus.«

»Ist das eine wahre Geschichte?« fragte eine Frau, aber keiner beachtete sie.

»Willkommen in London«, sagte Stuart feierlich. »Eine vom Tod umfangene Stadt. Kommen Sie, gehen wir weiter.«

Er ging flott über den Russell Square in Richtung British Museum. Er hatte keinen Schal und keinen Umhang, den er sich beim Losgehen über die Schulter hätte werfen können, trotzdem lag etwas Schwungvolles, Theatralisches in seinen

Bewegungen. Sich umzuschauen, um sich zu vergewissern, daß die Gruppe ihm folgte, wäre erniedrigend gewesen, aber er war sicher, daß sie hinter ihm herkam. Im Gehen sagte er: »Sie glauben nicht, daß London eine Nekropole ist? Doch, das ist es. Und den Menschen gefällt's. Unsere Friedhöfe sind beliebte Touristenattraktionen. Im British Museum drängen sich die Leute um die Mumien. Sie quetschen sich bei Madame Tussaud's, um blasse Wachsleichen ansehen zu dürfen. Sie steigen ins London Dungeon hinab, um sich an Folter und Gefangenschaft zu ergötzen. Sie gehen in den Tower of London. Sie besuchen die Poet's Corner, um auf den toten Dichtern herumzugehen.

Ja, was den Tod betrifft, haben wir in London was zu bieten. Dies ist die Stadt, in der Dennis Nielsen problemlos seinen endlosen Bedarf an sexuell verfügbaren jungen Männern decken konnte, die er mit nach Hause nahm, betäubte und ermordete. Dies ist die Heimat von Jack the Ripper. Dies ist die Stadt, in der Ruth Ellis ihren Liebhaber erschoß, was an sich nicht weiter bemerkenswert wäre, werden Sie vielleicht einwerfen, aber es ist auch die Stadt, in der die Einschußlöcher dieser Schießerei liebevoll konserviert wurden und an der Wand des Pubs in Hampstead noch heute zu besichtigen sind.

Aber das sind recht ungewöhnliche Todesarten. Früher war der Tod einmal viel alltäglicher und öffentlicher. Man konnte sich auf der London Bridge die Köpfe der kürzlich Hingerichteten ansehen. Oder man konnte nach Newgate, Tyburn oder in die Catherine Street in Covent Garden gehen und beim öffentlichen Erhängen, Ausdärmen, Vierteilen und Enthaupten zuschauen. Wir haben eine recht ansprechende Sammlung an Hinrichtungen von Berühmtheiten: Charles I., Ann Boleyn, Cranmer. So etwas gibt es nun leider nicht mehr. London hat viele der historischen Attraktionen verloren, die die Stadt früher interessant gemacht haben.

Was Attentate betrifft, hinken wir in London etwas hinterher. Natürlich hat Margaret Nicholson versucht, George III. zu erstechen, und James Hadfield wollte ebendiesen Monarchen erschießen, aber es waren keine sehr ernsthaften Bestrebungen. Die Möchtegern-Mörder wurden einfach für verrückt erklärt. Hadfield wurde die neununddreißig Jahre bis zu seinem Tod in Bethlem weggesperrt. Margaret Nicholson wurde an denselben Ort geschickt und verbrachte die ihr verbleibenden zweiundvierzig Jahre in Einzelhaft. Viele Generationen später bot Bethlem ein ruhiges Plätzchen für Edward Fox, der versucht hatte, Queen Victoria zu ermorden.

In Ausschreitungen und Aufruhr sind wir deutlich besser: Beim Bauernaufstand wurden mehreren Geistlichen die Gliedmaßen einzeln ausgerissen, während der Gordon Riots kam es zu einem katholischen Genozid, und wir hatten mehrere blutige Judenverfolgungen. Wir sind gut in Seuchen. Im Jahre 1348 wurden etwa dreißigtausend Seelen Opfer des Schwarzen Todes, das war damals fast die Hälfte der Londoner Bevölkerung. Und dann gab es noch die Beulenpest-Epidemie von 1665, bei der die Gesamtzahl der Opfer größer, ihr Anteil an der Gesamteinwohnerzahl aber kleiner war: 110000 Tote waren damals gerade noch ein Drittel.

Wir hatten Luftangriffe. Wir hatten terroristische Bombenanschläge. Wir hatten Martyrien und Verbrennungen auf Scheiterhaufen. Aber das alles scheint so unglaublich lange her zu sein, und die Gründe, für die die meisten dieser Strafen verhängt wurden, bringen das moderne Gemüt im allgemeinen nicht mehr in Wallung. Wir hatten literarische Morde: Christopher Marlowe floh 1593 vor einer weiteren Pestepidemie nach Deptford, wo er umgebracht wurde, weil er seine Rechnung in einer Taverne nicht bezahlen konnte. Sie werden feststellen, daß viele Gastwirte unserer Tage diese Strafe als vollkommen angemessen erachten.

Aber der Tod ist keine literarische Form. Er ist formlos und immer bei uns; gewöhnlich und allgegenwärtig, genau wie Sex. Vor langer Zeit hatte ich eine Freundin, die sagte, daß es in der ganzen Stadt keinen Quadratmeter gäbe, auf dem nicht irgend jemand Sex gehabt hätte. Ich bin sicher, daß sie recht hat, und ich glaube, man kann über den Tod dasselbe sagen. Jeder Quadratzentimeter der Stadt ist von Sterblichkeit durchdrungen. Boadicea, die Pest, die Luftwaffe, Schwulenklatscher, Bandenkriege, natürliche Todesursachen, alle haben ihren Teil dazu beigetragen.

Die Menschen sterben; einfach so auf der Straße, an Herzinfarkten, an inneren Blutungen, an Messerstechereien, Schießereien, Verkehrsunfällen. Eine leichtfertig gelegte Bombe zerfetzt sie in tausend Stücke. Ein Brandstifter steckt ein Kino voller Pornoliebhaber an. Alte Damen sterben in Sozialwohnungen an Unterkühlung, an den Abgasen unbelüfteter Badeöfen, oder sie werden von Räubern totgeschlagen, die hinter ihren Ersparnissen her sind. Verbrannte Gesichter beim Feuer im U-Bahnhof von King's Cross, beim Untergang der *Marchioness* mußten Menschen ihr Leben lassen. Die Krankenhäuser beerdigen ihre Kunstfehler. Es geht immer so weiter.

London hat seinen Anteil an Männern, die ihre Frauen umbringen, an Babymördern, Sexualmördern und seltsamen Kombinationen dieser Fälle. Wir kennen uns aus mit Zufallstoten, mit Überdosen, mit verunreinigten Drogen und mit Luftblasen in der Vene. Betrunkene fallen aus Zügen, Polizisten werden im Zuge eines Routineeinsatzes erschossen. Londoner kommen im Kreuzfeuer um.

Dylan Thomas hat in Pubs hier ganz nahebei alles getan,

um sich zu Tode zu saufen, mußte dann aber nach New York gehen, um sein Ziel zu erreichen. Jimi Hendrix hat, ob nun absichtlich oder nicht, allem in London ein Ende gesetzt, indem er an einem Cocktail aus Erbrochenem und Drogen erstickt ist, übrigens in Notting Hill, wo Händel einst im Nebenhaus wohnte. Kenneth Halliwell beging in London Selbstmord, nachdem er vorher seinem untreuen ›ersten Ehemann‹ das Hirn zu Brei geschlagen hatte. Hier in Holborne vergiftete sich Thomas Chatterton mit Arsen, weil seine literarische Laufbahn ins Stocken geriet und er lieber Selbstmord beging, als buchstäblich zu verhungern; der Selbstmord war ihm auch lieber, als sich von seiner Vermieterin durchfüttern zu lassen. Häufig sind diese Künstler doch bloß Blender.

London hat allerdings nichts wirklich Großartiges, wo sich Selbstmörder hinunterstürzen können. Ein paar fühlten sich zur Eisenbahnbrücke über die Archway Road hingezogen, aber uns fehlt ein berühmtes Sprungbrett für unglücklich Verliebte, etwas wie die Golden Gate Bridge. Das Monument, das zum Gedenken an das Große Feuer gebaut wurde, wurde eine Zeitlang in dieser Weise genutzt, bis man dann 1842 die Aussichtsplattform vergittert hat. Seitdem ist der Selbstmord in London eine häusliche Angelegenheit, ein privates Ritual, das man in den eigenen vier Wänden begeht, in der Badewanne oder im Schlafzimmer. Ein paar wenige entscheiden sich dafür, ihrem Leben ein Ende zu setzen, indem sie sich vor die U-Bahn werfen – das ist natürlich ein unschönes, mit einem Schock für den Zugführer und eventuelle Zuschauer verbundenes, im Grunde aber banales Ende. Es führt nur dazu, daß ein paar tausend Pendler aus den Vororten zu spät zum Abendessen oder ins Kino kommen, was andererseits aber, wie ich annehme, für manche verzweifelte Menschen mehr Macht ist, als sie im Leben je gehabt hätten.

Wenn Sie nun also die schändliche Tat vollbringen wollten, wofür würden Sie sich entscheiden? Ich dachte immer, daß der Telecom Tower, der früher Post Office Tower hieß, ein angemessener Ort wäre, um sich hinunterzustürzen, aber er ist leider nicht für den Publikumsverkehr geöffnet. Von der Flüstergalerie in St. Paul's Cathedral zu springen wäre natürlich ein spektakulärer Tod. Stellen Sie sich vor, sie fallen dort rücklings herunter, die große Kuppel weicht immer weiter zurück, der Wind pfeift Ihnen um den Hinterkopf, und Sie rasen immer schneller auf den kalten harten Boden zu. Zuschauer wären genügend vorhanden, und viele davon würden auch für Ihre Seele beten, aber selbst den größten Agnostikern ist bei dem Gedanken unwohl, in einer Kirche Selbstmord zu begehen.

Der Fluß wäre eine Möglichkeit. Es heißt, daß Ertrinken gar nicht so übel ist und den Ertrinkenden eine seltsame Ruhe überkommt. Man könnte auch ein paar Liter ungefiltertes Themsewasser trinken, das wäre wahrscheinlich genauso tödlich, aber längst nicht so friedlich.

Man könnte auf die Isle of Dogs fahren, in einen Pub gehen und mit ein paar Millwall-Fans plaudern und andeuten, daß sie irgendwo eine homosexuelle Seite hätten. Das wäre praktisch der sichere Tod. Als Schwarzer bräuchte man denselben Pub wohl nur zu betreten, um denselben Effekt zu erzielen.«

So leitete Stuart die Gruppe für mehr als vierzig Minuten. Sein spontaner und unaufhaltsamer Redefluß war so unerbittlich, daß er die meisten seiner Zuhörer gefangennahm und nicht wieder losließ. Allerdings war ihm nicht entgangen, daß einige Witwen die Gruppe verlassen hatten, weil sie die permanente Erwähnung des Todes nicht ertrugen. Aber auf die anderen übte der makabre Vortrag einen schaurigen Reiz aus.

Als Stuart seine Rede einmal kurz unterbrach, um Luft zu holen und seine Worte wirken zu lassen, nahm ein alter Mann mit einer glänzenden Charlotteville-Baseballmütze all seinen Mut zusammen und sagte: »Entschuldigen Sie, Sir, aber ich habe das Gefühl, daß wir in die falsche Tour geraten sind«, aber als Stuart ihn stechend ansah, fügte er an: »Nicht daß mir das was ausmachen würde. Das ist so unterhaltsam wie nur was.«

Stuart fuhr mit seinem Sermon fort, erquickte sein Publikum mit Geschichten über den Selbstmord von Judy Garland im Badezimmer eines Mews-Hauses in der Nähe vom Sloane Square, in dem er einmal auf einer Party gewesen war.

Schließlich, und ob diese Erzählung irgendeine Bedeutung hatte, wußte er selbst nicht recht, berichtete er ihnen vom Flötenspieler der Pestepidemie, einem fahrenden Spielmann, der im pestverseuchten London schlafend in einem Eingang gefunden, auf einen Totenkarren gepackt, in ein Massengrab geworfen und fast lebendig begraben worden wäre und nur von seinem Hund davor gerettet wurde, weil der wußte, was die Männer von der Pestpatrouille nicht wußten, nämlich, daß sein Herrchen nicht tot, sondern nur sterbensbreit war.

Am Ende dieser Geschichte applaudierten zwei Gruppenmitglieder, aber Stuart warf ihnen finstere Blicke zu und sagte, daß es da nichts zu lachen gäbe.

Er sagte: »Letztlich brauchen wir weder den Tod noch eine Methode zu suchen. Als moderne Fußgänger in London brauchen wir nichts weiter zu tun, als immer weiterzugehen, immer in Bewegung zu bleiben. Egal wohin wir gehen, der Tod wird uns suchen, und am Ende findet er uns sowieso.«

Die Tour wurde eigentlich nicht beendet, vielmehr brach

sie plötzlich ab. Stuart hatte gesagt, was er zu sagen hatte. Er betrachtete die Gesichter der Gruppe; einige waren gleichgültig, einige verwirrt, aber die meisten waren noch wachsam und fordernd. Sie wollten mehr, aber er spürte, daß er ihnen nicht mehr geben konnte. Er fühlte sich leer, kam sich vor wie ein Heuchler und Angeber. An eine Zugabe war nicht zu denken.

Colin sah ihn mit ehrfürchtigem Entsetzen an, und Stuart fragte sich, was der, wenn er wieder in der Firma war, wohl erzählen würde. Würde er den anderen Führern von seiner kleinen Vorstellung berichten? Würde er es Anita sagen?

Stuart wünschte inständig, er wäre woanders. In diesem Augenblick hielt hinter ihm ein schwarzes London-Taxi, und der Fahrgast stieg aus. Stuart drehte sich um, nahm das jetzt freie Taxi, und als der Wagen anfuhr, winkte er der Gruppe noch einmal majestätisch zu.

Eins der pubertierenden Mädchen sagte zum anderen: »Weißt du, ich glaube, den hätte man gut nach dem Baum fragen können, an dem Marc Bolan verunglückt ist«, aber es war zu spät. Die Teilnehmer blieben etwas verwirrt zurück, wußten, daß sie etwas Ungewöhnliches erlebt hatten, waren sich aber nicht ganz sicher, ob es ihr Geld wert gewesen war. Der arme, sprachlose Colin wedelte ein wenig mit den Armen und versuchte, die Aufmerksamkeit der Teilnehmer zu erlangen.

Klappe

Außer bei Fußballspielen oder Rockkonzerten hatte Mick noch nie eine so überfüllte öffentliche Herrentoilette gesehen. Zuerst sah es so aus, als würden die Leute Schlange stehen, drei oder vier Mann schlichen um den Eingang herum, als warteten sie auf ein freies Pinkelbecken, aber Mick sah, daß mehrere Pinkelbecken unbenutzt waren und die Männer auf etwas ganz anderes warteten.

Er hatte nichts dagegen. Das paßte ihm so ganz gut, in gewisser Weise war es sogar sehr nützlich. Es bot ihm Dekkung, er hatte einen Grund, scheinbar untätig draußen herumzustehen, während er sein nächstes Opfer im Auge behielt. Denn Robin Lawton, der letzte auf Gabbys Liste, war am hinteren Ende der Pinkelbeckenreihe in Stellung gegangen und mit sich selbst beschäftigt. Mick sah nur seinen Rücken, aber seiner Körpersprache, der ruhigen, stetigen Bewegung von Hand, Arm und Schulter, war klar zu entnehmen, daß er masturbierte, sich eine Erektion verschaffte, um sie den anderen Besuchern der Klappe zu präsentieren.

Lawton war zierlich, klein und mager, wirkte dabei aber

sportlich, ohne muskulös zu sein. Seinem Aussehen nach war er um die Fünfzig und hatte kurzgeschorene Haare in der Farbe von gebürstetem Aluminium. Er trug ein normales Cruising-Outfit, bestehend aus einer eleganten Lederjacke und Bluejeans. Er war leichter als Schwuler zu erkennen als die meisten anderen Männer hier. Die Signale waren eindeutiger. Der Rest war eine buntgemischte, heterogene Gruppe von Leuten unterschiedlichen Alters, unterschiedlicher Statur und unterschiedlicher Hautfarbe. Ein oder zwei zeigten ihre sexuellen Vorlieben so deutlich wie Lawton, aber die Mehrheit schien sehr normal, ja sogar sehr hetero zu sein. Sie sahen nicht aus wie Männer, von denen Mick erwartet hätte, daß sie in einer öffentlichen Toilette anderen Männern schöne Augen machten, aber darüber wußte er nicht viel, und er wollte auch nicht viel darüber wissen.

Mick war Lawton hierher gefolgt, war ihm am Ufer entlang unter der Eisenbahnbrücke hindurch, die dunkle Betontreppe hinab, in diese Toilette nachgegangen. Falls Lawton sich verfolgt gefühlt hatte, hatte er es sich entweder nicht anmerken lassen, oder es war ihm einfach egal. In dem Augenblick, als Mick das Pissoir betrat, wurden sämtliche Aktivitäten kurz unterbrochen. Alles hörte für einen Augenblick auf, und die Anweswenden vergewisserten sich, daß er kein Eindringling war. Aber nachdem er eine Zeitlang reglos und friedlich dagestanden hatte, machte sich allgemeine Erleichterung breit, und die Männer gingen wieder ihren Tätigkeiten nach.

Es wurde viel herumgeguckt, einander angestarrt und versucht, Blickkontakt aufzunehmen. Die Versuche waren verstohlen, wurden zum Teil zurückgewiesen, aber einige mußten auch erfolgreich gewesen sein, denn mehrere Typen verließen paarweise die Toilette. Kurz darauf wurde das

Treiben lebhafter, ging auch über verstohlene Blicke und gegenseitiges Anstarren hinaus; der stete Rhythmus der Masturbation wurde lauter, die Männer spielten mit ihren Schwänzen und schwenkten sie herum. Schließlich, als ein paar Männer genug Mut zusammengenommen hatten, sich sicher genug fühlten oder erregt genug waren, griffen sie zu ihren Nachbarn hinüber und berührten deren Schwänze.

Mick sah ungläubig staunend zu. So etwas hatte er noch nie gesehen. Das gibt's nur in London, dachte er, obwohl er davon ausging, daß man das nicht wörtlich nehmen durfte. Er war sich nicht sicher, ob er beim Anblick dieses Schauspiels nicht Ekel hätte empfinden müssen, aber die erotischen Kontakte hatten etwas seltsam Zahmes und Friedfertiges an sich. Von der Leidenschaft und Wildheit guten Sexes war nichts zu merken. Die Männer berührten sich gegenseitig im Geist jungenhafter Kooperation, taten einander kleine, aber bedeutsame Gefallen – ähnlich, als wenn man jemandem den Weg erklärt oder Feuer gibt.

Niemand sagte etwas, aber ein paar Männer verständigten sich offenbar so gut, daß sie gemeinsam in einer Kabine verschwanden, aus der nach einem kurzen Augenblick ein lautes, gleichmäßiges Geräusch zu hören war, das sich nicht mit Micks Vorstellung darüber deckte, wie Sex klingen sollte. Anderswo hatten sich die Aktivitäten von der Hand in den Mund verlagert. Der Mann neben Lawton, ein bärtiger, enorm fetter Kerl in Tenniskleidung, beugte sich vor und verschlang Lawtons Schwanz. In Lawtons Gesicht zeigte sich Erregung, die allerdings wachsam, unbeteiligt und halbherzig wirkte. Er hielt sich zurück, wollte sich nicht völlig gehenlassen. Er sah sich in der Toilette um, hielt wahrscheinlich nach Eindringlingen Ausschau, konnte aber auch auf der Suche nach etwas Besserem sein.

Dann fiel Mick ihm ins Auge, er ertappte ihn beim Zuschauen. Mick wandte sich instinktiv ab, zwang sich dann aber, den Blick zu erwidern. Zuerst kam ihm Lawtons Gesichtsausdruck eher feindselig als sexuell vor, aber offenbar gehörte das zum Spiel. Nach einer Weile verzog sich sein Mund zu einem leichten, entschuldigenden Lächeln, als sei er sich der Absurdität der Situation und der Position mit dem vor ihm knienden Mann vollauf bewußt.

Plötzlich ergriff er den Kopf des Mannes, als umklammere er einen Fußball, und zog ihn kräftig zu sich heran. Er drückte ihm das Becken ins Gesicht, und obwohl sich in diesen Handlungen ein gewisses Maß an sexueller Hingabe ausdrückte, blieb sein Gesicht mehr oder weniger ausdruckslos, und er sah Mick die ganze Zeit an.

Als er fertig war, ging Lawton weg und ließ den fetten Mann zurück, der sich, immer noch kniend, den Mund abwischte. Schnell nahm jemand den Platz ein, der vor ihm frei geworden war. Lawton sammelte sich kurz und ging zu den Waschbecken. Einen Moment dachte Mick, daß seine Beute gehen wollte, aber nein, Lawton blieb am Waschbekken stehen und wusch sich unnötig ausgiebig die Hände, wobei er unablässig in den Spiegel blickte und die Vorgänge hinter sich im Auge behielt. Es gab vieles, das selbst den anspruchsvollsten Voyeur zufriedengestellt hätte. Ein junger Schwarzer mit kahlrasiertem Schädel und dickem Schwanz ließ sich von zwei ergrauten Männern abwechselnd einen blasen.

Lawton war fertig mit dem Händewaschen. An einem solchen Ort gab es natürlich keine Papierhandtücher und keinen Händetrockner, und so schüttelte er sich nur gut einen Meter von Mick entfernt die Hände ab. Sie sahen sich wieder an. Mick dachte, Lawton würde ihn gleich ansprechen, aber statt dessen machte der eine komplizierte, vielsagende Kopfbewegung, mit der er andeutete, daß er jetzt gehen würde und wollte, daß Mick mitkäme. Mick nickte. Er ließ Lawton den Vortritt und folgte ihm aus der Toilette und dann mit etwa zwanzig bis dreißig Metern Abstand bis ans Themseufer. Dort blieb Lawton am Geländer stehen und wartete auf Mick. Der ließ sich Zeit, stahl sich aber schließlich heran und fragte: »Gehen wir zu dir?«

»Ja«, sagte Lawton etwas unbeholfen mit belegter Stimme. »Es ist nicht weit.«

Mick sagte nichts weiter, sondern ging einfach mit, als Lawton sich wieder auf den Weg machte. Nach einer Weile liefen sie im Gleichschritt nebeneinander her, und obwohl es für die Dinge, die beide vorhatten, weder einfach noch unbedingt notwendig war, sich zu unterhalten, war Lawton überraschenderweise nervös und gesprächig.

»Da drin trifft man alle möglichen Typen«, sagte er. »Was ich meine, sind die ›Zufälligen Begegnungen in den unerlaubten Katakomben homosexueller Abenteuerlust‹. Alle möglichen Typen aus aller Herren Länder. Letztens hatten wir einen Mann im Kilt da. Und einen jungen Burschen mit einem Ring durch den Schwanz. Ich kann nicht behaupten, daß mir das besonders gefallen hätte, aber es ist mal was anderes.«

Er schien zu warten, daß Mick antwortete, seinen Teil zum Gespräch beitrug, als der aber schwieg, fuhr Lawton fort: »Am besten sind natürlich die Ehemänner. Da drin haben sie den ganzen Mund voll Ficksahne, und ne halbe Stunde später küssen sie ihre Frau. Das finde ich klasse.«

Er sah Mick mit einem eher forschenden als anklagenden Blick an. Wollte er damit sagen, daß er Mick für einen Ehemann hielt? Wenn ja, störte es Mick nicht. Das bewies wenigstens, daß er nicht aussah wie eine Schwuchtel.

»Machst du Krafttraining?« fragte Lawton.

Mick schüttelte den Kopf.

»Aber du bist ein muskulöser Kerl. Irgendwo muß dieser Bizeps ja herkommen.«

Mick wurde langsam unruhig. Gegen ein bißchen Schmeichelei hatte er nichts einzuwenden, und er war ziemlich stolz auf seinen Körper, aber Komplimente von jemandem wie Lawton waren nicht sein Ding. Er überlegte, ob er ihm an Ort und Stelle eine ordentliche Abreibung verpassen sollte. Die Straße war leer genug. Aber er entschloß sich, noch etwas zu warten.

»Das, wo wir jetzt hingehen«, sagte Lawton, »ist ein bißchen ungewöhnlich.«

Mick war sofort auf das Schlimmste gefaßt. Er fragte sich, was zum Teufel Lawton im Sinn hatte, spürte aber, daß er es wohl abwarten mußte.

»Ich bin so eine Art Immobilienmakler«, sagte Lawton. »Ich suche etwas mit einem gewissen Charisma, zum Beispiel ein Lagerhaus oder eine kleine Fabrik oder gelegentlich eine Kirche oder Kapelle, und baue sie um.«

Mick fragte sich, warum er ihm das erzählte. Was war ihr Ziel? Ein verlassenes Schlachthaus? Ein Verlies? Ein Klärwerk? Sie gingen weiter, kamen in ein Netz aus engen Uferstraßen mit einer unübersichtlichen Mischung aus neuen Bauplätzen und alten Villen mit Bögen und Stiegen, vergitterten Fenstern und Feuertreppen. Dann standen sie plötzlich vor einem breiten, häßlichen, zweistöckigen Industriebau, und Lawton sagte, daß das sein Haus sei.

Das Gebäude, bei dem es sich möglicherweise um eine alte Maschinenfabrik handelte, hatte so große Fensterflächen, daß der größte Teil der Vorderfront aus Glas, nicht aus Mauerwerk bestand. Einige Teile waren mit Brettern vernagelt, andere mit rostigen Eisenträgern zusammengeflickt. Selbst wenn man es bis zur Unkenntlichkeit renovierte, konnte Mick sich nicht vorstellen, welcher halbwegs vernünftige Mensch in dieses Gebäude einziehen würde. Argwöhnisch folgte er Lawton.

Es ging ein paar Stufen hinauf zu einer schweren Stahlflügeltür. Lawton klapperte mit dem Schlüssel im Loch herum, öffnete einen Flügel, und sie traten ein. Sie kamen durch einen riesigen unbeleuchteten Saal, den Lawton nach und nach mit einer Reihe an Metallseilen aufgehängter Spotlichter erhellte.

Der Raum wirkte extrem gestylt, gleichzeitig aber seltsam unfertig. Die Wände waren größtenteils nur roh verputzt, trotzdem hingen daran schon Bilder. An anderen Stellen waren Metallstreben und Stahlträger spöttisch freigelegt, der Holzfußboden war jedoch neu, hell, sauber und matt lackiert. An den gegenüberliegenden Ecken lagen schwarzweiße Ponyfelle, und ein paar Möbelstücke waren wie in einer Galerie arrangiert. Die Möbel waren schief und häßlich. Sie sahen aus, als hätte man sie aus Betonklumpen, Treibholz, Glas und Schrott zusammengeschraubt. Das Glas hatte Sprünge, und sämtliche Metallkanten waren gefährlich scharf. Ansonsten gab es nichts: keine Teppiche, keine Vorhänge, keine Polster, nichts Weiches.

»Wohnst du hier?« fragte Mick.

»Gelegentlich. Wir benutzen es auch als Ausstellungsraum.«

»Yeah?«

»Wir verkaufen das ganze Paket: das Appartement, die Inneneinrichtung, die Möbel, die Kunstwerke.«

Mick glotzte einen seltsamen Metallhocker vor seinen Füßen an und fragte: »Ist das Kunst oder ein Möbel?«

»Beides«, sagte Lawton. »Es ist ein Kunstwerk, auf dem man sitzen kann.«

Mick betrachtete den Raum und konnte sich ein Kichern nicht verkneifen.

»Und die Leute wollen wirklich so leben?«

»O ja, das wollen sie«, sagte Lawton frostig.

»Das gibt's nur in London.«

»Nein, nicht nur in London. Auch in New York, Barcelona und Mailand. Wie dem auch sei, ich gehe davon aus, daß wir nicht hier sind, um uns über Innenarchitektur zu unterhalten.«

Mick nickte zustimmend, und Lawton schlug die Hände zusammen, zum Zeichen, daß sie jetzt zur Sache kamen. Wie sich herausstellte, war der Hocker eine Art Truhe. Lawton öffnete den Klappdeckel, und Mick blickte auf eine verrückte Auswahl an Sex-Spielzeugen hinab.

Den meisten Raum nahmen die unterschiedlichen Dildos ein: rosa und schwarz, aus Gummi, Metall und Holz, von schlanken, jungenhaften bis zu wahrhaft monströsen. Manche waren realistische, wenn auch aberwitzig übertriebene Nachbildungen des menschlichen Penis mit sämtlichen Venen und manchmal sogar mit Hoden und beweglicher Vorhaut. Andere waren abstraktere, symbolische Ausführungen; blankpoliert, gold- oder silberfarben. Einige vibrierten, andere hatten Nieten und Riemen und Gumminoppen.

»Wenn man mich ein wenig ermuntert, krieg ich jeden davon unter«, sagte Lawton.

Mick sah den größten an, ein gigantisches Modell mit dem Umfang einer Bierdose, und mußte feststellen, daß er beeindruckt war. Er sah sich den sonstigen Inhalt der Truhe an, die Dildos, Hundehalsbänder, Brustwarzenklammern, Peitschen und großen Tuben, auf denen Gleitgel stand.

»Danach bin ich dann für alles bereit«, sagte Lawton. »Fäuste, Füße, eigentlich alles, was gerade zur Hand ist. Da kannst du deiner Phantasie freien Lauf lassen.«

Er versuchte, bei Mick ein Zeichen von Gefallen oder zumindest Einvernehmen zu entdecken. Obwohl ihm das nicht gelang, fühlte er sich durch die stoische, leere Härte in Micks Gesicht ermutigt.

»Gegen ein paar nette Worte habe ich auch nichts einzuwenden«, sagte Lawton. »Du kannst mich mit jedem Schimpfwort belegen, das dir einfällt. Aber Worte allein genügen nicht. Sind doch nur Schall und Rauch. Ich bin in der Lage, eine große Menge Bestrafungen über mich ergehen zu lassen. Und wenn ich ein wenig, oder auch etwas mehr, schreien sollte, heißt das nicht unbedingt, daß es mir keinen Spaß macht. Aber ich kann jetzt auch zu schwafeln aufhören, stimmt's? Wir verstehen uns schon.«

Nachdem er so zumindest einen Teil der Regeln festgesetzt hatte, öffnete er seine Lederjacke. Er trug nichts darunter, zuerst fiel aber noch ein Schatten auf seine Brust, und sie war nur sehr vage zu erkennen. Als er sich umdrehte, fiel Licht auf seinen Körper, und Mick sah, daß die Haut an seinem Oberkörper übersät war mit Striemen, blauen Flecken, frischen Schürfwunden und etwas, das wie Verbrennungen von Zigarettenkippen aussah. Lawton stand selbstzufrieden im Raum und präsentierte seinen Körper. Mick sah instinktiv zur Seite, und wieder zeigte Lawton sich zufrieden über die Reaktion, freute sich, daß er jemanden schockieren konnte.

»Wenn dir nicht gefällt, was du siehst, kannst du es jederzeit umarrangieren.«

Mick dachte über das Angebot nach. Lawton öffnete seine Jeans und schob sie herunter, weitere Spuren vergangener Begegnungen mit ehemaligen Partnern kamen zum Vorschein, als hätte man ihm ein Diagramm perverser Sehnsüchte in die Haut graviert, sie zu einem Stadtplan aus Narbengewebe und verschmorten Nervenenden gemacht, das Bild einer Stadt erlesenen Schmerzes. Selbst sein Schwanz wirkte mitgenommen und ramponiert, gedehnt und wund.

Er schleuderte die Jeans von den Füßen, ließ die Lederjacke jedoch auf der Schulter liegen und präsentierte sich so Micks Blick. Zu Micks Schrecken, wenn auch nicht zu seiner Überraschung, nahm Lawton eine Tube Sex Grease und fing an, sich die entsprechenden Stellen zur Vorbereitung einzuschmieren. Er ging dabei extrem gründlich vor, und als er fertig war, kam er auf Mick zu. Es war eine seltsame Bewegung, etwas zwischen einem Angriff und einer Umarmung. Unter anderen Umständen hätte Mick diesen Vorgang keineswegs als bedrohlich empfunden. Lawton war ein zappeliges, schmächtiges Wesen, dem Mick kaum Beachtung geschenkt hätte, aber jetzt fühlte er sich doch bedroht, also schlug er zu. Er merkte, daß der Hieb in Lawtons Gesicht ziemlich saft- und kraftlos ausfiel, daß er kastriert und apathisch zuschlug. Lawton merkte es auch. Er blieb auf der Stelle stehen, rührte sich nicht, wußte zwar zu würdigen, daß er geschlagen worden war, fühlte sich aber dennoch bemüßigt zu sagen: »Ich will doch hoffen, daß das noch deutlich härter geht.«

Seine Worte sollten spöttisch und provozierend sein, und Mick fühlte sich auch hinreichend provoziert. Er verpaßte Lawton noch einen, diesmal in den Bauch, mit viel mehr Kraft und genauer gezielt. Lawton klappte zusammen und ging in die Knie. An seinem Gesicht sah man, daß ihm der Schlag Spaß bereitet hatte, aber Mick machte das Ganze überhaupt keinen Spaß. Jetzt, da er jemanden vor sich hatte, der seine ganze Wut und Aggression aufnehmen wollte, fühlte er sich unwohl und aus dem Gleichgewicht gebracht. Außerdem, und das war noch entscheidender, bereitete es ihm erhebliche Schwierigkeiten, daran zu glauben, daß Lawton Gabby vergewaltigt hatte.

»Warst du je verheiratet?« fragte er.

Trotz seiner Schmerzen fand Lawton die Frage lächerlich: »Wofür hältst du mich?«

Mick antwortete nicht. Er fragte: »Hast du je Sex mit einer Frau gehabt?«

»Nein. Und ich habe meinen Schwanz auch noch nie in eine Dose abgestandenen Thunfisch gesteckt.«

»Wie abscheulich, so etwas zu sagen.«

Mick überlegte, ob er ihm noch einen verpassen sollte, es gelang ihm aber nicht, seine Muskeln und Synapsen entsprechend zu koordinieren. Er fragte sich, was Judy denken würde, wenn sie ihn so sähe. Beobachtete sie ihn womöglich wieder? Würde sie wollen, daß er Lawton schlug, weil er ihr Geschlecht beleidigt hatte? Oder wäre sie dagegen, jemanden zu verprügeln, der ganz offensichtlich ein Schwächling war? Vielleicht, dachte er, ist ein Gewissen nicht mehr als das: das Gefühl, beobachtet zu werden; von Gott, einer halbjapanischen Buchhändlerin oder irgend jemand anders, der über einen urteilt, einen für seine Taten zur Verantwortung zieht, der einen geringer schätzt, wenn er glaubt, daß man etwas Falsches tut.

»Homosexualität finde ich wirklich seltsam«, sagte Mick. »Also, ich versteh ja noch, daß zwei Kerle sich ineinander verlieben. Die Liebe schaut nicht, wohin sie trifft und so. Das ist eine unerklärliche, abstrakte Sache, und ich versteh, daß man sich da auch in einen Kerl vergucken kann. Und wenn das passiert, versteh ich, daß man mit dem Kerl zusammensein und vielleicht auch mit ihm zusammenleben will. Und ich versteh, daß man ein Bett teilen und sich gegenseitig in den Arm nehmen will. Aber ich versteh wirklich nicht, wieso man plötzlich Dinge hintenrein geschoben kriegen will.«

Lawton sah ihn säuerlich an.

»Also, Arschficken ist ne komische Sache, oder? Manche Leute würden nämlich sagen, daß es erniedrigend für den ist, der in den Arsch gefickt wird. Und da könnten sie dann auch sagen, daß es wie eine Vergewaltigung ist; wobei das

Opfer dann derjenige wäre, der erniedrigt wird. Aber ich glaub das nicht. Der Vergewaltiger wird genauso erniedrigt wie das Opfer, und wie ich das sehe, ist der, der den anderen in den Arsch fickt, genauso gedemütigt wie der, der in den Arsch gefickt wird.«

Lawton öffnete den Mund, um etwas zu sagen, aber Mick ließ ihn nicht zu Wort kommen.

»Ich weiß, was du sagen willst«, fuhr Mick fort. »Du willst sagen, daß einige Leute es *mögen*, wenn sie gedemütigt werden. Also, das ist natürlich echt ne harte Nuß.«

»Ach je«, sagte Lawton. »Ich glaube, du wirst mich ziemlich enttäuschen, nicht wahr?«

»Tja, wenn's nur das wäre«, sagte Mick, ließ Lawton weiter im Zimmer knien und fing an, nach einem Telefon zu suchen. Er fand eins. Im Vergleich zur sonstigen Inneneinrichtung war es überraschend normal, und so konnte er ohne weiteres Gabbys Nummer eintippen. Ihr Telefon klingelte mindestens ein Dutzend Mal, bevor sie abnahm.

»Oh, Mick«, sagte sie erschrocken. »Hallo. Ich war gerade am Gehen.«

Eigentlich hätte sein Anruf sie nicht allzusehr überraschen dürfen, aber sie klang so perplex, als riefe ihr verschollener Liebhaber nach Jahren aus Australien an.

»Hast du was Nettes vor?« fragte er.

»Nur Arbeit«, sagte sie, und er hörte, daß sie log.

»Dann will ich dich nicht lange aufhalten«, sagte er, »aber bevor du gehst, hab ich noch ein paar Fragen.«

»Nicht schon wieder«, sagte Gabby und stieß einen langen, ermatteten, theatralischen Seufzer hervor, mit dem sie ihm zeigte, daß er einfach töricht und lästig war, aber Mick fiel nicht darauf herein.

»Diese Typen, die dich vergewaltigt haben«, sagte er, »war einer davon ein magerer kleiner Kerl mit kurzgeschorenen grauen Haaren und einem Schnurrbart und sagen wir so um die fünfzig Jahre alt?«

»Kann schon sein«, sagte sie wütend.

»Erzähl mir nicht, daß du dich nicht mehr dran erinnerst.«

»Nein, das erzähl ich dir nicht.«

»Und vielleicht sah er ein bißchen warm aus?« fragte Mick weiter.

»Warm?«

»Du weißt schon, wie ein Schwuler.«

»Ich weiß schon, was warm bedeutet, okay? Hör mal, dieser Typ hat mich *vergewaltigt*.«

»Aber na ja, vielleicht hat er grade Urlaub gemacht von seiner Homosexualität.«

»Ist das wieder so ein schräger Witz von dir?«

»Das ist kein Witz. Es ist bloß so, daß ich ihn grad hier habe und ...«

»Du hast ihn wo?«

»Hier. Wir sind in seiner Wohnung. Das ist ein ziemlich komisches Haus. Er kniet da drüben, ich kann bis dahin spucken, und, du kennst das, ich hab ihn ein paarmal geschlagen, das lief auch soweit ganz ordentlich, aber ich weiß nicht, ob das so richtig ist, was ich mache. Weißt du, er paßt nicht so recht ins Bild des typischen Vergewaltigers.«

»Aber er stand auf der Liste, oder nicht?«

»Yeah, aber kann da auf der Liste nicht ein Fehler sein?«

»Kann ich mir nicht vorstellen.«

»Okay, aber damit ich mich besser fühle, nur so um mein Gewissen zu beruhigen, hab ich mich gefragt, ob du vielleicht ein paar Worte mit ihm reden willst und guckst, ob du die Stimme wiedererkennst?«

»Ich soll mit ihm reden?« kreischte sie. »Bist du völlig verrückt geworden?«

»Okay, tut mir leid, ich versteh ja, daß du nicht mit ihm reden willst.« Mick gab sich viel Mühe, besonnen und vernünftig zu klingen, wußte aber nur zu genau, daß er beides nicht war. »Aber wie wär's damit: Weil er der letzte auf der Liste ist, dachte ich, vielleicht hast du ja ein paar Sonderwünsche, ein paar Züchtigungen, die er verdient hat, das ist nämlich jetzt die Gelegenheit. Der Bursche hier ist zu allem bereit, außerdem hat er ein paar Narben, die du auf jeden Fall wiedererkennen würdest, und ich dachte, wenn ich mich hier an die Arbeit mache, kannst du vielleicht über Telefon zuhören und das Ganze aus der Entfernung in vollen Zügen genießen.«

»Was ist mit dir los, Mick? Bist du durchgeknallt oder was?«

»Ich doch nicht«, sagte Mick und mußte sich sehr zusammennehmen, um ihr zu zeigen, daß sie das völlig falsch einschätzte. Aber es fiel ihm schwer, die ganze Vorstellung aufrechtzuerhalten, und irgendwie vermutete er, daß sie recht hatte. Etwas in ihm war gerissen oder doch zumindest überdehnt. Es wäre ein leichtes gewesen, Gabby durchs Telefon anzubrüllen, oder einfacher noch, seinen Frust an der armen Kreatur auszulassen, die knapp zwei Meter vor ihm kniete und nur darauf wartete, bestraft zu werden. Nichtsdestotrotz sprach er ganz ruhig weiter.

»Ich habe da so meine Zweifel, Gabby«, sagte er. »Ich habe Zweifel, was deine Liste angeht. Ich habe Zweifel über das, was zwischen dir und diesen sechs Männern vorgefallen ist. Ich habe ernste Zweifel, ob ich hier in London das Richtige getan habe. Ich glaube, daß du mich womöglich für einen Idioten hältst, oder vielleicht tut das auch jemand anders. Aber in einem Punkt bin ich mir ganz sicher, wenn dieser Typ dich vergewaltigt hat, bin ich ein . . .«

Er kam nicht dazu, den Satz zu beenden. Seine Worte

zeigten am anderen Ende der Leitung in Sheffield große Wirkung. Sie führten eine Verwandlung herbei. Gabby war plötzlich sehr gesprächig, sehr besorgt, sehr darauf aus, nett zu ihm zu sein, ihn zu beruhigen. Er merkte, wie sie aufgeregt versuchte, durch Zärtlichkeit Druck auf ihn auszuüben, und obwohl er nicht sehr genau zuhörte, bekam er doch mit, daß sie etwas von Liebe sagte. Er hielt die Sprechmuschel zu und sagte zu Lawton: »Schieb deinen Arsch hier rüber.«

Natürlich gehorchte Lawton, lächelte kokett und rutschte auf den Knien durchs Zimmer. Als er bei Mick war, senkte er den Kopf und streckte den weit auseinandergespreizten Hintern in die Luft, und Mick gab ihm mit dem Telefonhörer einen Klaps darauf. Mick spürte Lawtons Enttäuschung. Er hatte auf viel mehr und viel Schlimmeres gehofft.

»Eigentlich«, sagte Mick, »finde ich ein paar von seinen Möbeln gar nicht so übel.« Ein paar Sekunden danach hatte er das Gebäude verlassen, und in Sheffield fragte Gabby sich, warum die Leitung plötzlich unterbrochen war.

Tagebuch eines Fußgängers
Wissen

Ich glaube, ich habe endlich den wahren Grund dafür entdeckt, warum ich durch die Straßen Londons wandere. Vielleicht hätte es mir schon die ganze Zeit klar sein müssen. Wie es aussieht, bin ich nicht auf der Suche nach Abenteuer, Liebe oder Sex. Ich versuche nicht, meine Neugier zu stillen oder die Stadt zu zähmen. Und trotz meiner Hoffnungen, was die Nachwelt betrifft, wandere ich letzten Endes nicht, um ein literarisches Werk zu erschaffen. Nein. Es ist ganz einfach, ich bin auf der Suche nach dem Tod: und zwar nach meinem eigenen.

(Als Anita diese Worte las, brach sie in schallendes Gelächter aus.)

Leichterschiffer befördern im Port of London Waren mit Schleppern und Kähnen; die Aristokraten des Hafens, siebentausend haben nach dem Krieg hier gearbeitet. Große Säcke mit Tierknochen: Esel, Rind, Kamel aus Nordafrika auf dem Weg in die Mühlen in Bow, wo sie zu Dünger zermahlen werden. Ein Sack platzt; auf sauber abgenagten Knochen wimmelt es von grünen Käfern.

Eine Rinderherde, die von King's Cross zu den Schlachthäusern in der Market Road getrieben wird, donnert York Way entlang.

Antiquitätenhändler, Museen, Flohmärkte, Garagenverkäufe: Fenster zur Vergangenheit, Lecks, durch die die Geschichte in die Gegenwart sickert.

Boadicea's Hill, ein Grabhügel auf dem Parliament Hill, unter dem Boadicea angeblich begraben liegt – darüber streiten die Gelehrten allerdings noch. St. Paul's Cathedral wurde auf dem Grundstück erbaut, auf dem ein Diana gewidmeter heidnischer Tempel stand. Als Wren St. Paul's errichtete, entdeckte er die Überreste eines runden Tempels und Knochen von geopferten Rindern.

Der Tower of London wurde auf einem heiligen Hügel erbaut, Bryn Gwyn, der abgetrennte Kopf des göttlichen Helden Bran soll dort begraben liegen.

Schmutzige Schatzsucher waten im Themseschlamm herum, oft sind es Kinder. Schauerleute arbeiten gruppenweise in der Kanalisation. Allein geht es nicht, wegen der Killer-Ratten. Heruntergefallene Münzen. Bei Regen laufen die Abwasserrohre manchmal bis oben voll Wasser. Die Geschichte der Hampstead-Monster – die Nachkommenschaft einer trächtigen Sau, die in ein offenes Abwasserrohr geriet, einen Ort fand, an dem es ihr gefiel, dort ihren Wurf bekam, aus dem sich eine unterirdische Schweineherde entwickelte, die in Gestank und Dunkelheit lebte, sich dort von Abwasser ernährte und vermehrte.

Ich machte Pause, um in einer Imbißstube zu Mittag zu essen. Hinter mir waren drei junge Leute, zumindest kamen sie mir jung vor; zwei Männer und eine Frau. Sie sahen elegant und vermögend aus, vielleicht arbeiteten sie für eine Musik- oder Video-Produktionsfirma.

Einer der Männer sagte: »Ich versuch also aus der U-Bahn zu steigen, okay, und da steht dieser Mann mir im Weg, ich drängel mich natürlich an ihm vorbei, ihr wißt schon, wie das in der U-Bahn so üblich ist, nichts Besonderes, und als ich an ihm vorbei bin, schlägt er mich mit voller Wucht in den Rücken und sagt: ›Merk dir gefälligst, daß man sich entschuldigt, du Arschloch.‹ Ich hatte Angst. Der hat geguckt, als wollte er mich auf der Stelle umbringen.«

Dann sagte der andere Mann: »Also mich haben sie letzte Woche in Soho ausgeraubt. Ich bin da ziemlich spät und ziemlich betrunken langgelatscht. Sah wahrscheinlich nach leichter Beute aus. Plötzlich, wie aus dem Nichts, stehen diese drei echt jungen Kids vor mir, umstellen mich, und einer sagt: ›Gib mir dein Portemonnaie oder ich bring dich um.‹ Logisch, daß ich ihm mein Portemonnaie gegeben hab. Na ja, ich glaub zwar nicht, daß sie mich wirklich umgebracht hätten, aber in so ner Situation läßt man's heutzutage besser nicht mehr drauf ankommen, stimmt's?«

Darauf sagte die Frau: »Bei einer Freundin von mir in Putney ist ein Einbrecher ins Schlafzimmer gekommen, als sie geschlafen hat. Er hat ihr eine Pistole an den Kopf gedrückt und sie bis zum nächsten Morgen gefangengehalten und dabei ein halbes Dutzend mal vergewaltigt. Sie ist immer noch in psychiatrischer Behandlung.«

Nach kurzem Schweigen sagten die beiden Männer gleichzeitig: »Du hast gewonnen, damit können wir nicht mithalten«, und die drei lachten sehr, sehr laut.

Die Krönung Richards I. Den Juden hat man verboten, die Abbey zu betreten und an den Feierlichkeiten teilzunehmen. Sie mögen für den Wohlstand des Landes unabdingbar sein und William I. mag ihre Ansiedlung wegen ihres Geschäftssinns gefördert haben, aber sie sind doch anders als wir und verlangen einen hohen Preis für ihre Hilfe. Sie sind Wucherer. Ihre Religion verlangt eigenartige Rituale von ihnen. Ihr Ausschluß scheint nur natürlich zu sein. Dennoch haben sich ein paar, die offenbar verschlagener als die anderen sind, bei den Feierlichkeiten eingefunden und hoffen, daß man sie tolerieren wird, besonders da sie teure Geschenke mitgebracht haben. Und der König zeigt sich auch aufgeschlossen. Er läßt sie bereitwillig gewähren, unterhält sich und scherzt gar mit ihnen, rechnet aber nicht mit gewissen übereifrigen Elementen der Hofgesellschaft, die, als sie der Anwesenheit der Juden gewahr werden, sofort auf Vergeltung sinnen. Den Juden wird noch während der Krönungsfeierlichkeiten eine ordentliche Abreibung verpaßt, und die Nachrichten über die Ereignisse in der Abbey verbreiten sich schnell in der ganzen Stadt.

Wie soll man eine neue Regentschaft auch besser feiern, als sich an einem Pogrom zu beteiligen? Bald darauf ist auf den Straßen Londons eine großangelegte Säuberung im Gange. Während die Krönungsfeierlichkeiten in der Abbey andauern, setzt der Pöbel draußen die Häuser der Juden in Brand und ermordet die Bewohner, als sie voller Schrecken zu fliehen versuchen. Der König versucht zu ignorieren, was draußen vonstatten geht, und das fällt ihm auch nicht allzu schwer. Schließlich sind die Juden keine echten Bürger. Sie stehen nicht unter dem vollen Schutz seiner Gesetze. Aber den Lärm von der Straße, das Johlen des Pöbels und die Schreie der Opfer sind so laut, daß sie den Feierlichkeiten einen ziemlichen Dämpfer aufsetzen. Der König tut etwas, auf das jeder Mann in einer solchen Situation kommen könnte. Er befiehlt seinen Musikanten, lauter zu spielen und den schrecklichen Krach von draußen zu übertönen.

Postman's Park, der ehemalige Friedhof von St. Botolph in Aldersgate. An der Wand hängt eine Reihe Tafeln zum Gedenken an heldenhafte, aber gewöhnliche Tode: Alice Ayres, die drei Kinder aus einem brennenden Haus in der Union Street rettete, dabei aber selbst starb. Thomas Simpson, der an Erschöpfung starb, nachdem er mehrere Menschen gerettet hatte, die in den Highgate Ponds ins Eis eingebrochen waren. Mary Rogers, eine Stewardeß auf der *Stella*, die ihre Schwimmweste abgab und freiwillig mit ihrem Schiff unterging.

Ich sehe mir den Millbank Tower und Centrepoint an und frage mich, warum wir uns in London nie so etwas wie Godzilla erträumt haben, einen billigen Science-fiction-Zerstörer von Großstädten.

John Alington, ein britischer Farmer und Altruist, nahm seine Rolle als Erzieher seiner Arbeiter sehr ernst. Er baute in den Teich auf seiner Farm ein Modell der Erde und unterrichtete seine Angestellten damit in Geographie. 1851 wollte er sie dann zur Weltausstellung mitnehmen, gab ihnen jedoch vorher den Auftrag, ein großes Modell der Straßen von King's Cross bis Hyde Park zu bauen, damit sie sich in London nicht verliefen. Es wurde ein kompletter Fehlschlag, das Modell war absolut nicht maßstabsgerecht und von miserabelster handwerklicher Qualität. Es bestand kaum Ähnlichkeit zu dem London, das Alington kannte. Für ihn stand außer Frage, daß seine Leute, die nicht in der Lage waren, ein Modell der Stadt zu bauen, keine Chance hatten, sich dort zurechtzufinden. Er sagte die Fahrt nach London ab.

Ganz oben in einem abgelegenen Treppenhaus des Victoria-

and-Albert-Museums steht ein detailgetreues Modell von Vauxhall Gardens. In der Realität gibt es diesen Park nicht mehr. Verschwunden sind hundert Jahre Vergnügen, Promenieren und Festlichkeiten, Nachtigallen und Springbrunnen, Pavillons und Statuen, Tempel, Feuerwerke – einmal wurde dort sogar die Schlacht von Waterloo nachgestellt.

Im Museum of London ein Modell Londons, wie es Mitte des siebzehnten Jahrhunderts aussah. Als sich die Menschen um das Modell sammeln, wird das Licht dunkler, vom Band liest eine Stimme die Beschreibung des Großen Feuers aus Pepys' *Tagebuch*, und dazu flackern überall in der verdunkelten Stadt kleine Glühbirnen, die die Flammen darstellen sollen.

Eine andere Stadt mit Feuerschneisen. Nach den amerikanischen Brandbomben auf Tokio rechnet Hiroshima mit dem Schlimmsten. In Erwartung von Luftangriffen mit Brandbomben werden in der Stadt mehrere Feuerschneisen angelegt. Holzhäuser werden abgerissen, und die entstehenden Freiflächen werden vom Schutt befreit, so daß an diesen Stellen nichts Brennbares zurückbleibt. Sie glauben, sie wären auf das bevorstehende Feuer vorbereitet. Sie haben keine Ahnung. Oh, Judy.

Ein Begräbnisinstitut in der Lamb's Conduit Street. Ich verstehe, daß es für Bestattungsunternehmen schwierig ist, ihre Schaufenster zu gestalten. Was sollen sie hineinlegen? Blumen? Marmorgrabsteine? Totenschädel und alte Knochen? Dieser hatte das Problem nett gelöst; antike Stadtpläne des alten London.

Ich dachte an Xanadu und Troja, Babylon und Manhattan,

diese mythischen Städte mit ihren Palästen und Plänen, ihren Gerüsten und Strukturen. Und ich dachte mir, daß auch London eine mythische Stadt ist, in der Phantasie jedes einzelnen Bewohners entstanden, und mit jedem neuen Bürger, jedem Versuch, es zu beschreiben, neu erschaffen.

Auf meiner Wanderung wird mir klar, daß ich nicht mehr die Person bin, die ich war. Der Mann mittleren Alters im Kaschmirmantel, der sein Spiegelbild im Schaufenster betrachtet, würde von dem Kind, dem Jugendlichen, dem jungen Mann, der er einmal gewesen ist, nicht mehr erkannt werden. Ich glaube, daß diese jüngeren Ichs diesen Mann verachtet hätten, bin mir auf selbstzufriedene Art sicher, daß sie ihn nicht gemocht hätten. Wahrscheinlich bin ich nicht einmal mehr der Mann, in den Judy sich verliebt hat. Ich bin gewiß nicht der Mann, den Anita geheiratet hat.

Ich weiß auch, daß das nicht allein eine Frage der Veränderung und des Alterns ist, nicht einmal des Niedergangs, sondern eher der Zerstörung, der Neuordnung, der Auslöschung. Die Meinungen, Geschmäcker, die Überzeugungen, die man mit größter Leidenschaft vertrat, sind alle im Bombenhagel der Slumsanierungen und in Neubebauungen verschwunden. Ja, ein Mensch ist wie eine Stadt, ein Ort des Verfalls, der Agonie, des Neuaufbaus, der Grenzziehungen, und gelegentlich wird etwas unter Denkmalschutz gestellt. Aber es gibt keinen Bauplan, keinen narrensicheren Stadtplan, keinen Wegweiser.

Ich fühle mich in der Stadt zu Hause, komme mir vor, als würde ich zur Substanz gehören. Sie ist so lebendig wie ich selbst, hat aber eine viel längere Lebensspanne. London wurde nicht an einem Tag gebaut, und ich weiß, daß es mich lange überleben wird – in welcher und ob in einer erkennbaren Form, weiß ich jedoch nicht.

Was machen Menschen, wenn sie ihre Wünsche verwirklicht haben? Wenn sie den Atlantik im Segelboot überquert, ihre Millionen gemacht, die Weltmeisterschaft gewonnen oder sich mit einer Frau, die sie liebt, glücklich und zufrieden niedergelassen haben? Also, manche machen es einfach nochmal und können so zusätzliche Befriedigung daraus ziehen, den Atlantik in beide Richtungen überquert, ihre Millionen vervielfacht oder den Weltmeistertitel verteidigt zu haben. Aber sich mit Frau und Job ein geregeltes Leben aufzubauen ist keine Leistung, die man einmal erbringt; es ist kein gesicherter Zustand, nichts Abgeschlossenes, sondern ein ewiger Balanceakt, eine andauernde Errungenschaft, ein Meisterwerk an Organisation, Pflege und Kontinuität. Und ich habe die Fähigkeit zu balancieren verloren.

Was könnte mir meine Wanderungen ersetzen? Wenn mein Gehen in London dazu diente, eine geistige Leere zu füllen, was soll diese Leere füllen, wenn diese Aufgabe beendet ist? Was kann ein Mensch tun, wenn er London hinter sich gebracht hat? Der Tod sieht nach einer reizvollen Alternative aus. Genaugenommen scheint er die einzige Möglichkeit zu sein.

Ich war Southfields entlanggegangen, völlig erledigt, und hatte keine Lust auf öffentliche Verkehrsmittel, also winkte ich mir für den Heimweg ein Taxi heran. Der Fahrer war sehr gesprächig und ich nicht entschlossen oder mutig genug, ihm zu sagen, daß er mich in Ruhe lassen sollte. Nach einer Weile gelangte er offenbar zu der Überzeugung, daß ich ein Mann sei, mit dem man über seine geheimsten Gedanken sprechen könne.

Er sagte: »Stellen Sie sich einmal vor, ein Mann bricht in Ihr Haus ein, ein bewaffneter Mann, ein Verrückter. Sie sind zu Hause, sitzen mit Ihrer Frau und einem Ihrer Kinder im Wohnzimmer. Der Verrückte macht Ihnen ein Angebot, er läßt Ihnen die Wahl. Er sagt zu Ihnen, daß er jemanden umbringt, entweder Ihre Frau oder Ihr Kind. Aber er weiß nicht, wen er von den beiden umbringen soll, es ist ihm egal. Er verlangt daher, daß Sie ihm die Entscheidung abnehmen.«

»Soll das ein Witz sein?« fragte ich ihn.

»Nein«, sagte der Fahrer. »Es ist ein moralisches Dilemma. Sie haben die Wahl, Ihre Gattin oder Ihr Kind zu verlieren: Für wen entscheiden Sie sich?«

»Was ist, wenn ich keine Entscheidung treffe?«

»Dann bringt er beide um.«

»Was, wenn ich keine Kinder habe?«

»Dann müssen Sie Ihre Phantasie spielen lassen.«

Ich ließ meine Phantasie spielen und sagte: »Ich sage ihm, daß er *mich* umbringen soll.«

»Nee, nee, nee«, der Fahrer wurde langsam ärgerlich. »Die Möglichkeit gibt's nicht. Sie müssen in dem Wissen weiterleben, daß Sie für den Tod Ihrer Frau oder Ihres Kindes verantwortlich sind. Und so viel Zeit, darüber nachzudenken, haben Sie wahrscheinlich auch nicht.«

Ich tat so, als würde ich lange und intensiv überlegen, und sagte dann: »Wissen Sie, ich glaube genau deshalb, weil ich vermeiden wollte, in ein solches moralisches Dilemma zu geraten, haben meine Frau und ich uns entschlossen, keine Kinder zu haben.«

Er drehte sich um und sagte sarkastisch: »Sie sind wohl 'n ganz Witziger, wa?«

Ich versuchte so auszusehen, als fände ich das, was ich gesagt hatte, nicht im entferntesten komisch, und hoffte, er würde mich jetzt endlich zufrieden lassen. Aber statt dessen begann er, mir seine Sichtweise des Problems zu erläutern, was er natürlich von Anfang an vorgehabt hatte. Es lief darauf hinaus, daß Gattinnen leichter zu ersetzen waren als Kinder. Ich hörte nicht zu. Ich dachte, wie großartig es wäre, wenn ich jemanden fände, der meinem Leben ein Ende setzen würde. Ich dachte, wenn ich jetzt nach Hause käme und hineinginge und dieser Wahnsinnige da mit seiner Pistole auf mich warten und mir absurde Wahlmöglichkeiten anbieten würde, könnte ich sagen: »Okay, geht klar, drücken Sie nur ab. Danke.«

Wie sähe der Eindringling aus? Groß natürlich, wahrscheinlich jung, mit etwas irrem Blick, kurzgeschorenen Haaren, fliehender Stirn und Stiernacken. Schwarz oder weiß? In Jeans und T-Shirt? Lederjacke? Anzug? Terroristen-Outfit? Und was würde er sagen? Macht sein Wahnsinn ihn geschwätzig? Hat er einen Akzent? Südlondon? East End? Estuary?

Ich konnte mir diese Szene lebhaft vorstellen, aber mir fiel kein Ende ein, keine Pointe. Drückte der Verrückte wirklich ab? War die Pistole geladen? War es eine echte Pistole? Oder wollte er nur Eindruck schinden? War er auch so ein London-Verlierer mit Komplexen und Imageproblemen? Ich hoffte nicht. Er sollte echt sein. Er mußte sein Handwerk verstehen.

Ich erkannte, daß das Ende meiner Wanderungen nicht nur die Auslöschung der Stadt wäre, sondern auch die Auslöschung meiner selbst. Wenn alle Straßen auf dem Stadtplan geschwärzt sind, bin ich bereit, ins Gras zu beißen. Und ich weiß, daß ich es nicht zu planen brauche. Etwas erwartet mich, etwas Selbstmörderisches, obwohl die polizeiliche Ermittlung es nicht als Selbstmord sehen wird, trotzdem wird es seinen Zweck erfüllen. Morgen werde ich zum letzten Mal durch die Straßen Londons wandern, den letzten Abschnitt gehen, die letzten zehn Meilen. Und wenn das erledigt ist, wird er auf mich warten, mein Schicksal, mein Killer. Ach, hallo! Schön, Sie zu treffen. Warten Sie schon lange?

Wer Londons müde ist, ist reif für die Kugel.

Bereit

Anita rieb sich die Augen, wandte sich vom Monitor ab und empfand etwas, das sie später als Unfähigkeit zu fühlen beschreiben sollte. Das sollte nun die Antwort sein, der vermeintliche ›Grund‹ für Stuarts neuentdeckte Gelassenheit? Er war zufrieden, weil er sich keine Sorgen mehr machte, und er machte sich keine Sorgen mehr, weil er beschlossen hatte, sich umzubringen. Er stand kurz vor dem Selbstmord. Er sonnte sich in seiner Sterblichkeit.

Sie wußte nicht recht, wie sie reagieren sollte. Ihr war klar, daß sie fuchsteufelswild hätte sein können. Schließlich war Selbstmord ganz und gar nicht die einfache, leichte Sache, die Stuart beschrieben hatte. Es war immer eine gewaltige, häßliche Explosion im Leben der Hinterbliebenen. Wie konnte er ihr das antun? Wie konnte er sie im Stich lassen? Der für ihn so einfache Ausweg würde ihr ungeheure Schwierigkeiten bereiten. Und warum fiel es ihm so leicht, sie zu verlassen? Ihre Ehe war nicht frei von Problemen, aber bei dem Gedanken, seine Frau zurückzulassen, sollte er doch wenigstens ein wenig Bedauern, einen gewissen Schmerz empfinden. Selbst wenn ihre Existenz nicht ausreichte, ihn von seinem Bestreben abzuhalten, so sollte sie ihm den Abschied doch zumindest erschweren. Ja, so hätte sie reagieren können.

Und sie wußte, daß er ihr hätte leid tun können. Jeder, der Selbstmordgedanken hegt, muß per definitionem einen schrecklichen Schmerz verspüren. Und sie wollte Stuart wirklich nicht leiden sehen. Wie hätte sie keine Trauer empfinden können? Wie hätte sie sich nicht ein wenig mitschuldig fühlen sollen, weil ihre Liebe und Sorge nicht reichten, diesen Schmerz zu stillen?

Oder vielleicht hätte sie sich noch schlechter fühlen können, weil sie nicht bemerkt hatte, was in Stuart vorging, in welch verzweifeltem Zustand er sich befand. Sie hätte es als ihr persönliches Versagen ansehen können, die Unfähigkeit, zu erkennen, wie es ihrem Ehemann ging, und, schlimmer noch, die Unfähigkeit, dagegen anzugehen.

Es hätte bei ihr eigene Selbstmordgedanken nähren können. Sie hätte sich wie eine Mörderin vorkommen können. Beim Lesen dieses letzten Eintrags hätte sie geschockt sein können. Das Morgen, auf das da Bezug genommen wurde, hatte schon begonnen. Stuart lief draußen in den Straßen herum, brachte seine Aufgabe irgendwo in London zum Abschluß; er suchte Ärger, einen Ausweg, jemand, der ihn umbrachte. Sie hätte fürchten können, daß London von solchen Menschen nur so wimmelt. Und sie hätte denken können, daß es noch nicht zu spät war. Sie hätte denken können, daß sie noch genug Zeit hatte, ihn zu retten. Sie hätte in ihren Wagen steigen und aufs Geratewohl, rücksichtslos und ohne große Hoffnung durch die Stadt fahren und versuchen können, ihn zu finden und zu retten.

Aber sie fühlte und tat nichts davon. Sie empfand keinen Zorn, kein Mitleid, keine Schuld und hatte auch nicht das Gefühl, daß sie versagt hatte. Sie setzte sich einfach wieder an den Computer, verglich die Dateiliste, um sicherzugehen, daß sie alle Dateien gefunden und ausgedruckt hatte. Es war alles da. Sie hatte die ganze Geschichte vor sich liegen. Sie sammelte die bedruckten Seiten zusammen, legte sie auf den Schreibtisch und stapelte sie ordentlich übereinander. Da war es also, das geheime Tagebuch ihres Mannes, sein großes unvollendetes Werk, sein Bekenntnis und seine Selbstmordankündigung, und als sie es so vor sich liegen sah, wurde ihr klar, daß sie kein Wort davon glaubte. Sie blickte auf ihre Uhr. Sie erwartete, daß er bald nach Hause kommen würde, und sie war mehr als bereit für ihn.

U-Bahn

Mick saß auf dem Bett in seinem Zimmer im Dickens. Die übliche Melancholie hatte ihn erfaßt. Das Fenster war offen, und die kalte Luft prickelte auf seinen nackten Armen. Er sah auf die Uhr. Es war später Vormittag. Er hatte die ganze Nacht hier verbracht, hatte nicht geschlafen, nicht einmal gedöst, sondern nur den Geräuschen der Großstadt gelauscht. Es war deprimierend ruhig gewesen. Er hatte gehofft, das Quietschen von Autoreifen zu hören, Polizeisirenen, Schreie, Schüsse, irgendwelche Lebenszeichen, aber dann waren es doch bloß ein paar ferne Radios und streitende oder sich paarende Katzen gewesen.

Er hatte getan, was er in London zu tun hatte. Es war zu Ende. Er wußte, wie er sich fühlen sollte: erleichtert, frei, zufrieden, daß er die Sache so gut über die Bühne gebracht hatte. Aber er fühlte nichts. Das Fühlen war ihm vergangen. Sobald er es schaffte, aus dem Bett zu kommen, würde er das Hotel verlassen, London verlassen und nach Sheffield zurückfahren, obwohl er wußte, daß da nichts mehr so sein würde, wie es gewesen war. Trotzdem war das der Ort, wo er herkam und an den er zurückkehren mußte.

Er riß sich zusammen. Er brauchte frische Luft. Er stand auf, zog sein Jackett an, verließ das Hotel, und als er auf der Straße stand, fiel ihm auf, daß er gar nicht wieder hinein mußte. Er konnte nach St. Pancras gehen, in einen Zug steigen und einen Schlußstrich ziehen. Die Pistole lag noch im Nachttisch, aber da konnte sie auch bleiben. Er brauchte sie nicht, hatte sie eigentlich nie gebraucht. Sie hatte ihren Zweck erfüllt, aber es war schon gut, daß er nie auf jemanden hatte schießen müssen. Sie hatte ihm geholfen, die Leute zu überreden, aber das, was er erreicht hatte, hatte er aus eigener Kraft geschafft, mit seinen Fähigkeiten und seinem Scharfsinn. Ein Puzzle, ein *A–Z*-Stadtplan und ein Buch mit dem Titel *London ohne Gewähr* lagen auch noch im Zimmer; das würde er auch alles nicht mehr brauchen.

Auf der Straße war einiges los. Die Leute gingen zur Arbeit, gegenüber hielt ein Baufahrzeug, der Briefträger machte seine Runde. Der Tag war angenehm normal, und Mick merkte, wie erschöpft er war.

Es heißt, die Kugel, die einen trifft, hört man nicht, und so hatte er auch von dem Wagen, der ihn rammte, nicht einmal das Motorgeräusch gehört. Er spürte nur, wie ihm von etwas Metallischem die Beine unterm Körper weggemäht wurden, als hätte ihm jemand in die Kniekehlen geschlagen. Ansonsten hatte ihn der Wagen nur leicht gestreift, aber auf jeden Fall lag er auf dem Boden, und dann kämpften auch schon ein paar Männer um die beste Position, von der sie ihn packen oder nach ihm treten konnten. Er wehrte sich und glaubte auch seinerseits ein paar gute Treffer gelandet zu haben, aber er hatte keine Chance. Gegen eine solche Übermacht hat man keine Chance. Er war nicht einmal sicher, ob ihm seine Pistole weitergeholfen hätte.

Dann traf ihn etwas Kurzes, Metallisches hinter dem linken Ohr, und er sah Lichter und Sterne, die nicht zu London gehörten. Er war benommen, wäre fast bewußtlos geworden, kämpfte aber dagegen an. Ungeschickt und hastig wurde ihm ein Sack über den Kopf gezogen, und dann wurde er im Kofferraum des Wagens verstaut, der ihn umgefahren hatte. Jemand versuchte ihm noch eine zu verpassen, schlug aber daneben, und selbst am Zuschlagen des Kofferraumdeckels merkte er irgendwie, daß er es mit Amateuren zu tun hatte.

Das Motorgeräusch verriet ihm, daß er in einem Mercedes lag, einem erheblich teureren als seinem in Sheffield, und offenbar war es auch keine frisierte, mit Spoilern aufgemotzte Zuhälterkutsche, sondern ein Geschäftswagen für leitende Angestellte oder Vorstandsmitglieder. Sie fuhren ruhig und ohne Eile, aber am Durchschlagen der Federung merkte er, daß der Wagen mit fünf oder sechs Personen voll besetzt war; und dazu kam natürlich noch eine im Kofferraum.

Die Fahrt schien kein Ende zu nehmen. Dann wurde es holprig. Sie fuhren nicht mehr auf Asphalt, sondern auf einer unbefestigten Straße, und Mick hörte, wie Kies unter den Reifen knirschte. Der Wagen hielt. Er hörte Stimmen, wurde aus dem Kofferraum gezogen, mußte ein paar Schritte im Freien gehen und wurde dann durch eine Tür in ein Gebäude gebracht. Drinnen war es nicht so warm wie in einer Wohnung oder einem Büro, und er spürte, daß er in einem großen Raum stand – einer Scheune oder einer Werkstatt; vielleicht eins von Robin Lawtons Bauprojekten.

Hinter ihm wurden Türen zugeschlagen, und er wurde durch eine große leere Halle in eine Ecke geführt, wo man ihn durch einen schmalen Eingang in einen kleineren Raum schob. Als er drinnen war, wurden ihm Hände und Füße gefesselt. Wieder merkte er, daß derjenige, der ihn fesselte, keine Erfahrung damit hatte. Als das Seil fest saß, wurde er auf einen kleinen Polstersitz gestoßen und der Sack von seinem Kopf genommen. Blinzelnd sah er sich sechs halbwegs bekannten Gesichtern gegenüber. Es waren seine Opfer, Gabbys Vergewaltiger, aber bevor er einem von ihnen in die Augen blicken konnte, gab ihm jemand einen Kinnhaken. Es war Philip Masterson, der Mann, den Mick gezwungen hatte, von der London Bridge zu springen. Mick sah, daß Mastersons linke Hand, an der er ihm den Finger gebrochen hatte, noch immer verbunden war. Die Rechte war jedoch, wie Mick zu spüren bekam, vollkommen in Ordnung.

»Darauf hab ich mich schon lange gefreut«, sagte Masterson.

Hinter Mick sagte eine Stimme, die Mick nicht gleich erkannte: »Übertreib's nicht. Wir wollen doch nicht, daß er ohnmächtig wird.«

»Bist du sicher?« fragte Masterson.

»Ja.«

Masterson mußte sich zusammennehmen, widerstand aber dann der Versuchung, Mick noch einmal zu schlagen.

In der kurzen Pause betrachtete Mick seine Umgebung und erkannte, daß sie in einem U-Bahnwaggon waren. Er war offensichtlich außer Betrieb. Die Sitzbänke waren aufgeschlitzt und die meisten Fenster zerschlagen; vielleicht hatte man den Waggon zur Reparatur oder zum Renovieren hierhergebracht. Die automatischen Schiebetüren standen offen, und die Beleuchtung war aus. Ganz oben, unter dem Dach der Montagehalle brannten ein paar Neonröhren, aber davon drang nur wenig Licht bis ins Innere des Waggons.

Obwohl es weder eine richtige U-Bahn noch voll im Waggon war und sie sich nicht einmal in einem Tunnel unter der Erde befanden, spürte Mick, wie die übliche Klaustrophobie von ihm Besitz ergriff; er war allerdings noch so weit bei klarem Verstand, um zu erkennen, daß Klaustrophobie vermutlich sein geringstes Problem war. Er blickte Robin Lawton in die Augen, dem Mann, dem er erst vor wenigen Stunden einen Schlag auf den Hintern gegeben hatte.

»Wir hätten ihm den Sack nicht abnehmen sollen«, sagte Lawton. »Jetzt weiß er, wer wir sind.«

»Stimmt. Ich will, daß er es weiß.«

Das war Jonathan Sands, der Seeversicherungsmann und Jachtbesitzer. Er hatte die Führungsrolle übernommen, hielt sich offenbar für die geeignete Person.

»Wieso um alles in der Welt willst du, daß er es weiß?« jammerte Lawton.

Sands sagte: »Weil wir Typen wie dem zeigen müssen, daß sie mit uns nicht so umspringen können, daß wir keine Angst vor ihnen haben, daß wir mutig und stark genug sind, uns zu wehren.«

Lawton sah sich um, als suche er nach möglichen Fluchtwegen und bereite sich darauf vor, schnell abhauen zu können. Er sagte: »Also wißt ihr, ich habe mit dem ganzen Streit wirklich nichts zu tun. Er hat mir nichts getan, hat mich ja kaum angefaßt. Seine größte Untat war, sein Telefongespräch nicht zu bezahlen.«

»Ach, komm, Lawton«, sagte Sands angewidert. »Sei nicht so ein Feigling. Du hattest Glück, weiter nichts. Er hätte dich ebensogut verprügeln können, dich erniedrigen, dein Eigentum zerstören können, für das du hart gearbeitet hast und das dir viel bedeutet.«

Wenn man ihn reden hörte, konnte man sich des Eindrucks nicht erwehren, daß der Schaden an seinem Boot ihm viel größere Schmerzen bereitet hatte als der an seinem Körper.

»Aber Tatsache ist doch, daß er es nicht getan hat«, beharrte Lawton.

»Jetzt mach aber mal halblang, Lawton.«

Diesmal hatte Justin Carr das Zwiegespräch unterbrochen. Er wirkte viel beherrschter als beim letzten Mal, als Mick ihn gesehen hatte, lief nicht nackt durch die Straßen und sang ›Maybe it's because I'm a Londoner that I love London Town‹. Er hatte ein kleines Stück Waggon gefunden, in dem er gemessenen Schrittes auf und ab gehen und gut aussehen konnte. Unbeteiligt und elegant rauchte er eine Zigarette und strahlte genau die Mischung aus Härte und Sensibilität aus, mit der man ein imaginäres Publikum beeindrucken konnte.

»Sosehr es mir auch widerstrebt, muß ich doch zugeben, daß Lawton da einen wichtigen Punkt angesprochen hat«, fuhr er fort. »Er *weiß*, wer wir sind. Und diejenigen von uns, die im Licht der Öffentlichkeit stehen, haben erheblich mehr zu verlieren als einige andere.«

»Genau«, sagte Sands. »Deshalb müssen wir ihm eine Lektion erteilen, die seinem Geschäft ein für allemal ein Ende setzt.«

»Und wie soll das aussehen?« fragte Carr. »Reißen wir ihm die Augen aus?«

»Jetzt werd nicht albern«, antwortete Sands.

»Worauf warten wir dann noch?« fragte Masterson und machte sich bereit, Mick ordentlich zusammenzuschlagen.

»Also ich weiß auch nicht so recht«, sagte jemand anders. Es war die helle, flötende Stimme von Kerry Slater, dem pummeligen, masturbierenden Restaurantkritiker. Er wirkte angespannt und bedrückt, und sein Gesicht war tiefrot angelaufen. Er war weit weg von seinem natürlichen Lebensraum, und darüber war er gar nicht glücklich.

»Ihr habt gesagt, wir wollen uns an ihm rächen, und damit war ich auch einverstanden«, sagte er. »Aber ich habe gedacht, wir zwingen ihn, rohe Innereien zu essen oder vielleicht ein paar Pfund Abführ-Schokolade.«

»Ach, scheiß doch drauf«, sagte Masterson und knallte Mick einfach mal so aus Spaß die Faust ins Gesicht. Es war unübersehbar, daß er ebensogerne Slater eine verpaßt hätte.

»Warte doch mal!« schrie Sands. »Kannst du dich nicht einen Augenblick gedulden? Du kannst ihn schon noch verprügeln. Aber zuerst soll er mir ein paar Fragen beantworten. Ich will wissen, wieso.«

»Wieso was?« fragte Masterson.

»Wieso dieser kleine Schleimbeutel sich in den Kopf gesetzt hat, uns fertigzumachen.«

»Weil er ein kleiner Schleimbeutel ist«, erwiderte Masterson. »Sowas macht ihm einfach Spaß.«

»Bist du wirklich so blöde, oder tust du nur so?« fragte Sands. »Ein kleiner Schleimbeutel hätte überhaupt nicht gewußt, wo er uns findet; er wäre nicht den ganzen Weg von Yorkshire nach London gekommen und hätte uns nicht bis in unsere Häuser verfolgt. Er hätte uns nicht nachspioniert. Er hätte nicht so viel über uns in Erfahrung gebracht, unsere Schwächen erforscht und so individuelle Strafen verteilt.«

»Was meinst du damit?« fragte Masterson verblüfft.

»Ich will nur sagen, bevor du dich rächst, sollten wir feststellen, was seine Beweggründe waren.«

Eine neue Gestalt trat aus der Dunkelheit des Waggons nach vorne. Dr. Graham Pryces Gesicht war blau und geschwollen, sein Anzug makellos.

»Ich neige dazu, Philip recht zu geben«, sagte er. »Ich denke, man kann das mit den Beweggründen auch übertreiben. Der Bursche hier ist sehr krank. Was er mir angetan hat, war entsetzlich. Was er meiner Frau angetan hat, noch viel schlimmer. Daß er krank ist, bedeutet natürlich nicht, daß er um eine Strafe herumkommt, aber ich denke, es bedeutet, daß seine Beweggründe ziemlich dürftig sind.«

»Genau«, sagte Masterson. »Er ist bloß Dreck, Straßenmüll wie Hundehaufen und McDonald's-Verpackungen. Wir sollten ihn beseitigen.«

»Ihr seid ja wohl unglaublich naiv«, beharrte Sands. »Glaubt ihr wirklich, daß er ein Einzelkämpfer ist? Glaubt ihr, er ist eines Morgens aufgewacht und hat sich gedacht, daß es ihm Spaß machen würde, uns zusammenzuschlagen? Glaubt ihr, daß er der Ursprung des Ganzen ist, der große Unbekannte? Macht euch nicht lächerlich. Er ist nur der Mann fürs Grobe. Ich will wissen, wer dahintersteckt.«

Der gute Doktor zuckte die Schultern. Er wußte, daß Sands letzten Endes machen würde, was er wollte.

»Warum fragen wir ihn nicht?« sagte Pryce.

Das war eine ganz neue Idee. Bisher hatten sie über Mick geredet, als wäre er gar nicht da oder zu dumm, ihrem Gespräch zu folgen.

»In Ordnung, ich frage ihn«, sagte Sands.

Die sechs Männer versammelten sich um Mick und warteten gespannt darauf, was als nächstes passieren würde.

Sands sagte zu Mick: »Ich möchte, daß Sie mir ein paar ganz einfache Fragen beantworten. Wieso haben Sie uns das angetan? Wieso auf diese Art? Wieso wir? Und wer hat Ihnen die Anweisung dazu gegeben?«

Mick überlegte, ob er eine obszöne Schimpfkanonade loslassen sollte, entschied sich aber dagegen und antwortete: »Mir gibt niemand Anweisungen.« Er murmelte es vor sich hin, und dabei fiel ihm schließlich auf, daß diese Männer wirklich nicht zu wissen schienen, was sie getan hatten. Bedeutete eine Massenvergewaltigung ihnen wirklich so wenig? Konnten sie sie so schnell und vollständig vergessen haben? Waren sie wirklich so gefühllos? War ihnen nie in den Sinn gekommen, daß jemand dafür Rache üben könnte?

Seine schlichte, freimütige Antwort gefiel ihnen nicht. Masterson schlug wieder zu; einmal an den Kopf und einmal an den Hals.

»Warum?« fragte Sands.

Es blieb lange still, während Mick mit sich zu kämpfen und zu überlegen schien, ob er alles offen zugeben sollte. Schließlich sagte er: »Ich sag Ihnen mal, was mich an London echt ankotzt: Pokalfinale. Wenn Liverpool im Finale gegen Chelsea spielt, ja, und das Spiel findet ja immer hier in London statt, stimmt's, also da hat Chelsea doch von Anfang an einen Vorteil. Die spielen hier, in ihrer Heimatstadt, ihre Fans müssen nicht so weit anreisen, sparen das ganze Fahrgeld und finden das Wembley Stadion auf Anhieb, während die Fans aus dem Norden den ganzen Streß haben, sich einen Bus mieten müssen und die hohen Londoner Preise für Essen und Trinken bezahlen müssen. Das ist doch nicht fair.

Aber sagen wir, Liverpool steht gegen Manchester United im Pokalfinale, dann findet es *trotzdem* in London statt, und das ist dann doppelt so vielen Leuten gegenüber unfair. Das ist doch nicht okay, oder?«

»Hau ihm doch noch eine runter, Philip«, sagte Sands, und Masterson kam seinem Wunsch nach.

»Ach, Leute«, sagte Mick matt. »Hört auf mit dem Scheiß. Erzählt mir nicht, daß ihr euch nicht dran erinnern könnt. Tut nicht so, als wüßtet ihr nicht, was Sache ist. Eine Junggesellenabschiedsparty. Eine Stripperin. Eine Massenvergewaltigung . . .«

Beim Sprechen betrachtete er ihre Gesichter, und die Leere darin besiegelte etwas, das er vielleicht schon die ganze Zeit gewußt hatte. Sie hatten jetzt wirklich keinen Grund, sich weiter zu verstellen, aber das Thema Vergewaltigung schien ihnen wirklich nichts zu sagen.

Sie hingegen glaubten weiterhin, daß er einfach Lügengeschichten erzählte, um sie zu provozieren, und das war ihm auch gelungen. Masterson verpaßte ihm diesmal einen ordentlichen Schlag, der Mick in seinem Polstersitz nach hinten schleuderte. Mick hatte Schmerzen, und das sah man auch, aber selbst Masterson merkte langsam, daß Micks Fähigkeit, Schläge einzustecken, größer sein könnte als sein Bedürfnis, welche auszuteilen. Möglicherweise merkte er auch, daß Mick seine Geschichten, so verrückt sie auch klingen mochten, für wahr hielt.

»Das ist doch Blödsinn«, sagte Pryce. »Er hat Schmerzen und blutet. Er sagt nichts. Wir haben unsere Rache gehabt. Laßt uns aufhören.«

Ein paar Stimmen murmelten zustimmend, aber Justin Carr, der vielleicht mehr Filme gesehen hatte als die anderen, sah noch ein paar andere Möglichkeiten. Er fragte: »Und wie wollen wir Schluß machen, Graham? Er hat auf recht beeindruckende Weise deutlich gemacht, daß er weiß, wo wir wohnen . . .«

Er ließ den Satz eine Weile im Raum stehen, weil er merkte, daß er ziemlich gut war, und allmählich drehten sich alle zu Sands um, der jetzt nicht mehr wie ein Anführer aussah.

Schwitzend, mit schmerzendem Gesicht und dem immer unerträglicher werdenden Gefühl, daß die Metallwände näher und näher rückten, nutzte Mick die daraufhin entstehende längere Pause.

»Wißt ihr«, sagte er, »ich habe den Eindruck, ihr steckt jetzt ganz schön in der Klemme. Okay, ihr habt mich in der Hand, habt mir ne hübsche Abreibung verpaßt und das rausgekriegt, was aus mir rauszukriegen ist, und was nun? Laßt ihr mich laufen und glaubt, damit ist die Sache erledigt? Kann ich mir nicht vorstellen. Kann ich mir wirklich nicht vorstellen. Klar, vielleicht würde ich jetzt sagen, daß das schon okay ist, aber warum soll ich Wort halten? Ich glaube nicht, daß die Sache damit vom Tisch ist, ihr etwa? Justin hat recht. Ich weiß, wo ihr wohnt. Ich hab jeden von euch drangekriegt, und sobald ihr mich laufenlaßt, geht das Ganze wieder von vorne los, wie ihr euch wohl denken könnt. Das einzige, was ihr heute vormittag erreicht habt, ist, daß ihr euch noch so eine Portion verdient habt. Es ist immer noch dasselbe Spiel, aber ihr habt den Einsatz erhöht. Und dabei hatte ich euch für so clevere Burschen gehalten.«

Wut machte sich breit. Die sechs Männer waren wütend, weil sie wußten, daß er recht hatte. Sie hatten sich für klug gehalten, weil es ihnen gelungen war, ihn gefangenzunehmen und Rache zu üben. Aber jetzt verfestigte sich die Erkenntnis, wie dumm sie sich angestellt hatten, wie ein Gipsverband.

»Und was macht ihr jetzt?« fragte Mick. »Also klar, wenn ihr Lust habt, könnt ihr das Ganze bequatschen, hin und her überlegen, aber glaubt mir, ich kenn mich damit aus, die Zeit könnt ihr euch sparen. Früher oder später werdet ihr zu dem Schluß kommen, daß die einzig sichere Lösung dieses Problems darin besteht, mich umzubringen.

Dann bleiben nur noch zwei Fragen offen. Das Wer und das Wie. Wenn ich das richtig sehe, habt ihr keine Waffen dabei, also wer von euch bringt mich mit bloßen Händen um? Sie, Masterson?«

»Umbringen war nie geplant«, sagte Masterson.

»Absolut nicht«, stimmte Lawton zu.

»War es vielleicht nicht«, sagte Carr, »aber er hat vollkommen recht. Er läßt uns keine Wahl.«

»Ich bin Arzt, Herrgott noch mal«, jammerte Pryce. »Ich soll Leben retten.«

»Du bist ein ziemlich cleveres Arschloch, nicht wahr«, sagte Sands zu Mick.

»Nee, ich bin nur der Mann fürs Grobe.«

»Das ist ein Fiasko«, sagte Carr.

»Besonders gut sieht's nicht aus«, pflichtete Mick ihm bei.

»Es muß doch einen Ausweg geben«, sagte Slater. »Wir sind vernünftige Menschen. Wir können verhandeln. Wir können zu einer Einigung kommen.«

Mick richtete sich auf seinem Sitz auf, starrte seine Peiniger der Reihe nach an und sah dabei alles andere als vernünftig aus.

»Das ist ein Albtraum«, sagte Carr. »Entweder wir bringen ihn um, was wir nicht wollen, oder wir lassen ihn laufen, und dann geht das Ganze wieder von vorne los.«

»Ich weiß nicht, ob es ein Albtraum ist«, sagte Mick, »aber es sieht sehr nach einem Patt aus.«

Da irrte er sich jedoch. Sie hatten keinen Wagen, keine Schritte auf dem Kies oder auf dem Werkstattboden gehört, aber plötzlich war jemand draußen vor dem Waggon. Die sechs Männer drehten sich um, starrten verstohlen und schuldbewußt durch die kaputten Scheiben in die Dunkelheit, als Judy Tanaka den Waggon betrat. Sie schrie aus Leibeskräften wie eine gefährliche Irre und hatte eine Pistole in der zitternden Hand. Mick erkannte, daß es seine war. Ihr ganzer Körper schlotterte, als sie die rechte Hand ausstreckte und etwa ein halbes Dutzend Schüsse in den Waggon jagte.

Als hielten sie sich an ein präzises, gut geprobtes Drehbuch, warfen sich die sechs Männer flach auf den Boden. Die Schüsse hatten harmlose Löcher in Wände, Decke und

Polster des Waggons gerissen. Aber wenn acht Leute sich in einem engen Raum aufhalten, ist eine Frau, die nicht weiß, wie man mit einer Pistole umgeht, die nicht einmal hinsieht, wenn sie schießt, genauso furchterregend und gefährlich wie ein gut ausgebildeter Scharfschütze.

»Bindet ihn los«, sagte sie mit lauter, aber bebender Stimme, und Sands stand ganz langsam und vorsichtig auf und begann, Micks Fesseln zu lösen.

Carr sagte: »Das waren sechs Schüsse. Ich glaube, die Trommel ist leer.«

»Das ist eine Automatik, du Trottel«, sagte Mick, aber das war eigentlich unnötig. Er wußte, daß es nicht zu einem Kampf um die Waffe kommen würde.

»Wir hätten Sie nicht umgebracht«, sagte Sands. »Das ist Ihnen doch hoffentlich klar.«

Mick dachte kurz darüber nach, antwortete aber nicht. Er ging davon aus, daß es stimmte. Als er losgebunden war, nahm er Judy die Pistole aus der Hand. Er schoß noch einmal in den Waggonboden, und die folgenden Kugeln blieben jeweils einen knappen Meter vor Sands Fuß, Mastersons Kopf und Carrs Händen im Holz stecken.

»Bleibt, wo ihr seid«, sagte er. »Denkt nicht einmal daran, euch zu bewegen, bis wir nicht mindestens eine halbe Stunde weg sind.«

Er wußte, daß sie viel schneller wieder Mut fassen würden, daher zerschoß er zwei Reifen des Mercedes. Es war jammerschade. Er hätte den Wagen gerne gestohlen, aber Judys Datsun war als Fluchtwagen viel unauffälliger.

»Ich habe alles gesehen«, sagte Judy während des Fahrens begeistert. »Ich wollte dich besuchen, mit dir zusammen frühstücken oder so. Als ich einen Parkplatz gesucht habe, bist du aus der Tür gekommen. Dann hab ich gesehen, wie die sechs Männer dich angefahren, zusammengetreten und in den Kofferraum geworfen haben. Aber was sollte ich machen? Die Polizei rufen? Also bin ich ihnen gefolgt. Sie hatten keine Ahnung, daß ich hinter ihnen war, aber es hat ewig gedauert, bis wir bei dieser Werkstatt waren. Ich weiß nicht genau, wo wir sind, aber ich hab gesehen, wo sie dich hingebracht haben, und konnte mir vorstellen, was sie mit dir vorhatten. Also bin ich zum Dickens zurückgefahren, hab die Pistole aus deinem Zimmer geholt, bin zurück zur Werkstatt, und den Rest kennst du.«

»Woher wußtest du, daß die Pistole noch im Hotel war?«

»Wenn du sie bei dir gehabt hättest, hättest du sie doch benutzt, als sie dich angegriffen haben, stimmt's?«

»Yeah, stimmt wohl«, sagte er. »Danke. Ich bin dir einen Gefallen schuldig.«

»Nur einen?«

»Wie viele willst du?«

»Einer reicht, wenn's der richtige ist«, sagte sie. »Er heißt immer noch Stuart London.«

Mick lachte ungläubig.

»Das kann ich nicht machen«, sagte er kläglich. »Tut mir leid, aber ich glaub, ich schaff das nicht mehr.«

Er rechnete mit allen möglichen Reaktionen. Am liebsten wäre ihm gewesen, wenn sie gesagt hätte, daß sie gut verstehen konnte, daß er die Nase voll von Gewalt und Rache hatte, daß ihm das alles zuviel geworden war. Es überraschte ihn nicht sonderlich, daß es anders kam. Sie hielt an, legte alle ihr zur Verfügung stehende Kraft in eine Ohrfeige und sagte: »Raus. Raus aus meinem Auto. Sofort.«

Er inspizierte die leeren, unbekannten Straßen. Er hatte nicht die geringste Ahnung, wo er war, würde aber keinen Streit anfangen. Er stieg aus und blieb bewegungslos stehen, während er dem davonfahrenden Wagen hinterherblickte. Er betrachtete seinen Anzug und sein T-Shirt, versuchte sich vorzustellen, wie sein Gesicht aussah, und fand das alles plötzlich ausgesprochen komisch. Vor sich hin kichernd stapfte er los, angeschlagen und verängstigt und ohne jeden Schimmer, wohin er eigentlich ging.

Rückblende

Der Mann sieht mitgenommen aus, als hätte er einen schweren Kampf hinter sich, aus dem er nicht als Sieger hervorgegangen ist. Sein Gesicht ist ramponiert, die ehemals glatte Haut ist zerstört, von Rissen und Schrammen durchfurcht; eine zerschnittene Lippe, ein Veilchen, blutige Abschürfungen in seinem kantigen Gesicht. Er trägt einen petrolblauen Anzug, der einmal todschick gewesen sein muß. Jetzt ist er abgeschabt, an den Knien zerfetzt und mit dubiosen klebrigen Substanzen beschmiert. Und unter dem Jackett trägt er ein weißes T-Shirt mit blutigen Inseln und Archipelen.

Dann sieht er die Räuber und den Mann im Kaschmirmantel. Er geht hin. Es gibt Streit. Plötzlich hat er die Pistole in der Hand. Die Räuber fliehen mit Ausnahme des einen, den er festhalten konnte, und dann sagt das Opfer zu ihm, daß er aufhören soll, und er hört auf, und er hat einen Stadtplan in der Hand, einen *A–Z*, in dem alle Straßen übermalt sind, und er sagt: »Sie werden sagen, daß es dafür eine ganz einfache Erklärung gibt, stimmt's?«

Mund

Natürlich konnte Stuart alles erklären, und er tat es bereitwillig. Mick war für ihn das perfekte Publikum. Als vollkommen Unbekannter war er der ideale Zeuge. Aber das war weder der Ort noch die Zeit zum Geschichtenerzählen. Er hatte Angst, daß die Schlägertypen zurückkommen und ein paar wesentlich bösartigere und gefährlichere Freunde mitbringen könnten.

»Mein Wagen steht um die Ecke«, sagte er. »Soll ich Sie irgendwo absetzen?«

»Das wäre gut«, willigte Mick ein.

Auf dem Weg zum Auto versuchte Mick zu beschreiben, wohin er wollte. Offenbar blieb ihm nur das Dickens, aber ohne brauchbaren Stadtplan konnte er den Weg nicht beschreiben.

»Ich kann Sie ja erstmal nach Hackney fahren«, sagte Stuart. »Wenn wir da sind, sehen Sie vielleicht etwas, das Ihnen bekannt vorkommt.«

Mick hielt das zwar für sehr unwahrscheinlich, aber es war immerhin ein Plan.

»Was ist denn mit Ihnen passiert?« fragte Stuart.

»Ich bin in einen Kampf geraten.«

»Haben Sie gewonnen?«

Mick sah noch einmal an sich herab, betrachtete den Dreck und die Blutflecken auf seiner Kleidung.

»Yeah«, sagte er, »ich glaube schon.«

Sie stiegen in den Wagen, und Stuart fuhr schneller, als es nötig oder klug war. Er prüfte immer wieder im Rückspiegel, ob sie verfolgt wurden, wohingegen Mick eher befürchtete, daß die Polizei sie wegen überhöhter Geschwindigkeit anhalten könnte.

»Ich weiß nicht, wie ich Ihnen danken soll«, sagte Stuart, während er eine rote Ampel überfuhr. »Ich weiß nicht, was die mit mir gemacht hätten, wenn Sie nicht gekommen wären.«

»Die hätten Ihnen das Portemonnaie abgenommen«, sagte Mick knapp.

»Oder Schlimmeres.«

»Kann ich mir nicht vorstellen. Ich glaub nicht, daß sie Sie umgebracht hätten.«

»Nein, ich auch nicht.«

»Wieso so enttäuscht?«

Stuarts Gesicht verzog sich und zeigte eine Mischung widersprüchlicher Gefühle: Beklommenheit, Überschwang, Erleichterung und einen Hauch Hysterie.

»Sind Sie betrunken?« fragte Mick.

Stuart überlegte kurz, bevor er zugab, daß er tatsächlich etwas getrunken hatte. »Nur ein ganz kleines bißchen«, sagte er. »Eine kleine Feier.«

»Yeah? Gibt's einen Grund?«

Stuart zeigte auf den geschwärzten *A–Z*, den er vorsichtig auf die Ablage zwischen Fahrer- und Beifahrersitz gelegt hatte.

»Ich bin fertig«, sagte er. »Ich habe ganz London geschafft. Ich bin zu Fuß durch jede Londoner Straße gegangen.«

Mick nahm den *A–Z* und blätterte ihn durch, sah sich noch einmal die dicken, schwarzen Linien an, unter denen die Straßen verschwunden waren.

»Und wenn Sie sie entlanggegangen waren, haben Sie sie übermalt.«

»Ganz genau.«

Stuart wartete offenbar darauf, daß Mick sich beeindruckt zeigte.

»Yeah, so'n Hobby ist ne schöne Sache«, sagte Mick sarkastisch.

»Das war sehr viel mehr als ein Hobby«, fauchte Stuart.

Mick sah sich noch ein paar der zwanghaft markierten Seiten an und dachte, daß da wohl etwas dran sein könnte. Das sah nicht nach lockerem Zeitvertreib oder Zerstreuung aus.

»Und warum haben Sie das getan?« fragte er.

»Weil ich etwas, naja, eigentlich jemanden gesucht habe.«

»Jemand bestimmtes?«

»Ja, Sie.«

Mick lachte verächtlich. »Nein«, sagte er. »Wen Sie auch gesucht haben, ich war es bestimmt nicht.«

Stuart zuckte, vielleicht etwas traurig, die Schultern. Er brauchte diese Frage nicht zu erörtern oder zu diskutieren, sein Instinkt sagte ihm, daß er recht hatte.

»Ist das ne Art Anmache?« fragte Mick. »Ich hoffe nicht. Das hatte ich schon.«

»Nein, mit Sex hat das nichts zu tun.«

»Na Gott sei Dank.«

Stuart fuhr jetzt sehr entspannt und schlecht. Mick machte sich keine großen Sorgen, daß sie mit einem entgegenkommenden Fahrzeug zusammenstoßen könnten, fürchtete aber stehende Hindernisse wie Telefonzellen, Straßenlaternen oder am Straßenrand geparkte Polizeiwagen.

»Sagen Sie«, setzte Stuart an, »war das eine richtige Pistole, mit der Sie da vorhin rumgefuchtelt haben?«

»Ich hab damit rumgefuchtelt? Eigentlich wollte ich sie ganz ruhig halten.«

»War sie echt?«

»Leider ja.«

»Ich habe noch nie eine echte Pistole gesehen.«

»Da haben Sie nichts verpaßt.«

»Warum tragen Sie eine Waffe?«

»Ist einfach ne schlechte Angewohnheit. Aber ich denke, ich bin drüber weg.«

»Sie sind in einen Kampf geraten. Sie haben gewonnen, sagen Sie. Haben Sie jemand erschossen?«

»Das geht Sie eigentlich nichts an.«

»Sie haben recht. Wohl nicht. Kann ich mir die Pistole mal angucken?«

»Nicht während der Fahrt«, sagte Mick.

Stuart bog sofort in eine kleine Nebenstraße und hielt an. Mick fand das ziemlich kindisch, sah aber keinen Grund, ihm die Pistole nicht zu geben. Er zog sie aus der Tasche und legte sie aufs Armaturenbrett.

»Darf ich sie anfassen?« fragte Stuart mit kindlicher Höflichkeit.

»Wenn's sein muß. Aber fuchteln Sie nicht damit rum. Und passen Sie auf mit dem Sicherungshebel.«

»Welcher ist das?«

Mick deutete darauf, und Stuart nahm die Waffe in die Hand, als handelte es sich um ein rohes Ei.

Sie waren in einer kurzen, schmalen Straße, die nur zu einer Reihe Eisenbahnbögen zu führen schien. Rechts und links parkten Autos, einige mit zwei Rädern auf dem Gehsteig, damit die Fahrspur nicht zu schmal wurde. Auf einer Seite standen ein paar Häuser mit Vorgärten hinter behelfsmäßigen Zäunen, gegenüber war ein riesiger, düsterer Industriebau, irgendeine Klamottenfabrik. Drinnen brannte Licht, und durch die Erdgeschoßfenster sah Mick einen schrecklich dünnen und erschöpften Asiaten, der ein kurzärmliges Hemd mit Papageien und Bambusmuster kontrollierte.

»London ist eine herrliche Stadt«, sagte Stuart. »Sie gibt einem, was man braucht.«

»Sie gibt einem aber auch jede Menge Zeug, auf das man ohne weiteres verzichten könnte«, sagte Mick.

»Glauben Sie an das Schicksal?« fragte Stuart.

Das war eine komische Frage, aber Mick antwortete: »Was meinen Sie mit Schicksal?«

»Ihre Frau zum Beispiel, oder Ihre Freundin oder wen immer Sie haben; glauben Sie, daß es vorherbestimmt war, daß Sie sie trafen? Hat das Schicksal Sie zusammengeführt?«

»Na, irgendwas muß uns schon zusammengeführt haben, klar.«

»Hat das Schicksal Sie nach London gebracht?«

»So könnte man's auch sagen.«

»Und als ich heute morgen aufgestanden bin, war es mein Schicksal, daß ich losgehe, ausgeraubt und von einem Mann mit einer Pistole gerettet werde? War das meine Bestimmung? Ist es eine Fügung des Schicksals, daß Sie und ich hier so sitzen und ich eine Pistole in der Hand habe und . . .«

Einen kurzen Augenblick dachte Mick, daß er auf ihn schießen würde. Stuart umklammerte die Pistole und sah aus, als wollte er sie benutzen. Er fummelte am Sicherungshebel herum und löste ihn, aber statt die Pistole auf Mick zu richten, riß er den Mund auf, als säße er einem unsichtbaren Zahnarzt gegenüber. Dann legte er den Lauf auf seine Zunge und drückte, ohne zu zögern, ab. Er war zwar unerfahren, aber entschlossen.

Und er wurde schwer enttäuscht. Der Abzug klickte mehrfach, der Verschluß ging auf und zu, aber keine Patrone schob sich ins Patronenlager, keine Kugel fand ihren Weg aus dem Magazin in den Lauf, in Stuarts Mund und die komplexen Strukturen aus Knochen und Hirnmasse. Die Kugeln steckten im U-Bahnwaggon und in den Mercedesreifen. Eine Sekunde später schlug Mick Stuart von der Seite gegen den Kopf. Der ließ die Pistole fallen, und Mick fing sie auf.

»Was soll der Scheiß, Mann?« brüllte Mick.

»Es ist vorbei«, sagte Stuart. »Mir reicht es. Ich bin müde. Ich habe genug von London, vom Leben, von dem ganzen Mist. Ich will dem Ganzen ein Ende machen.«

»Mit meiner Pistole?« protestierte Mick. »Besorgen Sie sich doch ne eigene.«

Er wußte, daß das ziemlich blöd klang, aber es war ihm zutiefst unangenehm, daß dieser Mann, dieser Wildfremde, seine Waffe für dieses schändliche Vorhaben benutzen wollte.

»Die hätt ich schon vor ner Ewigkeit ausmustern sollen«, sagte er.

»Haben Sie aber nicht«, protestierte Stuart. »Das war auch Schicksal. Es mußte passieren. London hat mir immer gegeben, was ich brauche: eine Karriere, eine Frau und eine Geliebte. Warum nicht das Mittel zum Sterben? Der Tag, an dem ich meine letzte Londoner Straße entlanggegangen bin, war der Tag, an dem London mir ein Mittel an die Hand geben würde, dem Ganzen ein Ende zu setzen, das wußte ich. Und so war es auch. Es hat mich zu Ihnen geführt. Einem

Mann mit Pistole. Es muß geschehen. Haben Sie nicht noch ein paar Patronen dabei?«

»Nein, habe ich nicht«, sagte Mick. »Da hat sich das Schicksal aber ein bißchen verrechnet, finden Sie nicht? Aber vielleicht verarscht das Schicksal Sie ja schon die ganze Zeit.«

Mick war wütend. Er hatte schon immer gewußt, daß es in London von Durchgeknallten nur so wimmelte, aber warum mußte er gerade jetzt an so ein Prachtexemplar geraten?

»Mir ist gerade eingefallen, wie Sie sich bei mir bedanken können«, sagte Mick. »Geben Sie mir Ihr Portemonnaie.«

Ängstlich reichte Stuart es ihm. Mick öffnete es, nahm ein paar Zwanzig-Pfund-Scheine heraus und wollte es schon zurückgeben, als ihm der Name auf den Kreditkarten und dem Führerschein auffiel. Er sah sich Stuarts Gesicht genau an. Es wirkte schwach, fleischig und knabenhaft. Er gab ihm einen Klaps auf die Wange, gerade weich genug, daß er noch spielerisch wirkte, aber doch hart genug, um weh zu tun.

»Stuart London ist ein komischer Name«, sagte er.

»Ich weiß, mein ganzes Leben . . .«

Stuart wollte es gerade erklären, aber plötzlich war ihm das viel zu anstrengend. Er merkte, daß Mick ihn mit unverhohlener Neugier anglotzte, als wäre er ein seltenes Tier im Zoo.

»Seltsam«, sagte Mick, »auf mich wirken Sie nicht wie der große Herzensbrecher.«

»Was?« fragte Stuart.

Mick gab keine Antwort. Er stieg aus und ging weg. Hinter sich hörte er das Getriebe knirschen und den Motor aufheulen. Er dachte, vielleicht wäre Stuart ja so betrunken, daß er sich auf dem Nachhauseweg totfuhr. Wenn das die

Fügung des Schicksals war, sollte es ihm recht sein. Er war schon einige Minuten gegangen, als er sich eingestand, was ihm schon die ganze Zeit klargewesen war; er wußte wieder einmal nicht, wo er war. Er hätte nach dem Weg gefragt, es war aber niemand auf der Straße. Dann, als er sich umdrehte, tauchte plötzlich aus dem Nichts ein schwarzes London-Taxi auf. Mick hörte sich »Taxi« rufen und lief hinter dem Wagen her, der etwa zwanzig Meter vor ihm zum Stehen kam. Er riß die Tür auf und warf sich auf den Rücksitz.

»Ich will in die Park Lane«, sagte er und wollte gerade anfangen zu erklären, welche der vielen Londoner Park Lanes er meinte. Aber der Fahrer fragte: »Meinen Sie die Park Lane in Hackney?« und Mick nickte dankbar.

»Mhm«, sagte der Fahrer, als sie losfuhren. »Sie sehen nicht aus, als wollten sie in *die* Park Lane.«

Sponsoren

Als er nach Hause fuhr, fühlte Stuart sich nicht mehr betrunken, ihm war nicht mehr nach Feiern zumute, aber immerhin wollte er sich auch nicht mehr umbringen. Der Tagesausflug war gespenstisch gewesen, fast wie eine Halluzination, und einige der Ereignisse verschwammen schon jetzt in seiner Erinnerung. Die Eindrücke, die sie hinterlassen hatten, verblaßten und verloren an Bedeutung. Wenn es hart auf hart gekommen wäre, hätte er nicht beweisen können, daß es wirklich passiert war. Es war vorbei. Der Raub, der Fremde, die Pistole und der verpatzte Selbstmordversuch waren spurlos verschwunden.

Der Verkehr war nicht besonders dicht. Eigentlich fand Stuart, daß der Verkehr in London nie so schlimm war, wie die Leute oft behaupteten. Indem sie sich gegenseitig bestätigten, daß es die Hölle war, in London Auto zu fahren, konnten sie sich tapfer und heldenhaft fühlen. Stuart fühlte sich nicht im entferntesten wie ein Held. Er kam sich wie ein Clown und Stümper vor. Sein Selbstmordversuch war lachhaft und vergeblich gewesen. Das Schicksal hatte ihn hängenlassen. Aber wozu brauchte er dieses Schicksal überhaupt? Wieso diese Passivität? Warum hatte er sich nicht einfach einen hochgelegenen Ausgangspunkt gesucht und die Sache selbst in die Hand genommen? Anscheinend war die Feigheit nicht mehr das Problem. Wenn es ihm ernst damit war und er den Mut aufbrachte, konnte er es immer noch tun, aber er wußte, daß er es nicht tun würde.

Dann fiel ihm ein weiteres Problem auf. Sollte er die Ereignisse dieses Tages, die Wanderungen dieses Tages in sein Tagebuch aufnehmen? Damit würde er seinen ursprünglichen Plan, ein unvollendetes Werk zu hinterlassen, ein für allemal zunichte machen. Ihm hatte ein gedruckter Text mit einem abrupten Ende vorgeschwebt, bei dem eine Anmerkung des Herausgebers erforderlich war, ein wissenschaftlicher Vermerk, in dem die näheren Umstände seines Todes erläutert wurden. Jetzt konnte er die letzte Seite selbst schreiben, und sie würde viel banaler, viel weniger monumental ausfallen, als er sich vorgestellt hatte. Doch nun, da er diese grobschlächtigen, wirren Begebenheiten hinter sich gebracht hatte, sah er sich nicht in der Lage, sie zu einem Tagebucheintrag zu verarbeiten.

Er fuhr weiter und war schneller zu Hause, als er sich gewünscht hätte. Als er den Wagen parkte, blickte er zum Haus und sah, daß einige Lichter brannten. Das war seltsam. Anita müßte im Büro sein, und er war ziemlich sicher, daß er beim Verlassen des Hauses alles ausgeschaltet hatte. Aber über das bißchen verschwendete Energie brauchte er sich wirklich keine Sorgen zu machen.

Er ging ins Haus und rief »Hallo«, für den Fall, daß Anita doch da sein sollte. Er dachte, daß seine Stimme vollkommen ruhig und normal klänge und man an seinem Verhalten nicht erkennen könnte, was er an diesem Tag durchgemacht hatte. Das Haus war still, und auf seinen Gruß antwortete niemand, aber in der Küche sah er Anitas Jacke und ihre

Handtasche, die so aussahen, als hätte man sie hastig auf einen Stuhl geworfen. Jemand hatte Kaffee gemacht, aber er hörte noch immer nichts, und er entdeckte sie erst im zweiten Schlafzimmer, das sie als Arbeitszimmer benutzten. Sie saß mit dem Rücken zum Schreibtisch auf dem Drehstuhl und las in einem Stapel loser Blätter. Der Monitor war an und der Drucker vor kurzem benutzt worden.

»Hast du mich nicht reinkommen gehört?« fragte er.

»Ich war völlig in den Text vertieft«, sagte sie.

»Wolltest du zu Hause arbeiten?«

»Ja. Du auch?«

»Ja.«

An einem normalen Tag hätte er es dabei belassen, wäre nach unten gegangen und hätte sich irgendeine Beschäftigung gesucht. Aber er war noch nicht wieder normal. Plötzlich wurde ihm in Anitas Gegenwart überraschend warm ums Herz. Ihm wurde bewußt, welches Glück sie gehabt hatte. Wäre eine Patrone in der Pistole gewesen, hätte sie sich jetzt nicht im Gästezimmer um Papiere kümmern können, sondern wäre mit der Nachricht konfrontiert worden, daß ihr Mann sich das Hirn aus dem Schädel gepustet hatte. Es gelang ihm zwar nicht, sich eine Szene dickensianischen Jammers und Leids vorzustellen, er war aber trotzdem froh, sie nicht solchen Torturen ausgesetzt zu haben. Für die Angestellten mochte sie eine Boadicea sein, aber in seinen Augen war sie doch noch manchmal ein weiches, verletzliches Wesen. Er wollte bei ihr sein, eine Zeitlang bei ihr im Zimmer bleiben und sich mit ihr unterhalten.

»Was liest du da?« fragte er.

»Ich lese dein Tagebuch«, antwortete sie unbekümmert.

Er brauchte einen Moment, um zu verstehen, was sie gesagt hatte, aber dann sah er auf den Bildschirm und erkannte seine eigenen Worte. Anita hatte seine Diskette entdeckt, und der Papierstapel in ihrer Hand war ein Ausdruck. Na ja, im Prinzip hatte er das alles so geplant. Die Diskette sollte gefunden werden, aber doch jetzt noch nicht. Es hätte eine postume Entdeckung werden sollen. Er fühlte sich, als hätte ihm jemand in den Unterleib getreten, als fiele er in einen Grubenschacht.

»Das ist kein richtiges Tagebuch«, sagte er eilig und betreten. »Es ist eine Art Studie, die ich für die Firma angestellt habe.«

»Mach dich nicht lächerlich«, sagte Anita. »Was bringt es der Firma, wenn sie weiß, daß eine Frau in Archway dich nach dem verflixten siebenten Jahr gefragt hat?«

Stuart stieß einen langen Schwall schwacher Erklärungsversuche hervor, bis er schließlich in nachdenkliches Schweigen verfiel. Er fragte sich, wie lange Anita schon da saß, wieviel sie gelesen hatte, wie viele seiner Geheimnisse sie kannte.

»Ich kann das erklären«, sagte er und versuchte es, er gab sich wirklich alle Mühe. Er erzählte ihr von seinem Streben nach Wissen, nach Vollendung und nach Vernichtung, und Anita hörte höflich, wenn auch ohne großes Interesse zu. Als ihm nichts mehr einfiel, nahm er ein paar der bedruckten Seiten, sah sie flehentlich an und fragte: »Du glaubst mir doch, oder?«

»Es müßte mehr davon geben«, antwortete sie.

Einen seligen Augenblick lang verstand er diesen Satz als Lob, als hätte ihr gefallen, was er geschrieben hatte, und er wollte sich schon bedanken, als er merkte, daß ihr Gesicht keinesweg den Wunsch ausdrückte, mehr von seiner Prosa zu lesen.

»Folgendes«, sagte sie, »wenn du wirklich jeden Tag zehn Meilen gegangen bist, fünf Tage die Woche, und du jetzt so etwa achteinhalbtausend Meilen hinter dich gebracht hast, müßte es sehr viel mehr als das hier geben. Dein Tagebuch müßte dreieinhalb Jahre abdecken, eher noch mehr. Das wären mindestens tausend Seiten.«

»Nicht unbedingt«, widersprach er. »Über viele Straßen hatte ich nichts zu sagen. Ich wollte mich nicht zum Beobachten zwingen. In solchen Fällen habe ich sie nur im *A–Z* markiert.«

»Ah, ja«, sagte sie. »Der berühmte *A–Z*.«

Stuart fiel jetzt der geschwärzte *A–Z* auf, der seine Tasche ausbeulte. Anita streckte die Hand aus, und er überließ ihn ihr widerspruchslos. Sie blätterte noch gelangweilter durch die Seiten, als Mick es getan hatte, und als sie damit fertig war, ließ sie ihn wie eine Bananenschale zu Boden fallen.

»Okay«, sagte Anita, »der *A–Z* ist eine hübsche Idee, als Beweis taugt er aber nicht viel, oder? Jeder Trottel kann sich vor einen Stadtplan setzen und die Straßen übermalen.«

»Das könnte wirklich jeder Trottel, aber das hab ich nicht getan«, sagte er. Er klang jetzt ein bißchen verzweifelt, fast hysterisch. »Außerdem hast du nur eine Diskette. Es gibt noch mehr.«

»Wirklich?« fragte sie. »Kann ich mir kaum vorstellen. Ich bin zwar keine Literaturwissenschaftlerin, aber ich erkenne eine Fälschung, wenn man sie mir direkt unter die Nase reibt.«

Stuart wurde heiß, und das Zimmer kam ihm plötzlich winzig vor. Die Decke war niedriger, und das Surren des Computerlüfters dröhnte in seinen Ohren.

»Eine Fälschung?« sagte er. »Nein. Das ist nicht wahr.«

Er sah aus, als wollte er die Flucht ergreifen, aber Anita lächelte ihm besänftigend zu und sagte: »Ich sag dir mal, wie das meiner Meinung nach abgelaufen ist. Ich glaube, zu Anfang hattest du wirklich geplant, zu Fuß durch jede Straße in London zu gehen. Das paßt zu dir. Du hattest es dir fest vorgenommen und wolltest es durchziehen. Aber ich vermute, daß es dann schnell langweilig geworden ist. Durch Hampstead, Richmond und Kensington zu gehen war ja schön und gut. Und in Highgate und Blackheath war es auch ganz nett. Wandsworth und Stoke Newington waren schon problematischer, Lewisham und Leytonstone haben dir wahrscheinlich überhaupt nicht gefallen. Und du wußtest, daß es noch schlimmer kommt: Peckham, Tottenham, Canning Town und wer weiß was noch. Ich bin mir sicher, daß du nicht snobistisch an die Sache herangegangen bist, vermutlich warst du wirklich in Brixton, Shoreditch und Wanstead. Du warst dir bestimmt nicht zu fein, den einen oder anderen Schandfleck der Stadt aufzusuchen. Aber ich bin fest davon überzeugt, daß du irgendwann auf deinen *A–Z* geblickt und die vielen verbleibenden schäbigen Straßen durch deprimierende Sozialsiedlungen und unsäglich langweilige Vororte gesehen hast, und vielleicht warst du sogar schon durch die eine oder andere gefährliche Gegend gelaufen, und du hast dir gedacht, hier gehöre ich nicht her. Das ist nicht mein Revier. Das ist nicht mein London. Und dann hast du dir gesagt: ›Vergiß es.‹ Und ich werfe dir das auch gar nicht vor. Niemand würde dir das zum Vorwurf machen.«

»Nein«, widersprach Stuart. »Du liegst hundertprozentig daneben.«

Sie fuhr unbeeindruckt fort. »Aber du konntest das nicht alles einfach so beiseite schieben. Du hattest dir dieses hehre Ziel gesetzt und wolltest nicht scheitern. Aber irgend etwas hatte sich verändert. Inzwischen warst du völlig auf dein Tagebuch fixiert. Du hast gemerkt, daß dir das Schreiben viel mehr Spaß macht als das Gehen. Also hast du angefangen, Sachen zu erfinden. Warum auch nicht? Du bist weniger gewandert und hast mehr geschrieben. Du hast dich in den Wagen gesetzt, in einen Pub oder vielleicht in eine Bibliothek und hast dir das da im Lauf der Zeit ausgedacht. Und das merkt man. Die Leute, die es in Fulham in aller Öffentlichkeit miteinander treiben, die malende Frau in Crystal Palace und einige der Gespräche, die du gehört haben willst, sind einfach zu raffiniert. Das ist unrealistisch. In dem London, das ich kenne, passiert so etwas nicht.«

Stuarts Gesicht war beängstigend rot angelaufen, und seine Fäuste umklammerten nichtvorhandene Hanteln.

»Um es auf den Punkt zu bringen, Stuart, große Teile deines Tagebuchs sind einen Tick zu literarisch geraten. Die Passagen über die kleine japanische Reiseführerin und die Sexszenen waren schon nicht sehr gelungen; und später gehst du einfach so eine Straße entlang und begegnest ihr ganz zufällig; und dann diese Verfolgungsjagd und wie sie zu dir gesagt hat, daß du dich ins Knie ficken und tot umfallen sollst, nein, das hat mich alles nicht überzeugt.

Und hinterher diese Selbstmord-Geschichte«, sagte sie. »Den literarischen Wert dieser Abschnitte kann ich wohl nicht so recht beurteilen, weil ich dich zu gut kenne, aber ich habe dir das absolut nicht abgenommen. Du hast viele überraschende Qualitäten, Stuart, aber ich bin mir sicher, daß du völlig außerstande bist, dich umzubringen.«

Wenigstens in diesem Punkt waren sie sich einig. »Als literarisches Konstrukt hat es funktioniert«, sagte Anita, »aber nicht als Teil deines Tagebuchs. Und auch das ist in Ordnung. Gegen ein bißchen Fiktion ist nichts einzuwenden. Du hast ein neues London erschaffen, eine neue Stadt gegründet, eine Stadt der Wörter, ganz nach deinem Geschmack.«

Stuart war wütend, frustriert und ratlos. In den Jahren ihrer Ehe hatte er gelernt, wie er seiner Frau widersprechen, wie er ihr beikommen konnte. Er kannte alle Stärken und

Schwächen seiner Gegnerin, und oft war es ihm gelungen, den Streit in einen vertraulichen, spielerischen Ringkampf umzuwandeln. Aber jetzt kämpften sie nach neuen Regeln, und Anita wandte seltsame, exotische Techniken an, so daß er ins Stolpern geriet und nach Luft schnappte.

»Ist schon gut«, sagte sie warmherzig. »Du brauchst dich nicht dafür zu schämen. Du guckst mich ja an, als wäre ich deine Mutter und hätte die Sexhefte unter deinem Bett gefunden.«

Eigentlich fühlte er sich unendlich viel schlechter.

»Du hast versucht, ein bißchen kreativ zu sein«, sagte Anita. »Das ist zwar ungewöhnlich für einen Mann deines Alters, aber so schlimm ist es nun auch wieder nicht. Hör zu, Stuart, ich weiß, daß du es in letzter Zeit ziemlich schwer gehabt hast. Ich weiß, daß du dir überflüssig vorgekommen bist, daß du das fünfte Rad am Wagen warst. So wie es in der Firma jetzt läuft, nutzt du uns nicht viel. Und das müssen wir ändern.«

Stuart sank in sich zusammen. Er wirkte völlig niedergeschlagen. Offenbar kam sie jetzt auf eine andere, ältere und noch vernichtendere Demütigung zurück: das Geschäft.

»Wie gefällt dir Japan?« fragte sie.

Er antwortete nicht. Er dachte, sie wollte noch einmal über Judy sprechen. Damit lag er jedoch völlig schief.

»Du bist nicht der einzige, der hier Geheimnisse hat«, sagte Anita. »Darum bin ich zu Hause. Ich mußte über ein paar wichtige Dinge nachdenken. Hier.«

Sie nahm einen Ordner aus dem Regal neben dem Schreibtisch, und als sie ihn öffnete, kam ein Stapel Faxe, Pläne, Karten und Geschäftsbriefe zum Vorschein. Die meisten enthielten japanische Schriftzeichen.

»Eine Firma hat nur zwei Möglichkeiten: entweder zu expandieren – oder dichtzumachen«, sagte Anita. »Und ich glaube, wir waren uns einig, daß dem London Walker nur ein begrenzter Raum zum Wachsen zur Verfügung steht. Daher habe ich mich mit ein paar Leuten unterhalten, insbesondere japanischen Bankern, die sich in der Tourismusbranche auskennen. Sie haben mir erzählt, daß die Japaner ganz versessen auf London sind, daß es da allerdings ein paar Probleme gibt. Zum einen ist es zu groß, zu gefährlich und zu teuer, und zweitens, und das ist der viel wichtigere Punkt, ist es zu weit von Japan entfernt.

Aber die Japaner sind einfallsreich. Sie haben eine Lösung gefunden. Sie wollen dort auf Hokkaido, einer Insel im Norden, eine Version von London bauen. Natürlich nur in kleinem Maßstab. Alle Sehenswürdigkeiten Londons werden auf einem überschaubaren Gelände errichtet: Buckingham Palace, St. Paul's Cathedral, Big Ben, alle halb so groß wie im Original und nur ein paar Minuten zu Fuß voneinander entfernt. Es wird eine Miniaturausführung des Tower of London mit einer Nachbildung der Kronjuwelen geben. Ein Stück Themse wird von einer aufklappbaren Tower Bridge überbrückt. Vielleicht nehmen wir auch einen Bereich mit modernen Londoner Gebäuden dazu wie das Lloyd's Building oder den NatWest Tower, wobei wir allerdings nicht vergessen dürfen, daß die Japaner uns, was moderne Architektur betrifft, einiges voraushaben.«

Stuart kam sich vor wie der Held in einem billigen Science-fiction-Film, dem plötzlich klar wird, daß das Gehirn seiner Frau von Außerirdischen gesteuert wird. Er glotzte auch so. Er war sprachlos.

»Man muß auch daran denken«, fuhr sie fort, »daß die Leute in London einkaufen wollen, also wird es Nachbauten von Harrods und Selfridges, Aspreys und Haden Brothers geben. Dazu natürlich Londoner Doppeldecker-Busse, London-Taxis und vielleicht eine U-Bahn mit zwei oder drei Stationen und als Bobbys verkleidete Touristenführer. Und natürlich gibt es Fußgänger-Touren. Man könnte das Große Feuer nachstellen, die Pestepidemie, vielleicht sogar die Luftangriffe, obwohl die Japaner natürlich ein bißchen heikel sind, was den Krieg betrifft. Und die Investoren möchten, daß wir ihnen dabei helfen. Schließlich weiß keiner besser über London Bescheid als wir.«

»Wen meinst du mit wir?« fragte er mißtrauisch. »Wer sind wir?«

»Der London Walker. Du und ich«, sagte sie, und als kleines Bonbon fügte sie hinzu: »Besonders du.«

»Aber diese Japaner kennen mich doch gar nicht.«

»Ich habe ihnen alles über dich erzählt.«

»Das klingt wie die Hölle auf Erden«, sagte Stuart.

»Da gewöhnst du dich dran. Am Anfang kam mir das auch so vor, aber du wirst schnell merken, was für eine großartige Idee das ist. Sämtliche Sehenswürdigkeiten Londons auf einer Fläche, die nicht viel größer ist als der Trafalgar Square. Du könntest im Laufe eines Nachmittags durch jede Londoner Straße gehen.«

Als sie zu Stuart hinüberblickte, saß er mit dem Rücken zur Wand auf dem Fußboden und hatte die Knie ans Kinn gezogen; diese Geste konnte sowohl Andacht als auch Flehen bedeuten, und dazu stieß er ein feuchtes, kehliges Geräusch hervor, das Anita noch nie von ihm gehört hatte. Sie wußte nicht, ob er lachte oder weinte.

Sheffield

Gabby sah gut aus, als sie Mick vom Zug aus London abholte. Sie strahlte eine ganz neue Reife und Selbstzufriedenheit aus. Sie trug einen Männerhaarschnitt, eine maßgeschneiderte, etwas maskuline Tweedjacke und dazu enge Jeans und hochhackige Schuhe. Sie wirkte fast überhaupt nicht wie eine Stripperin.

Mick sah immer noch mitgenommen aus, als er aus der Gruppe der Ankommenden heraustrat. Er hatte ein sauberes T-Shirt an, aber der Anzug zeigte noch deutliche Spuren seiner letzten Auseinandersetzungen. Mit steifen Schritten ging er auf sie zu. Sie kam ihm entgegen, umarmte, drückte und küßte ihn. Es war ein intensiver Kuß, aber Mick hatte nicht den Eindruck, daß viel Gefühl darin lag. Er war ganz froh darüber. Ihm war nicht nach viel Gefühl zumute. Ihre Umarmung kam ihm fremd vor, und als er mit der Hand durch die ungewohnten Haare fuhr, schnellten sie sofort zurück an ihren Platz und lagen wieder glatt und ordentlich. Mick sah, daß sie nicht mehr die gleiche Farbe hatten wie bei seiner Abreise. Vielleicht hatte sie sie gefärbt, aber vielleicht war das auch ihre natürliche Haarfarbe.

»Bist du mit meinem Wagen da?« fragte er.

»Die Batterie war leer.«

»Yeah, klar, ich hab dir doch gesagt . . .«

»Ist schon okay«, sagte sie. »Ich hab einen Wagen.«

Sie ergriff seinen Arm, als wäre er behindert oder ein älterer Verwandter, und führte ihn über den Parkplatz zu einem weißen BMW.

»Ist das deiner?« fragte er, rechnete aber nicht eine Sekunde damit, daß es wirklich ihr Wagen sein könnte.

»Hab ich mir geliehen.«

»Was? Ein Mietwagen?«

»Ist doch egal«, sagte sie, schloß die Tür auf und setzte sich hinters Lenkrad. Sie schien sich dort wohl zu fühlen, als wäre sie sehr vertraut mit dem Wagen. Mick war die Sache nicht ganz geheuer, dennoch setzte er sich auf den Beifahrersitz und machte sich auf alles gefaßt. Ohne noch ein Wort zu sagen, fuhr sie los. Mick war nie gerne mit ihr gefahren; sie war ihm dabei zu sprunghaft, und das machte ihn nervös, aber heute fuhr sie zügig und entschlossen, wenn auch weder in die Richtung seiner Wohnung noch zu ihrer eigenen. Er fragte sich, ob sie zu ihrer großen Wiedersehensfeier ein Hotelzimmer gebucht hatte. Das wäre untypisch aufmerksam von ihr gewesen.

»Wir müssen reden«, sagte er als erste Vorwarnung, daß kein allzu bequemes und sorgloses Beisammensein auf sie wartete.

»Ja, müssen wir«, pflichtete sie ihm bei.

Beide hatten den Eindruck, daß es am besten war, wenn sie erst einmal gar nichts sagten, und so ließen sie Sheffield einfach an sich vorüberziehen, zuerst die Reihenhäuser, dann die Einkaufszentren, dann ein paar Grünflächen, bis sie in die besseren Wohngebiete am Stadtrand kamen. Schließlich verließen sie die Stadt ganz, und Mick fragte sich, ob Gabby etwas wirklich Ätzendes vorhatte, ihn zum Mittagessen in einem Landgasthof einladen wollte oder so etwas, aber das wäre noch untypischer gewesen.

Ein paar Meilen später bremste Gabby, bog in eine schmale Allee, deren Hecken rechts und links fast den Wagen berührten, und fuhr dann einen Schotterweg entlang, der, wie Mick sah, zu einem renovierten Bauernhof führte. Das war eine Version des Sheffielder Wunschtraums: aufs Land ziehen und sich eine alte Scheune ausbauen. Daneben stand ein großes, an den Seiten offenes Gebäude, das früher vielleicht einmal als Stall gedient hatte, jetzt aber zur Garage für eine große Anzahl teurer Autos umfunktioniert worden war. Das Haus gegenüber war ein großer, zweistöckiger Bau mit Steingärten, einem dekorativen Teich und je einem riesigen Mühlstein rechts und links von der Eingangstür. Schräg dahinter war ein Swimmingpool und eine Koppel mit mehreren Pferden.

Gabby parkte den Wagen auf einer kiesbedeckten Wendeschleife vor dem Haus und stieg aus. Noch immer verwirrt und ohne etwas zu sagen, folgte Mick ihr mit ein paar Schritten Abstand.

Sie sagte: »Ich möchte dir jemand vorstellen.«

»Herrje«, sagte Mick, »mir ist nicht nach Leuten. Jetzt doch nicht.«

Sie blieb nicht stehen, versuchte gar nicht erst, ihn zu überreden, sondern ging einfach weiter, weil sie wußte, daß er keine andere Wahl hatte, als ihr zu folgen. Das tat er dann auch, als sie ohne zu klopfen die Tür öffnete und das Haus betrat. Sie wurden von niemandem in Empfang genommen, aber auf dem Weg durch den Korridor ins Wohnzimmer, in dem Gabby stehenblieb, hatte er gesehen, daß sie im Haus eines reichen Mannes waren; es war kein Reichtum für Londoner Verhältnisse, kein Vergleich zu Jonathan Sands oder

Graham Pryce, aber Reichtum war es doch. Alles schien gleichzeitig antik und brandneu zu sein. Die dunkel gebeizten Holzbalken, die unverputzten Natursteinmauern, die Kaminecke mit großer Feuerstelle, die Eichenholz-Anrichte und diverse an der Decke aufgehängte Kupferpfannen sahen aus wie gestern erst hergestellt. Alles war makellos sauber, blitzblank, ohne das kleinste bißchen Patina, und auf dem Fußboden lag ein schneeweißes Schaffell. Ein unpassender Zigarrenduft hing in der Luft.

Mick starrte Gabby finster an, bemüht, eine Fülle von Beschuldigungen, Feindseligkeit und Mißtrauen in diesen Blick zu legen – sie aber blieb vollkommen entspannt und behielt die Oberhand; wenn auch nur aus dem einen Grund, daß sie wußte, was als nächstes passieren würde.

Nach einer Zeit, die ihm wie eine Ewigkeit vorkam, wurde eine Tür in der Ecke geöffnet, und ein Mann trat ein. Mit arrogant federndem Schritt kam er auf sie zu. An der Art, wie er ins Zimmer gekommen war, sah man, daß ihm all dies und noch viel mehr gehörte. Er war ein großer, kräftiger, breitschultriger Mann. Er konnte zwischen dreißig und fünfzig Jahre alt sein, aber Mick hätte ihn eher auf das obere Ende dieser Spanne geschätzt. Vom Aussehen lag er zwischen Rausschmeißer und alterndem Rockstar. Sein Haaransatz wich zwar langsam zurück, die langen Haare waren aber pedantisch gekämmt und sehr gepflegt. Er trug lässige schicke Kleidung: ein Seidenhemd mit bestickter Weste und einen breiten, nietenverzierten Gürtel. Er sah wie ein harter Bursche aus, rauh, aber herzlich, allerdings nicht unbedingt ein Schlägertyp, sondern eher wie jemand, der seine Leute dafür hat, andere zusammenzuschlagen. Bevor Mick sich weitere Gedanken über ihn machen konnte, schüttelte der Kerl ihm die Hand, legte seinen Arm um Micks Schultern und lachte, als wären sie schon ewig gute Kumpel.

»Nett, deine Bekanntschaft zu machen, Mick«, sagte er. »Ich hab schon verdammt viel von dir gehört.«

Seine Stimme klang rauh und einheimisch. Ein paar Härten waren zwar etwas abgeschliffen, auf jeden Fall aber war er ein echter Sheffielder und wahrscheinlich im Lauf der Jahre ziemlich weit herumgekommen.

»Das ist Ross«, sagte Gabby sanft. »Ross McLennan.«

Das schien auf Mick nicht viel Eindruck zu machen, er wirkte desinteressiert und sagte nichts, aber das störte seinen Gastgeber nicht, der eifrig im Zimmer herumlief, Holz aufs Feuer legte, die Sessel zurechtschob und Mick drängte, sich ein Getränk auszusuchen. Widerwillig akzeptierte Mick eine Dose Bier, ein Glas lehnte er ab.

»Warum bin ich hier?« fragte er.

»Weil Gabby dich hergebracht hat.«

»Und warum hat sie das getan?«

»Weil ich es ihr gesagt habe.«

»So ist das also«, sagte Mick matt.

»Yeah, so ist das.«

Mick lehnte sich mit seinem Bier zurück und entschloß sich, McLennan die Gesprächsführung zu überlassen. Anscheinend hatte er sowieso keine andere Wahl.

»Ich hab gehört, daß du in London warst«, sagte McLennan. »Furchtbare Stadt, oder?«

»Teils, teils.«

»Und ich hab auch gehört, daß du deine Sache da ziemlich gut gemacht hast.«

»Wer sagt das?«

»Spricht sich rum«, sagte McLennan.

Mick gefiel es nicht, auf das, was er in London getan hatte, angesprochen zu werden, und schon gar nicht von irgendeinem Typen in Sheffield, von dem er noch nie gehört hatte.

»Gabby erzählt mir alles«, fügte McLennan hinzu.

»Sieh einer an«, sagte Mick. »Wie kommt's, daß ihr beiden so gute Freunde seid?«

Er sah, daß Gabby unruhig wurde, aber McLennan antwortete ganz gelassen: »Geschäftlich.«

»Was für Geschäfte?«

»Du steckst deine Nase wohl überall rein«, sagte er, war aber nicht ungehalten, sondern eher belustigt. »Ich mache alle möglichen Arten von Geschäften. Organisier auch gelegentlich ne Veranstaltung. Da hab ich Gabbys Nummer gesehen. Ich fand, sie war zu gut dafür.«

Er saß nah bei ihr, streckte die Hand aus und streichelte ihr Knie. Mick hatte das Gefühl, daß er es hauptsächlich seinetwegen tat, daß er seine Reaktion testen wollte, sehen wollte, ob er wütend wurde. Eigentlich fühlte er sich sehr erleichtert. Im ersten Augenblick dachte er, daß es nur darum ginge, daß es nur eine unnötig komplizierte Methode von Gabby war, ihn loszuwerden, ihm zu zeigen, daß sie in seiner Abwesenheit einen anderen Mann kennengelernt hatte, der älter, reicher und vornehmer war als er. Aber daß es ganz so einfach sein sollte, konnte er sich dann doch nicht vorstellen.

»Ich bewundere, was du für Gabby getan hast«, fuhr McLennan fort. »Du hast gesehen, was erledigt werden mußte, bist losgezogen und hast es erledigt.«

»Tja, das kann ich ziemlich gut«, sagte Mick. Wenn McLennan in dieser Antwort eine versteckte Drohung sehen wollte, war das in Ordnung.

»Die Ehre einer Frau zu verteidigen«, sagte McLennan, »ist sehr ritterlich, ein echter Lancelot. Die Schweinehunde haben es nicht besser verdient.«

»Meinen Sie?« fragte Mick.

»Nach allem, was sie Gabby angetan haben, würd ich das schon so sehen.«

Mick trank einen Schluck Bier, bevor er sagte: »Ich weiß nicht, was sie gemacht haben, und ich weiß auch nicht, wem sie was angetan haben, aber daß sie Gabby vergewaltigt haben, glaub ich nicht.«

Die Aussage hing in der Luft wie der Geruch von Frittenfett vom Vortag. Mick drehte sich zu Gabby um, die im ersten Moment aussah, als wollte sie protestieren, sich aber dann doch zurückhielt. Es war, als ginge es sie nichts mehr an, als bräuchte sie sich nicht mehr zu verstellen. Sie sah ihn nicht an und setzte sich so in den Sessel, daß sie ihm die Rückseite einer Schulter zuwandte.

»Nennst du Gabby eine Lügnerin?« fragte McLennan.

»Da hat sie schon Schlimmeres gehört«, sagte Mick.

McLennan lachte. Es war nicht einmal ein gezwungenes Lachen, er war einfach leicht zum Lachen zu bringen, und offenbar störte es ihn nicht, wenn man seine Freundin beleidigte.

»Gabby hat mir erzählt, daß du klug bist«, sagte McLennan. »Sie hat sich schon gedacht, daß du rauskriegst, was Sache ist. Aber sie hat auch gesagt, daß du die Angelegenheit erledigst und daß es gut ist, dich im Team zu haben.«

»Was soll das sein? Ein Vorstellungsgespräch?«

»Nein, den Job hast du schon, wir verhandeln nur noch über die Vertragsbedingungen.«

»Wovon quatschen Sie eigentlich?«

McLennan zuckte ein wenig zusammen. Er war es nicht gewohnt, daß man so respektlos mit ihm sprach.

»Einen Job hast du für mich schon erledigt, stimmt's?« sagte McLennan. »Du bist klug. Du hattest recht mit den sechs Typen. Vielleicht haben sie Gabby nicht vergewaltigt. Vielleicht hast du das schon vor einer ganzen Weile gemerkt, aber das spielte keine Rolle, oder? Du hast weitergemacht. Du wußtest, daß sie's verdient hatten, auch wenn du nicht wußtest, warum. Oder vielleicht hat es dir einfach zu viel Spaß gemacht, und du hattest keine Lust aufzuhören. Okay, sie haben Gabby nicht vergewaltigt. Aber sie haben etwas getan, was mich echt wütend gemacht hat.«

»Ich hab sie also verprügelt, weil sie *Sie* wütend gemacht haben?«

»Genau. So ist es. Wenn Gabby nämlich zu dir gekommen wäre und gesagt hätte, daß dieser Typ namens Ross McLennan, von dem du noch nie gehört hast, da sechs andere Typen hat, von denen du noch nie gehört hast, und er will, daß du ihnen eine Abreibung verpaßt, tja, da hättest du wahrscheinlich ein bißchen gezögert, oder? Aber irgend jemand mußte sich um diese Typen kümmern, ich kann ja schließlich nicht alles selbst machen, und Gabby wußte, daß du gute Arbeit machst, und wenn sie eine kleine Notlüge erzählen mußte, um dich auf Kurs zu bringen, nun ja, was soll's? Der Zweck heiligt die Mittel, stimmt's? Und außerdem war es eine gute Lehrzeit, ein guter Probelauf. Ich hab gesehen, aus welchem Holz du geschnitzt bist.«

Mick versuchte, so unbeteiligt wie möglich auszusehen. »Und was haben diese Typen Ihnen getan?« fragte er.

»Das brauchst du nicht zu wissen.«

Ging das schon wieder los.

»Ach nein?« fragte Mick.

»Nein.«

»Dabei hätte jemand umkommen können.«

»Aber nicht du, Mick. Dafür bist du zu clever.«

»Ich muß wissen, was diese Typen getan haben«, beharrte Mick. McLennan holte eine Pistole aus der Tasche. Er war nicht so uncool, sie auf Mick zu richten oder auch nur richtig in die Hand zu nehmen, aber Mick verstand den Wink. Plötzlich interessierte es ihn gar nicht mehr. Er schüttelte langsam und wortlos den Kopf.

»Ihr beiden habt euch wirklich verdient«, sagte Mick und wartete darauf, daß McLennan oder Gabby den Köder schluckte, daß sie sich gegenseitig in Schutz nahmen, aber es störte sie nicht, gegen so einfache Beleidigungen waren sie immun.

»Erst einmal schulde ich dir also ein bißchen Geld, Mick«, sagte McLennan. »Was kriegst du denn so pro Nase?«

Er zog ein Bündel Banknoten aus der Tasche und fing an, Fünfzig-Pfund-Scheine herunterzuzählen. Dann hatte er eine bessere Idee, zuckte die Schultern und warf den ganzen Packen zu Mick rüber. Geld, das zeigte er damit, spielte für ihn keine Rolle. Mick fing das Bündel mit einer Hand, stellte das Bier auf den Boden und wog die Banknoten abschätzig.

»Ja, kannst alles haben«, sagte McLennan. »Da ist auch ein kleiner Vorschuß für den nächsten Job bei, den du für mich machen sollst.«

»Nein«, sagte Mick. »Ich glaube, ich hab genug für Sie getan.«

Er warf das Geld zurück. McLennan erwischte es nicht richtig, und es traf ihn auf die Brust. Mick stand auf und stieß dabei, ohne daß McLennan hätte sagen können, ob absichtlich oder nicht, die Bierdose um, und der Inhalt lief geradewegs über den Fußboden auf das weiße Schaffell zu. Mick entschuldigte sich nicht und machte auch keine Anstalten, die Dose aufzuheben oder die Ausbreitung der Pfütze zu stoppen.

»Was machst du da?« beschwerte sich McLennan. »Was machst du da, du Trottel?«

»Ich beende die Verhandlung«, sagte Mick und ging ein paar Schritte in Richtung Tür.

»He! Wo willst du hin?«

Mick war sich auch nicht ganz sicher, aber er mußte da

raus. Er mußte viel Platz zwischen sich und dieses Haus, zwischen sich und Gabby und die Sache mit der brutalen, falschen Rache bringen.

»Laß dir das nicht entgehen!« schrie McLennan. »Und dreh mir verdammt nochmal nicht den Rücken zu.«

Also drehte Mick sich um und sah ihn an.

»Wissen Sie«, sagte Mick, »ich weiß nicht recht, ob ich wirklich so clever bin, wie Sie glauben. Ich habe nämlich nicht gemerkt, was hier für eine Geschichte abläuft. Ich habe nicht mitgekriegt, daß Gabby einen anderen Mann hat, der die Fäden zieht. Wenn ich von Anfang an dahintergekommen wäre, wenn ich gewußt hätte, daß Sie mir die Freundin ausgespannt und mich dazu gebracht haben, sechs Typen ohne ordentlichen Grund zusammenzuschlagen, dann wäre ich hergekommen, um Sie umzubringen. Das wäre meine Rache gewesen.

Aber ich hab's wirklich nicht gemerkt. Mir war bis jetzt nicht klar, was hier eigentlich abgeht. Und jetzt, wo ich Bescheid weiß und Sie gesehen habe, brauche ich Sie nicht mehr umzubringen. Es reicht vollkommen, daß ich Ihnen den Teppich versaut habe.«

Er wünschte, er hätte sich kürzer und prägnanter ausdrücken können, mehr wie im Film. Er verließ das Haus, ging über den Kies und dann die Schotterstraße entlang zur Hauptstraße. Dann machte er sich auf den Weg dahin, woher er gekommen war, zurück nach Sheffield, seiner Heimatstadt; aber in dieser Richtung lagen auch andere Orte. Zuerst wollte er bis nach Hause laufen, aber nach ein paar Meilen merkte er, daß das verdammt weit war, also streckte er dem vorbeikommenden Verkehr den Daumen entgegen. Es dauerte nicht lange, bis ein LKW-Fahrer aus Leeds ihn mitnahm, der etwas in Sheffield abzuliefern hatte und dann weiter nach London mußte.

»Furchtbare Stadt, London«, sagte der Fahrer, »aber wenn Sie wollen, kann ich Sie bis dahin mitnehmen.«

Mick sah sich in der Kabine um, betrachtete den knöcheltiefen Bodensatz aus Zigarettenschachteln, leeren Getränkedosen, vergilbten Fußballmagazinen und die beiden räudigen Stoffpuppen auf dem Armaturenbrett; und er betrachtete das vor ihnen liegende Sheffield. Er dachte an seine verwahrloste Mietwohnung, in der die ganze Zeit keiner gewesen war, seinen maroden Wagen und das ebenso verwahrloste und marode London.

»Also, was meinen Sie?« fragte der Fahrer.

Es dauerte lange, bis Mick eine Antwort gab.

Neue Therapie

Judy Tanaka kniete in ihrem Mansardenzimmer auf dem Fußboden und hatte ihren Stadtplan ähnlich wie ein Brettspiel oder einen Gebetsteppich vor sich ausgebreitet. Neben ihr lagen lose zusammengerollte Plastikfolien, die ebenso groß wie der Stadtplan und bis auf die darauf eingezeichneten Kreuze transparent waren. Sie nahm die erste dieser Folien und legte sie paßgenau auf den Stadtplan. Es war ihre eigene Folie, und ein Gefühl von Verlegenheit und Triumph überkam sie, als sie die vielen Kreuze darauf betrachtete und darüber nachdachte, wie viele Geschlechtsakte und Sexualpartner diese Kreuze markierten und zelebrierten. Sie waren weder gleichmäßig noch symmetrisch noch repräsentativ verteilt, zeigten aber eindeutig, wie promiskuitiv sie in geographischer Hinsicht gewesen war.

Sie legte Stuarts Folie auf ihre. Zwar lagen die Kreuze hier längst nicht so eng beieinander, wiesen aber doch auch eine ziemlich weiträumige Verteilung auf. Durch Zufall hatte Stuart das erreicht, worauf sie bewußt hingearbeitet hatte, und einige ihrer Kreuze deckten sich natürlich auch.

Sie nahm weitere Plastikfolien, Pläne von anderen Liebhabern, und stapelte sie übereinander. London schien langsam zu verschwinden, nicht allein unter der Flut von Kreuzen, sondern auch unter der zunehmenden Undurchsichtigkeit der vielen Plastikfolien.

Schließlich legte sie Micks Plan oben auf den Stapel. Dieses Kreuz deckte sich auch mit einem der ihren, aber sie fand, daß einer Folie mit nur einem einzigen Kreuz eine gewisse Schönheit innewohnte, selbst wenn dieses Kreuz in der Park Lane in Hackney war. Es war das neueste und daher das auffälligste Kreuz. Es ging nicht unter im Glanz der Folien, in den Spiegelungen ihrer eigenen Geschichte.

Judy wußte, wie trügerisch Stadtpläne sein konnten, wie schnell sie veralteten, daß Orte in der realen Welt oft eine Bedeutung und Signifikanz bekamen, die in keiner Beziehung zu ihrer kartographischen Darstellung stand.

Es war schon fast Frühling. Die Sonne stand so hoch am Himmel, daß ihre Strahlen bis ins Therapiezimmer vordrangen. Die Tage wurden länger, im Garten blühten die Narzissen, und bald würden die Uhren vorgestellt werden. Sogar Judy Tanaka hatte etwas Frühlingshaftes an sich, als sie den Raum betrat; sie wirkte, als hätte sie bewegende Neuigkeiten für ihre Therapeutin.

»Bitte«, sagte Judy strahlend, »Sie müssen sich meinen Körper angucken.«

»Geht das jetzt nicht ein bißchen schnell?« fragte die Therapeutin.

»Nein, nein«, sagte Judy. »Sehen Sie sich das an.«

Bevor die Therapeutin weiter protestieren konnte, hatte Judy sich ausgezogen und präsentierte ihren Körper, drehte sich um die eigene Achse, damit die Therapeutin sich ein vollständiges Bild machen konnte. Es war nicht zu übersehen, daß sich eine seltsame schlangenartige Linie um Judys Rumpf wand. Auf den ersten Blick sah sie aus wie eine Art Quetschung, aber es hätte ein eigenartiger Unfall gewesen sein müssen, der eine so lange, dünne und klar abgegrenzte Wunde hervorrief. Die Therapeutin sah genauer hin und erkannte, daß es sich eher um eine Art Ausschlag handelte, eine Reihe dunkelblauer Punkte, die zusammen eine lange, ununterbrochene Linie bildeten. Aber sie konnte sich nicht erinnern, je einen solchen Hautausschlag gesehen zu haben. Einen Augenblick lang überlegte sie, ob es sich um diverse Schnitte, Stiche und Verbrennungen von Zigarettenkippen handelte, ob Judy sich diese Blessur selbst beigebracht haben könnte, aber sie kannte Judy ja schon länger und hielt es dann doch für ausgeschlossen.

Dann fing Judy an, auf bestimmte Merkmale der Zeichnung hinzuweisen, auf einige Stellen, an denen sie sich schlängelte, und auf einen Punkt, an dem sie eine nahezu rechtwinklige Kurve machte. »Fast wie die Themse am Embankment«, sagte sie kokett.

Und als die Therapeutin genauer hinsah, erkannte sie, daß Form und Verlauf der Markierung ihr tatsächlich bekannt vorkamen. Judy zeigte weiter auf unterschiedliche Stellen und sagte wie eine Reiseführerin: »Hier sehen wir Chelsea Harbour, da ist Battersea Reach, das ist die Isle of Dogs, und da hätten wir Upper und Lower Pool . . .« Und es dauerte nicht lange, bis die Therapeutin vollkommen überzeugt war. Ausschlag, Quetschung, Narbe, oder was immer es auch sein mochte, bildete perfekt den Verlauf der Themse nach; die Darstellung war so präzise, daß man sie als Navigationshilfe hätte nutzen können.

Zögernd streckte die Therapeutin den Zeigefinger aus und fuhr damit die Markierung entlang.

»Tut das weh?«

»Nein, gar nicht«, sagte Judy. »Eigentlich ist es sogar ziemlich angenehm.«

Der Finger der Therapeutin bewegte sich weiter auf der fleischgewordenen Landkarte entlang. Von der Quelle an Judys linkem Bein links den Körper hinauf, über ihren weichen Bauch, hoch zu ihren Brüsten, und dann verbreiterte sich die Markierung und schlängelte sich hinter ihren Rükken.

»Judy«, sagte die Therapeutin ruhig. »Ich habe den Eindruck, daß wir mehr Sitzungen brauchen, als ich anfangs dachte.«

Boadiceas London

Sie mag den Geruch brennenden Flechtwerks am Morgen. Sie ist mit ihren Armeen und ihren Verbündeten aus dem Osten eingefallen, aus dem Land des Wassers und der weiten Horizonte. Die Schmach ist noch ganz frisch; man hat sie entthront, ihres Geburtsrechts und Erbes beraubt, wie eine Sklavin geschlagen, und ihre Töchter wurden von römischen Soldaten vergewaltigt. Sie ist zur todgeweihten Stadt gekommen, um Rache zu üben, sich am Geruch brennenden Holzes, Reets und Menschenfleisches zu ergötzen, Londinium in Schutt und Asche zu legen.

Vielleicht wird ihre Rache nicht ganz so süß ausfallen. Der römische Statthalter, Gaius Suetonius Paulinus, der vor ihr in die Stadt gekommen ist, hat alles getan, um das Gemetzel in Grenzen zu halten. Im Vorfeld der unabwendbaren Zerstörung hat er die Bevölkerung beschworen, die Stadt zu verlassen. Schließlich ist sie kein militärischer Stützpunkt, keine Hauptstadt. Es gibt keine Befestigungsanlagen, es ist einfach eine schmale Stelle im Fluß, an der man übersetzen kann, ein Handels- und Tauschplatz, eine Siedlung, nicht älter als zehn Jahre.

Paulinus weiß, daß er den ungeschützten Ort nicht verteidigen kann, und so hat er sich entschlossen, ihn zu opfern, aber er hofft, daß er nur Gebäude, keine Menschen opfern muß. Er verläßt die Stadt mit den Einwohnern, denen er klarmachen kann, was ihnen unmittelbar bevorsteht. Sie ziehen langsam mit ihren Habseligkeiten, ihren Möbeln, ihrer Bettwäsche und ihrem Handwerkszeug davon, nehmen alles mit, was sie transportieren können.

Daher ist nicht ausgeschlossen, daß Boadicea bei ihrer Ankunft in Londinium eine völlig verlassene Stadt vorfand, daß sie von einer Geisterstadt Besitz nahm, über deren leeren Marktplatz kalte Winde fegten und durch deren herrenlose Getreidespeicher Ratten huschten. Trotzdem weiß sie, als sie an den ungepflegten Anlegern vorbeireitet und ihre Männer die leeren Lagerhäuser, die Werkstätten und die verlassenen Wohnhäuser durchsuchen, daß sie all das und noch viel mehr zerstören muß.

Aber vielleicht war der Statthalter nicht so überzeugend, wie er gerne gewesen wäre. Zweifelsohne gab es ein paar Nachzügler, die Kranken, die Alten, die Stolzen, die Aufsässigen. Die wenigen zurückgebliebenen Einwohner werden auf die Straße getrieben und im Handumdrehen, wenn auch mit allen Finessen, massakriert. Aber die Zerstörung verlangt nach mehr als nur dem Tod. All die Dinge, die nach Behaglichkeit und Komfort aussehen, Haushaltsgegenstände wie Schüsseln, Krüge, Lampen, Gläser, kleine Zeichen der Zivilisation, werden zerschlagen, zermalmt, pulverisiert, vernichtet.

Die Dinge, die nicht so leicht zerstörbar sind, müssen durch Feuer geläutert werden. Holz und Stroh wird entzündet und gibt erstklassigen Zunder ab. Aus brennenden, zerfallenden Gebäuden steigen an allen Enden der Stadt schwarze und graue Rauchsäulen in den Himmel. Dächer gehen in Flammen auf, Wände brechen zusammen. Im Zentrum lodert ein Feuersturm, der der Umgebung die Luft zum Atmen nimmt.

Boadicea sieht zufrieden zu. Das ist gute Arbeit. Auf die Flammen folgt die dunkle Zeit der Iceni. Sie schnuppert die dünne, rauchgeschwängerte Luft. Ihre Armeen sammeln sich um sie, begutachten ihr Werk und machen sich auf den Weg nach Verulamium, um mit der Zerstörung fortzufahren. Und wenn es vollbracht ist, wenn Boadicea getan hat, was sie tun konnte, wird sie sich umbringen, lieber Gift schlucken als sich der Gefangenschaft und Schmach hinzugeben.

Die Siedlung stirbt, wird zu Holzkohle und Asche. Sie fällt wieder zurück in eine Zeit vor den Römern, vor dem Imperium, vor Caratacus' Ankunft. London wird wieder, was es vorher gewesen ist, eine einfache Furt zwischen Marschen und Sandbänken. An Boadicea wird man sich hier erinnern. Zukünftige Archäologen, die Millimeter für Millimeter die Kruste der Londoner Geschichte ausgraben, werden eine rote Schicht entdecken, die Asche, die sie hinterlassen hat.

Später, sehr viel später, im Jahre 1856, nimmt Thomas Thorneycroft die Arbeit an seiner Statue der Boadicea, ihren Töchtern, Pferden und ihrem Streitwagen auf. Es ist ein großes, heroisches, verschwenderisches Denkmal aus Bronze; selbstbewußt, zutiefst britisch und doch, wenn man so will, zutiefst antiimperialistisch. Es wurde erst 1902 enthüllt.

Noch später steht sie an der Flußbiegung beim Victoria Embankment und Westminster Bridge, und Gruppen aufmerksamerer Touristen scharen sich um sie, starren die wilden, massigen Figuren an und vermuten, daß es sich um eine Darstellung von Queen Victoria handeln muß.

Und schließlich kommt Stuart London, ein, wenn nicht *der* Londoner Fußgänger, mit einer Gruppe japanischer Geschäftsmänner, die er zur Vorbereitung auf den geplanten Freizeitpark eine exzentrische, in kleine Häppchen unterteilte Route entlangführt, die so viele Londoner Sehenswürdigkeiten wie möglich beinhaltet. In den kommenden Jahren wird er die japanischen Geschäftspraktiken verstehen, respektieren und sogar bewundern lernen, aber im Augenblick wünscht er sich nur, daß die Teilnehmer der Gruppe einander nicht so ähnelten, daß sie nicht alle wie Bowling-Pins in Anzügen aussähen.

Er hat ihnen erzählt, daß Boadicea unter Bahnsteig acht in King's Cross Station begraben liegt, und sie haben das für einen sehr guten Witz gehalten. Jetzt blickt er zu ihrer Statue hinauf, betrachtet ihre erhobenen Arme, die wallende Metalltunika. Er sieht ihr ins Gesicht, das für die Königin eines Kriegsvolks erstaunlich einfühlsam wirkt, und stellt erfreut fest, daß sie Anita überhaupt nicht ähnelt.